KB139433

재미 언론인이 기록한

아메리칸 랩소디

AMERICAN RHAPSODY

김명곤 지음

재미 언론인이 기록한 아메리칸 랩소디

한국인에게 미국은 어떤 존재일까. 미국을 빼놓고는 한 순간도 우리 근·현대사를 논할 수 없을 정도로 미국은 우리 삶의 전 분야에 깊숙이 개입되어 있다. 싫든 좋든 미국은 우리가 여전히 관계를 맺고 살아가야 할 존재이다.

그렇다면 관계설정을 어떻게 해야 할 것인지가 큰 과제이다. 우리는 이 과제를 풀기 위해 수십 년을 무던히도 씨름해 왔지만 여전히 난제로 남아있다.

한 가지 분명한 것은, 친미나 반미와 같은 이분법적 사고로는 해결 불가능하기도 하거니와 미래지향적 현실과도 맞지 않는다는 점이다. 통신과 교통이 비약적으로 발달하면서 나라와 나라 사이의 경계가 무너지고 지구촌 공동체를 지향하는 세상에 살면서 가져야 할 자세는 양 극단이 아니라고 믿는다.

심리학자 멕스웰의 주장을 빌리자면, 건강한 관계(real love)는 상대의 실체와 진실을 파악하여 인정할 것은 인정하고 부정할 것은 부정하는 데서 출발한다. 있는 그대로의 상대를 받아들이고 맺는 관계야말로 항상성이 유지되고 미래 지향적이 된다. 무작정 상대에 함몰되는 맹목적인 관계(fall-in-love)는 진면목이 밝혀지는 순간 파탄에 이르기 마련이다.

우리는 너무 오랫동안 미국을 객관화시켜 놓고 바라볼 수 있는 정상적인 인식 체계를 갖지 못한 채 살아왔다. 뒤늦게 역사에 철이 들어 막 미국을 분석하는 글을 쓰기 시작한 필자에게 어느날 '미국을 떠나라'는 서신을 보낸 은퇴 독자의 글에 이같은 현실이 잘 드러나 있다.(<플로리다로 은퇴생활을 즐기러 오신 장로님께> 글 참조)

<누가 하늘을 보았다 하는가>의 시인 신동엽은 이같은 처지의 한국민들을 향해 "네가 본건 먹구름, 그걸 하늘로 알고 일생을 살아갔다"고 에둘러 탄식을 쏟아냈다.

필자는 지난 30여 년 동안 재미 언론인으로 살면서 미국이란 나라의 실체를 알기 위해 나름의 날개짓을 해왔다. 하지만 아직도 모르는 부분들이 많다. 진실은 속성상 은폐의 방식으로 존재하기에 주체적으로 능동적으로 찾아내야만 하고, 지금도 노력을 다하고 있는 중이다.

진실찾기에서 중요한 것은 객체화된 대상에 대해 질문을 던지는 태도일 것이다. 자명(自明)한 것으로 전제하고 아예 답을 얻고 있다고 생각되는 것들에 대해 질문하는 데서 진실의 실마리가 풀린다고 믿는다. 사물을 되짚어 보고, 세상을 거꾸로 보기도 하며, 스스로를 되돌아보는 태도야말로 진실찾기의 요체라고 할 수 있다. 진실의 문은 끝없이 질문하는 자에게만 틈을 보이게 되어 있다.

이 책은 우선 미국의 전쟁, 인종차별, 인권문제와 같은 무거운 주제들을 염두에 두고 엮어졌다. 1, 2차 세계대전 이후 패권국이 된 미국은 국가를 이룬 지 240여 년 동안 220여 차례의 전쟁을 치렀다. 누군가의 표현대로 미국은 '전쟁을 가장 많이 하고, 잘하고, 좋아하는' 나라로 기록될 만하다.

미국은 의사 표현과 언론의 자유, 개인 능력을 존중하는 교육 시스템, 기부 문화(donation culture), 자원자 정신(volunteerism) 등 여전히 본받아야 할만한 장점을 가진 나라이긴 하지만, '전쟁'은 미국의 실체를 규명하는 주제임에 틀림이 없다. 아직도 길거리나 주택가에서 나부끼는 '아메리카 퍼스트(America First)'나 '미국을 다시 위대하게(MAGA)' 깃발들은 전쟁으로 쌓아올린 팍스 아메리카나 세상을 오래도록 유지하고 싶어 하는 미국의 열망을 대변한다.

미국의 인종문제 또한 어제 오늘의 이슈가 아니다. 미국사회의 전반을 관통하면서 정상적인 발전을 가로막고 있는 장애임에 틀림이 없다. 인종문제에 깊게 관심을 갖다보면 미국사회의 위선을 보게 되고, '과연 미국이 북한 등 약소국의 인권문제를 들먹일 자격이 있는 것일까'라는 속질문이 나오게 되어 있다.

전쟁이 주로 외부 세계와의 관계에서 얻게된 미국의 악질(惡疾)이라면, 인종문제는 미국 내부의 고질적·만성적 질병이라 할 수 있다. 이 책에 상당 부분 인종과 관련된 글들을 올린 이유다.

언론인은 사소한 데서 실마리를 찾아 전모를 규명하려 드는 인류학자와 유사하다. 진실은 일상에서 경험하는 표식이나 상징은 물론

생활습관, 독특한 문화적 관습 등에도 숨겨져 있기 마련이다. 이 책에서 다룬 비단뱀과 악어의 대혈투, 닭복싱, 후터걸, 허리케인 베이비 등과 같은 주제도 미국의 실체를 이해하는 데 도움이 될 것이다.

이런 저런 사정으로 낯선 땅을 걸어온 이민자들의 삶 또한 미국을 이해하는데 도움이 되리라고 생각한다. 이민자는 현지인들이 생각할 수 없고 행동으로 옮길 수 없는 것을 생각해 내고 실행에 옮길 수 있는 창조적 가능성에서 열려 있다는 점에서 주류사회에 새 바람을 일으킬 수 있는 존재다.

이 책에는 이미 <코리아 위클리>와 <오마이뉴스>에 오른 기사들 가운데 책의 주제와 부합하는 것들만 엄선하여 실었다. 시의성이 떨어지는 글들도 있으나, 미국을 이해하는데 도움이 될 것으로 생각한다. 추후 실체를 분석하고 평가한 칼럼과 에세이를 엮은 책들을 통해 다시 독자들과 만나기를 기대한다.

책을 내는데 도움말을 준 세계한인언론인협회 김구정 출판자문위원과 글을 쓸 수 있는 환경을 만들어준 영원한 동반자 최정희에게 감사를 표한다.

2023년 1월 5일
플로리다에서
김명곤

플로리다로 은퇴생활을 즐기러 오신 장로님께

우선 따뜻한 남쪽으로 내려오신 장로님께 뒤늦게나마 환영의 인사를 올립니다. 플로리다에는 늘 푸른 골프장, 그리고 던지자 마자 입질을 하는 환상의 낚시터가 많아 은퇴생활하기에 정말 좋은 곳입니다. 이런 곳에 오셔서까지 조국의 현실로 고민하고 계신 어르신이 있다는 것에 내심 놀라지 않을 수 없습니다.

그동안 장로님께서 보내주신 두 차례의 서신에서 제가 쓴 칼럼들이 용공, 종북, 반미라며 비난하신 내용을 잘 읽었습니다. 특히 최근에는 "미국이 싫으면 미국을 떠날 일이지 왜 남아선 좌빨질인지 모르겠다"고 책망하신 것에 참담한 마음을 금할 길이 없었습니다.

장로님의 비난을 듣고 이래저래 착잡한 심사를 달래던 중 불현듯 대학시절의 친구가 떠올랐습니다. 학업성적은 물론 리더십도 출중하던 그 친구와 하숙생활을 함께하며 친하게 지내던 처지였는데, 한 가지 마음에 걸리는 것이 있었습니다. 그 친구는 매주 금요일만 되면 어디론가 종적을 감췄다가 일요일 밤 늦게 나타나곤 했는데, 알고 보니 소위 사이비 종파의 어떤 모임에 열성적으로 참여하고 있었습니다.

제깐에는 안타까운 마음이 들어 계획적인 마음 돌리기 작전에 들어갔습니다. 바쁜 추수철에는 일부러 시간을 내어 친구의 고향집에 내려가 일도 거들어 주었고, 때로는 친구의 홀어머니에게 고깃근 선물도 했습니다. 친구가 단과대 학생회장에 출마했을 때는 참모 노릇도 해 주었고, 목적을 갖고 종종 서적도 선물해 주었습니다.

그렇게 조심스럽게 1년여 동안 공력을 들여오던 어느 날, 학교 도서관 뒤편에서 본격적으로 작업에 들어갔습니다. 저는 그 날 저녁의 어이없는 참패를 아직도 잊지 못합니다. 친구가 저를 일격에 다운시킨 답변은 간단했습니다.

"친구, 네 맘 다 알아. 근데말이야… 참 미안한데, 너 내가 한 경험해 봤어?"

친구는 간증을 한다며 수년 동안 쌓여져 온 종교적 경험을 열에 들떠 말하기 시작했는데, 솔직히 저는 친구가 누려온 체험에 압도되어 할 말을 잃고 말았습니다. 물론 오랫동안 가족적으로 또는 집단적으로 정연한 종교적 신념 속에서 나름 행복한 삶을 살아온 친구를 이해하지 못할 바는 아니었습니다. 그러나 자기의 신념에만 인식이 딱 정지되어 있어 다른 신념에 대한 이해의 틈을 좀처럼 내주지 않는 친구에게서 깊은 절망감을 느껴야 했습니다.

그렇지요. 아마도 어르신의 세대에게는 6·25를 통해 당한 극한 경험이 있기에 '다시는 이렇게 당하는 일이 있어서는 안 되겠다'는 되뇌임이 삶을 지배하는 것 같습니다.

혈혈단신 땅 문서 쥐고 남으로 내려와 80이 다 되도록 아직 고향에 발을 들여놓지 못했다는 장로님의 고백 앞에 가슴이 미어지는 슬픔을 느낍니다. 낯선 남녘 타향에서 산전수전을 다 겪으셨을 어르신의 삶의 역정을 미루어 짐작컨대 '북괴'에 대해 원망과 증오의 마음이 어느 정도였을지는 불문가지입니다.

그러나 동시에 60년 전의 그 경험 때문에 빨간색과 파란색 외에 다른 색깔을 볼 수 있는 눈이 사라져 버렸다는 것에 정말 안쓰러움을 느끼지 않을 수 없었습니다.

장로님! 사적 변화 과정에 얽힌 저 자신의 긴 사연을 짧은 지면에 구구절절 늘어놓을 생각은 없습니다. 다만, 어르신 세대의 쓰린 경험만큼이나 저의 세대에게도 1980년 5월 18일부터 열흘간 광주에서 벌어진 '빨갱이 토벌 사건'에 대한 비통한 경험이 있고, '다시는 이런 얼토당토않은 비극이 우리 땅에서 벌어져서는 안 되겠다'는 뇌뇌임의 고통이 있다는 것을 인정해 주시기 바랍니다.

한마디로 지난 세월은 반목의 세월로 서로 죽고 죽이고 한 역사로 점철되어 있습니다. 영어 표현으로 "Enough is enough" 아닙니까?

장로님, 60여년 동안 어르신 세대의 쓰라린 경험에 의해 세워진 남북 대결구도가 분단을 허무는데 단 한 치의 진전도 이루어내지 못했다면, 이제는 그 어떤 대안에 눈을 돌려야 할만한 때가 되지 않았나요?

이제 시대는 부지런히 변해 가고 있습니다. 인간이 시대를 변화시킨다기보다는 시대가 인간을 변화시킨다는 표현이 어울릴 정도로 역사의 수레바퀴는 급속도로 돌기 시작했고, 우리 모두는 '하루가 천 년 같고 천년이 하루 같은' 카이로스의 시간을 살고 있는 중입니다.

장로님, 우리가 이러한 '무 시간대의 시간'을 살면서 과거의 경험에만 매달린다면 어떻게 실패한 역사를 딛고 새로운 역사를 일궈낼 수 있을까요.

저의 소견은 이렇습니다. '실효성이 없는 박제화된 경험은 혹 역사진행을 위한 참고는 될 수 있을지언정, 더 이상 현재와 미래의 역사진행을 주도하는 역동 요인이 되기를 고집해선 안 된다'는 것입니다. 간단히 말해, '60여년 해 보아서 잘 안 되었으니 이제 다른 방법으로 하자'는 것이지요.

저는 이 다른 방법의 도도하고 당찬 흐름, 즉 '화해를 통한 상생'의 새 흐름이 '옳다' 또는 '더 좋다'고 믿고 이 흐름 속에 나름의 날개짓을 해 왔을 따름입니다.

저는 어르신이 의심하는 좌경도 용공도 반미주의자도 아닙니다. 휴전 직후 남쪽 땅에서 태어나 어린 시절 양코 선교사가 날라다 주던 초콜릿 맛을 오래도록 간직하며 살아왔고, '북진통일' 구호를 지나 '승공'과 '반공'을 꿈에도 외치며 세뇌를 받으며 살아온 제가 그리 쉽게 반미주의자나 사회주의자가 될 수 있다고 믿으십니까?

딴은 태생적이고 체득적인 한계로 인해 저 같은 세대도 이미 이러한 반미주의자나 사회주의자가 되기에는 늦어버렸다는 표현이 적절할지 모르겠습니다.

이 미국 땅에 와서 20여년 동안 콜라와 햄버거와 스테이크에 뱃살이 올라버렸고, 본국에서부터 지금에 이르기까지 십수 년 동안 미국적 분석의 틀을 갖춘 학문과 삶의 방식에 길들여진 제가 정말 반미주의자가 될 수 있다고 믿으십니까? 그렇다고 해서 저는 철저한 자본주의 신봉자도, 친미주의자도 아닙니다. 성서적으로 말하면 저는 '해 아래 아무것도' 아닙니다.

여기서 어르신의 호통이 들려오는 듯합니다. 그럼, 넌 뭐란 말이냐? 굳이 집요하게 물어 오신다면, 남누리 북누리 우리 땅의 거민들이 강대국의 패권주의적 책략을 간파하여 이에 놀아나지 않기를 소망하며, 우리를 포박해온 그 어떤 한시적 이데올로기를 극복해 보려는 사람들 가운데 하나라는 말씀을 드릴 수 있습니다.

도대체 시대 시대마다 인간이 만들어 놓은 그 어떤 '이데올로기'나 '이즘'이라는 것이 인류 모두가 세상 끝날까지 목을 내걸고 추구해야 할 절대가치로 행세할 수 있는 것입니까?

교회에서 장로님이신 걸로 보아 어르신은 분명 신앙심 깊은 분으로 생각됩니다. 더구나 기독교 신자란 세상의 어느 것으로도 대체할 수 없는 기독교적 신념을 지고의 절대가치로 삼는 존재가 아니던가요?

여기서 감히 장로님께 도발적 질문을 던지고 싶습니다. 어르신이 그다지도 애지중지하시는 반공주의라는 것이 기독교적 가치관에 완벽하게 일치한다고 믿으십니까?

만약, 반공주의가 '부분적으로' 기독교적 가치관에 부합한다는 점을 인정하신다면, '절대진리'를 따르는 기독교인들이 반공주의라는 '상대가치'에 목을 걸어야 될 이유는 없겠지요. '상대'가 '절대'를 대체할 수 없다는 논리학적 상식을 떠나, 조금만 사고력을 발휘하면 이같은 사고방식이 얼마나 허황되고 어리석은 일인지를 알게 될 것입니다.

장로님, 지금이 어느 때입니까. 남북 가릴 것 없이, 사회주의 자본주의 따질 것 없이, 민족이라는 이름 앞에 뭉쳐야 할 시점 아닙니까?

아직 '전시작전 통제권'이 미국에게 있는 지금, 우리 의지와 상관없이 미국의 통보 한마디로 전쟁에 끌려갈 수밖에 없는 남쪽, '벼랑끝 전략'으로 핵 하나 달랑 들고 너 죽고 나 죽자고 버티고 있는 북쪽, 한반도를 거점으로 동아시아의 패권을 노리며 호시탐탐 기회를 엿보고 있는 주변 강대국의 모습이 보이지 않습니까?

'대량살상무기 제조, 911 테러 증거 없다'며 국제사회가 그렇게 말렸는데도 미국의 침공으로 수십만 명이 죽은 이라크전을 눈앞에서 보아온 터이고, 현재의 한반도 위기 상황으로 보아 민족의 생존이라는 과제 앞에 모두가 굳게 단결해야 할 때가 아닌가요?

장로님, 잠시 거칠게 말씀드리는 것을 용서하시기 바랍니다. 장로님이 섬기는 하나님이 왜 이러한 민족적 위기의 때에 우리를 미국 땅에 보내 밥술이나 뜨도록 하셨을까요.

저는 장로님께 이렇게 다시 여쭙고 싶습니다. 우리는 애굽 땅에 종으로 팔려갔지만 위기의 때에 조국을 위해 쓰임받은 요셉이나 모세와 같은 존재로 이 땅에서 살 수는 없는 것일까요? 혹 우리는 민족 발전의 엉겅퀴와 같은 분단을 극복하고 남북화해와 통일을 위한 디딤돌 같은 존재로 이 땅에 살라고 파견된 것은 아닐까요?

마지막으로 '평화의 왕'으로 이 땅 위에 오셨다는 예수님을 섬기시는 장로님께 성경 말씀 한 구절을 선물로 드릴까 합니다.

"여호와께서 열방의 도모를 폐하시며 민족들의 사상을 무효케 하시도다" (시편 33편 10절)

CONTENTS

CONTENTS

[SECTION- II]

팍스 아메리카나(Pax Americana)

[SECTION-Ⅲ]

상상 너머의 대륙

CONTENTS

[SECTION-IV]

낯선 땅을 걷는 사람들

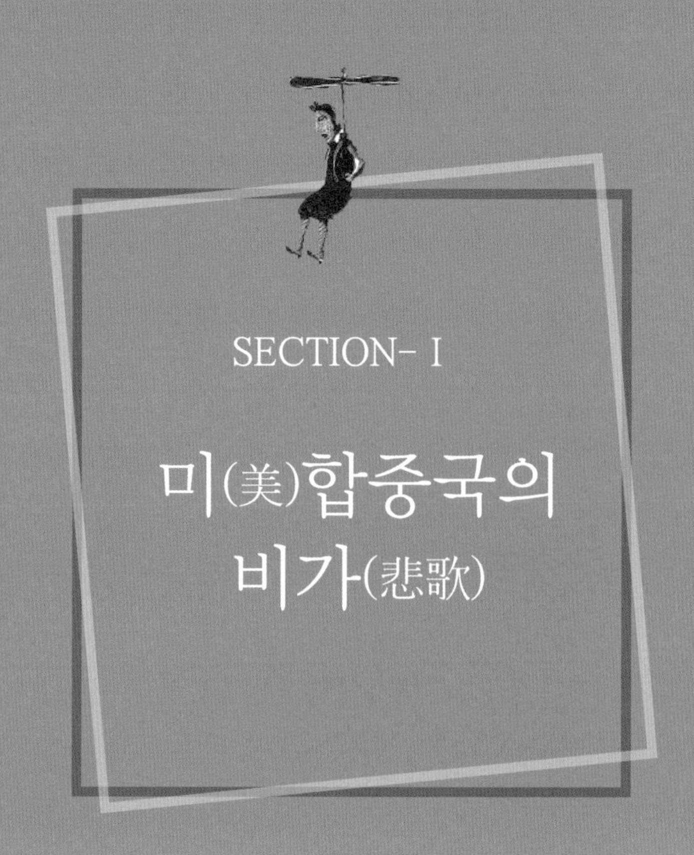

SECTION- I

미(美)합중국의 비가(悲歌)

"흑인은 항상 위협적이고 게으르다고?
그건 오랜 사회적 기만에 불과"
(데이비드 마이어스)

흑인인 나,
26년간 백인으로 살았다

백인 부부 사이에서 태어난 '검은 아이'의 기구한 삶

1950년대와 60년대는 미국사회에서 인종차별이 극심했던 시절이다. 흑인들에게는 피선거권은 물론 선거권도 자유롭게 주어지지 않았으며, 식당이나 극장도 흑인들이 마음놓고 들어갈 수 없었고, 버스도 백인좌석과 흑인좌석이 따로 있었다. 학교도 백인학교와 흑인학교가 구분되어 있었고, 심지어는 교회조차도 백인교회와 흑인교회가 따로 있을 정도였다. 이 시대에 흑인으로 태어난다는 것은 '천형(天刑)'이나 다름없었다.

1959년 오하이오의 백인 중산층이 사는 동네에서 주디 하트만과 빌 마이어스는 웨딩마치를 올렸고 5개월 만인 1960년 2월 28일 아이를 출산했다. 그런데 둘 다 백인인 이들 부부 사이에서 태어난 아이는 놀랍게도 피부색이 까만 사내 아이였다. 빌은 처음 병원에서 아이가 황달(jaundice)이거나 바뀌었다고 생각했으나, 부인 주디는 이를 부인하며 아이의 피부색이 까만 것은 흑색종(melanism)이라는 피

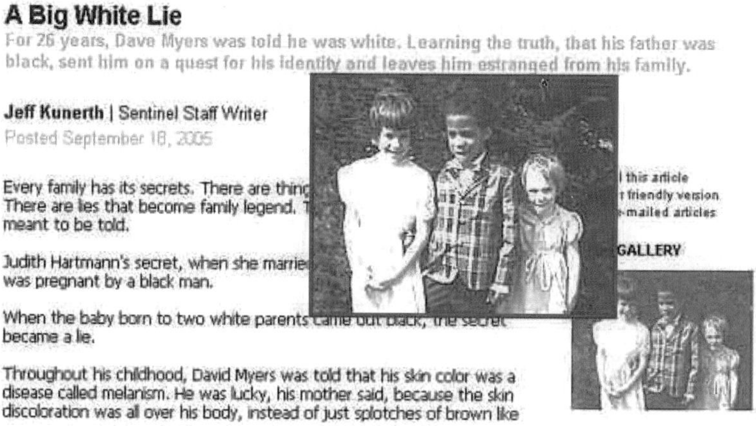

A Big White Lie

For 26 years, Dave Myers was told he was white. Learning the truth, that his father was black, sent him on a quest for his identity and leaves him estranged from his family.

Jeff Kunerth | Sentinel Staff Writer
Posted September 18, 2005

Every family has its secrets. There are thing
There are lies that become family legend. T
meant to be told.

Judith Hartmann's secret, when she marrie
was pregnant by a black man.

When the baby born to two white parents came out black, the secret became a lie.

Throughout his childhood, David Myers was told that his skin color was a disease called melanism. He was lucky, his mother said, because the skin discoloration was all over his body, instead of just splotches of brown like

l this article
r friendly version
-mailed articles

GALLERY

▲ 올랜도 센티널에 난 데이비드 마이어스 기사. © 김명곤

부병 때문이라며 의사도 이를 확인했다고 말했다.

백인 부부 사이에서 태어난 흑인아이

전통적인 루터파 기독교 신자였던 빌은 이를 그대로 믿었으며 더 이상 질문하지 않았다. 빌은 인정 많고 친절하며 유순한 성품의 소유자로 자신에게 주어진 인생 자체를 겸허히 받아들이는 사람이었다.

이들 부부는 아들 데이비드(데이브)에게도 이를 믿도록 했다. 엄마 주디는 기회가 있을 때마다 "데이브의 피부병은 다른 사람들처럼 갈색 반점이 아니라 몸 전체에 퍼져 있어 운이 좋은 편"이라고 말했다.

특히 빌은 한 여자의 남편이자 아버지로서 책임감을 갖고 다른 세 딸, 아들과 똑같이 데이브를 귀하게 키우려고 애썼다. 빌의 태도는 데이브와 다른 자식들에게도 그대로 전해져 이들 가족 안에서 피부색이 다른 것이나 인종문제에 대한 이야기는 금기시됐다.

보통 백인들뿐인 오하이오 클리블랜드 외곽의 백인 중산층 지역인 스토우에서 마이어스 가족이 볼 수 있었던 흑인은 신문이나 TV

▲ 데이비드의 생부 퍼몬 베컷과 이복 형제들. © 데이비드

뉴스에 나오는 것 뿐이었다. 당시 흑인들은 클리블랜드 동부지역의 열악한 환경에서 게토를 이루며 살고 있었다. 언젠가 데이브가 텔레비전을 보며 그의 엄마에게 "왜 앨라배마 주 경찰들이 흑인 시위자들에게 소방호스로 물을 뿌리느냐"고 묻자 그녀는 "그곳이 덥기 때문"이라고 대답했다.

데이브는 오하이오와 뉴욕 주 서부의 작은 도시에서 어린시절을 보내며 흑인으로 태어나기보다 피부병을 가진 백인으로 태어난 것을 다행으로 생각했다. 데이브는 스스로를 백인이라고 믿으며 오하이오와 뉴욕의 백인 중산층 동네에서 그렇게 성장했다.

그러나 데이브는 시간이 흐르면서 자신이 그들과 다르다는 사실을 느끼게 되었다. 1967년, 초등학교 2학년인 데이브에게 같은 반의 한 친구가 "넌 니그로야!"라고 소리치더니 당시 백인 아이들이 흑인을 비하할 때 부르던 동요를 부르며 놀려댄 것. 소리 내어 울던 그를 발견한 선생님은 "걱정마, 넌 갈색 피부의 백인이야"라며 달랬지만 그것은 앞으로 다가올 큰 변화의 시작에 불과했다.

그의 엄마는 데이브가 동네에서 사람들 앞에 노출되는 것을 꺼려했고, 집에서도 그를 따로 놀게 했다. 시간이 흐르면서 그는 점차 공격적이고 적대적인 성격으로 변하기 시작했다. 결국 그의 거친 행동때문에 사고가 빈발하자 어떤 때는 양부모에게 맡겨지기도 했고 집에서 쫓겨나 차에서 지내기도 했다. 그는 자신이 차별받는 한 마리의 '검은 양'이라고 생각했다.

26년 만에 벗겨진 '허위의 세월'

그러나 고통을 겪고 있는 사람은 데이브뿐만이 아니었다. 그 시절 어머니 주디도 불행한 세월을 보내고 있었다. 주디는 항상 뭔가 모를 분노에 가득 차 있었고 이를 참느라 힘들어했다.

증세가 심해지자 어느 날 그녀는 정신과 의사를 찾아갔다. 그녀를 진단한 의사는 "이제 거짓말을 그만 두고 가족들에게 사실을 말하라"고 조언했다. 번민 끝에 그녀는 남편과 아이들에게 결혼 전에 한 흑인으로부터 강간당했었다고 털어놓았다. 데이브가 26세 되던 해였다. 결국 데이브는 피부병을 가진 백인이 아니라 흑인과 백인 사이에 태어난 혼혈이었던 것. 다행히 남편과 아이들은 이를 받아들였고, 오히려 그녀가 26년 동안 가지고 있던 '굴레'로부터 벗어나게 된 사실에 대해 기뻐했다.

이제 주디는 새 세계를 맞이하게 되었고, 그녀의 이상 성격도 몰라보게 달라졌다. 자신감을 가진 그녀는 어느 날 밤 샌프란시스코에 살고 있던 데이브에게 전화를 걸어 자동응답기에 메시지를 남겼다. 이 메시지에는 그의 생부

▲ 데이비드의 최근 모습. ⓒ 김명곤

가 퍼몬 베켓 시니어라는 사실도 남겨 놓았다.

그러나 데이브의 출생의 비밀에 대한 주디의 고백이 주디를 해방시켜 주었을지는 몰라도 데이브는 그로 인해 정체성의 위기를 겪게 됐다. 그는 어머니로부터 사실을 듣고 나서 3년간 정처 없이 떠돌았다.

그는 흑인에 대해 아무 것도 모르는 흑인이었다. 그의 가족은 물론 그의 이웃도 흑인이 아니었고, 그의 학교 친구들도 흑인이 아니었다. 성인이 되었을 때도 그의 친구들 중에서 흑인은 거의 없었다.

현재 45세로 플로리다 올랜도에서 테니스 강사를 하고 있는 데이비드는 지난 1일 기자를 만난 자리에서 "흑인이라는 사실이 확인되기 전까지 나는 백인의 가슴과 머리를 가지고 살았다, 백인이 입는 대로 입었고 백인이 말하는 것처럼 말했다"며 "흑인을 상대하기도 싫었다"고 고백했다.

뒤틀린 이야기... "강간이 아니었다"?

데이비드는 본격적으로 자신의 정체성을 찾아 나섰다. 그는 이제껏 배운 적이 없던 흑인의 역사, 문화, 인종문제 등에 대해 탐구하기 시작했다. 그는 <흑인문화의 파괴> <인종과 인종주의 이론> <통합의 환상과 인종의 현실> <차별화된 사회에서의 성장> <선생님께 들은 거짓말> 등의 책을 독파하며 이를 정리해 나갔다.

데이비드는 정체성을 찾아 나서게 되는 과정에서 자신의 인생 역정이 '위선의 백인 미국' '억압과 차별의 흑인 미국' '인종문제를 논의할 능력도 의지도 없는 미국'의 이야기임을 하나씩 확인해 나갔다.

데이비드는 자신의 흑인 가족들도 수소문했다. 그는 이복형제가 오하이오 클리블랜드에 있다는 사실을 알아내 전화하고 서로 사진을 교환했다. 데이비드는 그를 통해 지난 6월 22일 드디어 생부 퍼몬 베켓 시니어를 처음으로 만났다.

그 자리에서 그는 생부 퍼몬 베켓으로부터 놀라운 이야기를 듣게 되었다. 퍼몬 버켓이 "강간에 의해서가 아니라 주디와 몇 차례 데이트하면서 합의 하에 성관계를 가져 너를 낳게 됐다"고 주장한 것. 퍼몬 베켓은 당시 주디 하트만이 간호학과 학생으로 있었던 병원의 정신과 병동 조무사로 일하고 있었는데, 그녀는 20세였고 자신은 30세였다고 고백했다.

은퇴한 제강 노동자인 77세의 베켓은 아들에게 "그건 진부한 남부식 거짓말이야. 그녀가 그 상황에서 어떻게 사실을 부인했을지는 안 봐도 뻔해, 결국 가정을 지키기 위해 그녀는 그 사실을 숨겨야만 했을 거야"라면서 "네 엄마는 내게 전화를 걸어 '아들이 당신을 꼭 빼 닮았다'는 말까지 전했다"고 덧붙였다.

그러나 주디는 퍼몬 베켓의 이야기가 사실이 아니라면서 펄쩍 뛰었다. 그녀는 어떤 강간범도 여자가 먼저 원했다고 이야기할 것이라고 말했다.

"내 입에서 나오는 말들은 완전히 가짜"

데이브는 아직도 자신의 정체성을 규명하는데 시간을 보내고 있다. 그는 "내 친구들은 내가 가장 백인같이 말하는 흑인이라고 말한다"면서 "내 입에서 나오는 말들은 완전히 가짜"라고 말한다. 데이비드는 그의 중서부 오하이오 억양을 남부 흑인 사투리로 바꾸려고 노력하고 있다.

데이비드는 흑인에 대한 허위의식 속에 빠져 사는 미국인들의 가장 가까운 예가 바로 자신의 가족이라고 믿고 있으며, 가족들이 미국사회의 인종차별의 과거와 현재를 직시하기를 원하고 있다. 하지만 그의 가족들은 그의 이 같은 집착을 끔찍이도 싫어해 그와 의절된 상태로 지내고 있다.

그의 어머니 주디는 "인종주의가 자신을 그 꼴로 만들었다는 그의 주장이 나로 하여금 더욱 흑인에 대해 편견을 갖도록 했다"면서 "그는 내 아이도 아니고 더 이상 우리 가족이 아니다"라고 말한다. 누구보다도 데이비드를 감싸주려 했던 아버지 빌 마이어스도 "그는 항상 인종문제나 '가엾은 나'에 대해서 말하고자 한다"며 "현실이나 자신의 미래를 받아들이지 않고 있으며, 더러운 물을 계속 휘저으려고만 한다"고 불평한다.

얼마 전 데이비드는 플로리다 올랜도 남부의 한 공립도서관에서 세미나를 열었다. 그러나 세미나 당일 참석자는 단 두 명이었다. 이에 대해 데이비드는 "미국인들이 인종문제와 그 신화, 비밀, 거짓말 등에 대해서 이야기하기를 얼마나 꺼려하는지를 잘 보여주고 있다"면서 "사람들은 이런 노골적인 주제를 피하려고 한다"고 덧붙였다.

데이비드는 아버지 빌이 그랬던 것처럼 자신에게 부여된 삶을 겸허히 받아들이려 하고 있지만 미국사회에 감춰져 있는 인종적 편견과 차별을 거부한다. 그는 '부인할 수 없는 사실들'을 부인하는 어머니 주디처럼 미국사회가 질병을 앓고 있다고 보고, 이를 치유하기 위한 작업에 일생을 걸겠다는 각오다.

[인터뷰] 플로리다주 올랜도에서 만난 데이비드 마이어스

"흑인으로서의 내 정체성을 확인하는데 일생 바칠 것"

기자는 지난 10월 1일 오후 2시 플로리다 올랜도의 디즈니 월드 길목에 있는 한 백화점 안의 식당에서 데이비드 마이어스(44)를 만났다. 그의 삶의 궤적으로 미루어 거칠고 어두운 얼굴 모습을 하고 있을 것이라고 생각했는데, 예측과 달리 그는 매우 밝고 유순한 중년의 모습을 하고 있었다.

그는 기자에게 자신의 스토리에 "최초의 반응을 보인 아시안"이라며 무척 반가워했다. 그는 1981년부터 약 2년간 미 해군으로 진해에서 근무한 적이 있으며 몇 년 전에는 모 종교단체의 초청으로 한국을 다시 방문한 적이 있다고 했다.

요즈음 무슨 일을 하고 있나.

"지난 9월 18일 〈올랜도 센티널〉에 나의 삶이 소개된 이후로 갑자기 바빠졌다. 지난주에는 한 고등학교 초청으로 나의 경험과 '흑인문명의 진실'에 대해 강의했다."

'흑인문명의 진실'이란 무엇인가.

"고대 아프리카나 남미 문화 등을 살펴보면 흑인은 고도의 우수한 문화를 가지고 있었다. 그럼에도 불구하고 이에 대해서는 거의 알려져 있지 않다. 백인들은 이를 은폐 또는 조작하거나 복사하여 자신들의 문화인 것처럼 선전해 왔다. 백인들뿐 아니라 흑인들조차도 이러한 사실을 모르고 있다."

이 같은 일을 하게 된 동기는 무엇인가.

"흑인으로서의 내 정체성을 확인해 나가는 과정에서 나의 가족들이 왜곡된 흑인문화의 피해자들이라는 사실을 알게 되었다. 흑인들과 관련된 많은 허위의 '신화'에 속아 살아온 것이다. 나는 이 신화를 깨뜨리고 싶었다. 과거를 들추어내서 인종간의 갈등을 부추기고자 하는 것은 아니다."

구체적으로 이 같은 '신화'의 예를 한 가지 든다면?

"현재 미국사회에서 인식되고 있는 '위협적인 존재'의 순위를 말한다면, 흑인 남성, 흑인 여성, 백인 남성, 백인 여성의 순이다. 백인들은 흑인이 항상 위협적이고 게으르다고 생각하는데 이는 오랫동안 형성돼온 사회적 기만에 불과하다."

아직도 미국사회에 인종차별이 심하다고 보는가?

"미국사회에서 인종차별을 하는 사람에게 사회적 또는 정치적 사망이라는 형벌을 가해 왔기 때문에 노골화되지 않고 있을 따름이지 교묘한 형태의 인종차별은 여전히 존재한다. 최근 카트리나 피해를 입은 뉴올리언스나 미시시피 앨라배마 등이 바로 살아 있는 증거물이다."

어머니와의 관계가 매우 좋지 않은 것 같은데 어머니를 증오하나?

"아니다. 나는 그녀가 언제든 진실을 말하기를 바라고 있다. 나는 어머니가 나의 생부로부터 강간을 당했다고 거짓말을 했을 때에도 아무 말도 하지 않았다. 그녀는 미국사회의 흑인에 대한 편견에 압도당해 살아왔다. 사람들이 나의 부모들에 대해 분노하지 않았으면 좋겠다."

데이비드는 정확히 짚어서 표현할 수는 없지만 어머니에 대해 혼합된 감정을 갖고 있다고 말했다. 어릴 적 어머니와의 관계 속에서 형성된 좋은 기억과 나쁜 기억, 그리고 성인이 된 자신에게 진실을 말하지 않는 데 대한 분노의 감정이 뒤섞여 있는 듯 보였다.

그러나 그는 아버지 빌 마이어스에 대해서는 좋은 감정을 갖고 있다. "그는 어머니가 '더이상 내 아들이 아니다'며 내 사진을 벽에서 떼어낼 때도 이를 반대했으며 한번도 나를 버린 자식으로 취급하지 않았다"고 했다. 데이비드는 아버지를 자신의 삶의 '모델'이라고 지칭했다.

데이비드는 사람들이 자신의 인종적 경험을 통해 배울 수 있었으면 좋겠다고 생각해 웹 사이트 '디스커스레이스닷컴'(DiscussRace.com)을 오픈했다. 그는 이 사이트를 통해 미국사회에서 인종에 대한 기만을 드러내는 일을 하고 있다. 그의 스토리가 언론에 소개된 이후 '디스커스레이스닷컴'은 접속자가 폭주해 지난 8월 7,500건의 접속에서 9월 16만 5,000건으로 늘어났다.

그는 언젠가 '오프라 윈프리 쇼' 같은 프로그램에 출연하여 자기 가족의 비밀, 미국의 인종문제 등을 많은 사람들에게 한꺼번에 털어놓게 될 것이라는 꿈을 갖고 있다. 그래서 어머니가 자신의 출생과 관련하여 스스럼없이 진실을 고백할 날이 오기를 고대하고 있다.

(2005. 10. 3)

게으른 것들 재미삼아 좀 패줬다

미 전역에 충격 던진 마이애미 십대 홈리스 구타 살인사건

십대들에 의해 벌어진 홈리스 구타 살해사건이 미국을 뒤흔들고 있다. 지난 1월 12일 밤부터 13일 새벽 사이에 마이애미에서 세 명의 십대에 의해 벌어진 홈리스 구타사건은 이들의 폭행 장면이 그대로 방송에 소개되면서 미국사회를 충격에 빠뜨리고 있다. 특히 이들의 폭력이 미국사회의 홈리스에 대한 편견이 배경이 된 단순 '증오 범죄' 였다는 데서 충격을 더하고 있다.

이 같은 사실은 지난달 20일부터 시작된 이들에 대한 재판과 함께 경찰의 구체적인 사건발표가 공개되면서 알려졌다. 이들 십대에게 폭행을 당한 세 명의 홈리스 중 두 명은 중상을 입었으며, 한 명은 사망했다.

'평화의 장소'에서 당한 야밤 몽둥이세례

경찰이 발표한 사건 전모를 시간대 별로 재구성하면 다음과 같다.

홈리스인 레이몬드 페레즈는 지난 1월 12일 밤 9시 이후 해변교회의 정원 근처에 자리 잡았다. 페레즈는 종교인이었기 때문에 교회에서 1년 이상 잠자리를 해결했다. 그는 그곳이 자신을 위한 평화의 장소라고 생각했다.

경찰에 따르면, 십대들은 정원을 통해 담요를 둘러싼 채 잠들어 있는 페레즈에게 다가갔다. 그들 중 한 사람은 골프채를 들고 있었다. 페레즈는 첫 번째 공격을 받고 깨어나 비명을 질렀다. 그러나 공격자들은 태연하게 웃으며 무차별 구타를 가했다. 페레즈는 피를 흘리며 비틀거리며 밖으로 나와 포트로더데일 소방구급차에 의해 병원으로 옮겨졌다. 그러나 공격자들은 새벽의 어둠 속으로 사라진 뒤였다.

▲감시 카메라에 잡힌 홈리스 구타장면. 이 장면들은 지역 방송을 거쳐 미 전국 방송망을 타고 방영돼 미국 사회에 충격을 줬다.(지역 텔레비전. 캡쳐사진). © 김명곤

두 번째 희생자인 자크 피에르는 13일 새벽 1시 17분 경에 십대들의 공격을 받았다. 그는 애틀랜틱대학(FAU) 입구 근처의 한 벤치에서 쉬고 있다가 변을 당했다. 그가 공격받는 10초간의 모습은 감시카메

라에 그대로 녹화되었다. 두 명의 십대가 웅크린 한 사람을 향해 야구방망이로 머리를 계속 구타하는 장면이다. 야구방망이에 맞은 피에르는 빌딩 주변을 겨우 걸어 나와 경비원의 도움을 받아 병원으로 후송됐다.

세 명의 홈리스 중 노리스 게이너는 이날 가장 비참하게 당했다. 새벽 2시 15분경 일단의 청소년들이 에스플레네이드 공원 옆 정원 울타리를 뛰어 넘었다. 경찰은 도허티가 게이너의 머리와 몸을 몽둥이로 공격한 시간이 2시 30분 경이었다고 말했다. 십대 공격자 중 한 명인 아몬스는 피를 흘리며 누워 있는 게이너에게 다가가 페인트 총을 발사하기도 했다.

게이너는 브라워드 종합병원으로 후송되었으나 아침 8시경 사망했다. 사망한 게이너의 머리는 세 배로 부어 있었고 심하게 얻어맞아 멍투성이었다. 아버지인 새무얼 게이너가 신원을 확인하기 위해 도착했을 때 알아보지 못했을 정도.

'재미 삼아' 홈리스 구타?… 홈리스에 대한 '편견'이 더 문제

경찰의 추정에 따르면, 이들 10대들은 광란의 살인극을 저지르고 난 후 새벽 4시 경 해변교회에 도착했다. 그러나 그로부터 몇 시간이 채 지나지 않아 감시카메라에 찍힌 내용이 지방방송을 거쳐 전국방송에서 방영되면서 이들의 범죄행각도 드러났다. 당일 저녁 십대 공격자 세 명 중 훅스와 도허티는 자수했고 아몬스는 다음 날 마이애미에서 체포되었다.

발표에 따르면 사건 당일 빌리 아몬스(17), 탐 도허티(18), 브라이언 훅스(18) 등 세 명의 십대는 셰비 블레이저를 타고 포트로더데일에 있는 아몬스의 집을 나섰다. 이들 셋은 평소 함께 어울려 술을 마시거나 마리화나를 피우고 자낙스라는 정신안정제를 복용하기도 했다. 때로 작은 사건도 일으켰는데 그들 중 하나는 무장강도 혐의로 기소된 적도 있다.

고등학교를 중퇴한 뒤 페인트 총 쏘기와 스쿠터를 타고 거리를 질주하는 것을 즐기던 빌리 아몬스(18)는 불우한 어린시절을 보내야 했다. 아몬스가 7살이던 1994년 그의 부모가 이혼했는데 이들 부부는 이혼 후에도 서로를 고소하며 어린 아몬스에게 상처를 남겼다. 결국 그는 2004년, 모터사이클을 훔쳐 무장강도 짓을 한 혐의로 기소됐으며, 지난해에는 이웃들로부터 아몬스와 그의 친구들이 이웃노인을 위협하고 있다는 신고가 접수되기도 했다.

도허티와 훅스도 불우한 가정환경에서 부모들의 관심 밖에서 성장했다. 이웃들은 도허티와 훅스가 밤늦게 아몬스의 집 진입로에서 욕설을 하며 술을 마시고 담배가 아닌 무언가를 피우는 모습을 종종 목격했다고 말했다. 인라인 하키 챔피언인 18세의 훅스는 자신을 크고 흉악하게 보이려고 했으며, 항상 어깨에 잔뜩 힘을 주고 다니면서 종종 다른 사람들을 괴롭혔다. 훅스는 포트로더데일 시내에서 스케이트를 타면서 노숙자들에게 페인트 총을 쏘기도 했다.

18세인 도허티는 조용했으며 주로 친구들을 따라다녔다. 그는 체포 후에 법정에서 눈물을 흘리기도 했으며, 노리스 게이너를 공격하기 몇 주 전 그에게 감자칩을 나누어 주기도 했다. 그의 부모는 도허티가 네 살 때 이혼했으며 그 후 부모의 집을 왕래하며 어린 시절을 보냈다. 테네시의 한 상담교사는 도허티가 몇몇 과목에서 유급을 당했다고 말했는데 항상 옮겨 다녀야 했기 때문이라는 분석이다. 경찰 기록에 의하면 플로리다 아동가족부가 가정폭력으로 인해 도허티의 집에 두 번이나 출동하기도 했다.

그런데 이들 십대가 홈리스를 구타한 이유는 무엇일까.

친구들과 주변 사람들의 증언을 통해 드러난 홈리스 구타행위의 이유가 충격을 더해준다. 미국사회의 흔한 용어로 'fun(재미)' 때문이었다고 한다. 학교 친구들이 증언한 바에 따르면 평상시 이들은 '재미삼아' 이들을 구타하고 돌아다녔고 이번 범행도 그 연장선상이었다는 것이다. 그들의 학교 친구였던 한 학생은 지역 신문에 "그들은 늘 홈리스를 어떤 방법으로 괴롭히고 구타했는지 자랑하고 다녔다"고 말했다.

초동 수사과정에서 주변 탐문수사를 벌인 팜비치 경찰도 이에 대해 같은 증언을 했다. 홈리스 폭력 전문가들은 폭력행위에 가담하는 십대들은 홈리스 구타를 일종의 스포츠 정도로 여기고 있다고 말한다. 그러나 홈리스 구제사업 관계자들은 '게으르고 더럽고 마약에 찌든' 홈리스에 대한 사회적 편견이 이들의 습관적인 폭력행위를 정당화시켜주고 있는 게 더 큰 문제라고 보고 있다.

홈리스 폭력행위에 관한 보고서들도 미국 내의 홈리스 폭력행위는 주로 일상이 느슨하고 지루한 도시 외곽에 거주하는 20세 이하의 백인 청소년들에 의해 저질러진다는 분석을 내놓고 있다.

결국 마이애미 십대들의 홈리스 폭력사건은 철없는 청소년들이 '재미삼아' 벌인 단순한 사건이 아니라 미국사회의 홈리스에 대한 오랜 편견에서 비롯된 '증오범죄(hate crime)'였다. 미국 유색인종지위향상협회(NAACP)는 이번 사건을 인종 증오범죄로 보고 검찰에 이와 관련한 수사를 요구하고 나섰다. 구타에 가담한 세 명의 소년들이 모두 백인이고 사망한 게이너는 흑인, 중상을 입은 다른 두 명은 히스패닉 이민자들이기 때문이다.

공격당한 홈리스들은 퇴역군인-풋볼선수 출신

십대들에 의해 아닌 밤중에 홍두깨 식으로 구타를 당한 홈리스들의 사연이 알려지면서 이들의 죽음에 대한 안타까움도 확산되고 있다.

대학 캠퍼스 앞에서 잠을 자다 구타당한 자크 피에르는 58년 전 아이티에서 태어났으며, 1981년 포트로더데일로 이사한 후 집을 구입했다. 1986년 결혼했으나 이혼한 뒤 1994년 재혼했다. 그러나 재혼 뒤 그가 별다른 이유 없이 일을 그만두고, 아내가 떠나면서 그의 비극이 시작됐다. 2002년 그의 집은 은행에 저당 잡혔으며, 노숙자 신세가 됐다.

이웃들은 그가 종종 보도에 서서 살던 집을 바라보곤 했다고 말한다. 그는 브라워드 대로에 위치한 도서관 근처의 버스 정류장에서 시간을 보내기도 했다. 그는 그곳에서 스케이트 보더들에게 잔소리를 늘어놓거나 자신을 포트로더데일 시장이라고 말하기도 했다.

▲ 사망한 홈리스 게이너(상)와 재판을 받고 있는 아몬스(17). ⓒ 김명곤

교회 건물 옆에서 잠을 자다 봉변을 당한 도미니카 태생의 페레즈(49)는 뉴욕을 거쳐 남부 플로리다로 왔다. 그는 노숙자였지만 색깔이 있는 셔츠를 입고 공중화장실에서 콧수염을 말끔하게 다듬기도 했다. 그는 뉴

욕대에서 몇몇 공학 관련 과목을 수강하기도 했으며 육군 복무 당시 하와이, 앨라배마, 뉴욕 등지에서 근무하기도 했다.

페레즈가 어떻게 노숙자가 되었는지는 잘 알려지지 않고 있으나 노숙자가 된 이후에도 자존심을 잃지 않았다. 그는 포트로더데일비치에서 해가 뜨기 전 매일 샤워를 했다. 스스로를 '평범한 노숙자'가 아니라고 말했다.

공원 벤치에서 잠을 자다 살해당한 노리스 게이너(45)는 샌디에이고에서 해군 장교의 네 자녀 중 하나로 태어났다. 고등학교 시절 그는 풋볼선수로 활약하기도 했다. 고등학교를 졸업한 후 게이너는 건설기술 프로그램에 등록했고 그 후 육군에 지원해 사우스캐롤라이나와 애리조나에서 근무했다. 그는 애리조나에서 제대한 후 교도소에서 복역하기도 했으나 가족들은 무슨 죄목으로 그가 복역했는지 알지 못한다.

게이너는 조지아에서 지붕기술자, 조경기술자, 예술가 등으로 일하면서 곳곳을 떠돌아다녔다. 그는 가족들에게 종종 전화해서 잘 있다고 말하기도 했지만 노숙자라는 사실은 한 번도 말하지 않았다.

▲ 가까운 곳에 구세군 보호센터가 있어 홈리스들의 왕래가 잦은 콜로니얼 드라이브의 한 상점 앞에 한 홈리스가 주저 앉아 길 건너편을 응시하고 있다. ⓒ 김명곤

구사일생으로 살아난 피에르는 지난 1월 25일 퇴원한 뒤 브라워드 카운티의 모처에 머물고 있다. 페레즈도 부상회복을 위해 재활원에 머물고 있다.

게이너의 장례식은 지난 1월 17일 치러졌다. 그날 게이너의 장례식에 참석했던 30여 명의 조문객들은 대부분 생전의 그를 알지 못했던 사람들이었다. 게이너의 아버지는 "동물도 야구방망이로 그처럼 팰 수는 없을 것이다"면서 "그런 짓을 한 그들에게서는 인간성이라고는 전혀 찾아보기 힘들다"며 분노를 표현했다.

2월 초 대배심은 이들 세 명의 십대들이 1급 살인 및 살인미수 혐의로 성인법정에서 재판을 받게 될 것이라고 판결했다. 브라워드 지방검사 마이클 사치는 훅스와 아몬스에게도 사형을 구형할 것인지에 대해서는 아직 결정하지 않았다고 말했다.

늘어나고 있는 노숙자 증오범죄

현재 70~80만 명의 홈리스가 있는 것으로 알려지고 있는 미국에서는 최근 5년간 홈리스들에 대한 증오범죄가 증가해 온 것으로 나타났다.

'내셔널 홈리스(nationalhomeless.org)' 사이트에 따르면, 지난 2000년부터 2004년 사이에 홈리스 증오범죄가 5배로 늘어났다. 지난 6년간 전국적으로 386건의 홈리스 구타사건이 발생해 156명이 사망했는데, 공격의 80%는 백인에 의해 발생했으며 공격자의 대부분은 20세 이하 청소년이었다.

증오범죄의 대부분은 매우 잔인하다. 죽을 때까지 구타하기, 시체유기, 불에 태우기, 신체적 학대, 강간 등이다.

날씨가 따듯한 애리조나, 텍사스, 플로리다 등 미국 남부는 홈리스 구타 사건이 자주 발생하는 지역들이다. 1991년에는 두 명의 17세 소년이 플로리다 팜비치 카운티에서 피터 유르크라는 30세 홈리스 남성을 구타한 후 1달러 44센트를 빼앗아 달아났는데, 그다음 날 유르크는 사망했다. 같은 해 두 소년이 마이애미 델레이 비치 지역의 다리 위에서 홈리스를 구타한 후 강물에 던져 죽게 했다. 1999년에는 세 명의 십대들이 마이애미 지역의 숲속에서 57세 홈리스를 구타한 뒤 지붕 공사에 사용하는 콜타르를 온몸에 뿌렸다.

몇 년 전 텍사스 코퍼스 크리스티에서는 여러 사람이 한 명의 홈리스를 불태워 죽이려 한 사건이 발생했다. 또한 2003년에는 노스캐롤라이나 한 마을에서 두 명의 남성이 홈리스의 성기에 배터리 용액을 부은 혐의로 체포되기도 했다. 같은 해 워싱턴 주 캔트 시에서는 십대들이 44세의 홈리스 여성을 구타해 사망케 했다.

홈리스에 대해 증오범죄를 저지르는 사람들은 성인 부부, 청소년들을 비롯 경찰, 공원 경비원들로 나타났다. 미국에서 홈리스에 대한 증오범죄는 주로 '마약에 빠져 있고 게으르고 위험하다'는 편견 때문에 빚어지는 것으로 알려져 있다.

(2006. 2. 10)

짐머만,
마틴의 피값 평생 안고 가야 할 것

[현장에서 본 짐머만 재판] 대규모 시위, 민사소송 등 후폭풍 거셀 듯

지난해 2월 26일 비무장한 플로리다 흑인 소년 트레이본 마틴(17)을 몸싸움 끝에 총격으로 숨지게 한 혐의로 기소된 조지 짐머만(29)에게 무죄 판결이 내려지면서 미국 여러 도시에서 시위가 발생하는 등 후폭풍이 거세게 불고 있다.

13일 중앙플로리다 세미놀 카운티 제18 순회법원에서 속개된 재판에서 6명의 여성 배심원(백인 5명, 히스패닉 1명)은 2급 살인 혐의죄로 기소된 짐머만의 행위를 정당방위로 인정해 무죄 판결을 내렸다. 짐머만에 대한 판결은 2급 살인죄, 과실치사, 무죄 등 3가지가 예견된 바 있다.

전날에 이어 이날 오전 9시부터 시작된 배심원들의 평결 논의는 16시간의 장고 끝에 오후 10시에야 끝이 났다. 일부 미국 언론들은 재판이 다음날인 일요일과 월요일 오전까지 이어질 것으로 내다 보기도 했으나, 수일 동안 미 전역의 이목이 집중된 터여서인지 배심

원들은 저녁 식사 후 2시간 가량 숙의한 뒤 최종 결론에 도달했다. 지난달 10일 배심원이 선정되고 재판이 시작된 지 44일 만이었다.

'무죄' 평결에 "지금부터 전쟁이다" 과격 구호 나오기도

법정 밖에서 결과를 기다리던 200여 명의 흑인 시위 군중은 오후 10시 정각에 먼저 과실치사 부분에서 무죄가 선고되자 실망을 감추지 못하며 낮은 신음 소리를 냈다. 곧바로 2급 살인죄에 대해서도 무죄 평결이 나오자 일제히 울부짖으며 격렬하게 항의했다. 방금 전까지 피켓을 들고 맞시위를 벌이던 6~7명의 짐머만 지지자들은 어느새 자리를 피하고 없었다.

약 30여 명의 경찰 병력은 즉시 시위대 주위를 에워싸는 한편 법정 정문에 바리케이드를 치고 출입을 통제했다. 초저녁부터 법정 상공을 지키던 4대의 경찰 헬기가 폭력 사태에 대비한 듯 고도를 낮추자 극도의 긴장감이 감돌았다. 미 전역에서 모여든 약 150여 명의 보도진들은 흥분한 시위대원들 사이를 비집고 인터뷰를 하느라 북새통을 이뤘다.

▲ 지난 13일 밤 10시(현지 시간) 미국 플로리다 샌포드 시 법정 앞에서 짐머만의 무죄 판결에 항의 시위를 하고 있는 시위대원들. ⓒ 김명곤

시위대원들은 분수대 주변을 돌며 "정의 없이 평화 없다"는 구호를 외치기 시작했고, 일부 군중들은 "렛츠 고우 프로테스트", "피플 파워", "지금부터 전쟁이다" 등 과격 구호를 외치기도 했다.

▲ 오후 8시께 세미놀 카운티 법정 분수대 앞에서 평결을 기다리며 시위를 하고 있는 군중들.
ⓒ 김명곤

한국 캠프 케이시 미군부대에서 근무했다는 제임스 왓튼(57) 씨는 하늘을 향해 손가락질을 하며 "하나님이 어디 있느냐? 정의가 어디 있느냐?"며 울부짖었다. 초저녁부터 세 아이를 데리고 시위에 참여한 흑인 여성 젤마 왓시튼(45) 씨는 분수대 난간에 주저앉아 "내 아이들의 안전을 누가 보장하겠는가, 아이들이 길거리에 사탕을 사러가는 일도 따라나서야 할 판이다"며 눈물을 쏟았다.

검은색 군인 복장을 하고 비서와 함께 시위에 참가한 흑인 과격단체 뉴 블랙팬더 간부 제임스 에반스 무하마드(52) 씨는 "60년 전이나 지금이나 이 나라의 인종차별 문화는 달라진 것이 거의 없다"면서 "많은 사람들이 길가던 소년 마틴의 피부 색깔이 검은색이 아니었다면 발생할 이유가 없는 사건이라는 사실을 잊고 있다"고 분개했다.

그는 "길가던 사람이 의심이 간다는 이유만으로도 스토킹을 하고 총질을 해댈 수 있게 한 '스탠드 유어 그라운드' 법은 '악마의 법'"이

▲ 흑인 과격단체 블랙팬더의 간부 제임스 에반스 무하마드가 짐머만의 정당방위 판결의 토대가 된 플로리다 '스탠드유어 그라운드' 법을 '악마의 법'이라며 이의 폐지를 주장하고 있다. © 김명곤

라면서 "애당초 경찰의 스토킹 중지명령을 거부하고 살인까지 한 악당을 처벌하지 않는 법은 법이 아니다"고 목소리를 높였다.

플로리다에서 시작된 '스탠드 유어 그라운드' 법은 현재 미국 21개 주가 채택하고 있으며, '실내가 아닌 길거리나 공공장소에서 신체적으로 또는 심리적으로 생명의 위협을 당하는 상황에서는 총기를 사용해 자신을 방어할 수 있다'고 규정하고 있다.

"인종편견이 작용한 사건? 미친 언론이 그려낸 그림에 불과"

하지만 흑인 시위대에 맞서 '짐머만 무죄' 피켓을 들고 시위에 나선 한 백인 남성은 "마틴이 죽은 것은 애석하기 그지없고 안타깝지만, '법은 법이고, 이 법에 의해 짐머만은 당당히 무죄 선고를 받았다. 더 이상 무슨 말이 필요한가'라며 짐머만을 옹호했다.

초등학생 아들과 짐머만 지지 시위에 참여한 백인 여성은 "당초 기소조차 할 수 없었고 이길 수도 없는 사건을 검찰이 여론에 밀려 기소했다"면서 "미국은 법치국가이고 법을 지키면 그만이다. 이번 사건이 인종차별로 생긴 것이라니. 이는 장사꾼 같은 상업 언론이 일방적으로 만들어낸 그림에 불과하다"고 꼬집었다.

사실상 미국 미디어들은 사건 초기 기사에서 해맑은 미소를 띤 몇 년 전의 트레이본 마틴의 사진을 실은 반면, 조지 짐머만의 사진은 수년 전 폭행 사건으로 체포되었을 당시 경찰이 찍은 '막사진'을 앞다투어 실었다. 짐머만 측의 강력한 항의를 받은 미디어들은 이후 기사에서 트레이본 마틴과 조지 짐머만의 최근 사진으로 교체했다.

미디어들의 또 하나의 실수는 이른바 전체 문맥을 생략한 '마사지 기사'를 내보낸 것이다. 가령 한 매체는 짐머만과의 인터뷰 기사를 내보내면서 트레이본이 흑인이었기 때문에 (범죄 혐의에 대한) 의심을 가지게 된 것 같다고 보도했다. 그러나 이는 사실과 다른 것이었다. 짐머만이 사건의 정황에 대한 여러 질문들에 답하면서 트레이본이 흑인이었다는 것을 단순 진술한 것에 불과했다. 나중에 이 매체는 짐머만 측에 실수를 사과하고 정정보도를 하는 선에서 마무리지었다.

한 방송도 이와 비슷한 실수를 저질렀다. 이 방송은 경찰의 감시카메라에는 짐머만이 마틴과 몸싸움을 벌이면서 타박상을 받거나 피를 흘린 상처를 입었다는 증거가 없다고 보도했다. 그러나 곧바로 경찰의 공개에 의해 확인된 비디오에는 분명히 짐머만의 얼굴이 긁히고 머리 뒷부분에 꿰멜 만한 것은 아니지만 분명한 상처가 있다는 것을 보여 주었다.

짐머만 측 마크 오마라 변호사는 미국 미디어들의 센세이셔널한 보도 태도와 관련하여 "미국의 저널리스트들은 '미친 과학자들(mad scientists)' 같다"고 비난했다.

"'경찰 지망생' 짐머만의 지나친 열성이 비극 불러왔다"

이번 사건은 예상대로 최종 평결에 이르는 데 큰 진통을 겪었다. 당초 6명의 배심원들은 짐머만의 유죄 여부를 가리는 데 3:3으로 팽팽하게 맞선 것으로 알려졌다. 유죄를 주장한 3명 가운데 2명은 과실치사로, 1명은 2급 살인죄로 판단했고, 나머지 3명은 무죄를 주장한 것으로 전해졌다. 시간이 흐르며 유죄를 주장한 3명도 결국은 짐머만 측이 "생명의 위협을 받는 상황이었다"는 일관된 진술에 설득당하고 그의 정당방위를 인정했다.

백인 아버지와 히스패닉 어머니를 둔 짐머만은 2012년 2월 26일 올랜도 북부의 인구 5만여 명의 샌포드시 타운하우스(다세대 주택) 동네에서 17세 흑인 청소년인 트레이본 마틴을 살해한 혐의로 2급 살인죄로 기소됐다. 그러나 짐머만은 자신의 행위가 정당방위였음을 줄곧 주장해 왔다.

마이애미 거주자인 마틴은 사건 당일 출입자를 통제하는 '게이티드 커뮤니티'에 있는 아버지 약혼자의 집을 방문 중에 있었다. 사건 당시는 어둑어둑한 오후 7시경이었고, 비가 부슬부슬 내리고 있었다. 스포츠 중계를 시청하던 그는 자켓에 달린 후드를 쓰고 잠시 집을 나와 동네 세븐 일레븐에 들러 스킷틀 캔디 한 봉지와 티 한 병을 사들고 돌아가던 중이었다.

그때 경찰 지망생이자 동네 방범 자원봉사자(네이버후드 왓치)였던 짐머만이 마틴을 수상히 여겨 SUV 차량에 탄 채 그를 쫓아가기 시작했다. 짐머만은 곧 911에 전화를 걸어 후드를 쓴 수상한 사람이 동네에서 어슬렁대고 있다고 신고했다. 하지만 경찰은 "그만두라, 우리가 갈 때까지 쫓아가지 말라"고 명령했다. 그러나 짐머만은 이를 거부하고 계속 마틴의 뒤를 쫓았다. 마틴은 여자 친구에게 전화를 걸어 "수상한 사람이 내 뒤를 쫓고 있다"고 했고, 여자 친구는 "그 자리를 빨리 벗어나라"고 충고했다.

하지만 둘 다 권유를 무시하고 어느 순간에 맞딱뜨리게 되었다. 이때부터 '스탠드 유어 그라운드'의 '법적' 판단 상황이 전개된 것이다.

둘은 몸싸움을 벌이기 시작했고, 그 와중에 누군가가 "헬프 미(도와줘요)"라고 소리친 지 얼마 되지 않아 짐머만이 총을 발사했고 마틴은 현장에서 죽었다. 개를 데리고 먼 발치에서 산책을 하던 사람이 얼핏 투닥거리는 광경을 보았고 '헬프 미!' 소리를 들었으나, 어둑한 날씨인데다 거리가 멀어서 몸싸움에서 누가 우세를 보이고 있었는지, 누가 '헬프미!'라고 소리를 질렀는지 명확히 보지 못했다.

이 같은 상황에서 플로리다의 '스탠드 유어 그라운드' 법은 앞선 상황, 즉 사건의 시발이 된 짐머만의 스토킹과 경찰의 명령 거부보다는 두 사람이 조우한 가운데 (생명) 위협적 상황이 발생했는지 그리고 누가 생명의 위협을 받았는지에만 집중하게 된다. 이 때문에 '헬프 미'의 주인공이 누구인지, 몸싸움에서 위에 깔고 올라탄 사람이 누구인지를 가려내는 일이 재판 과정의 초미의 관심사였다.

▲ 트레이본 마틴이 사고 당시 손에 들고 있었던 티 캔과 캔디를 손에 들고 한 흑인 시위대원이 격렬한 어조로 짐머만의 무죄에 항의하고 있다. ⓒ 김명곤

우선 '헬프미!'의 주인공이 누구인지는 내로라하는 음성분석 전문가들을 동원했음에도 불구하고 그 주인공을 명확하게 가려내지 못해 증거로 채택되지 못했다. 남은 것은 싸움 중 누가 위에 올라타고 있었느냐는 것이었다.

짐머만을 2급 살인죄로 늑장 기소한 검찰은 음성분석에서와 마찬가지로 몸싸움의 상위 인물이 짐머만이었다는 점을 입증해 내지 못했다. 대신 정황 증거만을 들이대며 짐머만의 유죄를 입증하려 했다.

검찰은 짐머만이 버지니아에서 경찰직을 신청한 적이 있고, 사건 당시에도 범죄학을 공부하던 '열혈 경찰지망생'으로 그의 '과잉 행동'의 원인 가운데 하나였음을 지적하고 나섰다. 또한 짐머만이 동네 방범 자원봉사자로 활동하며 근래 수차례의 911 통화에서 거의 매번 '흑인'을 들먹인 점, 트레이본에 대한 경찰과의 통화에서는 비속어와 함께 '불량배(punks)' 라고 묘사하거나 "이 자식들은 언제나 날쌔게 달아나지"(These asshole, they always get away)라고 말한 점을 들어 총기를 소지한 짐머만이 화가 난 상황에서 직접 해결할 결심을 보였다고 주장했다.

짐머만 측 변호인은 마틴이 몸싸움을 하면서 억울하게 살해당했음을 증명할 만한 실질적인 증거를 검찰이 단 한 가지도 제시하지 못한 채 정황 증거에만 기대왔다고 꼬집으며, 배심원들이 증거를 보지 못한 상태에서 추리에 의존하는 것은 절대 삼가해야 한다고 주장했다.

결국 배심원단은 '유죄를 입증할 수 없으면 무죄(not guilty until proven)'라는 법리적 원칙에 동의해 짐머만에게 무죄를 선고했다. 하지만 재판이 끝난 이틀 후 'B37 배심원'의 인터뷰는 다소 적극적인 해석에 의해 짐머만에게 무죄가 내려졌음을 보여줬다.

이 배심원은 "마틴이 먼저 공격을 했고, 싸움 중 밑에 깔려 생명의 위협을 받았다는 짐머만 측의 주장을 결국 배심원들이 믿게 되었다"면서 "이번 사건이 인종적 편견에 의해 발생한 것으로 생각하지 않는다"라고 말했다. '수십 파운드(일부 주장 50파운드)나 더 나가는 짐머만이 마틴에게 깔려 생명을 위협당하는 공격을 받을 수 있느냐'는 이의 제기도 무위에 그치고 만 셈이다.

이 배심원은 "우리는 최선을 다했으며, 짐머만에게 무죄 결론을 내리면서 울음을 터뜨렸다"고 고백했다. 그러면서 "짐머만은 차 안에서 나와 소년을 뒤쫓지 말았어야 했다, 그의 지나친 열성이 비극을 불러왔다, 그렇지 않았으면 그는 살아 있었을 것이다"라고 안타까워 했다. 그는 "짐머만은 법적으로는 무죄일 수는 있겠지만, 윤리적으로도 그렇다고 할 수는 없을 것이다"라고 말했다.

끝나지 않은 짐머만 재판... 거세게 부는 '후폭풍'

일단 미국의 언론과 여론은 짐머만 사건이 '법대로' 되었다는 데 대해서는 별 이론이 없는 듯하다. '짐머만 무죄' 평결에 대해 '유죄를 입증할 수 없으니 무죄'라는 소극적 법리 해석에서부터 한 배심원의 주장처럼 '짐머만이 생명의 위협을 받아 총을 쏠 수밖에 없었다는 점이 인정된다'는 다소 적극적인 무죄 주장이 있지만, 이같은 해석에 반기를 드는 여론도 만만치 않다.

이번 사건의 평결과 관련하여 인종적 편견이 자리잡고 있다는 여론이 여전히 비등하고, 무엇보다도 무죄 평결에 결정적 영향을 미친 <스탠드 유어 그라운드 법>에 대한 시비도 본격화될 전망이다.

당장 전미유색인종지위향상협의회(NAACP)와 민권단체들은 전국적으로 마틴 추모 집회와 더불어 짐머만 무죄 항의 시위를 벌이기 시작했다. 이 와중에 흑인 민권 운동가인 알 샤프톤은 사건 발생지인 샌포드시에 대해 "21세기 버밍햄과 셀마가 될 수 있다"고 경고하는 등 이번 사건을 인종 문제로 해석하는 입장을 보였다. 앨라배마주의 버밍햄과 셀마시는 1960년대에 각각 교육과 투표권을 이슈로 흑인 차별철폐 운동이 격렬하게 발생했던 곳이다.

미국민권변호사협회도 애당초 이번 사건이 인종적 편견에 의해 저질러졌으며, 6명의 배심원단이 히스패닉계 한 명을 빼고는 5명이 백인으로 구성된 것부터 문제를 삼고 있다. 초기 1차로 걸러내 선정된 25명 안팎의 배심원단 가운데 10여 명은 흑인이었던 것으로 알려졌으며, 검찰과 변호인단은 이 가운데 6명을 최종 선정하면서 흑인을 단 한 명도 포함시키지 않았다. 검찰과 양측 변호인단은 법적 기준에 따라 선정한 배심원단인 만큼 크게 문제될 것이 없다는 입장이다.

플로리다 유력지인 <탬파베이 타임스>는 플로리다의 '스탠드 유어 그라운드' 법 관련 사례 조사에서 총기 사용 대상의 인종에 따라 무죄 판결을 받는 비율에서 큰 차이를 보이고 있다고 보도했다. 가령 '스탠드 유어 그라운드' 법과 관련된 200건의 사례를 조사한 결과, 총격 사망자가 흑인일 경우 총격을 가한 사람의 73%가 무죄 판결을 받은 반면, 사망자가 백인일 경우 59%만이 무죄 판결을 받은 것으로 나타났다.

현재 로스앤젤레스, 뉴욕, 시카고, 디트로이트, 애틀랜타, 마이애미 등 미국의 크고 작은 도시들에서 시위가 벌어지고 있으며, 일부 도시에서는 폭력 사태가 벌어지고 있다. 정작 사건 발생지인 플로리다 샌포드시는 아직 큰 움직임은 없지만, 제시 잭슨과 알 샤프톤 등 흑인 지도자들이 이 지역을 곧 방문할 예정이고, 이를 계기로 지난해와 같이 대규모 시위가 벌어지면서 전국적으로 그 여파가 미칠 가능성도 있다.

연방 법무부 개입... 다수의 민사소송도 이어질 듯

한편 무죄 선고를 받고 풀려난 짐머만은 가족들조차도 행방을 알지 못한 채 모처에 은신하고 있는 것으로 알려졌다. 하지만 공개 장소에 다시 얼굴을 드러낼 수밖에 없는 상황에 직면할 가능성이 크다.

우선 이번 판결의 결과로 인해 전 미국의 여론이 들끓고 있는 데 대해 위기 의식을 갖게 된 연방 법무부가 개입할 의사를 보였기 때문이다. 오바마 대통령은 연방 법무부의 어떠한 '액션'에 대해서도 개입하지 않겠다는 의사를 표명했다.

연방 법무부는 15일 FBI와 플로리다 법무당국으로부터 이번 판결과 관련한 증거들을 수집할 계획을 발표하면서 "경험있는 연방 검찰들은 (이번 사건에서 무죄판결을 이끌어낸) 증거가 우리의 법 체계 내에서 연방 인권 범죄 규정에 배치되는지에 이어서 연방법에 의한 처벌이 가능한지 결론을 내릴 것이다"는 내용의 성명서를 내놓았다.

짐머만은 다수의 민사소송에 휘말릴 가능성도 있다. 법이 지배하는 민권변호사위원회(LCCRUL) 바바라 안와인 회장은 14일 <USA 투데이>와의 인터뷰에서 "재판 결과를 어떤 시각으로 보든 간에 분명한 것 가운데 하나는 만약 짐머만이 그 당시에 아무런 액션도 취하지 않았다면 마틴은 현재 살아 있을 것이란 점이다"면서 "마틴의 가족이나 시민 단체들의 민사소송을 통해 정의가 살아 있음을 보여줄 기회가 여전히 존재한다"고 지적했다.

플로리다 잭슨빌의 형사 소송 전문 변호사인 랜디 리프는 "마틴 측이 형사 재판에서 패했지만 증거의 기준이 낮은 민사소송에서는 승소할 가능성이 있다"면서 "형사소송에서는 배심원이 '합리적 의심'을 가질 경우 무죄를 평결할 수 있지만 민사소송에서는 트레이본의 죽음에 짐머만이 책임을 면할 수 없다는 판결을 얻어낼 수 있다"고 말했다. 이는 형사소송에서 이기고도 민사소송에 패한 O.J. 심슨의 경우를 염두에 둔 언급이다.

짐머만 측의 마크 오마라 변호사는 14일 판결 후 가진 인터뷰에서 "(상대편의) 완패 상황에서 얼마나 많은 민사 소송이 나올 것인지 지켜보겠다"며 느긋한 태도를 보이며 "만약 누군가가 짐머만을 고소한다면 이에 대해서도 철저히 대비할 것이며 승소할 것으로 본다"며 자신감을 드러냈다.

결과가 어떻든, 검찰 측이 지난 13일 재판 과정의 최종 논고에서 말한 것처럼 짐머만은 트레이본 마틴의 피값을 평생 안고 가야 할 듯하다. 샌포드 경찰 당국은 그가 권총을 되돌려 달라고 요구할 경우 법적으로 문제가 없어 되돌려 주겠다는 입장이다.

(2013. 7. 17)

미국에서 100달러 넘는 약, 쿠바에선 단돈 몇센트!

마이클 무어 새 다큐 <병자>, 부시행정부 의료정책 맹공격

다큐멘터리 <화씨 9/11>로 부시의 명분 없는 이라크전을 힐난했던 마이클 무어 감독이 또 한번 부시 정권과 격렬한 싸움을 벌이게 되었다. 이번에는 미국의 의료 보건정책에 대한 신랄한 풍자를 담고 있는 '병자' 라는 다큐멘터리 영화를 통해서다.

무어는 영화 <병자>에서 9/11테러 구조 작업에 참여한 후 폐질환 등으로 고통받고 있는 구조대원들이 제3세계국에서 가장 의료혜택이 뛰어나다는 쿠바에서 치료받는 장면을 카메라에 담았다. 높은 비용에도 불구하고 열악한 서비스를 제공하는 미국 의료보건업계의 모순과 이로 인해 고통받는 환자들의 현실을 고발하고 의료보건 정책의 개혁을 촉구하려는 의도에서다.

현재 미국에는 4,700만 명의 무보험자가 있는 것으로 알려져 있으며, 미국의 의료 보건정책은 2008년 미국 대선에서 최대의 쟁점 중 하나가 될 전망이다. 미국은 다른 어떤 나라들보다 많은 돈을 쓰

면서도 서방세계에서 가장 열악한 의료보건 체계를 갖고 있으며, 어떤 정책을 펼치냐에 따라 현재보다 훨씬 더 나은 혜택을 베풀 수 있다는 게 무어의 주장이다.

'병자'는 9·11 영웅들이 육체적 고통뿐만 아니라 미국 의료계의 철저한 외면 속에 막대한 치료비를 감당하지 못해 경제적 고통까지 감내하고 있는 모습을 리얼하게 그리고 있다. <AP통신>이 19일 자에서 소개한 몇몇 출연자들의 예를 들어보자.

9·11 구조대원 출신 레지 서번츠는 외상성 스트레스 장애, 눈과 귀 감염 등 각종 질병에 시달리다 일을 그만둔 이후로 보험 혜택도 중단되었기 때문에 노동자 보상 시스템에 의존하여 겨우 몸을 추스려 살아가고 있는 처지다. 도나 스미스라는 구조대원은 보험에 가입했음에도 불구하고 치료비를 감당할 수 없어 집을 팔고 딸이 살고 있는 집의 창고로 이사해야 했다.

9·11 당시 세계무역센터 근처에 있는 조합 사무실의 목수였던 존 그래햄은 두 번째 비행기가 무역센터에 충돌하기 전에 달려가서 31시간 동안 계속해서 일했고 이후로도 몇 개월간 사고현장에서 일했다. 그후 그는 폐질환을 비롯하여 식도 역류, 만성 정맥동염, 외상성 스트레스장애 등 일일이 기억할 수 없을 정도로 많은 질병에 시달리고 있다. 그래햄은 2004년에 일을 그만둔 이

▲ 마이클 무어의 신작 다큐멘터리 '병자(sicko)' 포스터. ⓒ 김명곤

후로 주당 노동자 보상비 400달러로 생활한다.

테러 혐의자들은 치료하고, 미국인들 치료는 거부?

무어가 <병자>를 촬영하기 위해 이들 환자들을 데리고 쿠바에서 벌인 기행은 무어식 고발성 다큐 영화의 극치를 이루고 있다. <화씨 9/11>의 마지막 장면에서 무어는 아이스크림 행상들이 사용하는 차량에 확성기를 달고 의사당 앞에서 반전 시위를 벌였는데, 이번에는 해상에서 배를 띄워놓고 시위를 벌인다.

무어는 영화 '병자'에서 8명의 환자들을 쿠바 관타나모에 있는 미군 기지로 데려간다. 그의 이같은 의도는 관타나모에서 테러 혐의자들이 9·11의 구조 영웅들보다 더 나은 의료 혜택을 받고 있는 모순된 현실을 고발하려는 것이다.

무어는 투병중인 3명의 구조대원들과 5명의 다른 환자들을 보트에 태우고 관타나모로 향했다. 그는 관타나모 해군기지 앞에 배를 띄워놓고 확성기로 그의 친구들을 치료하기 위해 기지로 데려가고 싶다고 외친다.

결국 답을 듣지 못한 그는 무상으로 치료하는 사회주의 국가 쿠바의 아바나로 가서 쿠바 의료진으로부터 환자들을 치료받도록 한다. 한 환자는 5일 동안 건강검진을 받은 후 식도 역류를 치료받았다. 또 다른 환자는 눈과 귀 감염을 치료받았는데, 미국에서 100달러 이상 하는 약이 쿠바에서는 몇 센트에 불과한 사실을 확인하고 충격을 받았다.

무어는 처음부터 환자들과 함께 쿠바로 가려고 계획하지는 않았다고 한다. 그러나 그에게 쿠바행 동기를 부여한 것은 다름 아닌 미국 정부였다.

미국 정부가 관타나모에 억류되어 있는 테러 혐의자들에게 우수한 의료 서비스를 제공한다고 자랑하자 무어는 집에서 치료비로 어려움을 겪고 있는 9·11 구조대원들 역시 동등하게 치료받아야 한다는 생각에서 쿠바행을 결정했다는 것이다.

무어는 <AP통신>과의 인터뷰에서 "관타나모 수감자들은 대장경 검사와 영양 상담까지 받고 있으나, 미국인 (구조대원)들은 가정에서 고통받고 있다"면서 "나는 미국정부가 알카에다에게 제공하는 똑같은 치료를 미국인들에게도 해줄 수 있는지 확인하기 위해 가야만 했다"고 주장했다.

무어는 미국의 민간 보험과 제약회사, 미국 민간의료보험 조직인 건강관리기구(HMO)를 비판하고, 프랑스, 영국, 캐나다 등의 의료제도는 완벽하지는 않지만 미국의 제도보다 상대적으로 월등하다고 주장하고 있다.

미 정부, '적성국 무역금지법' 위반 혐의 조사

이처럼 부시 행정부에 대해 두려움 없는 비판의 칼날을 휘두르고 있는 무어는 결국 쿠바에 허가없이 입국해 '적성국 무역 금지법'을 위반한 혐의로 미국 재무부 산하 해외자산 통제실(OFAC)로부터 조사 통고를 받았다.

그러나 무어는 자신들의 쿠바 행에 대해 오래 전부터 알고 있던 행정 당국이 영화가 개봉될 시점에 조사를 벌이겠다고 나서는 것은 영화 상영을 저지하고자 하는 정치적 음모라고 비난했다. 당초 무어는 작년 10월 저널리스트를 대상으로 한 쿠바 방문 허가를 얻기 위해 비자를 신청했지만 아무런 응답을 듣지 못했다. 그러자 그는 공개 서한을 통해서 미국 행정부가 "연방법을 노골적이며 터무니없는 정치적 목적으로 이용하고 있다"고 강하게 비난했다.

무어는 부시의 재선과 공화당의 정치활동을 위해 지난 수년 간 수억 달러를 뿌려가며 정치적 후원자 노릇을 해온 보건의료 단체들이 자신들의 치부를 드러내는 이 영화 상영에 대해 매우 불편한 심기를 드러내고 있으며, 최대 수혜자인 부시 행정부가 이를 저지하려는 것은 당연한 것이라고 주장했다. 무어는 개혁 성격의 웹 일간지 <데일리 코스> 지에서 쿠바 체류 시 어떠한 범법 행위도 저지른 것이 없으며 숨길 것도 없다며 해볼 테면 해보라는 반응을 보이고 있다.

쿠바의 공산당 일간지 <그란마> 는 무어가 결국 미국의 사전 검열 제도와 적성국 무역 금지 법안의 희생양이 되었다고 주장하면서, 미국의 행위는 마치 1950년대 의회 안에 공산주의자들이 들어와 있다며 대규모의 인사들을 정치적으로 숙청했던 메카시즘과 전혀 다를 바 없다고 주장했다.

이번 영화의 배급사인 웨인스타인의 하비 웨인스타인은 지난 15일 <AP통신>과의 인터뷰에서 <병자>가 정부 정책에 대해 무조건적인 비판을 일삼는 선동 영화라기보다는 미국인들을 하나로 연합시켜주고 치부를 드러내 치료에 이르게 하는 영화라고 소개하며 무어를 두둔했다.

일각에서는 무어의 <병자>가 그의 다른 영화들처럼 정치적으로 편향적이며 진실의 반쪽만을 반영하고 있는게 아니냐는 비판의 소리도 나오고 있다.

무어는 이에 대해 <타임>지 인터뷰에서 "아마도 내 영화에 대해 화를 낼 사람들은 보험회사와 제약회사의 간부들밖에 없을 것"이라면서 "나는 <화씨 9/11>에서 단 한 가지라도 사실과 다른 것을 발견하는 사람에게 1만불의 상금을 걸었었다"며 영화 '병자'의 사실성에

대해서도 자신감을 표현했다

"설득에 시간 걸릴 뿐, 미국민 대다수는 합리적"

그러나 무엇보다도 고발성 다큐멘터리의 귀재 무어가 <병자>에 대해 갖고 있는 자신감은 기득권을 쥐고 있는 소수와는 달리 미국민들의 대다수는 합리성을 가진 사람들이라는 생각에서 나온 것으로 보인다. 다만 '설득'에 시간이 좀 걸릴 뿐이라는 것이다. 무어는 <타임>지에 '설득 가능한 다수'에 대한 신뢰감을 다음과 같이 표현했다

"2003년 3월 오스카상 시상식에서 우리는 거짓 명분으로 (이라크) 전쟁을 일으켰다고 말했을 때 사람들은 내게 야유를 퍼부었다. 당시 미국민의 20%만이 내 의견에 동의했을 뿐이었다. 그럼에도 얼마 지나지 않아 나는 <화씨 9/11>을 만들었다. 나는 미국민들의 대다수가

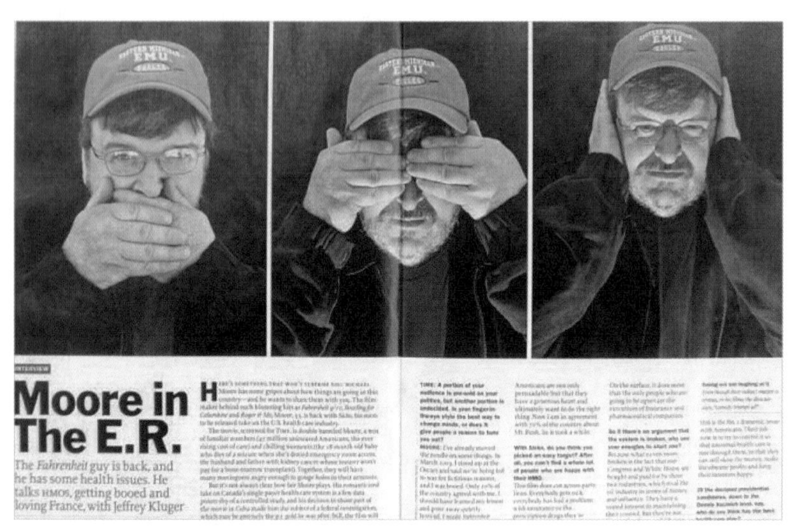

Moore in The E.R.

The Fahrenheit guy is back, and he has some health issues. He talks HMOS, getting booed and loving France, with Jeffrey Kluger

▲ 5월 28일자 <타임>지에 실린 마이클 무어의 다큐멘터리 '병자(sicko)' 기사. 이 영화는 출시도 되기 전에 화제가 되고 있다. © 김명곤

설득 가능한 합리적인 사람들일 뿐 아니라 궁극적으로는 올바른 것을 원하는 사람들이라고 확신했기 때문이다. 지금 내가 부시에 대해 갖고 있는 생각에 대해 미국민들의 70%가 동의하고 있다. 시간이 모든 것을 해결해 주었다."

무어 감독은 지난 15일 뉴욕 맨하탄의 한 호텔에서 열린 시사회에서 "3년 전 바로 오늘 우리는 9·11 희생자 가족들과 함께 <화씨 9/11>을 처음 보았고, 모두가 엄청난 경험을 했다"고 운을 뗀 후, "최신작 <병자>도 미국사회에 충격을 안겨주게 될 것으로 확신한다"고 단언했다.

(2007. 5. 29))

흑인 여자선수들, 거칠고 창녀같다

미 유명 토크쇼 진행자, 인종차별 발언 파문

미국의 유명한 라디오 토크쇼 진행자 돈 아이머스가 뉴저지 럿거스 대학 여자 농구팀에 행한 인종차별적 발언이 연일 미국의 주요 미디어에서 다루어지며 파문이 확대되고 있다.

아이머스는 8명의 흑인 학생이 포함된 럿거스 대학 여자 농구팀이 대학농구 결승전에서 테네시 대학에 패하자 <WFAN>의 라디오 토크쇼 <아침의 아이머스>에서 "저들은 럿거스로부터 온 거친 여자애들이다, (몸에는) 문신을 했고, 포르노 필름의 창녀들, 곱슬곱슬한 머리(흑인을 비하하는 용어)의 창녀들 같다"고 말했다.

이같은 인종차별적 막말이 전해지자 흑인 저명인사인 제시 잭슨 목사와 알 샤프턴 목사는 한 목소리로 "아이머스는 인종차별주의자"라며 <NBC> 방송에 그의 즉각 해고를 요청했다. 흑인 여성 저널리스트 전국연합(NABJ)도 긴급 성명을 내고 아이머스의 해고를 요구했다.

뉴욕시의 스포츠 라디오인 <WFAN>에서 제작되는 <아침의 아이머스> 쇼는 <MSNBC>를 비롯한 70개 라디오 채널을 통해 방송되고 있으며 인기있는 토크쇼 가운데 하나로 수백만 명의 청취자를 갖고 있다. 그동안 딕 체니 부통령, 존 케리 상원의원, 존 멕케인 상원의원 등을 포함한 미국의 저명 정치인들과 언론인, 작가 등이 출연해 왔다.

아침방송의 망언 "곱슬곱슬한 머리의 창녀들"

아이머스 발언으로 미 전역에서 흑인 인권단체 등 일반 시민단체의 항의가 잇따르자 <MSNBC>는 아이머스에 2주간 출연정지 처분을 내렸다. 아이머스도 잘못을 시인하면서 부랴부랴 수습에 나섰다.

아이머스는 자신의 토크쇼를 통해 사과의 뜻을 밝힌 데 이어 9일에도 "나에 대한 출연정지 처분은 적절한 것이며 결정을 존중하겠다"면서 "내가 했던 짓은 코미디 같은 분위기에서 저지른 어리석고 바보같은 실수였다"고 말했다.

<MSNBC> 측도 아이머스가 후회와 당혹감을 감추지 못하고 있고 토크쇼 대담 방식도 바꾸겠다는 약속을 했으며, 아이머스와의 관계는 그의 약속 이행 여부에 달려 있다고 밝혔다.

그러나 아이머스의 사과와 <MSNBC> 측의 이같은 해명에도 불구하고 비난이 계속되고 있으며 아이머스를 아예 방송계에서 떠나게 해야 한다는 요구가 계속되고 있다. 미국 전

▲ 아이머스가 토코쇼를 진행하고 있는 장면을 보도하는 ABC 뉴스 ⓒ 김명곤

국여성연합(NOW)은 10일 성명을 내고 방송계에서 아이머스의 추방을 요구했다.

제시 잭슨 목사는 9일 시카고의 <NBC> 방송국 앞에서 50여명의 시위자들과 함께 시위 대열에 참여하고 아이머스가 정직되었다고 해서 시위를 중단하지는 않겠다고 말했다.

알 샤프톤 목사도 <NBC>의 <투데이쇼>에서 "아이머스의 출연정지 처분은 너무 가볍고 너무 늦었다"면서 "대선후보들을 비롯한 정치인들은 앞으로 그의 프로그램에 출연하지 말아달라"고 요청했다.

한편 침묵을 지키고 있던 럿거스 대학 여자 농구코치도 10일 기자회견을 열고 "(아이머스의 발언은) 개탄스럽고 천박하며 파렴치한" 발언이라고 비난하고 나섰다.

그는 "이들 젊은 숙녀들은 고교 우등 졸업자들이고, 클래스에서는 두각을 나타내는 장래의 의사들이며, 음악 신동들로 천부적인 재간꾼들이다"면서 "학업과 스포츠에 엄청난 시간과 에너지를 쏟아부어 정상에 오른 이들이 어디에서 왔건 피부 색깔이 무엇이든 무슨 문제가 된단 말인가"고 반문했다.

발칵 뒤집힌 흑인사회 "개탄스럽고 천박하며 파렴치하다"

아이머스는 비판자들에게 자신의 쇼가 언어구사에 있어 무제한에 가까운 재담성 토크쇼라는 사실을 인지해 주기를 바라고 있다. 아이머스는 전에도 콜린 파월 전 국무장관을 가리켜 '교활한 족제비'라고 불렀으며, 빌 리차드슨 뉴 멕시코 주지사를 '뚱뚱한 겁쟁이', 벤 나이트호스 캠벨 상원의원을 '아메리칸 인디언'으로 부르기도 했다.

<투데이쇼>의 알 로커는 그의 개인 블로그에서 "(아이머스의) 제동장치 없는 막말, 다른 사람을 사정없이 매도하는 유머, 재미 때문에

▲ 10일 기자회견을 하고 있는 럿거스 대학 코치 비비안 스트링거 코치 ⓒ 김명곤

그냥 지나쳐 버리는 잔인한 어투 등에 진절머리가 쳐진다"면서 "이제 아이머스는 떠나야 한다"고 말했다. 그러나 방송잡지 <토커스>의 편집인 마이클 해리슨은 아이머스가 해고된다 하더라도 어딘가 다른 방송에서 일하게 될 것으로 예측했다.

유명인의 인종차별적 발언이 미국사회에서 사회적 물의를 일으킨 것은 이번 만이 아니다.

지난해 11월 유명 코미디언 마이클 리차드스가 로스엔젤레스 코미디 클럽에서 두 명의 흑인에 대해 인종차별적 폭언을 한 일도 전국적인 논쟁을 일으켰다.

리차드스는 코미디 클럽에서 그의 코미디에 야유한 두 명의 흑인 청중들을 향해 다섯 차례나 '니그로'를 암시하는 'N'자 발언으로 물의를 일으켰다. 일부 청중은 리차드스의 충격적인 발언에 자리를 박차고 나가기도 했다.

이 소식을 들은 '시트콤의 황제' 제리 사인필드도 리차드스의 발언을 '엄청난 실수'라고 비난했고, 인권단체들도 즉각 리차드스를 '인종 차별주의자'라고 비판을 하고 나섰다.

리차드스는 부랴부랴 "흥분한 나머지 무의식 중에 한 실수"라면서 사과했으나, 인권 단체들은 리차드스의 발언이 그의 내부에 잠재되어 있던 인종차별 의식 때문이라며 일반 미디어에 그의 출연 정지를 요청했다.

"미국사회 인종차별 의식, 아직 뒷무대에 살아있다"

한편 리차드스와 아이머스의 연이은 물의에 대해 인종문제 전문가들은 "아직도 많은 백인 미국인들 사이에 인종차별 의식이 뿌리 깊게 박혀 있음을 보여준 사례"라는 주장을 펼치고 있다.

수십 년 동안 미국사회의 인종차별을 연구해 온 텍사스 A&M 사회학과 조 피어진 교수는 백인들의 의식 속에 깊게 뿌리내린 인종차별을 '화이트 레이셜 프레임' 이론으로 설명한다. 대부분의 백인 미국인들은 1600년대 이래 흑인노예들에 대해 가져온 고정관념을 그대로 간직하고 있다는 것이다.

피어진 교수는 "미국은 그동안 정치적 규제를 통해 흑인에 대한 차별을 없애려 애써왔지만 백인들은 인종차별의 사회화 과정을 피할 수 없었다"고 말한다. 그는 "인종차별은 1살 때부터 친구, 친척들에 의해, 미디어와 학교 교사들에 의해 머릿속에 들어와 박히게 된다"고 지적한다.

'화이트 레이셜 프레임'의 전형적인 예는 '흑인은 위험스런 존재'라는 이미지다. 이같은 이미지는 흑인은 해가 지고 나서도 길거리에서 활보할 수 있지만, 백인들은 길거리에 한두 명의 흑인만 눈에 띄어도 서둘러 사라지거나 무의식적으로 자동차 문을 잠근다는 것이다.

피어진 교수는 "인종차별적인 발언이 용납할 수 없는 행위라는 것은 배우지만, 백인들은 술 파티 등으로 느슨해진 소그룹 모임의 한 켠에서 자연스럽게 인종차별적인 농담을 즐기곤 한다"고 지적했다.

'디스커스 레이스 닷컴'을 통해 미국사회에 숨어있는 인종차별을 불식시키기 위한 운동을 하고 있는 데이비드 마이어스(45)도 "미국

▲ 아이머스 쇼를 소개하고 있는 MSNBC 인터넷판. 옆에 아이머스의 출연정지 처분에 대한 기사가 있다. ⓒ 김명곤

사회에서는 '위협적인 존재'의 순위를 '흑인 남성-흑인 여성-백인 남성-백인 여성'의 순으로 꼽고 있다"면서 "인종차별에 대해 사회적 또는 정치적 사망이라는 형벌을 가해 왔기 때문에 노골화 되지 않고 있을 따름이지 교묘한 형태의 인종차별은 뒷무대에 여전히 존재한다"고 주장했다.

사회과학자들은 주로 설문지 등에 의존하는 여론조사를 통해서는 인종차별 의식을 쉽게 알아낼 수 없다고 지적한다. 미국인들이 공공연하게 인종차별적 발언을 하지 않고 있지만, 정말 그들의 마음 깊은 곳에 무슨 생각이 담겨 있는지는 알아내기가 쉽지 않다는 것이다.

여하튼 오랫동안 미국 사회에서 대 논쟁거리가 된 인종문제는 시간이 상당히 흐른 오늘에 있어서도 완전히 풀리지 않고 있는 난제임이 분명하다.

(2007. 4. 11)

뉴올리언스는 불법체류자가 접수?

허리케인 복구에 대거 동원된 불체자들

9·11 테러 사건 이후 "밀입국자들은 막고 불법 체류자들은 쫓아낸다"고 공공연히 밝혀온 미국이 허리케인 카트리나 복구 작업에 불법 체류자들을 동원하고 있는 것으로 알려져 비판이 일고 있다.

미국은 지난해에만 15만 7,281명의 불법 체류자를 추방했다. 이는 지난 2001년에 비해 무려 45%나 증가한 수치다. 그런데 카트리나 재난 이후 부시 행정부가 멕시코만 연안의 복구사업에 불법 체류자 인력동원을 슬그머니 허용하기 위해 이민법을 편법 운용하고 있다는 의혹이 제기되면서 부시정부의 이중적 이민정책이 도마에 오른 것.

더럽고 힘든 일은 불체자들에게

카트리나 늑장대응으로 엄청난 비난에 직면, 인기도가 바닥으로 내려앉은 부시 대통령은 하루속히 뉴올리언스 악몽에서 벗어나길 원하고 있다. 때문에 부시 대통령은 기회가 있을 때마다 "카트리나 복구작업에 이제껏 볼 수 없었던 사상 최대의 지원을 하겠다"고 약속해왔다.

부시 행정부는 이에 따라 피해지역인 루이지애나, 미시시피, 앨라배마 그리고 플로리다의 공공건설 근로자 최소임금 제한법인 <데이비스-베이컨> 조항을 일시 정지했으며, 국토안보부도 체류신분에 관계없이 일정동안 일을 할 수 있도록 불법체류자 고용에 대한 강력제재를 일시적으로 중지한 상태다.

Post-Katrina easing of labor laws stirs debate

By Monica Campbell, The Christian Science Monitor

LAS CHEPAS, Mexico — Mario Pérez, muscular and 16 years old, is a budding carpenter. Next to him is Samuel Sánchez, 32, an experienced roofer. Fed up with earning $4 a day in Mexico, they recently arrived at this tiny town on the Mexican-New Mexican border to start the two-day walk to the U.S.

Roofers work on a damaged home in New Orleans' Garden District. Gulf Coast rebuilding is expected to create huge labor demand.

By L.M. Otero, AP

They talked about where they would go. "Probably Texas," said Sánchez. "What about New Orleans?" suggested Pérez.

In the wake of Hurricane Katrina, recent moves by the U.S. government may help would-be migrants like Sánchez and Pérez decide where to go. And decisions in Washington are reigniting the immigration debate.

▲ 부시행정부가 이민법을 편법 운용하고 있어 논란이 일고 있다는 내용을 보도한 <유에스에이 투데이> 10월 3일자. 사진은 불체 노동자들이 카트리나 피해를 입은 지붕을 수리하고 있는 장면. ⓒ 김명곤

이 틈새를 타고 미 전역에서 불법 체류자들이 루이지애나로 몰려들었다. 여기에 남미에서 올라오는 불법 체류자들까지 합세해 허리케인 피해지역은 불법체류 노동자들의 집합소가 되어가고 있다.

이들 불법 체류자들은 수요에 비해 공급이 턱없이 부족한 미국의 육체노동 시장에 균형추 역할을 해주고 있다. 육체적으로 고되고 힘든 '더트 워크(육체노동)'에 나설 미국 젊은이들이 없는 상황에서 불체자들이 제공하는 값싼 노동력은 미국의 건설업체들에게 큰 매력이 아닐 수 없다. 이것이 부시 행정부가 느슨한 이민정책을 펼치고 있는 이유다.

뉴올리언스, 불체자로 재구성될 수도

현재 대부분의 남미계 불법 체류자들은 뉴올리언스 복구 작업에 대거 동원된 상태다. 그들은 시간당 8달러씩의 저임금을 받고 하루 11시간씩 주 6일간 일하며 뉴올리언스 외곽지역의 전기도 물도 없는 지역이나 값싼 모텔방을 빌려 집단으로 거주하고 있다.

불법 체류자들은 복구 작업이 완료된 후에도 그곳에 남아 뿌리를 내리길 희망하는 한편, 현재 휴스턴 대피소에 있는 대부분의 뉴올리언스 본토박이 미국인들은 다시 뉴올리언스로 돌아가고 싶어 하지 않고 있어 뉴올리언스는 불법 체류자들로 재구성될 수도 있다. 이럴 경우 클린턴 전 대통령이 얼마 전 <NBC> 방송에 출연해 "뉴올리언스는 다른 인구로 채워질 것"이라고 한 말이 현실화될 수 있다.

Who's rebuilding New Orleans?

Locals angrily point out migrant workers, saying they're taking jobs to the exclusion of residents who can't afford to come home.

By SAUNDRA AMRHEIN, Times Staff Writer
Published October 23, 2005

NEW ORLEANS - As military helicopters thumped overhead, R.J. Rouzan paced and waved his arms inside an office in City Hall.

National Guard troops that morning last week had blocked him from visiting his property in the Lower 9th Ward. Something to do with needing a permit. City officials didn't know what he was talking about.

[Times photo: Willie J. Allen Jr.]
Migrant workers rest outside the downtown post office in New Orleans, where they're pressure washing the mold from walls and floors.

Then, in the middle of an argument that seemed to be about red tape, Rouzan veered suddenly toward a subject that has angered many local residents.

▲ "누가 뉴올리언스를 복구하고 있는가?"라는 타이틀로 불체노동자들의 복구현장을 다룬 <세인트피터스버그 타임스> 23일자. 사진은 남미계 노동자들이 건물의 바닥과 벽을 청소하고 있는 장면. ⓒ 김명곤

그런데 현실적으로 불법 체류자들을 매력적인 노동력 집단이라고 인정하면서도 미국사회에서는 이들에게 불안한 시선을 보내고 있는 분위기다. 9·11 테러 이후 미국인들이 갖게 된 이방인에 대한 두려움과 급격히 세력화되어 가고 있는 남미계 이민자들에 대한 견제 때문이다. 특히 지리상으로 미국과 가까울 뿐더러 초기 미합중국이 형성되

는 과정에서 형성된 미국-남미지역간의 갈등도 껄끄러운 부분이다.

더구나 최근 들어 남미 경제가 악화되면서 캘리포니아와 플로리다 일부 지역은 이미 남미계 이민자들이 점령하다시피 했으며, 여기에다 최근의 미국의 재난 상황은 이들의 미국 이주를 더욱 가속화하고 있다.

최근 뉴올리언스 복구 현장을 취재한 플로리다 <세인터 피터스버그 타임스> 손드라 엠레인 기자는 "최근 남미계 노동자들로 지역노동계가 급격히 대체되고 있다"면서 "복귀한 주민들은 도대체 이 도시가 누구의 도시가 될지 모르겠다고 걱정하고 있다"고 전했다.

래이 내긴 뉴올리언스 시장도 최근 비즈니스 복귀자들을 위한 포럼에서 "뉴올리언스가 멕시칸 노동자들에 의해 점령당하지 않는다는 걸 어떻게 보장할 수 있겠냐"면서 지역건설업자들에게 미국 현지인 고용에 앞장설 것을 촉구했다.

미국은 불법 체류자들이 세운 나라

사실 허리케인 피해가 발생한 후 거주민 인구 이동이 발생한 것은 이전에도 있었다. 1998년 허리케인 미치가 중앙아메리카를 덮쳤을 때 많은 사람들은 북쪽으로 거주지를 옮겼다. 그리고 이들이 남기고 떠난 빈 자리에는 자연스레 복구 작업을 하러 왔던 일꾼들이 삶의 둥지를 틀었다.

1992년 허리케인 앤드류로 인해 25만 명의 남부 플로리다 주민들이 살던 곳을 떠났고, 이 지역의 복구 작업에 남미계 이민자들이 대거 몰려들었다. 인력난에 허덕이던 여러 미국 건설업체들이 이 같은 남미계 인력에 의존하지 않을 수 없었던 것. 이 때문에 당시 남부 플로리다의 남미계 인구가 50%나 증가했을 정도였다.

이후로 남미계 노동자는 증가일로를 거듭, 2004년 남미계 건설인력은 미 전체 건설 인력의 17%를 차지했을 정도로 미국의 건축분야는 남미계 인력으로 움직이고 있다고 해도 과언이 아니다.

미 남서부 지역뿐만 아니라 1990년과 2000년 사이 캘리포니아와 아칸소에도 대다수 남미계 인력이 동원됐다. 또 9·11 테러 당시 무너졌던 미 국방부 건물 복구에도 40%나 되는 남미계 인력을 사용할 수밖에 없었다.

이중적인 미국의 이민자 정책

결국 역사적으로 미국에서 발생한 재난은 남미계 노동자들을 불러들인 셈이 되었고, 경제적으로 궁핍한 남미인들은 이 같은 흐름에 따라 온 것이다.

이를 카트리나 재난으로 곤경에 빠진 부시 행정부의 실정에 맞추어 대입해 본다면, 부시가 허리케인 피해 복구에 사상 최대의 지원을 하겠다고 약속한 것은, 결국 불체 노동력을 미국시장에 풀겠다는 암시이며, 남미계 불체자들은 종전 경험으로 '일을 해도 된다'는 의미로 자연스레 받아들일 수 있다. 불체 노동자는 현재 부시가 허리케인 궁지에서 빠져 나오는데 필요악적인 존재들이 된 셈으로 오히려 이들의 '공헌'에 감사해야 할 처지다.

그러나 부시는 여전히 이들의 공헌은 물론 존재조차 공식적으로 인정하려 들지 않고 있다.

<LA 타임스>는 "멕시코 빈센트 폭스 대통령이 '멕시코인이 잘하는 것 중 하나가 건축이다'면서 뉴올리언스 재건에 멕시코 인력동원을 제안했을 때 부시 행정부는 시큰둥해 했지만, 그 시각 미시시피 빌록시에서는 이미 멕시칸 불법 체류자들이 일하고 있었다"고

전했다.

신문은 이어 부시의 이 같은 태도에 대해 “미국의 현재와 과거가 다른 점이 있다면 정부와 미국인들이 불법 체류자들에 여전히 의존하고 있음에도 불구하고 이를 인정하려 들지 않는다는 것”이라 지적했다.

결국 허리케인 카트리나는 미국의 인종-빈곤문제를 노출시킨 것 만큼이나 이제 복구 단계에서는 ‘생산’만 남기고 ‘생산자’는 인정치 않으려는 미국식 자본주의의 이중 모순을 드러내고 있는 중이다.

▌대형 건설 프로젝트마다 동원된 이민 노동자들

미국이 건국 이래 값싼 이민 인력을 사용한 것은 어제 오늘의 일이 아니다. 19세기 초엔 아일랜드 이민자 인력이 들어와 시간당 37센트라는 저임금을 받고 일했다. 뛰어난 건축기술을 보여주고 있다는 애리 운하가 이들의 손에 의해 건설됐다는 것은 미국 사회에서 신화 같은 얘기로 들리고 있다.

미국 역사상 가장 큰 프로젝트였던 대륙횡단 철도건설이 시작된 1862년, 센트럴 퍼시픽 철도회사는 남북전쟁으로 인해 인력이 모자라자 중국인 이민자들을 동원했다. 1867년 센트럴 퍼시픽 전 직원 1만3500명 중 1만2천명이 중국인이었다. 그들은 주 6일 동안 하루 12시간씩 작업에 시달렸으나 임금은 주당 26~36달러에 불과했다.

이들에 이어 이탈리안 이민자들이 하루 1달러 50센트 정도를 받고 뉴욕의 시하철 건설을 남당했다. 1890년대 뉴욕 공공장소 근로자는 물론 시카고 도로 근로자도 거의가 이탈리아인이었을 정도.

20세기에 들어서면서는 미국 노동시장에 멕시코 인력이 쏟아져 들어와 사우스 캘리포니아, 애리조나, 뉴멕시코, 네바다 등지의 철도건설을 도맡았다. 1929년에 이들은 황폐했던 남서부지역의 토질을 바꾸는 작업에 동원되었는데, 현재 이 지역은 전 미 과일 및 채소 생산의 40%를 차지할 정도로 옥토로 바뀌었다. 멕시코 이민자들이 중부에 동원되기 전에는 러시아와 노르웨이, 독일인 이민자들이 노스다코다의 초원지역을 밀어내고 경작지로 바꾸었다.

합중국의 건설에 매진했던 역대 미국 행정부들은 이 같은 이민자들의 공헌을 인정하고 기록으로도 남기고 있으나, 최근의 미 행정부들은 이를 모르는 체 하거나 은폐하고 있다는 비판이 일고 있다.

(2005. 10. 26)

죄책감으로 자살?
선정적 언론 때문?

입양 한국계 엄마 자살원인 '시끌'

어린시절 입양되어 미국인과 결혼한 한국계 엄마 멜린다 더켓(한국명 이미경). 그녀가 2살난 아들이 실종된 지 2주만인 지난 8일 스스로 목숨을 끊어 미 전역을 '더켓 케이스' 논쟁에 휩싸이게 만들고 있다.

누가 그녀를 죽음으로 내몰았나

이번 사건은 시간이 흐르면서 실종사건의 범인이 누구인가에 대한 관심은 물론, 미국의 케이블 방송 <CNN> 헤드라인 뉴스의 토크쇼 진행자 낸시 그레이스의 섣부른 '언론재판'이 멜린다를 죽음으로 몰아 넣었다는 비난이 일며 사건의 파장이 커지고 있다.

우선 이번 사건에서 핵을 이루어온 트랜튼의 실종과 관련하여 진범이 누구인지에 대해 벌어지고 있는 논쟁부터 살펴 보기로 하자.

당초 경찰은 실종신고 직후 멜린다와 그녀의 남편 조슈아의 주변을 동일하게 수사선상에 올려놓았다. 그러나 조슈아가 거짓말 탐지

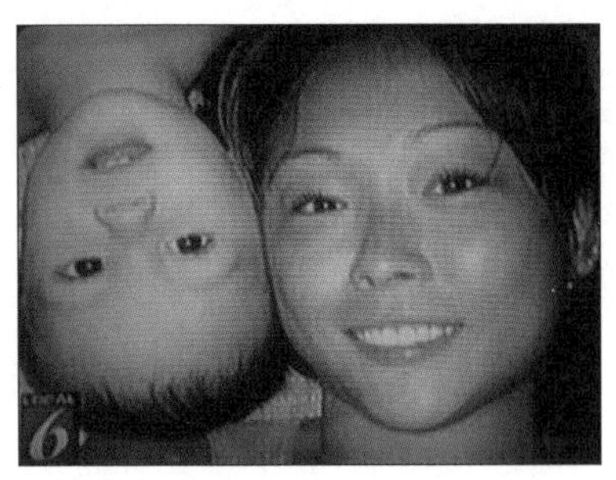

▲ 멜린다 더켓과 아들 트랜튼의 즐거웠던 한 때. ⓒ TV화면 촬영

기 테스트에 응한 반면, 멜린다가 이를 거부하면서 수사의 초점이 멜린다에게로 쏠리기 시작했다. 멜린다가 거짓말 탐지기 테스트를 거부한 이유는 그녀의 변호사가 탐지 결과가 증거로 채택되지 않을 것이라며 이에 응할 필요가 없다고 권유했기 때문이었다.

이후로 멜린다는 <CNN> 헤드라인 뉴스의 낸시 그레이스로부터 이에 대해 집중적으로 추궁을 당했다. 낸시 그레이스는 지난 7일 녹화 인터뷰에서 트랜튼의 실종신고 당일 멜린다가 어디에 있었는지, 왜 거짓말 탐지기 테스트에 응하지 않았는지를 반복적으로 캐물었으나 이에 대한 대답을 회피했고, 다음날 멜린다는 자살했다.

여기에 멜린다가 자살하기 전에 권총을 구입했다는 경찰 보고는 멜린다가 실종 사건의 범인일지도 모른다는 인상을 깊게 심어 주었다. 이후로 경찰은 멜린다를 혐의자로 공식 지목하지는 않았으나, 멜린다에게 수사가 집중되었다.

언론도 멜린다에게 일방적으로 초점이 맞추어진 경찰의 수사과정을 집중 보도했다. 일반 여론도 여러 정황으로 보아 멜린다가 트랜튼을 납치 살해했을 것이라는 추정 하에 멜린다의 전 남편인 조슈아 더켓이 벌이는 '트랜튼 찾기' 캠페인에 합류하는 분위기를 이루었다.

멜린다가 거짓말 탐지기를 거부한 점, 트랜튼 실종 전의 알리바이가 규명되지 않은 점 그리고 자신의 인터뷰가 전파를 타기에 앞서 자살한 점 등에 비추어 이같은 분위기가 형성된 것은 자연스러워 보였고, 지금도 여전히 설득력을 얻고 있다.

양육권 놓고 남편과 시어머니에 맞서 싸운 멜린다

그러나 이에 대해 반기를 드는 소수의견이 나타나기 시작했다.

<올랜도 센티널> 칼럼니스트 로렌 리치는 칼럼에서 멜린다가 결혼 전부터 아이의 양육권 문제를 놓고 남편 조슈아와 끝없는 논쟁을 벌여 왔고, 여기에 조슈아의 어머니가 깊게 개입되어 있었다고 지적했다.

로렌이 경찰과 법정의 기록을 열람한 바에 따르면, 트랜튼이 태어난 직후 조슈아는 카운티 법원에 양육권 소송을 냈다. 그러나 판사는 그에게 아들 방문 조치만 내리고 멜린다에게 양육권을 허용했다.

이후로 조슈아와 그의 가족은 주 아동 가족국과 경찰에 갖은 방법을 동원하여 여러 차례 멜린다가 트랜튼을 잘 돌보지 않는다고 신고했다. 조슈아 가족은 전화로 멜린다의 화를 돋우어 내고는 리스버그의 정신병동에 강제 입원시킨 적도 있으나 곧 풀려난 적도 있다. 정신과 의사와 대화를 한 멜린다가 정상이었음이 밝혀졌기 때문이었다.

법원은 만약 조슈아가 확실한 증거 없이 계속 멜린다를 물고 늘어진다면 위증죄로 입건하겠다고 경고했다. 그리고 엄청난 싸움을 벌여온 이들 둘은 이 와중에 작년 6월 결혼식을 올려 주변을 놀라게 했다. 흥미로운 것은 조슈아는 결혼한 지 한 달 후에 자신의 어머니가 그와 멜린다를 괴롭혔으며, 트랜튼을 빼앗아 가겠다고 위협했다며 어머니에게 접근 금지 명령을 내려달라고 법정에 요청했다는 것이다.

그러나 이들의 밀월 기간은 2개월도 채 지속되지 않았다. 조슈아는 가계를 돌볼 능력도 없었고, 아이조차 돌볼 여유와 성의도 보여 주지 않았다. 조슈아와 그의 어머니는 이번에도 합세하여 멜린다로부터 트랜튼을 빼앗으려 했다.

결국 지난 6월 14일 멜린다는 이혼했다. 그리고 그날 멜린다는 누군가로부터 그녀와 아들을 죽이겠다는 협박 이메일을 받았다. 판사는 조슈아에게 멜린다와 아들에 대한 접근 금지 명령을 내렸다. 그리고 7주 후에 트랜튼은 실종되었고, 멜린다는 트랜튼 실종 2주 후에 자살했다.

"무수한 공격을 잘 막아냈다... 딱 하나 '예외'를 남겼다"

멜린다의 양부모는 "민디(멜린다의 애칭)는 매우 강하고 냉정한 성격의 소유자이면서, 벌레 한 마리도 죽이지 못할 만큼 착한 아이였다"며 왜 경찰이 이번 사건의 초점을 멜린다에게 맞추는지 이해가 되지 않는다고 말했다. 특히 멜린다의 양부모는 '멜린다와 트랜튼은 떨어질 수 없는 사이'라고 말했다.

<올랜도 센티널>의 칼럼니스트 로렌 리치는 "멜린다는 이때껏 무수한 공격에 대응해서 물리쳤다. 그러나 딱 하나 예외를 남겼다"고 썼다. 그 '딱 하나'가 바로 낸시 그레이스라는 암시다.

그렇다면 전직 검사 출신의 낸시 그레이스는 <CNN> 토크쇼에서 정말 멜린다를 죽음으로 몰아 넣을 만큼 '예외'적인 짓을 한 것일까.

낸시는 지난 7일 멜린다와 인터뷰에서 책상을 두드리며 검사같은 태도로 '왜 거짓말 탐지기 테스트를 거치지 않았는지'와 '트랜튼이 실종되던 날 어디에 있었는지'에 대해 반복적으로 캐물었다. 멜린다가 이에 대해 회피하자 낸시는 불만에 찬 표정으로 "미스 더켓, 당신은 이유를 말하지 않고 있다. 왜 말하지 않는가"라며 재차 다그쳤다.

토크쇼를 본 멜린다의 친구는 낸시의 이같은 위협적 태도를 두고 "낸시가 멜린다를 끝장냈다(ate up)"고 표현했다.

▲ 공격적인 인터뷰로 멜린다 더켓을 죽음으로 내몰았다는 비난을 사고 있는 낸시 그레이스.
ⓒ TV화면 촬영

이에 대해 낸시 그레이스는 <ABC> 방송의 굿모닝 아메리카에 "멜린다는 아들이 어디에 있는지를 가장 잘 알고 있을 것이기 때문에 그같은 일이 발생했다"면서 "죄책감이 그녀를 자살로 이끌었을 것이라고 생각한다"고 멜린다를 범인으로 단정하는 언급을 했다.

"인기 위해 사람 생명을 앗아가는 일은 중단돼야"

그러나 멜린다의 양아버지 제리 유뱅크 씨는 토크쇼의 프로듀서들이 아이를 찾게 해 준다며 멜린다를 속여서 인터뷰를 성사시켰고, 결국 낸시 그레이스와의 인터뷰가 그녀의 딸을 파멸로 몰아 넣었다고 주장했다.

유뱅크 씨는 <올랜도 센티널>과의 인터뷰에서 "멜린다가 그 토크쇼 때문에 죽었다는 것은 의심의 여지가 없다"면서 "인기를 끌기 위해 어떤 사람의 생명을 앗아가는 짓을 멈추어야 한다"고 주장했다.

하지만 낸시는 자신의 인터뷰가 "멜린다를 죽음으로 이끌지 않았음은 물론 트랜튼을 찾기 위해 자신이 마땅히 해야 할 일을 했다"고 응수했다.

전문가들은 낸시 그레이스가 이제껏 보여 온 인터뷰 스타일과 관련하여 보도윤리의 결여와 토크쇼 진행자가 가질 수 있는 시야의 한계를 지적하고 있다. 미국 방송의 상업주의적 특성에도 상당한 책임이 있다는 주장도 제기된다.

<케이블 뉴스의 비밀: 상업주의 미디어에 대한 나의 경험>이라는 책의 저자인 제프 코헨은 "그녀는 못 말리는 성격의 소유자"라면서 "나는 감히 (혐의자를) 지목하기를 원하지 않지만, 그녀는 그것을 거리낌 없이 한다"고 말했다. 그는 '낸시 그레이스 쇼'야 말로 방송뉴스가 오락물화 한 가장 대표적인 예라고 개탄한다.

미국 방송매체의 상업주의적 특성을 비판해 온 코헨은 이번 사건에 대해 다음과 같이 지적한다.

"두 사람의 삶에 얽힌 실종사건은 토크쇼의 대상이 아니다. 낸시의 토크쇼가 트랜튼의 실종사건에 과연 어떤 긍정적 역할을 했는지 의문이다. 낸시가 그녀를 인터뷰해서 도움을 줄 수 있는 게 아니고,

▲ 경찰견을 대동하고 수색중인 경찰팀. © TV화면 촬영

경찰과 상담가들 그리고 그녀의 주변에 있는 사람들이 아주 조심스럽게 접근했어야 할 문제다. 텔레비젼 방송국에 들어 앉아 있는 낸시가 어떻게 사건의 진실에 접근할 수 있단 말인가."

"상업주의에 놀아나" - "직업에 충실했을 뿐"

한 저명 저널리즘 연구기관의 연구원인 톰 로젠탈은 "케이블 뉴스에서 많은 토크쇼들이 쇼비즈니스 성격을 띠고 있다"면서 "쇼 진행자들은 그 스스로가 만든 자신의 캐릭터 대로 쇼를 진행하고, 시청자들은 그 캐릭터가 뉴스를 진행하는 대로 빨려 들어간다"고 지적했다.

<올랜도 센티널> 칼럼니스트 로렌 리치도 칼럼에서 "낸시는 다른 주요 방송들과의 뉴스쇼 경쟁에서 2위나 3위로 뒤처져 왔는데, 이를 만회하려 애써왔다"면서 '그녀는 어떤 사건을 다루는데 자신이 세워둔 추론에 따라 제멋대로 사실을 해석해 왔고, 이번 사건에서도 그대로 이를 적용했다'고 비판했다.

그러나 경찰 및 법조 전문가들은 낸시 그레이스의 토크쇼를 그리 부정적으로만 볼 수 없다고 주장한다.

플로리다 남부의 대학에서 한때 경찰행정학을 가르쳤다는 제니타 말렛 주니어(52)는 "낸시는 일단 직업에 충실했다"면서 "그동안 실종 아동이나 성폭행범 등을 찾아 내는데 많은 도움을 주었으며, 이번 경우도 트랜튼을 찾기 위해 그가 평상시 할 수 있는 정도를 했을 뿐"이라고 낸시를 두둔했다.

그러나 올랜도 지역의 한 패션 잡지사의 편집장인 블레어 케어웨이(43) 씨는 "낸시가 너무 멀리 간 것은 분명하다"면서 "애틀랜타에 사는 토크쇼 진행자가 플로리다에 살고 있는 여자를 '재판'한다는 것은 무엇으로도 설명이 안된다, 낸시는 자신이 아직도 검사인 것으로 착각하고 있다"고 일침을 놓았다.

트랜튼 실종 영구 미제? 멜린다는 왜 죽은 것일까

플로리다 리스버그 지역의 경찰은 연 사흘 동안 160여명의 수색대와 17마리 수색견, 차량과 잠수부 등을 동원하여 대대적인 수색작전을 펼쳤으나 트랜튼의 실종과 관련하여 아무런 단서를 발견하지 못했다.

과연 실종된 트랜튼은 어떻게 된 것일까. 또 멜린다는 왜 자살한 것일까. 당사자인 멜린다가 사라진 현재로서는 트랜튼 사건은 영구 미제 사건으로 남을 가능성이 크다.

(2006.9.20)

플로리다판 '미시시피 버닝' 해결될까?

미국 최초 민권운동 순교자, 해리 무어 이야기

1951년 12월 25일 안개가 자욱하던 크리스마스 날 밤, 플로리다 중동부 해변마을인 티투스빌 지역의 민권운동가이자 흑인학교의 교장인 해리 무어 부부는 한껏 들뜬 마음으로 하루를 보내고 집에 돌아왔다.

참석자가 50명도 넘지 않는 동네 교회에서 초저녁에 단출하게 벌인 크리스마스 행사는 소박하고 정겨웠다. 알만한 동네 아이들의 재롱을 보며 부부는 한동안 시달려 오던 '사건'으로부터 잠시 해방감을 맛보며 파안대소를 하기도 했다.

더구나 이 날은 무어 부부가 결혼한 지 25년째를 맞이하는 날이기도 했다. 집에 돌아오자마자 이들은 얼마 전 친지로부터 선물받은 포도주를 한잔씩 나눠 마시며 정담을 나누었다. 다음날은 이들의 무남독녀 외딸이 워싱턴으로부터 돌아오게 되어 있었다.

크리스마스 날 폭사당한 미국 최초의 민권운동 순교자

부부는 1시간 거리의 기차역으로 마중 나갈 계획을 세우고는 손을 꼭 잡은 채 일찍 잠자리에 들었다. 이들에게 마지막 밤이 될 줄은 꿈에도 생각지 못한 채.

이들이 막 잠에 골아떨어지려던 10시 반경 엄청난 굉음과 함께 이들의 집은 산산조각이 나고 말았다. 누군가가 이들의 침대 밑에 설치해 둔 3파운드의 다이너 마이트가 폭발한 것이다.

남편인 해리 무어(Harry T. Moore. 당시 46세)는 즉사했고, 그의 어릴적 친구이자 민권운동의 동지이기도 했던 부인 헤리엇 무어(51세)는 중상으로 고통스러워하다가 9일만에 병원에서 사망했다.

미국 최초의 '민권운동 순교자'로 일컬어지는 해리 무어 부부의 폭사 사건은 당시 플로리다 지역 신문은 물론 뉴욕 타임스 등 주요 신문들이 연일 톱뉴스로 보도하면서 미 전국을 발칵 뒤집어 놓았다.

▲ 플로리다 티투스빌 지역 밈스에 위치한 해리 무어 뮤지엄. 이 뮤지엄은 해리 무어 부부가 폭사당한 집터 위에 세워져 있다. ⓒ 김명곤

더구나 이들 부부의 폭사사건은 이미 전국적인 관심을 끌어 온 일련의 '사건'에 이어 터져 나온 것이어서 더욱 세간의 이목을 집중시켰다. 이 소식은 국제적으로 널리 알려지고 유엔에서도 문제를 삼아 미국정부를 곤혹에 빠트리기도 했다.

FBI는 20명의 수사요원을 동원해 즉시 수사에 나선지 수 일도 되지 않아 트럭운전사, 야채상, 회계사 등을 용의자로 지목했다. 그러나 트럭운전사와 야채상은 범행을 부인해 석방되었고, 콕스라는 이름의 회계사는 수사요원과 두번째 대면한 후 자신의 뒷마당에서 권총으로 자살하고 말았다. 이후 남아 있던 두 명의 용의자도 몇 달이 되지 않아 세상을 뜨고 말았다.

결국 FBI는 이들 유력한 용의자들이 사건현장으로부터 40마일 가량 떨어진 중앙플로리다의 아팝카와 윈터가든 지역의 KKK단 멤버일 가능성이 높다는 수사기록만 남겼을 뿐 사건 발생 3년 8개월만인 1955년 8월 수사 종결을 선언했다.

이후로도 사건이 일어났던 동네에서는 한동안 '누구 누구가 이 일과 관련되어 있다' '누군가를 족치면 사건의 전모가 밝혀질지고 모른다'는 입소문이 무성했으나 세월이 흐르며 관련자들이 하나 둘씩 사망하면서 이조차도 사그라들고 말았다. 그리고 50년의 세월이 흘렀다.

미시시피에서 불기 시작한 '과거사 청산' 바람

그러나 영영 잊혀질 뻔했던 해리 무어 부부의 폭사사건은 지난 1월 마르틴 루터 킹 데이를 앞두고 40년 전 발생한 유명한 '미시시피 사건'의 진범이 체포되면서 극적으로 다시 수면 위로 떠오르게 되었다.

미시시피 사건이란 1964년 미시시피에서 민권운동을 하던 백인 청년 두명과 흑인 청년 한 명이 백인 전도사 킬렌에게 살해당한 사건을 말한다. 그러나 당시 강력한 혐의자로 지목됐던 킬렌은 배심원들이 전도사에게 유죄평결을 내릴 수 없다고 버티며 흐지부지되다 다른 혐의자들과 함께 석방됐다.

지난 1월 초 <워싱턴 포스트>와 <뉴욕 타임스> 등 미국의 주요 언론들은 수일에 걸쳐 40년만에 미시시피 사건의 범인 킬렌이 체포된 데 대해 상보를 전하면서 그동안 묻혀진 다른 사건들도 '과거사 청산' 맥락에서 재수사가 이루어져야 한다고 주장했다.

이어 AP통신도 플로리다주 검찰이 1964년에 플로리다 동북부 잭슨빌에서 발생했던 흑인 가정부 살해사건에 대한 재조사를 거부했으며, 주 상원의원이 이를 젭부시 주지사에게 항의했다는 내용을 보도했다.

플로리다 신문들은 이 기사를 보도하면서 1951년에 발생한 해리 무어 부부의 폭사 사건도 재조사해야 한다고 주장하고 나섰다. 지역 신문들은 지난해 12월 21일 강력한 차기 주지사 후보인 찰리 크리스트 플로리다 법무장관이 지나치듯 해리무어 사건을 재수사하겠다고 약속한 점을 들어 이번에야 말로 해리 무어 사건의 진상을 밝혀야 한다는 입장이다.

▲ 해리 무어 뮤지엄에 소장되어 있는 생전의 해리 무어 사진. ⓒ 김명곤

결국 영화 <미시시피 버닝>으로 널리 알려진 '미시시피 사건'은 영영 감춰질 뻔했던 민권운동 사건들의 재수사에 불을 붙인 촉매제 역할

을 하게 된 것이다.

그렇다면 1951년 12월 25일 밤에 일어났던 해리무어 부부 폭사사건은 어떻게 해서 일어난 것일까.

백인소녀의 '강간 주장'으로 시작된 '레이크 카운티의 비극'

사건의 발단은 1949년 7월로 거슬러 올라간다. 중앙플로리다의 레이크 카운티 그로브랜드라는 마을에서 당시 17세 백인 소녀가 네 명의 흑인 남자에게 윤간을 당했다고 경찰에 신고했다. 그러나 그녀의 주장을 입증할 만한 증인과 증거는 없었다. 실제 강간사건이 있었는지에 대한 확인도 없이 일방적 주장만 남은 희한한 사건이었다.

그럼에도 불구하고 레이크 카운티 경찰 윌리스 맥콜은 그녀의 주장만 믿고 수사를 벌여 세 명의 용의자를 체포했다. 네 번째 혐의자는 경찰의 추적을 피하다 살해되었다.

문제는 여기서 끝나지 않았다. 이곳으로부터 40마일 부근에 살고 있던 KKK단원들은 소녀가 강간을 당했다고 지목한 그로브랜드 등 인근의 흑인마을에 돌아다니며 총질을 하고 닥치는 대로 방화를 했다.

이같은 무법천지가 수일 동안 계속되었으나 지역 경찰서장인 윌리스 맥콜은 수수방관했고, 이에 지역 민권운동 지도자들은 벌떼처럼 들고 일어나 주지사에게 항의했다. 급기야 주 방위군이 파견되고서야 가까스로 질서가 회복되었다.

이어 시작된 재판에서 강간혐의로 체포된 세 명의 흑인은 무죄를 주장했다. 특히 이들 중 두 명은 사건이 일어나던 시점에 20마일 밖에 있었다며 알리바이를 주장하고 나섰다. 그러나 이같은 주장은 받아들여지지 않았고 심리한 지 두 시간도 채 안되어 사형판결이 내려졌다. 나머지 한 명에게는 경미한 형량이 내려졌다.

The Moores Lose Teaching Jobs
June 6, 1946
At the end of school year, Harry and Harriette Moore were not offered teaching contracts for the next school year. However, the official personnel record stated, "resigned, 6-7-46." Moore had been previously warned by the Brevard County Superintendent to cease his political activities.

▲ 해리 무어 뮤지엄에 소장되어 있는 학교교사 시절의 해리 무어 부부 모습. 사진 옆에는 카운티 교육감으로부터 정치활동를 중단할 것을 경고 받았다는 내용이 적혀있다. ⓒ 김명곤

사형판결을 받은 2명의 흑인은 곧바로 연방 대법원에 항소했다. 연방 대법원은 심리 끝에 플로리다주 법원이 이들에 내린 유죄평결을 기각했다. 기각 이유는 주 법원의 평결이 증거 위주가 아닌 '여론재판'이라는 것이었다.

당시 <올랜도 센티널>은 주 법원의 판결을 코앞에 두고 1면에 전기의자가 그려진 '레이크 카운티의 비극'이라는 만평을 싣고 바로 밑에 '극형'이라는 설명을 달아 놓아 혐의자들을 사형에 처해야 한다는 암시를 주었다. 연방대법원은 이 만평을 예로 들면서 주정부의 판결을 '고도로 편견에 사로잡힌' 재판이라고 비판했다.

호송중인 흑인 혐의자 살해한 KKK단 경찰

판결이 뒤집힌 직후 레이크 카운티 검찰은 11월 6일 두 흑인 혐의자에 대해 재심을 하기로 결정했다. 그런데 재심을 하기로 한 당일, 주정부 감옥으로부터 두 명의 흑인들을 수갑을 채워 법정으로 호송하던 윌리스 맥콜은 인적이 드문 지점에서 권총으로 이들을 쏴 한 명을 즉사케 했고, 다른 한 명에게 중상을 입혔다.

맥콜은 이들이 도망하기 위해 자신을 공격했기 때문에 총을 쏘았다고 주장했으나, 다행히 살아난 한 명은 아무런 이유 없이 수갑이 채워진 자신들에게 멕콜이 총격을 가했다고 증언했다. 이로 인해 사

건은 일파만파로 커지기 시작했다.

그렇잖아도 관심을 끌어왔던 이 사건은 연일 미 전역의 신문들이 대서특필하게 되었고, 흑인 커뮤니티는 일전을 불사하겠다는 분위기가 감돌았다. 사전 모의에 의해 조작된 사건이라는 주장이 설득력을 얻고 있어 흑백간의 팽팽한 긴장감이 감돌게 되었다.

특히 전미 유색인종지위향상협회(NAACP)의 플로리다 대표를 역임하고 흑인학교 교장선생으로 존경을 받아 오던 해리 무어는 플로리다 주지사에게 경찰관 맥콜이 KKK단 멤버라며 그에대한 직무정지와 사건에 대한 철저한 진상조사를 요구하고 나섰다.

당시 중앙 플로리다 지역에는 세개의 KKK 단체가 존재했고 그 멤버는 약 3백여 명에 달했으며, 정계와 경찰계 및 사업계서 활동하던 사람들도 속해 있었다.

해리 무어는 1934년 NAACP 레이크 카운티 지부를 창설하고 7년 후엔 플로리다 협회 대표를 역임했다. 사건이 일어나던 당시에는 레이크 카운티 NAACP 대표를 지내며 흑인교사들에 대한 평등 임금을 주장하고 흑인 유권자 등록을 추진하는 일에 혼신의 힘을 쏟고 있었다.

이 와중에 무어 부부는 흑인 총격 살해사건을 맞게 되었고 이와 관련하여 요로에 서신을 보내는 한편 남부 민권운동 지도자들을 만나 대책을 협의하는 일로 일상을 보내고 있었다.

결국 사건의 존재 유무도 확인되지 않은 백인 처녀 강간사건은, 범행을 극구 부인했던 흑인 청년들의 생명은 물론 이의 진상을 파헤치기 위해 나섰던 한 민권운동 지도자 부부로 하여금 비극적인 최후를 맞게 했다.

'시효 지난 사건' 수사에 미온적인 주정부

해리 무어 부부 폭사사건은 사건 40년만인 지난 1991년 민주당 출신 로튼 차일스 주지사 시절에 진상을 밝혀낼 수 있는 호기를 맞았다. 당시만 해도 증언을 해줄 만한 생존인물들의 다수가 살아 있었다. 그러나 당시 관련당국의 비 협조적인 태도로 재수사에도 불구하고 혐의자를 가려낼 수 있는 정확한 증거를 확보하지 못했다.

이후로도 흑인 커뮤니티가 재수사를 촉구했으나 그때마다 주정부 당국은 '증거가 불충분하고 시효가 지난 사건'이라는 식의 미온적인 반응을 보였다.

예기치 않게 미시시피로부터 불기 시작한 역사청산 바람을 타고 이제 플로리다에서 54년 동안 파묻혀 왔던 해리무어 사건은 한 정치적인 야심가인 크리스트 검찰총장에 의해 최근 재수사가 시작되었다.

이 사건의 관련 당사자가 거의 남아 있지 않아 수사가 순조롭지 않을 것으로 전망하고 있는 검찰은 당시 사건을 알고 있는 듯한 두 명의 새로운 목격자를 찾아내 인터뷰를 마쳤으나 아직은 그리 큰 성과를 거두지 못한 것으로 알려졌다.

▲ 해리 무어가 생전에 사용했던 낡은 가구. © 김명곤

검찰은 당시의 재판기록을 면밀히 검토하고 있고 무어의 유일한 딸인 에반젤린 무어(74)와 친척들을 접촉하고 있으며 또 다른 증언자들도 찾고 있다.

크리스트 주 검찰총장은 <올랜도 센티널>지에 "정말 믿을 수 없는 매우 슬프고 비극적인 사건"이라면서 "시도하지 않으면 밝혀 내지 못한다. 나는 조심스럽게 낙관하고 있다"고 말했다.

현재 무어의 집터에 세워진 해리뮤지엄의 여성 디렉터이자 지역 토박이 주민인 쥬애니타 바튼도 기자에게 "그 당시에 비해 비교가 되지 않을 정도의 첨단 장비를 갖춘 FBI 등이 적극 나선다면 범인을 밝혀내는 것은 그리 어려운 일이 아니라고 믿는다"면서 "문제의 해결은 인력과 시간과 돈에 달려 있다"고 강조했다.

"플로리다는 지금 심판대 앞에 서 있다"

무어는 1951년 폭사를 당하기 수일 전 주지사에게 보낸 편지에서 흑인청년 살해사건을 항의하면서 "우리는 단지 (흑인의 유익을 위해) 사건을 호도하려 한다거나, 타조처럼 두려움으로 모래밭에 얼굴을 파묻고 있기를 원치 않는다. 플로리다는 지금 심판대 앞에 서 있다"고 적었다.

과연 54년만에 역사의 심판대 앞에 다시 선 해리 무어 부부의 폭사사건이 이번에야말로 속시원이 해결되어 미시시피에서부터 불기 시작한 역사 청산 작업의 불꽃이 이어지게 될지 이목이 집중되고 있다. 아직도 미국 곳곳에는 이와 유사한 숱한 사건들이 먼지를 뒤집어쓴 채 묻혀 있기 때문이다.

(2005. 2. 28)

사형수, 24분간 눈 깜박이고 입 달싹거렸다

플로리다 사형수 '독극물 처형' 사고 일파만파

최근 플로리다에서 실시된 사형집행에서 독극물 주사를 맞은 사형수가 죽을 때까지 걸린 시간이 너무 길어 고통이 심했다는 주장이 일면서 사형방식은 물론 사형제도 폐지에 대한 논란이 가열되고 있다.

이번 사건의 발단은 플로리다 중부지역 게인스빌 인근의 스타크의 감옥에서 13일 사형수 앤젤 니브스 디아즈(55)에 대한 사형집행과정에서 발생했다. 디아즈는 1979년 마이애미 누드바 메니저를 살해한 혐의로 사형수가 되었다.

플로리다주 공인 사체 검사관인 윌리엄 해밀턴은 앤젤 니브스 디아즈의 독극물에 의한 사형집행에서 처형에 걸리는 정상 시간의 두 배 이상을 초과한 34분이나 걸렸다고 발표했다. 그는 특히 사형수 디아즈에게 주입된 독극물 주사가 정맥을 통과하여 살에 꽂힌 결과 이같은 일이 발생한 것 같다고 설명했다.

그러나 해밀턴은 디아즈가 고통중에 사망했는지에 대해서는 언급을 회피했다. 그는 기자들에게 "사체 검시가 완료될 때까지는 그가 고통중에 죽었는지에 대해서는 말할 단계가 아니다"면서 사체 검시의 완전한 결과는 수 주일이 걸릴 것이라고 말했다.

젭 부시 주지사, '사형집행 전면 중단' 발표

한편 이번 사건이 전국적인 관심거리가 되자 젭 부시 플로리다 주지사는 사형수의 독극물 처형과정을 검토하기 위한 조사위원회를 구성하고 위원회가 결론을 내릴 때까지 사형집행을 전면 중단하겠다고 발표했다.

플로리다는 현재 374명의 사형수들이 처형을 대기하고 있으며, 올해에만 4건의 사형집행이 실시됐다. 현재 미국에서 독극물에 의

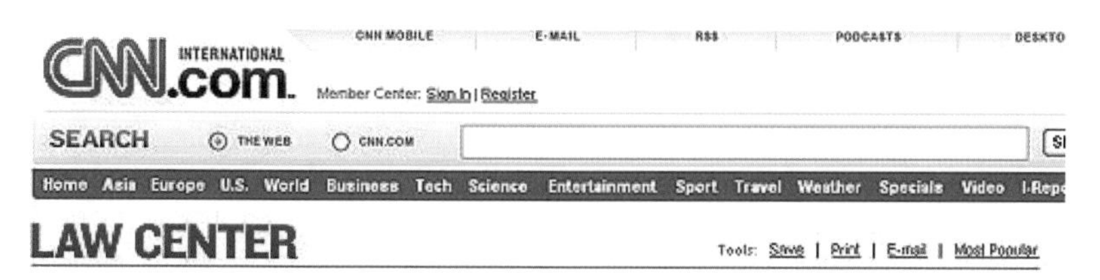

Death row killer grimaced during unusually long execution

POSTED: 1640 GMT (0040 HKT), December 15, 2006

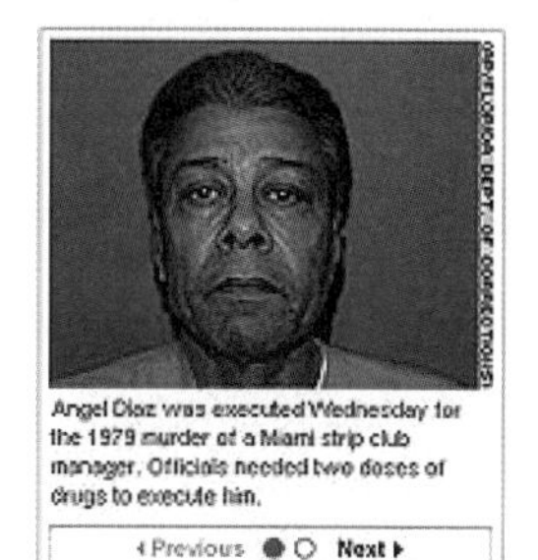

Angel Diaz was executed Wednesday for the 1979 murder of a Miami strip club manager. Officials needed two doses of drugs to execute him.

‹ Previous ● ○ Next ›

STORY HIGHLIGHTS
- Angel Diaz took 34 minutes and two drug cocktails to die
- Witnesses believe he was mouthing a prayer as he slowly died
- Diaz was convicted of the 1979 murder of a Miami strip club manager
- The execution marks the state's fourth since September, 64th since 1979

By Ron Word
Associated Press

Adjust font size: − +

Editor's Note: Associated Press reporter Ron Word has witnessed more than 50 Florida executions since 1984, including all 20 the state has conducted by lethal injection.

JACKSONVILLE, Florida (AP) -- It seemed like Angel Nieves Diaz would never die.

Two executioners injected him with three chemicals that were supposed to do the job

▲ 디아즈의 사형소식을 전한 <CNN>.

한 사형집행이 실시되고 있는 주들은 플로리다를 포함하여 37개 주에 이른다.

이번 사고로 플로리다와 마찬가지로 독극물 처형방식을 취해 왔던 캘리포니아주는 이 제도가 잔인하고 비정상적인 처형방법을 금하는 헌법에 위배된다며 이같은 사형 시행의 연장을 발표했다. 캘리포니아는 올 2월 이후로 독극물 사형집행을 중단해 왔다.

캘리포니아 연방 판사는 샌 퀜틴 감옥에서 실시된 3건을 포함하여 총 6건의 사형집행에서 사형수들이 독극물 주입 후에도 호흡이 계속되는 등 의식이 뚜렷한 상태에 있었다며 독극물 사형집행의 잠정 중단을 명령한 바 있다.

그런데 문제는 연방대법원이 교수형, 총살형, 전기의자 처형, 또는 개스실 처형 등을 허용하고 있지만, 사형수들에게 가해지는 고통의 세기가 어느정도부터 위헌적인지 규정을 하지는 않고 있다는 것이다.

"사형수, 24분간 눈 깜박이고 뭔가 말하려 했다"

특히 이번 사건의 경우 사형수가 죽음에 이르는 시간이 통상적으로 걸리는 시간보다 길었던 것이 문제가 되었다. 사형 집행시 시간이 오래 걸리면 그만큼 사형수가 고통을 당할 가능성이 많다는 것이다.

일반적으로 플로리다에서 사형수에 대한 독극물 처형시 사형수는 독극물이 주입된 지 3분에서 5분 사이에 의식을 잃고 움직임이 중단되는 것이 보통이며, 죽음에 이르는 데 걸리는 전체 시간은 15분 이하인 것으로 알려져 있다. 그런데 이번의 경우는 무려 34분이나 걸렸다.

이번 사형 집행에서 디아즈는 첫 독극물 주사를 맞은 후 24분 동안 얼굴를 찌프리거나 눈을 깜박였고, 입술을 핥으며 숨을 내쉬었고 뭔가를 말하려는 듯 입을 달싹거렸다는 것이다. 결국 사형집행관들이 두 번째 독극물 주사를 놓은 10분 후 의료진들은 디아즈의 사망을 선언했다.

그렇다면 왜 이번 디아즈의 사형집행이 이처럼 시간이 오래 걸린 것일까. 사형집행관들의 주장과 사체 검사관의 보고는 상당한 차이점을 보이고 있다.

"간염으로 독극물 흡수 시간 길어졌다" vs. "독극물 주사 잘못 꽂혔다"

플로리다주 교정국 그레텔 플레싱거 대변인은 디아즈가 어떤 고통을 느꼈다고 믿지 않으며, 단지 간염 때문에 약극물 흡수가 잘 안되어 두 번째 독극물 주사가 필요했다고 주장했다.

반면에 해밀턴 검사관은 소견서에서 디아즈가 과거에 간염을 앓았다는 기록이 있지만 사형 당시 그의 간은 정상으로 보였으며, 양쪽 팔이 화학약품에 화상을 입은 것처럼 부어 있었다고 보고했다.

그의 이같은 주장은 독극물 주사가 정맥에 놓아진 것이 아니라 정맥을 통과한 후 살에 꽂혀 부은 흔적이 나타났다는 것이다. 디아즈의 사촌 마리아 오테로는 자기 가족은 디아즈가 간 질환으로 고생했다는 소리를 결코 듣지 못했다고 말했다.

한편 사형 반대 그룹들과 인권단체들은 교정당국의 이같은 변명에 거센 비판을 가하며 차제에 사형제 폐지 운동을 본격화할 움직임을 보이고 있다.

전국 사형제폐지연맹(NCADP) 데이빗 엘리엇 대변인은 디아즈의 간 질환이 이같은 결과를 가져왔다는 주장에 대해 의혹을 제기하면서 “플로리다는 어떤 사형방식을 취하든 거칠고 서투른 처형을 시행해 온 주로 명성을 날려 왔다”면서 “이같은 짓 때문에 플로리다 주민들은 처형된 사형수의 가족들의 고통을 다시 목격해야 했다”고 비판했다.

디아즈의 변호사 수잔 마이어스 케플러도 “이번 사건은 주 관리들의 직무 태만에서 비롯된 것이다”라면서 “첫 주사 후에 그가 움직이고 있었다면 처형이 중단됐어야 했다. 정말 끔찍한 일이다”라고 분노를 표시했다.

플로리다는 1990년대 전기의자 처형에서 두 명의 사형수의 머리에 불이 붙는가 하면, 2000년도에는 사형수가 심하게 코피를 쏟는 사고가 빈발하는 바람에 전기의자 처형제도를 폐지했다. 이후로 플로리다는 보다 인도적이면서 문제의 소지가 없는 제도라며 독극물 처형 제도를 채택했다.

“사형수 고통 표시할 수 없다”...‘독극물 처형’ 논의 본격화할 듯

그러나 독극물 처형 방식에 대해서도 인권침해 논란이 계속됐다.

인권단체들은 플로리다의 독극물 처형 방법은 사형수에게 극도의 고통을 안겨주고 있으나 약물이 주입되는 순간 전신이 마비되기 때문에 고통을 표시할 수 없다고 항의해 왔다. 이번에 디아즈도 독극물에 의한 처형 절차에 이의를 제기하는 최종 항소를 연방 대법원에 냈으나, 처형 한 시간을 앞두고 항소가 기각됐다.

플로리다 교정당국은 그동안 여러 차례의 처형에서 사형수에게 추가로 약물주입을 했다는 사실을 공식적으로 발표하지 않았으나, 사형수 가족들과 인권단체들은 이번 디아즈의 경우와 같은 일이 여

러 차례 발생했다는 의혹을 제기해 왔다. 그러나 그동안 사형집행관들이 독극물 처형 과정에서 발생한 일들에 대한 기록을 남겨두지 않았기 때문에 사실 확인이 쉽지 않다.

결국 이번 사건으로 독극물 처형에 대한 여론이 크게 악화되어 플로리다를 비롯한 일부 주들이 처형 방식 변경에 대한 본격적인 논의가 불가피할 전망이다. 특히 플로리다 가톨릭 협회(FCC)는 새 주지사로 당선된 찰리 크리스트가 젭 부시 만큼이나 적극적인 사형 찬성론자라는 사실을 인지하고 사형 집행장소를 찾아 다니며 기도회와 시위를 계속할 계획이다.

▮ 부시 형제, 사형수 처형 서명 '난형 난제'

플로리다는 1964년부터 1979년까지 사형제도가 시행되지 않았다. 이후 로튼 차일스 주지사 시절에는 18명이, 봅 그래햄 주지사 시절에는 16명이 처형되었다. 봅 마르티네즈 주지사 시절에는 4년간 9명의 사형수가 처형되었다.

젭 부시는 1999년 주지사에 취임한지 6개월만에 처음으로 사형수의 처형에 서명했는데, 당시 플로리다는 전기의자에 의한 처형방식을 취하고 있었다. 그러나 인권단체들은 처형시 심하게 코피를 흘린 사례들이 발견됐다며 전기의자 처형방식을 철회할 것을 요구했다.

결국 논란 끝에 연방 대법원이 플로리다의 전기의자 처형방식이 '위헌적'이라는 판결을 내렸고, 이에 따라 주 의회는 현재와 같은 독극물 처형방식을 승인하기에 이르렀다. 독극물에 의한 첫 사형수는 2003년 2월 23일 사형이 집행된 테리 심스였다.

주지사 선거 첫 도전에서 패한 1994년에 가톨릭 신자가 된 젭 부시는 가톨릭 교회는 물론 개신교 단체들의 사형제 폐지 요구를 묵살해왔다. 그는 "사형제도에 대한 내 개인적인 관점 또는 그들(교회)의 관점이 무엇인지에 큰 관심이 없다"면서 "그것은 어디까지나 그들의 법이고, 내 자신의 신념에 따를 뿐이다"고 밝혔다.

한편 젭 부시 플로리다 주지사 재임 하에 처형된 사형수의 숫자와 부시 현 대통령의 텍사스 주지사 시절 처형된 사형수의 숫자가 종종 비견되곤 한다.

젭 부시는 8년의 주지사 재임중 20명의 사형수의 처형에 사인한 반면, 조지 부시 주지사는 6년간 재임 중 152명의 사형수 처형에 서명했다.

(2006. 12. 20)

올라오면 살고,
못 올라오면 죽는다?

미 해안경비대와 사투 벌이는 밀입국 쿠바인들

최근 미국 남단의 플로리다 주민들은 TV를 통해 충격적 장면을 보게 됐다. 10명의 쿠바인들이 플로리다 해안에서 미국 본토에 진입하기 위해 미 연방 직원들과 한 시간 이상 목숨을 건 사투를 벌이는 장면이 적나라하게 방영된 것.

매년 플로리다에서는 수백 건의 밀입국 저지 사건이 발생하지만 텔레비전을 통해 이 같은 장면이 생방송으로 방영되는 일은 처음이었다. 여기에 더해 플로리다 해안을 건너던 쿠바인 가족 중 6세 소년이 해안경비대의 저지에 의해 익사하는 사고가 발생, 쿠바인 밀입국자에 대한 과잉단속 논란이 일고 있다.

그날 밤 플로리다 해안에서 무슨 일이?

간간이 비가 뿌리고 흐렸던 그날 밤, 10명의 쿠바인들이 금속으로 직접 제조한 배를 타고 플로리다 해변으로 접근해왔다. 그러나 미

▲ 밀입국 쿠바 소년이 물에 빠져 죽은 사건을 보도하고 있는 <시비에스 뉴스>. 두번째 사진은 긴급 출동한 쾌속정이 밀입국 배를 앞지르고 있는 장면이고, 세번째 사진은 보트가 전복되면서 배에서 급히 뛰어 내리고 있는 밀입국자의 모습이다. 마지막 사진은 배가 전복되어 가라 앉으면서 배 밑바닥에 깔리고 있는 밀입국자의 모습이다. ⓒ 김명곤

해안경비대와 이민단속반에 의해 발견됐고, 이어 마이애미에서 1마일쯤 떨어진 데이드 홀오버 비치에서 양측의 밀고 당기는 싸움이 시작됐다.

해안경비대는 처음에는 로프를 이용해 쿠바인들이 탄 배의 프로펠러가 돌아가는 것을 억제시켜 배의 엔진을 멈추려 시도했으나 뜻대로 되지 않았다. 그러자 그들은 쿠바인들의 시선을 다른 곳으로 돌리면서 물대포를 쏘기 시작했으나 이 또한 실패했다.

급기야 해안경비대는 쾌속정을 이용해 15피트 크기의 밀입국 배에 충돌시켰고, 이로 인해 배 안에 타고 있던 쿠바인 네 명이 바다로 떨어졌다. 바다에 떨어진 네 사람 중 세 사람은 배 가장자리에 매달렸고, 한 사람은 사력을 다해 헤엄쳐 해안으로 접근하려 했으나 결국 모두 해안경비대에 의해 연행되고 말았다.

이 같은 장면을 TV를 통해 직접 본 시청자들은 자칫 생명을 앗아갈 수도 있는 해안경비대의 지나친 밀입국자 저지 방식에 문제를 제기하고 나섰다.

플로리다 해협으로 들어오는 쿠바

인들을 구하기 위해 구성된 '브라더스 투 더 레스큐' 단체 창립자인 호세 바셀토는 <마이애미 헤럴드>에 "미 관리들이 쿠바인들에게 행한 방법은 카스트로의 잔인한 방식을 재현한 것과 같은 매우 부끄러운 일"이라고 규탄했다.

그러나 이민 단속반 대변인 자크 만은 "밀입국자들에게 여러 방법이 사용될 수 있다는 것을 알려주기 위해 그 중 한 가지인 '물 대포 쏘기'를 사용했다"라고 변명하고, 특히 "밀입국자들의 배에 해를 입히거나 이들을 물에 빠뜨리기 위해 고의적으로 배를 충돌시킨 것이 아니라 배가 진행하다 부딪쳤다"라고 주장했다.

그러나 <마이애미 헤럴드>가 방송 테이프를 확인한 결과, 밀입국자들의 배는 고의적으로 충돌된 것으로 보였다고 보도했고 여러 시청자들도 같은 결론을 내렸다.

육지에 못 올라오면 본국으로 돌아가라?

미국의 '웻 풋 드라이 풋(Wet-foot/Dry-foot)'이라는 이민법은 미국의 육지에 도착하는 쿠바인들에게는 불법 여부를 떠나 미국에 머물 수 있는 권한을 허용하고 있지만, 바다에서 발견되는 사람들은 정치적 망명 등 특별한 경우를 제외하고는 대체로 쿠바로 송환시키게 되어 있다.

이로 인해 해안으로 진입한 쿠바인들은 물가에 도달하기 위해 필사적으로 헤엄쳐 달아나고, 경비대원들은 이들이 물가에 도달하지 못하도록 갖은 노력을 펼쳐왔다.

양측 간의 이 같은 실랑이는 그동안 플로리다 해협에서 흔히 발생해 왔으며 2004년 10월 1일 이후 미국 땅에 발붙이기 전에 저지당한 쿠바인들만도 2,617명에 달한다.

문제는 이 같은 실랑이를 벌이다 밀입국자들이 플로리다 해협에 빠져 죽는 사고가 심심치 않게 일어나고 있고, 미국-쿠바 간에 심각한 외교적 긴장을 불러오기도 한다는 것이다.

가장 최근 밀입국을 시도하던 25명의 쿠바인들이 해안경비대에 쫓기다 배가 전복되는 바람에 배에 타고 있던 6세 소년이 사망한 사건은 대표적 사례다.

줄리안 빌래수소(49)와 매이지 후르태도(32) 부부와 아들 줄리는 25명의 다른 쿠바인들과 함께 33피트 길이의 고속정을 타고 밀입국을 시도했다. 이들은 새벽 1시경 플로리다 남단 키웨스트 45마일 지점에서 해안경비대의 레이더망에 포착되어 도주하다 배가 전복되는 바람에 모두 물에 빠졌다. 이들은 수색에 나선 해안경비대에 의해 모두 구조되었으나 소년 줄리는 실종 몇 시간 뒤 뒤집힌 고속정 아래서 시체로 발견됐다.

플로리다 해안경비대원 라이언 도스는 <마이애미 선 센티널> 지와 인터뷰에서 "슬프게도 밀입국자들이 치러야 하는 것은 돈이 아니라 생명일 수 있다"라면서 "하지만 밀입국 주선자들의 관심은 생명이 아니라 돈이다"라고 경계했다.

<마이애미 선 센티널> 지에 따르면 올 여름 두 명의 쿠바인 남성이 밀입국을 시도하다 생명을 잃은 것을 포함, 최근에만 최소한 31명의 쿠바인들이 배가 전복되어 생명을 잃었다.

히스패닉 반발, 곤경에 빠진 워싱턴

이번 사건에 대해 쿠바 민주화 운동가 라몬 사울 산체즈는 쿠바인들의 밀입국 행위를 비판하면서도 "'웻 풋 드라이 풋' 법 때문에 한 소년이 죽었으며 이 법이 밀입국자를 양산하고 있다"고 지적했다.

그는 "만약 밀입국자들에게 자신의 의사를 밝힐 공정한 기회를 준다면 바다에서 무작정 도망칠 이유가 없다"라면서 "이제라도 미국 정부는 붙잡힌 쿠바인들에게 정치적 망명 여부를 밝힐 기회를 제공해야 한다"라고 주장했다.

현재 줄리의 부모를 포함한 다른 쿠바인들과 고속정을 운전한 두 남자는 연방조사관들의 조사를 받기 위해 해안경비대의 보호를 받고 있다. 미국의 현행법 아래서는 밀입국을 시도하다 사망사건이 발생하는 경우 밀입국자들에게 최고 사형선고까지 가능하다.

아들의 장례식을 준비하고 있는 줄리의 아버지 빌래수소는 "이것이 내가 치러야만 하는 비용이다"고 흐느끼며 당국에 관용을 호소했다.

한편 이들의 처리에 대해 워싱턴은 곤혹스런 표정이다. 연방 검찰관들은 이들의 기소 여부와 쿠바 귀환 여부에 대해서도 아직 결론을 내리지 못한 상태이다.

자칫 잘못 처리할 경우 그렇지 않아도 지지를 상실해 온 쿠바계를 포함한 전체 히스패닉계의 큰 반발을 불러올 가능성과, 최근 일고 있는 불법체류자 처리 문제가 본격적으로 거론되어 정치적으로 수세에 몰릴 가능성이 크기 때문이다.

'웻 풋 드라이 풋' 정책이란?

'웻 풋 드라이 풋(Wet foot/Dry foot)' 이민정책은 1994년 클린턴 행정부 시절에 제정됐다.

'웻 풋 드라이 풋' 정책은 밀입국하려는 쿠바인들이 미국의 육지에 발을 디디면 합법적으로 미국에 살 권한을 주지만 그렇지 못할 경우 정치적 망명을 입증하는 분명한 증거를 제시해야만 미국에 머물 수 있게 된다는 것을 규정하고 있다.

이같은 법 제정은 피델 카스트로 치하의 쿠바인들에게 자유로운 삶을 선택할 기회를 주자는 취지로 시작된 것으로, 쿠바를 떠나는 쿠바인들은 기본적으로 정치적 망명자들이라는 전제를 깔고 있다.

그러나 일반 쿠바인들과 인권 단체들은 이 법이 육지에 도달하지 못하는 쿠바인들에게 정치적 소신을 밝힐 충분한 기회조차 갖지 못하게 할 뿐 아니라, 정치적 망명 여부가 이민국 직원들의 자의적인 판단에 따라 결정되기 때문에 부당하다고 주장하고 있다.

쿠바 당국은 미국의 '웻 풋 드라이 풋' 정책은 쿠바인들을 불법적으로 이주하도록 유도하고 있으며 쿠바인들의 생명을 담보로 카스트로 정권과 쿠바인들을 분리시키려는 데 목적을 두고 있다고 비판해 왔다.

최근 쿠바인들과 비슷한 처지에 있는 아이티인들과 다른 이민자들도 미국의 '웻 풋 드라이 풋' 정책이 쿠바인들에게만 적용되는 것은 인종차별적이고 인권에 반하는 불평등한 법이라는 비판을 가하고 있다.

(2005. 10. 17)

그들의 눈은 신을 바라보고 있었다

흑인 여성문학의 어머니, 조라 닐 허스튼의 생애

'흑인문화유산의 달' 전야축제 '조라!'

미국에서 2월은 '아프리칸-아메리칸 문화유산의 달(African-American Heritage Month)'이다. 이에 따라 특히 전통 흑인 문화가 집중되어 있는 남부지역은 각종 전시회 및 강연회가 활기를 띠게 된다. 보통 남부 흑인 문화유산을 생각하면 조지아주나 미시시피 등을 꼽을 뿐, 플로리다 지역은 그리 많이 알려져 있지 않다.

하지만 플로리다 지역에도 흑인 문화유산들이 이곳저곳에 산재돼 있다. 한국에서 상영이 임박한 것으로 알려진 영화 <레이>의 실제 주인공 '레이 찰스'의 활동무대를 비롯해, 흑인 최초의 민권운동 암살 피해자 해리 무어의 박물관, 백인들의 집단 방화로 마을 전체가 사라진 '로즈 우드' 유적지, 그리고 '흑인 여성문학의 어머니'로 일컬어지는 조라 닐 허스튼의 생가마을 등이 있다.

특히 2월 '흑인문화유산의 달' 행사는 플로리다에서 특이한 '전야제'를 치르는 것으로 그 막을 연다. 전야제란 다름 아닌 중앙플로리다 지역의 이튼빌(Eatonville)에서 연례행사로 벌어지는 '조라! 페스티벌'. 조라 페스티벌은 '흑인문학의 천재' 조라 닐 허스튼과 그녀의 성장지인 이튼빌의 흑인문화 유산을 기리기 위한 것이다.

이 페스티벌에는 미 전역의 흑인 토산품 상인들, 흑인 예술가, 작가 지망생 등을 포함해 수만 명이 몰려든다. 1월 28일부터 30일까지 사흘 동안 '조라!(Zora!) 페스티벌'에는 예년 평균 7만여 명을 상회하는 10만여 명의 관람객이 다녀갔다. 명실상부한 미국의 대표적 흑인 문화유산 축제가 된 것이다.

앨리스 워커의 '조라 닐 허스튼을 찾아서'

그렇다면 한국인들에게는 아직 이름도 생소할 '조라 닐 허스튼'은 누구인가. 조라 닐 허스튼(1903~1960. Zora Neale Hurston)은 '할렘 르네상스'로 일컬어지는 1920년대 자신이 쓴 소설로 센세이셔널한 바람을 일으키며 그 이름을 널리 알렸던 작가였으나, 말년에는 플로리다에 돌아와 묘비도 없는 묘지에 묻혔다. 더구나 그녀가 가정부 노릇을 하다 영양결핍상태로 죽었다는 것은 믿기 어려운 사실이다.

무덤을 덮은 덤불과 함께 파묻혀 영영 드러나지 않을 뻔했던 조라 닐 허스튼이라는 이름이 다시 세상에 나오게 된 것은 현재 미국은 물론 세계적으로 그 이름을 얻고 있는 흑인 여성 작가 앨리스 워커 덕이었다. 워커는 영화 <컬러 퍼플>로 일반인들에게 널리 알려진 작가다.

지난해 5월 한국을 방문해 언론의 집중 조명을 받았던 앨리스 워커는 1970년대 초 어느 백인 민속학자가 쓴 에세이를 읽다 허스튼이 플로리다 마이애미 북쪽 도시인 포트 피어스의 이름 없는 묘지에

버려진 듯 묻혀 있다는 사실을 알게 됐다.

▲ 플로리다 이튼빌에 위치한 '조라 뮤지엄'. 국립 박물관이라기에는 너무 초라한 모습이다. ⓒ 김명곤

워커는 곧바로 허스튼의 무덤을 찾아 나섰고 이후 <미즈(Ms)> 매거진 1975년 3월호에 '조라 닐 허스튼을 찾아서'라는 제목으로 조라의 무덤을 찾아가는 과정을 기고했다.

이때부터 흑인들 사이에서만 근근이 회자되어 왔던 허스튼은 미 문학계에서 극적으로 부활했다. 이는 불우했던 시대를 살았던 선배 작가에 대한 후배의 높은 경의에서 나온 것이었다.

허스튼이 세상에 다시 나온 이후 그녀가 성장기를 대부분 보낸 이튼빌 또한 술렁이기 시작했다. 아직도 인구의 90%가 흑인으로 구성되어 있는 동네인 이튼빌에 큰 별 하나가 떠오른 것. 이튼빌은 이후 1986년부터 조라 닐 허스튼의 이름을 기리고 후대에 유산으로 물려주자는 취지 아래 '조라! 페스티벌'을 열기 시작했다. 2003년 연방우체국은 허스튼의 이름을 기리며 그녀의 우표를 발행하기에 이르렀다.

윈프리가 아껴둔 소설 <그들의 눈은 신을 바라보고 있었다>

조라 닐 허스튼이라는 이름은 앞으로 미국에서 더욱 맹위를 떨치게 될 것 같다. 토크쇼의 여왕인 오프라 윈프리가 허스튼의 소설 <그들의 눈은 신을 바라보고 있었다(Their Eyes Were Watching God·1937년

발간)>를 베스트셀러로 만들기 위해 이를 영화화하는 등 팔을 걷어 붙이고 나섰기 때문.

조만간 <ABC> 방송에서 방영될 이 TV 영화는 윈프리가 9년 가까이 준비해온 작품으로 알려져 있다. 윈프리는 허스튼의 소설을 너무 아낀 나머지 영화로 먼저 알려 일반인들의 주목을 일시에 받게 해야겠다는 욕심으로 이제껏 자신의 권장도서 목록에도 올리지 않았다고 고백했다.

윈프리는 이 영화를 위해 퓰리처 수상 극작가 수잔 로리팍스는 물론 오스카 수상 여배우인 홀 배리를 영입했을 정도다.

그렇다면 이토록 윈프리가 아껴두었던 허스튼의 소설 <그들의 눈은 신을 바라보고 있었다>는 어떤 작품인가. <그들의 눈은…> 은 이미 미국 내 대학과 고등학교 영재반 학생들의 필독도서 중 하나다.

이 소설은 흑인 여주인공 제니 크로포드가 세 명의 남편을 거치며 자아에 눈을 뜨는 과정을 그리고 있다. 제니는 첫 번째 시골 재산가 남편에게서 도망치고, 두 번째 학대받는 작은 도시의 시장 아내를 거쳐, 마지막으로 자기보다 훨씬 어리지만 제법 인간적인 남편을 만나 인생을 즐긴다.

그러나 그 마지막 남편과의 사랑도 허위였음이 곧 밝혀진다. 마지막 장면에서 그녀는 무시무시한 플로리다의 허리케인에서 탈출하다가 개에게 물려 광견병으로 고생한다. 결국 총으로 남편을 살해하고 법정에 선 제니는 사고사로 인정받아 무죄 석방된 뒤 옛집으로 돌아온다.

제니는 허스튼 자신의 이야기이기도 했다. 그녀는 소설 속에서 당시로서는 신기루 같던 여성으로서의 권리를 내면적으로 쓰디쓰게 독백한다. 현실로부터는 도망의 연속이었으나, 그녀는 결국 '자신'

을 찾아낸다. 1920년 당시 흑인 여성으로서는 상상하기 어려웠던 주제였다.

흑인 작가라면 인종차별로 인한 억울함을 호소하고, 뜻있는 백인들의 동정을 얻어내는 것이 고작이었던 시절, 흑인 여성의 사랑과 자아발견을 그린 이 소설은 바람을 일으키기에 충분했다.

자아 찾아 나선 '흑인 여성문학의 어머니'

1942년에 쓴 자서전 <Dust Tracks on a Road(흙먼지 오솔길)>에서 그녀는 "사람들은 니그로라면 당연히 인종문제에 대해 글을 써야 하는 것으로 생각하고 있다. 나는 그 주제에 사로잡히기를 싫어한다. 나의 관심은 인종에 관계없이 한 남자나 여자를 이렇게 저렇게 규정해 온 것(관습)에 있다"고 썼다.

실제로 주관이 강하고 카리스마적인 성격의 소유자로 알려진 허스튼은 흑인 민담에나 나오는 독특한 방언도 거침없이 소설 속에 쏟아부었다. 또 이튼빌에 살면서 겪은 당시 흑인들의 낙천적인 생활 모습을 리얼하게 담았다. 이 책을 통해 조라 닐 허스튼은 '흑인 여성문학의 어머니'라는 이름을 얻게 되었다.

▲ 조라 허스튼이 생전에 쓰던 물품들. 조라 뮤지엄에 소장되어 있다. ⓒ 김명곤

1903년 앨라배마에서 가난한 목사의 딸로 태어난 허스튼은 이튼빌에서 주요 성장기를 보낸 뒤, 13세 때 계모의 학대에 견디다 못해 가출했다. 갖은 고생 끝에 그녀는 메릴랜드

주의 하워드 대학에 들어갔다. 1925년 뉴욕으로 간 허스튼은 이때부터 소설을 쓰기 시작하고 그 이름을 알리기 시작했다.

그녀의 재능을 인정한 뉴욕 버나드 칼리지는 장학금을 주었고, 허스튼은 이 대학과 컬럼비아 대학에서 '문화인류학의 아버지' 프란츠 보아즈의 지도 아래 민속학을 공부했다. 이때부터 허스튼은 그녀의 소설 속에 흑인 민속을 접합시키기 시작한다.

그리고 1937년에 드디어 출간된 그녀의 대표작 <그들의 눈은 신을 바라보고 있었다>는 기존의 흑인 문학의 흐름을 뒤집어 놓았다.

'사랑' 운운 하는 그녀의 소설에 대해 흑인사회에서는 백인들의 영향을 받아 쓴 '사치스런 소설'이라 꼬집었다. 백인사회에서는 허스튼의 흑인 민속과 방언의 결합을 들어 지나치게 '흑인적'이라고 비판하기도 했다.

그녀의 대표작으로는 이외에 <요나의 박넝쿨(Johab's Gourd Vine)>, 민속 연구서 <노새와 사람들(Mules and Men)>, <내 말에게 전하라(Tell My Horse)> 등이 있다.

특히 1970년대에 미국에서 흑인 여성 문학이 독특한 비평적 흐름을 형성하면서 허스튼은 앨리스 워커, 노벨상 수상자인 토니 모리슨, 토니 케이드 밤바라로 이어지는 흑인 여성문학의 전통에 확고한 위치를 얻게 되었다.

허스튼은 1948년 작가생활을 접었다. 그녀는 노스캐롤라이나 대학에서 학생들을 가르치며 워너브라더스 영화 극본도 쓰고 연방의회 도서관에서 일하기도 했으나, 마지막 거주처인 뉴욕에서 어느 날 종적을 감추었다. 그리고 12년 뒤인 1960년 1월 28일 플로리다 남부의 한 호텔에서 청소부로 일하다 영양실조로 죽었다.

한때 유명대학 장학금을 받아가며 공부한 재능 있는 작가가 어떻게 가난뱅이가 되어 영양실조까지 걸려 마지막을 맞았는지에 대해 확실히 알려진 바는 없다. 다만 흑인여성 작가에 대한 사회적 지위와 대우가 당시에 형편없었을 터이고 이로 인해 매우 궁핍한 생활을 했을 것이라는 추측을 할 뿐이다.

플로리다를 사랑했던 '남부의 천재'

침례교 목사였던 허스튼의 아버지인 존 허스튼은 1890년경 플로리다에서 온 한 여행객으로부터 100% 순수 흑인 자치도시인 이튼빌에 대한 이야기를 듣고 곧 이주한다. 얼마 되지 않아 그는 이 지역의 세 번째 시장을 지냈다. 지금은 현대식으로 증축된 마케도니아 침례교회의 2대 목사를 역임하기도 했다.

현재 이튼빌에 허스튼 가족이 살던 집은 없어졌다. 그러나 허스튼이 소설을 쓰기 위해 방문했던 친구 집은 아직 '모슬리 하우스'라는 이름으로 남아 있다.

젊은 시절을 북쪽에서 살았던 허스튼은 친구 모슬리에게 보낸 편지에서 "나는 추운 날씨와 앙상한 나뭇가지, 그리고 새소리가 들리지 않는 북쪽지방의 아침이 싫다"고 적었다.

▲ 조라 닐 허스튼이 글을 쓸 당시 자주 방문했던 친구 집 '모슬리 하우스' © 김명곤

1938년 또 다른 친구인 칼 반 베크텐에게 보낸 편지에서 그녀는 "꽃들로 뒤덮인 오렌지 나무에서 나는 너

의 모습을 볼 수 있다. 벌들은 하루 종일 나무 주위를 돌아다니고 새들은 달빛 아래에서 밤새워 노래 부른다"고 적어 그녀가 플로리다를 얼마나 그리워했는지를 보여주고 있다.

1960년 1월 28일, 그녀는 결국 자신이 좋아했던 플로리다로 내려와 포트 피어스의 한 흑인 공동묘지에 묻혔다. 그녀가 홀로 외롭게 죽은 지 13년이 지난 1973년, 조라 허스튼의 무덤을 찾은 앨리스 워커는 진 툼머의 시 한 부분을 허스튼의 묘에 새겼다.

'Zora Neale Hurston: A Genius of the South (남부의 천재 조라 닐 허스튼)'.

<그들의 눈은…>의 주인공 제니가 첫 번째 남자의 집에서 두 번째 남자에게 도망가는 장면에서 묘사된 것처럼, 그녀는 '자신의 꽃'을 찾아 헤매는 영리한 한 마리의 벌이었다. 숨이 턱턱 막히던 세상을 살면서 여린 눈동자로 신을 응시하며 차별 없는 세상을 소망했던 한 천재의 꿈은 이제 수많은 '조라'들에 의해 현실화되어 가고 있다.

허스튼의 성장지 이튼빌과 '조라! 페스티벌'

허스튼의 성장지인 이튼빌(Eatonville)은 1800년대 후반 미 남북전쟁 이후 노예에서 해방된 흑인들이 앨라배마, 조지아, 미시시피 등지의 인종차별을 피해 이 지역으로 몰려들며 탄생했다.

이튼빌은 맨 처음 이 지역에 이주해 온 흑인 비즈니스맨이 현재 이튼빌과 인접해 있는 메이트랜드 시의 설립자 '조시아 이튼'으로부터 땅을 사들여 이를 흑인들에게 집중적으로 매매함으로 자치도시의 초석이 닦여지게 되었다.

땅을 사들인 27명의 흑인 이주자들은 1887년 회합을 갖고 그들만의 자치행정을 결의하고 땅의 원 소유자였던 조시아 이튼의 이름을 따서 시 이름을 이튼빌이라 정하고 첫 시장과 5명의 시의원들을 선출했다. 이로써 미국에서 최초의 흑인 자치 행정도시가 탄생하게 된 것이다.

현재 올랜도 중심부를 통과하는 하이웨이 I-4 곁에 위치한 이튼빌은 지금도 주민의 90%가 흑인으로 구성되어 있다. 하이웨이를 지나치며 이 동네를 바라보면 미국 내 인구 팽창률 랭킹 10위 안에 드는 올랜도 시와는 동떨어져 있는 것처럼 보인다.

미국 각 동네마다 상징적으로 세워져 있는 물탱크는 녹슬고 페인트가 벗겨진 채로 수년 동안 방치되어 있다. 최근 들어서 시 당국이 겨우 50만 달러를 마련해 허스튼 기념 도서관을 새로 지었으나, 바로 옆에 있는 허스튼 문화 박물관은 국립 박물관 치고는 너무 초라하고 허술하다는 지적이 나오고 있다.

카운티 당국에서는 이 지역의 오래된 중심도로를 확장한다는 발표를 했으나, 막상 지역의 흑인 원로들이 반대하고 있다. 140년 된 미국의 가장 오래된 흑인 커뮤니티가 손상될지 모른다는 우려 때문이다.

허스튼의 소설에 자주 등장하는 동네 놀이방도 이 도로에 위치해 있다.

(2005. 2. 28)

SECTION-Ⅱ

팍스 아메리카나 (Pax Americana)

"당신은 전쟁에 관심이 없을 수도 있지만,
전쟁은 당신에게 관심이 있다."
(레프 트로츠키)

시민권 줘도 군대 가기는 싫어!

지상군 고갈, 신병 모집에 골머리 앓는 미군

"셸리 상사는 아침 6시 반에 출근해서 부하 모병관들과 함께 그날의 모병계획을 치밀하게 작성하는 것으로 일과를 시작한다. 여러 번의 작전토의를 거친 후 점심시간이 되면 입대원서를 들고 고등학교 인근의 맥도널드 햄버거 점 등 패스트푸드 레스토랑을 전전한다. 학교가 파하는 오후 2시 45분쯤부터는 모병소에 돌아와 귀가해 있을 학생들을 대상으로 전화를 건다. 초저녁에는 '세븐-일레븐'이나 주유소 등으로 향한다. 이곳에서 아르바이트를 하고 있는 고등학생들을 잡기 위해서다. 저녁식사가 끝나면 밤 10시 30분까지 학생들이 다닐만한 서점이나 쇼핑센터, 공원 등을 배회한다."

위는 지난 3월 19일자 <디트로이트 뉴스>가 이라크전 2주년을 맞아 특집기사를 내면서 메릴랜드 모병소의 모병관이자 이라크 전에 참전했던 스펄전 셸리 상사의 하루 일과를 그린 것이다. 모병관 셸리 상사의 이 같은 일상사는 지난해 여름 출시해 센세이션을 일으

▲ 이라크에 파병할 미국의 빈곤층 아이들에게 접근하고 있는 미 해병 모병관들. 영화 <화씨 9/11>의 한 장면. © 김명곤

켰던 마이클 무어의 다큐멘터리 영화 <화씨 9/11>에 비친 장면과 매우 유사하다.

미국의 이라크 침공을 시종 비아냥거린 <화씨 9/11>에는 모병관들이 가난한 동네의 쇼핑센터 주차장에서 앳되고 어수룩해 보이는 청년들을 쫓아다니며 군대에 입대하라고 조르는 장면이 등장한다. 영화의 거의 마지막 장면에서는 무어가 의사당 앞에서 출근하는 의원들을 붙잡고 "당신의 아들을 군대에 입대시키라"며 입대원서를 내밀자 모두가 슬금슬금 내빼는 광경이 등장한다. 무어는 미국에서 군대에 입대하는 청년들이 주로 '돈 없고 힘 없는' 청년들이라는 것을 희화적 터치로 그려냈다.

그러나 지난달 19일로 이라크 침공 두 돌을 넘긴 지금 부시 행정부는 장기화되고 있는 이라크 전으로 말미암아 군 병력의 고갈이 심화되고 있으며 이들 '돈 없고 힘 없는' 청년들조차도 군 입대를 꺼리는 바람에 병력의 충원에 차질이 생겨 골머리를 앓고 있다.

이라크 전 장기화로 미군 심각한 병력 고갈

리처드 코디 육군 부참모장은 지난 3월 중순 의회 청문회에서 "나를 잠 못 이루게 하는 것은 과연 2007년에 가서도 현재 수준의 육군 인력이 유지될 수 있을 것인가에 대한 것이다"라고 속사정을 털어놓았다. 그는 이라크전은 국내외 위협에 대처할 만한 지상군 병력의 전체적인 능력을 저하시켜 왔다고 주장하며 시급한 대책을 촉구했다.

<워싱턴 포스트>의 앤 스콧 타이슨 군사전문 기자는 지난 3월 19일 의회와 군사전문가들의 말을 빌어 "이라크와 아프가니스탄에 군사력을 집중해 온 미국은 한반도 같은 곳에서 긴급사태가 발생할 경우 강력한 힘을 행사할 수 있는 지상군이 태부족하다"고 지적했다. 미 육군은 베트남전 당시 40개 사단에 달했으나, 냉전이 끝난 1980년대에는 28개 사단으로 줄었으며, 현재는 18개 사단만 남아있다.

▲ "전쟁에 찬성하신다니 의원님의 자제분을 전쟁터로 지원해서 보내주시지요." 영화 <화씨 9/11>의 한 장면. ⓒ 김명곤

<AP통신>은 지상군 부족으로 예비 병력까지 끌어 써야 할 상황이 됐으며, 이는 예비군들의 이라크전 투입비율을 한국전쟁 이후 최고로 높이는 요인이 되었다고 지적했다.

육군의 작전 사령관인 제임스 러브레이스 중장은 <디트로이트 뉴스>에 "우리는 알링턴 국립묘지에서 근무하는 군인들, 알래스카에서 근무하는 군인들, 그리고 유사시 전투를 위해 배치되어 있던 한국 주둔 군인들까지 끌어와 이라크에 배치했다"고 말한 바 있다.

리처드 코디 장군도 "육군은 충분히 준비되지 않은 채 이 전쟁을 시작했다"며 "정말 스트레스를 쌓이게 만드는 것은 각 주의 방위군이 7개의 전투여단으로 편성되어 이라크와 아프가니스탄에 파견되리라고는 상상도 못했다는 것"이라고 털어 놓았다.

여기에다 장비의 노후화도 문제가 되고 있는 것으로 알려졌다.

해병대 장비의 30%, 육군 장비의 40%는 이라크에 있는데, 이들은 보통 사용 연한보다 6배 이상을 사용하고 있는 것으로 분석되었다. 유럽과 서남아시아에 있는 군 장비들은 바닥이 드러나 낡아서 쓸모없는 장비들도 속출하고 있으나 이들을 교체하거나 보충하기 위해서는 이라크전이 끝나기만을 기다려야 한다는 것이 육군 당국의 분석이다.

존 매케인 공화당 상원의원은 "미군이 이라크와 아프가니스탄에 집중해 있기 때문에 북한이나 이란과의 전쟁이 일어난다면 현재의 군사력으로 이를 해결하기가 매우 어렵다는 것은 분명하다"면서 "특히 미국 내의 각 주 방위군과 예비군이 인력과 장비의 부족에도 불구하고 이라크에 투입된 군대의 3분의 1에서 2분의 1 수준을 차지하고 있을 정도로 군사력 저하가 심각하다"고 말했다.

"6개월간 매일 16시간씩 모병 홍보… 4명 응모"

그런데 더욱 부시행정부를 곤혹스럽게 만들고 있는 것은 이 같은 미군의 병력 고갈 상태가 쉽게 채워질 기미가 보이지 않는다는 것이다.

앞서 언급된 스펄전 셸리 상사는 "지난 6개월간 매일 16시간씩 모병에 나섰지만 단 4명이 응모했다"면서 "모병이 전투보다 더 어렵다"고 실토했을 정도다.

국방성 통계에 따르면, 지난 2004도에는 최근 5년 중 가장 낮은 수치의 신병 모집률을 보여 주었으며, 2005년도 육군의 경우, 목표의 75%밖에 달성되지 않고 있다. 특히 미군 당국의 신병 모집에 주요 목표물이 되어 온 가난한 흑인 청년들과 비시민권자 청년들의 입대 지원율이 현저히 감소하고 있는 것도 고민을 더해 주고 있다.

<AP통신>은 "한동안 흑인청년들에게 군입대가 인기가 있었지만 이라크 전으로 시들해지고 있으며, 미군 당국은 계속된 모병실적 감소로 고충을 겪고 있다"고 보도했다. 현재 미 육군의 23%가 흑인으로 구성되어 있는데 최근 수년 동안의 흑인 지원율은 이를 훨씬 밑돌고 있다.

특히 지난 2001년의 9·11 테러 사건을 기점으로 흑인 모병율은 대폭 줄고 있는 것으로 나타났다. 육군 모병 본부의 더글러스 스미스 대변인에 따르면, 2001년 9월 당시 22.7%이던 모병율이 2002년에 19.9%, 2003년 16.4%, 2004년 15.9%, 올 2월 9일 현재 13.9%로 떨어졌다.

또 하나의 주요 목표물이던 비시민권자 청년들에 대한 모병도 큰 차질을 빚고 있다. 부시 행정부는 그동안 '시민권 획득의 지름길' 이라는 유혹적 문구를 내세워 미군에 입대하는 비시민권 이민자 출신

병사들의 입대 숫자를 늘리기 위해 안간힘을 써왔다.

흑인-비시민권자 청년들 입대 비율 대폭 줄어

비시민권 입대자 수를 늘리기 위한 국방부의 노력에 대해 노스웨스턴 대학의 군사사회학 전문가인 찰스 모스코스는 "현재 미군은 나라를 위해 죽을 중산층 출신의 아이들을 충분히 확보하지 못하고 있다"며 "비시민권자의 입대를 늘리는 것은 예상된 순서"라고 밝혔다.

미국에서 비시민권자들의 군 입대 역사는 남북전쟁 때부터 시작된다. 남북전쟁 때는 아일랜드계 이민자들이 대거 입대했으며 2차대전 때는 유럽 국적을 가진 10만여 명의 이민자들이 미군에 입대한 것으로 알려져 있다.

<마이애미 선 센티널>에 따르면, 미국 군대에는 142개국 국적을 가진 3만 명 이상의 비시민권 군인이 있으며, 비시민권자의 미군 지원율은 4%에 이르고 있는 것으로 추산되고 있다.

지난 2002년 7월 부시 미 대통령은 9·11 사태 이후 입대한 비시민권 군인들 중 전투에 참가한 군인들에게는 자동으로 시민권을 주고 만약 비시민권 군인이 사망했을 경우 가족에게 시민권이 돌아가게 하는 제도를 만들었다. 2003년 11월에는 이들의 시민권 신청 자격을 위한 최소 근무기간을 3년에서 1년으로 줄였다.

이 같은 시민권 발급의 확대는 보수층으로부터 너무 많은 외국인이 입대를 할 것이라는 우려를 낳기도 했다. 그러나 지난 5년 동안 꾸준히 감소하는 비시민권 입대자의 수는 그러한 우려를 말끔히 잠재웠다.

비시민권 입대자의 수는 2001년 1만 1,829명에서 2004년에는 9,477명으로 20% 이상 감소한 것으로 나타났다. 이는 같은 기간 시민권 입대자의 수가 26만 4,832명에서 23만 2,957명으로 약 12%가 감소한 것과 견주면 매우 큰 폭의 감소율이다.

"인기 없는 전쟁, 목숨 내놓고 군대 왜 가나"

그렇다면 어떻게 해서 흑인과 비시민권자 청년들의 입대 비율이 이처럼 대폭 감소한 것일까. <AP통신>은 지난 2004년 8월에 미 육군이 발표한 조사 보고서를 인용 "과거에는 군대생활에서 겪을 부자유함과 다른 직업에 대한 매력 때문에 모병의 어려움이 있었으나, 지금은 전쟁에서의 죽음과 부상에 대한 두려움 때문에 모병의 어려움을 겪고 있다"고 보도했다.

일부에서는 이라크 전쟁과 함께 회복되고 있는 경제로 인한 직업 시장의 확대와 고졸자들의 대학입학률 증가를 원인으로 들고 있으나, 미 언론과 국방 관계자들은 신규 입대자 감소의 가장 큰 이유는

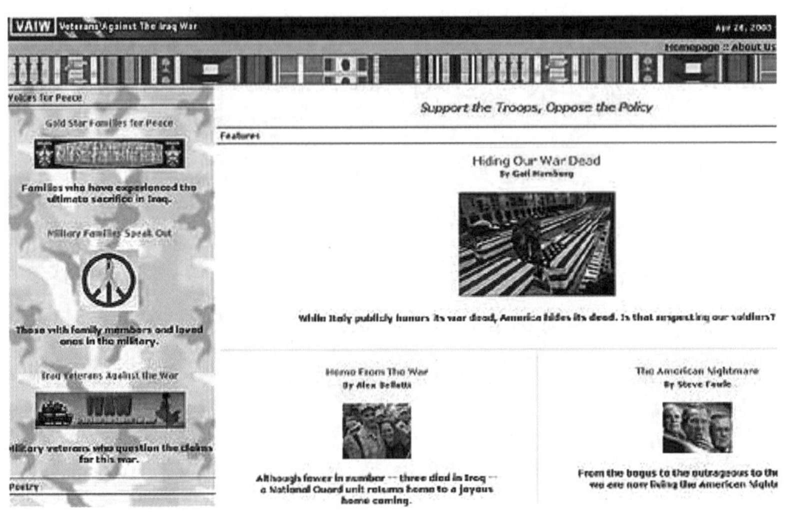

▲ 이라크전에 반대하는 재향군인회 사이트. ⓒ 김명곤

이라크와 아프가니스탄 전쟁 때문이라는 분석에 이의를 달지 않고 있다.

지난 2001년 9·11 테러 사건 이전에 미국의 젊은층은 군복무를 그리 위험스런 것으로 여기지 않았다. 특히 해외주둔에 대한 매력이 이들을 군문으로 끌기도 했다. 그러나 이 같은 해외근무의 매력도 이라크전이 장기화되면서 국내 복귀가 어려워지고 전쟁 참여에 대한 두려움으로 점차 인기가 시들고 있는 것으로 전해졌다.

1991년의 걸프전이 소수의 사망자만 남긴 채 100시간 만에 종료되었으며, 1999년 코소보에 대한 공중 공격에서는 단 한 명의 사망자도 내지 않았던 것에 비해 현재의 '테러전'은 위험부담이 너무 크다는 것이다.

미 육군당국의 조사에 따르면 특히 부모들이 자녀의 입대를 만류하는 경우가 크게 증가하고 있는 것으로 나타났다. 가령 2004년 7월 육군 모병소의 조사결과 발표에 따르면, 백인 자녀의 부모들에 비해 흑인 자녀의 부모들은 군대에 대한 신뢰감이 적었으며, 군복무에 대한 도덕적 반대가 더 심한 것으로 드러났다. 이 같은 경우는 비시민권자 자녀를 둔 부모에게도 동일하게 나타나고 있다.

10년 전 멕시코에서 부모를 따라 이민 온 산타 모니카 대학 학생인 빅터 레이고사라는 학생은 학교로 찾아 온 모병관의 제의를 거절한 사실을 밝히며 "어머니가 입대를 가장 심하게 반대했다"면서 "시민권 신청서 제출이 군대에 가는 것보다 훨씬 쉬웠다. 나는 인기 없는 전쟁에 참여하기보다는 일과 학업을 병행하면서 (시민권을) 기다리기로 했다"고 말했다.

"왜 우리의 전사자들은 밤에 도둑처럼 귀환해야 하는가"

결국 계속된 이라크 전에서 사망자와 치명상을 당한 부상자가 늘어나고 있고, 이라크 전 자체가 젊은이들이 목숨을 걸만한 전쟁으로 여겨지지 않고 있다는 것이다. 4월 21일 현재 이라크 전 미군 사망자는 1,562명, 부상자는 1만2,022명에 달한다. 부상자들 가운데 72시간 내에 복귀한 군인은 5,970명으로 복귀율이 50%를 채 넘지 않고 있다.

현재 미 육군당국은 모병관들의 수를 늘리고 당장 입대신청을 하는 젊은이들에게는 2만불의 보너스 지급을 고려하고 있으며, 2,500명 이상의 모병관들을 전국 곳곳에 배치하고 있는 것으로 알려지고 있다. 그러나 현재로서는 그 어느 전쟁보다도 인기 없는 전쟁에 기꺼이 목숨을 내놓으려 할 청년들은 그리 많지 않을 것 같다.

시카고 루즈벨트 대학의 게일 햄버그 교수가 지난 3월 22일 이라크전 두 돌을 맞아 <인터벤션> 매가진에 쏟아 놓은 항변을 들어보자. 미국 젊은이들과 그들의 가족 사이에서 인식되고 있는 이라크 전의 현주소는 물론 그들이 부시 행정부의 악착같은 모병 노력에도 불구하고 뒷걸음질치고 있는 이유를 적절히 설명해 주고 있다.

"뜨거운 모래바람 속에서 죽어가고 있는 우리 병사들은 더 이상 국민들의 주목을 끌지 못한 채 사라져가고 있다. 대통령은 여전히 이라크 전사자들의 장례식에 참석하지 않기로 한 정책을 고수하고 있다. 우리가 정말 숭고한 이상을 위해 싸운다면 대통령이 전사자들의 장례식에 참석하지 못할 이유가 없다. 왜 우리의 전사자들은 밤에 도둑처럼 귀환해야 하는가. 전쟁터로 나가는 군인들에게 결단과 용기를 요청해 온 부시 행정부는 죽어서 돌아올 그들을 껴안을 용기를 낼 수 있을 것 같지 않다."

(2005. 4. 27)

너무 웃겨서 슬픈 영화 <화씨 9/11>

해학적 터치로 미국민의 자화상 드러낸 영화

현재 미국인들의 식탁 대화의 최대 화젯거리는 지난달 25일 개봉돼 첫 주 박스 오피스 1위를 기록하고 현재까지 인기가 줄지 않고 있는 마이클 무어 제작의 다큐멘터리 <화씨 9/11>이다.

기자가 잘 알고 있는 미국 패션잡지사의 편집장인 프랭크 리타(41)는 며칠 전 기자에게 "<화씨 9/11>을 보았느냐"고 묻고는 자신은 11세 된 딸과 장인 장모를 포함한 전 가족이 함께 보았다면서 "장모는 영화를 보면서 웃다가 울다가 했다"고 전했다.

열렬한 케리 지지자이자 '부시 헤이터'인 그는 <화씨 9/11>을 가리켜 "금세기 최고의 정치 코미디"라며 엄지손가락을 세워 보이고는 "아마도 이 영화를 본 사람들은 앞으로 부시나 월포위츠(국방차관)가 TV 화면에 비치면 웃음부터 터뜨리게 될 것"이라고 말했다.

기자는 개봉 첫날인 지난 6월 25일 미국 개봉관에서 <화씨 9/11>을 보고 나서 며칠 전 다시 그 영화를 보았다. <화씨 9/11>에는 기자의 친구로 하여금 자다가 일어나 앉아 웃게 할 정도로 기막힌 장면들이 등장한다. 다큐멘터리를 이렇게 웃기게 만든 마이클 무어는 천재다. 현재의 미국이라는 나라와, 정치지도자를 포함한 미국인의 실체를 이보다 더 유쾌하게 까발린 영화가 또 있을까.

도대체 어떤 장면들이 이 영화를 그렇게 웃기고, 심지어 울리기까지 했을까. 대표적인 몇 개의 '웃기는' 장면들을 간추려 본다.

웃기는 장면 1 : 부시 집단의 화장 장면

웃기는 장면 1호는 단연 부시를 비롯한 럼스펠드, 월포위츠, 파월 등 부시행정부 주요 인물들의 화장(化粧) 장면들이다. 무어는 부시가 TV연설을 앞두고 코미디언 같은 표정으로 힐끗 흘끗 곁눈질을 한다거나 월포위츠가 머리빗에 침을 탁탁 뱉어 머리 손질을 하는 장면들을 절묘한 컷으로 클로즈업시켜 관중들의 폭소를 자아낸다.

무어의 천재성은 바로 이것이다. 그가 심각해야 할 영화에 이처럼 코믹스러운 화장 장면을 집어넣은 의도는 처음부터 분명하다. 그는 부시를 비롯한 미국의 지도자 그룹들이란 애당초 '하나님의 메신저', '전시 지도자'로 '애국자'로 포장되어진 인물들에 불과하다는 것을 말하고 싶어했다.

<화씨 9/11>에 나오는 부시와 주변 인물의 웃기는 장면들은 국가적 이익, 애국의 이름으로 행사되는 강자의 폭력에 대한 해학적 까발림이다.

웃기는 장면 2 : 브리트니 스피어스의 껌 씹는 장면

무어의 이러한 해학적 까발림은 정치 지도자들에 국한되지 않는다. 무어는 영화 중간 부분에서 현재 미국 젊은이들의 우상 중 하나

▲ <화씨 9/11>의 한 장면. ⓒ 김명곤

인 여자 가수 '브리트니 스피어스'의 인터뷰 장면을 담아낸다.

인터뷰어가 브리트니 스피어스에게 부시의 이라크전에 대해 어떻게 생각하느냐고 묻자 그녀는 다리를 꼰 채 아무 생각 없는 듯한 표정으로 껌을 짝짝 씹으며 이렇게 말한다.

"부시는 우리의 대통령이고, 우리는 그를 믿고 따라야 한다."

관객석에서는 이 장면에 신음소리 같기도 하고 탄식 같기도 한 묘한 웃음소리가 낮게 흘러나오다 이내 쑥 들어간다. 이 인터뷰는 바로 이들에게 향해 있었기 때문이다. 한때 이들 중 90%는 부시의 이라크전을 열렬히 지지하지 않았던가.

웃기는 장면 3 : 마더 ××, 마더 ××

영화는 3분의 1정도 진행되면서 이라크전으로 화변이 옮겨진다. 크리스마스 트리가 장식되고 캐럴송이 불려지는 가운데 출동한 새파란 나이의 병사들이 탱크 위에서 '폭도들'을 향해 '드르르륵 따콩'

'드르르륵 따콩' 사격을 가한다.

이들은 귀에 헤드폰을 끼고 느린 듯 기묘한 곡조의 음악을 들으면서 총질을 해대는데 이 음악의 노랫말은 '마~더 ××, 마~더 ××'로 도배되어 있다. 엄청난 화력의 총질 소리에 겹쳐지며 '마~더 ××' 노랫말이 극장을 뒤흔들 만큼 귓전을 때린다. 노랫말이 제법 길게 이어지며 관객석에서 어색한 킥킥거림이 간간이 들려온다.

무어는 생명의 가치에 대해 무감각한 이들의 총질 장면에 상스럽기 그지없는 노랫말을 얹어 놓아 '개떡같은 전쟁'에 아까운 젊은이들이 동원되고 있다는 외마디 부르짖음을 내뱉은 것이다.

웃기는 장면 4 : "자, 내 드라이브 샷 솜씨 좀 보시지!"

영화는 9·11테러가 발생한 후 대 테러전에 골몰하던 와중에 텍사스 별장에서 골프 연습을 하고 있던 부시에게 기자들이 몰려가 인터뷰하는 장면을 잡아낸다. 기자들이 막 골프스윙을 하려는 부시에게 테러에 대한 대책이 무엇인가 하고 묻는다. '전시 대통령' 부시의 대답을 들어보라.

"(진지한 듯한 표정으로) 나는 이 테러리스트 킬러들을 억제할 수 있는 모든 것을 하기 위해 전 세계 모든 국가들에게 (도움을) 요청할 것이다. 땡~큐! (표정을 바꾸며) 자, 내 드라이브 샷 솜씨나 좀 보시지!"

방금 엄청난 테러를 당한 나라 지도자의 말이라고 여기기에는 참으로 막연하고 성의 없는 답변이다. 전쟁은 전쟁이고, 골프는 골프다. 너희는 전쟁하고 나는 골프를 친다.

관객들은 부시의 멋진 드라이브 샷에 '나이스 샷!'을 외치는 대신 '우~' 소리를 내며 야유를 퍼부었다. 영화는 부시가 9·11이 일어나기 전에 그의 일과의 42%를 개인 취미생활로 보냈다는 것을 보여준다.

무어의 유머 감각은 부시의 '단독 플레이'식 지도력의 허황함과 무책임성을 유감없이 보여주고 있다.

웃기는 장면 5 : 30개국의 동맹군들?

부시가 테러리스트들을 잡기 위해 모든 국가들에게 도움을 요청해 모은 나라는 30여 개국이다. 무어는 영국을 제외한 대부분의 동맹국들이 미국의 들러리, 아니 부시의 들러리에 불과하다는 것을 요절복통할 정도의 화면과 자문 자답식 내레이션으로 표현해 낸다.

이를테면 이런 식이다. "동맹국? 흐음~ 아프가니스탄. (터번을 쓴 맨발의 아프간 군대에 이어 아프간 사막에서 싸우는 미군을 등장시키며) 거기에는 미군밖에 없다. 흐음~모로코? (모로코 길거리의 남루한 옷차림의 원주민들과 원시적인 탈것을 보여준 다음, 숲 속에서 원숭이떼들이 우르르 때지어 몰려가는 장면 등을 보여주며) 이 동맹국과 함께 전쟁을 치르겠다고?"

부시의 이라크전이 얼마나 '미국의, 미국을 위한, 미국에 의한' 전쟁인지를 이보다 더 잘 묘사할 수 있을까. 국제사회에서 미국의 위상이 얼마나 형편없는가를 기막히게 잘 표현한 장면이다.

마이클 무어가 한국을 거론했더라면 무어라고 했을까? 흐음~한국?….

웃기는 장면 6 : "당신 아들 이라크에 보내지 않을래?"

영화가 막바지에 이르면서 무어는 부시의 이라크 침공 공범자인 국회의원들의 '껍질 벗기기'에 도전한다.

무어는 존 코니어스 하원의원(민수당·미시간주)을 만나 국민의 기본권을 침해하는 '애국법'이 어떻게 의회에서 통과되었는지에 대해 질문했는데 그의 답변은 이렇다.

▲ 마이클 무어의 <화씨 9/11>의 한 장면. © 김명곤

"아들 같은 친구, 잠깐 자리에 앉게나. 사실 우리는 (국회에 상정되는) 법안들의 대부분을 읽지도 않는다네!"

이제 무어는 각오를 단단히 하고 국회 의사당 앞으로 간다. 그리고는 이동식 아이스크림 트럭을 빌려 타고 '디동~댕댕' '디동~댕댕' 어린이 음악을 틀어 놓은 채 의사당 앞을 터덜터덜 돌며 애국법안을 큰 소리로 읽어댄다. 여러분들이 읽지 않은 것을 내가 대신 읽어주마! 이런 식이다.

무어는 급기야 의사당 건물 앞으로 진출한다. 그는 이라크전에 찬성했던 테네시 출신 의원을 비롯, 출근하는 의원들을 붙들어 세워놓고 입대지원서를 내밀며 "당신 아들을 군대에 보내라"고 요구한다. 모두가 손을 내저으며 잰걸음으로 달아난다. 관객석에서는 요절복통 웃음소리가 요동친다.

웃기는 장면 7 : "또 속으면 속는 사람이 부끄러워 해야"

무어는 마지막 장면에서 결국 관객들에게 말하고자 했던 것을 속 시원히 털어놓는다.

<화씨 9/11>은 시작하자마자 지난 2000년 대선에서 민주당의 앨 고어가 승리했음에도 불구하고 미국민들이 '플로리다 소동'의 와중에 부시에 속아 넘어가 대통령 자리를 헌납했다는 것을 강하게 암시한다. 영화의 전반적인 흐름으로는 부시에 속아서 이라크 침공에 찬

성해 온 미국민들을 조롱한다.

이제 마지막 장면에서 무어는 '부시다운' 부시의 인터뷰 내용을 집어넣었다.

"테네시의 옛 격언이 있다… 내가 알기로는 텍사스의 격언… 아마도 테네시 격언인 것 같은데. (어쨌든) 그 격언은 처음 속임을 당하면 속인 사람이 부끄러운 짓을 한 것이다. (그러나) 두번째 또 속는다면 속은 사람이 부끄러워해야 한다"

부시는 자신이 말하고 있는 격언이 테네시 격언인지 텍사스 격언인지도(사실은 미국사회의 일반화된 격언) 모르고 우왕좌왕하고 있다. 더구나 이 말이 바로 자신을 두고 한 말로 역 사용될 줄 어찌 알았으랴. 무어의 의도는 분명하다. 선거에서도 속았고 이라크전도 속았다. 이제 다시는 속지 말자. 이것이다.

깊게 웃기는 무어의 내레이션

무어의 <화씨 9/11>에서 웃기는 장면들 외에 두고두고 여운을 남기며 웃게 할 대목이 또 하나 있다. 그것은 그의 부드럽고 감미로운(?) 목소리의 내레이션이다. 무어는 영화 처음부터 끝까지 내레이터(해설가)를 맡아 영화 전체를 자신의 '의도'대로 이끌어 간다.

사실 푸줏간 아저씨나 공사판 잡부 같은 인상의 무어 목소리는 전혀 선동적이지 않다. 보는 사람의 감정을 요동치게 하는 영화의 장면들과는 달리 오히려 그의 목소리 톤은 높낮이 없이 매우 차분하고 잔잔하다. 그러나 몇몇 장면의 끼어들기식 해설에서 그의 목소리는 소름이 돋을 정도로 설득력이 있다.

가령 사우디 대사가 TV토크쇼에서 빈 라덴의 인상에 대해 "He is so quiet and simple"(그는 매우 조용하고 단순하다)라고 말하는 장면이 나오는데, 무어는 짬도 주지 않고 “Hum~, quiet and simple?”이라고 부드러운 톤으로 끼어들기식 해설을 감행한다.

영화는 곧바로 부시가 플로리다의 한 초등학교 교실에서 보좌관으로부터 쌍둥이 빌딩 테러 공격을 받고 멍한 표정으로 침묵을 지키고 있는 장면을 보여준다. 부시와 빈라덴이 닮았다는 것인가? 이러한 끼어들기식 해설은 이외에도 ‘동맹군들’ 화면, 빈 라덴가와 부시가의 커넥션 장면 등에서도 등장해 속웃음을 선사한다.

<화씨 9/11>은 왜 슬픈가

무어는 영화 개봉 후 가진 한 기자회견에서 “내가 만들려 했던 것은 다큐멘터리가 아니라 청중들이 좋아할 유쾌한 영화였다”면서 “주역 배우들인 부시와 럼스펠드, 월포위츠 등에 감사한다”며 익살을 떨었다.

▲ <화씨 9/11>의 한 장면. © 김명곤

<화씨 9/11>은 보기 드문 해학적 터치의 유쾌한 영화다. 훌륭한 배우들의 살아 있는 연기에 청중들은 포복절도할 정도로 웃고 박수를 쳤다. <화씨 9/11>은 표피적 즐거움에 목적을 둔 영화는 절대 아니다. <뉴욕 타임스>의 칼럼니스트 폴 크루그먼이 말한 것처럼, <화씨 9/11>은 미국의 언론매체들이 하지 못한 '공공 서비스'를 멋지게 해냈다.

무어는 인터뷰에서 이렇게 말했다.

"그들(미국인들)은 아마도 우주에서 가장 멍청한 사람들일 것이다…. 공모와 속임수와 잘난 체하는 악동들에 매여 산다는 면에서. 우리 미국민들은 강요된 무지로부터 고통받고 있다. 우리는 우리나라 밖에서 일어나고 있는 일들에 대해 무지하다. 우리의 어리석음은 정말 우리 스스로를 당혹스럽게 한다."

<화씨 9/11>은 부시를 비롯한 미국 정치인들의 진면목을 발견케 한 영화다. 나아가 9·11테러로 야기된 분노의 폭풍 속에서 통째로 속아넘어간 미국인들 자신의 부끄러운 자화상을 발견케 한 영화다.

하여 <화씨 9/11>은 미국민들을 한참 웃게 하다 슬프게 하는 영화다. 슬픈 장면들 때문뿐 아니라 '지구상에서 가장 웃기는 지도자를 둔 웃기는 국민들'이 자신들인 것을 알게 되어 슬픈 것이다. 잡지사 편집장의 장모가 웃다가 울다가 한 이유가 바로 여기에 있지 않았을까?

(2004. 7. 13)

발가벗기고 쇠줄 채우더니 35개월 만에 '죄 없으니 나가라'?

관타나모의 25시, 아프간 작가 형제의 억울한 옥살이 3년

루마니아 작가 게오르규의 역작 <25시>의 주인공 요한 모리츠. 평범하고 순박한 루마니아 농부인 모리츠는 어느 날, 영문도 모른 채 징발당하여 유대인 캠프에 수용된다. 그는 탈출을 거듭하면서 자신의 의지와는 상관없이 때로는 유대인으로, 때로는 루마니아 인으로, 때로는 독일인으로 둔갑돼 13년 동안 100여 군데의 수용소를 전전한다. 그리고는 어느 날, 체포되던 때와 마찬가지로 영문도 모른 채 석방된다.

파란만장한 모리츠의 비극은 그가 한번도 '개인 요한 모리츠'로 대접받지 못했다는 점에 있다. 그는 자리가 옮겨질 때마다 단지 '적성국가'의 국민이라는 이유로 고문당하고 강제노동에 시달려야 했다. 게오르규는 한 인간을 개인으로 인정하지 않고 획일화된 사회 구성체의 '종속물' 정도로만 여기는 인간부재의 상황을 절망의 시간인 '25시'로 규정하고 이를 현대사회의 특징으로 그리고자 했다.

그런데 요한 모리츠는 게오르규의 소설 속에서만 존재하는 것이 아니었다. 올해 미국 관타나모 교도소에서 석방된 아프가니스탄의 한 작가형제가 그 같은 예다. <AP통신>은 최근 해외 미군 감옥 수감자 및 출소자들의 인터뷰를 소개했는데 이들 형제가 그중 하나다.

소설 <25시>의 요한 모리츠와 현실세계

바드르와 도스트는 부패한 정치가를 야유하고 서민들의 고난을 드러내는 풍자적인 글을 쓰는 아프가니스탄의 소설가 형제다. 바드르는 <캔터베리 이야기>나 <걸리버 여행기> 등과 같은 정치 풍자적 글쓰기를 좋아하고, 도스트는 앞에서는 '성전(Jihad)'을 선동하고 조직하면서 뒤로는 부를 축적하는 1990년대 아프가니스탄 지도자의 이중생활을 풍자시로 엮어냈다.

그러던 2002년, 이 형제는 몇 년 전에 작성한 글 때문에 '악질 중에서도 가장 악질적인' 테러범을 수감하는 미군 운영 관타나모 교도소로 보내졌다.

1998년 클린턴 행정부가 오사마 빈 라덴을 잡기 위해 500만 US달러를 제공했을 때 클린턴 대통령을 체포하는 사람에게 500만 아프간달러(113 US달러)를 제공하겠다고 한 그들의 풍자글이 문제가 된 것이었다. 그러나 그 글은 단지 탈레반 정권 하의 어려운 아프간 경제와 클린턴이 모니카 르윈스키와 스캔들에 연루되었다는 사실에 대한 이중풍자일 뿐이었다.

이들은 그곳에서 수개월간 취조를 당했다. 조사관들은 계속해서 묻고 또 물었고, 형제는 그때마다 자신들의 글이 단지 풍자였다는 사실을 반복해서 설명해야 했다. 결국 이들이 클린턴이나 미국에 위협이 아니라는 사실을 설득시키고 풀려나기까지 3년이라는 긴 세월이 걸렸다.

억울한 옥살이… 150회에 걸친 취조와 모욕

그나마 바드르와 도스트 형제는 관타나모 감옥의 500명 이상이나 되는 다른 수감자들에 비해 유리한 위치에 있었다. 둘 다 대학교육을 받았고 바드르가 영문학 석사학위를 갖고 있어 조사관들과 영어대화가 가능했기 때문이다. 또 작가였기 때문에 그들의 대부분의 행적과 정치사상은 책이나 논문에 공개되어 있었다.

그럼에도 불구하고 이들 형제는 구금 35개월 동안 서로 다른 기관에서 파견된 25명의 조사관들로부터 150회에 걸친 취조를 받았다. 한 취조팀이 "그들의 작품이 단지 풍자"라는 사실을 받아들이고 나면 다른 기관에서 나온 취조팀과 처음부터 다시 그 과정을 되풀이해야 했다.

그들은 고문을 받지는 않았지만 이동할 때마다 머리에 두건이 씌워지고 발에 쇠줄이 채워진 채 짐짝처럼 바닥에 내동댕이쳐지거나, 다른 수감자들과 마찬가지로 발가벗겨진 채 사진이 찍히거나 정기적인 직장(rectal)검사를 받기도 하는 등 고의적인 모욕을 당하기도 한 것으로 알려졌다.

바드르는 "CIA, FBI, 국방부 등을 포함한 네 군데의 기관이 모두 그들의 석방에 동의하기 전까지는 풀려날 수 없다는 말을 들었다"면서 "내가 단순한 사실만 이야기해도 그것이 확인되는데 두 달 내지는 두 달 반이 걸렸으며 나중에 '확인해 보니 네 말이 사실이었다'는 소릴 듣곤 했다"고 말했다.

아프간 주둔 미군 측 책임변호사인 새뮤얼 롭 대령은 이에 대해 "해외의 미 국방부 교도소는 9·11 테러공격과 같은 사건을 예방하기 위한 것이므로 일반 법률시스템과 동등하게 다뤄질 수 없으며 무고한 희생자들은 소수에 불과하다"면서 "석방 절차가 늦는 것은 한 명의 진짜 테러리스트라도 빠져나가지 못하게 하기 위한 것"이라고 말했다.

미 국방부 대변인 플렉스 플렉시코 해군소령은 이 형제들의 구금에 "전혀 잘못이 없었다"면서 이들의 행위가 국방부에 의해 전투나 전투지원으로 간주되는 행위에 연루되어 있었기 때문에 구금한 것이라고 주장했다.

형제작가, 수감된 진짜 이유 따로 있었다

하지만 이들 형제는 직접 전투에 참여한 적도 없고 미군들이 자신들을 묘사하는 것처럼 '적군'으로서의 활동도 하지 않았던 것으로 드러났다. 그렇다면 미 국방부는 이들을 왜 수감했던 것일까.

<AP통신>이 최근 이들 형제와 인터뷰한 내용에 따르면, 바드르와 도스트 형제는 탈레반 정권을 이루었던 종족 중 하나였던 파슈

Writers jailed in 2002 for political satire

After three years at Guantanamo, Afghan writers found to be no threat to United States

BY JAMES RUPERT
STAFF CORRESPONDENT

Email this story
Printer friendly format

October 31, 2005

PESHAWAR, Pakistan -- Badr Zaman Badr and his brother Abdurrahim Muslim
relish writing a good joke that jabs a corrupt politician or distills the sufferings of
Afghans. Badr admires the political satires in "The Canterbury Tales" and "Gulliv
Travels," and Dost wrote some wicked lampoons in the 1990s, accusing Afghan
mullahs of growing rich while preaching and organizing jihad. So in 2002, when
military shackled the writers and flew them to Guantanamo among prisoners wh
Defense Secretary Donald Rumsfeld declared "the worst of the worst" violent ter
the brothers found life imitating farce.

For months, grim interrogators grilled them over a satirical article Dost had writt
1998, when the Clinton administration offered a $5-million reward for Osama bi
Dost responded that Afghans put up 5 million Afghanis -- equivalent to $113 -- fo
arrest of President Bill Clinton

▲ 두 형제의 스토리를 보도한 <에이피> 통신 10월 31일자. © 김명곤

툰 족이다. 그러나 평소 그들의 가족도서관은 탈레반 정권에 의해 금지됐던 금서들로 가득 차 있었고, 수년간 그 도서관은 파슈툰 지식인들과 정치활동가들을 위한 만남의 자리로 제공됐다. 이른바 형제는 반 탈레반 진영에 속해 있었던 것이다.

그들은 1980년대 소련이 아프간을 침공했을 때, 수많은 아프간인들이 그랬던 것처럼 파키스탄으로 망명해서 반 소련 운동에 참가했다. 그러나 1989년 소련이 철수한 후 형제는 이 조직과 결별했다. 이 조직의 지도자였던 사미 울라흐가 아프간의 국익을 저버리고 파키스탄의 도움을 받아가며 그들의 앞잡이 노릇을 하고 있음이 드러났기 때문이다.

작가 형제는 울라흐에 대한 풍자글을 발표하기 시작했고, 이로 인해 2001년 미군이 아프간을 침공했을 때 사미 울라흐로부터 "정당에 대한 비판을 멈추지 않으면 감옥에 넣겠다"는 협박을 받게 됐다. 그로부터 10일 후 형제는 교도소로 보내졌다. 결국 반 탈레반파인 이들 형제는 미군 점령하의 아프간에서 정치범으로 수감되어 하루아침에 '미국의 적'이 되어 버렸던 것이다.

이들은 2002년 2월 아프간의 미 공군기지 감옥으로 후송되고 나서야 울라후와 밀착관계에 있던 파키스탄 정보국에 의해 자신들이 탈레반과 알카에다의 지지자들로 미군 당국에 거짓 고발되어 있다는 사실을 알게 되었다. 이들은 3개월 후인 5월 쿠바의 관타나모 수용소로 옮겨졌다.

미 국방부 "관타나모엔 학대행위가 없다"

바드르 형제의 증언은 그렇잖아도 관타나모 수감자들에 대한 학대 의혹에 시달려 오던 부시 행정부를 난처한 지경에 몰아넣고 있다. 이들이 억울한 옥살이를 했다는 게 확인되면서 또 다른 무고한 이슬람인들이 미군교도소에 수감돼 있을지도 모른다는 의혹이 커졌기 때문이다. 바드르 형제 외에 <AP통신>이 인터뷰한 다른 아프간인들과 전 미군 수사관들도 미국이 탈레반과 알카에다와의 전쟁을 수행하면서 무고한 아프가니스탄인 다수를 구금하고 있다고 주장했다.

형제 작가는 "관타나모의 많은 조사관들이 저질이었다"고 증언했다. 이들이 증언한 한 노인 수감자의 이야기다. 한번은 한 노인이 헬리콥터에 총질을 해댔다는 죄목으로 체포됐다. 그는 조사과정에서 통역관에 매를 잡기 위해 덫을 놓았는데 매가 달아나 버려 홧김에 매에게 총을 쐈다고 말했다. 그러나 통역관은 페르시아어인 'booz(매)'와 'baz(염소)'를 혼동해 "어떻게 염소를 쏘기 위해 하늘로 총을 쏘느냐"며 오히려 노인이 조사관들을 희롱하고 있다고 여겼다는 것이다.

이들은 또 아프간의 바그람 감옥에서 고문당하는 소리를 들었으며 칸다하르에서는 더운 날씨에 수감자들이 머리와 손을 바닥에 대고 꿇어앉아서 서너 시간 동안 움직이지 못하도록 해 의식을 잃기도 했다고 말했다.

<AP통신>이 보도한 다른 석방자들의 인터뷰도 마찬가지다. 최근 아프간의 미군교도소에서 석방된 12명의 수감자들 중 8명의 수감자들이 직접 매를 맞거나 아니면 다른 수감자들이 맞는 걸 보거나 들은 적이 있다고 응답했다.

그러나 미 정부는 관타나모의 학대행위에 대해 좀처럼 인정하려들지 않고 있다. 미군은 작년 미 의회와 유엔 및 국제 인권 단체들이 아프간과 관타나모 교도소의 학대행위에 대한 진상조사 요구에 밀

려 조사를 시작했으나 보고서의 공개를 거부해 왔다.

지난 1일에는 관타나모 수감자들이 학대에 대한 항의 표시로 음식을 거부하고 있다는 소식을 듣고 3명의 유엔 조사관들이 직접 면담조사를 요구하고 나섰으나 럼스펠드 국방장관은 이를 거절했다. 럼스펠드는 조사결과를 비밀에 부치는 국제적십자사에게만 인터뷰를 허용하던 종래의 정책을 고수할 것이라고 밝혔다.

이와 관련, 에드워드 케네디 의원은 <AFP 통신> 인터뷰에서 "아브 그라이브는 빙산의 일각에 불과하다"고 탄식했다. 그는 "미국 관리들은 이라크와 아프간 및 관타나모 등에서 수감자들을 학대해 왔으며, CIA가 동유럽에 비밀 감옥을 운영하고 있다는 소식도 들리고 있다"면서 "딕 체니 부통령은 오만하고 뻔뻔하게도 고문이 미국의 항구적인 정책이 되기를 바라고 있다"고 비판했다.

Reuters Photo: A U.S. Army soldier standing guard atop a tower at the maximum security prison Camp...

By Charles Aldinger
Mon Nov 7, 9:08 PM ET

WASHINGTON (Reuters) - Five foreign te
Guantanamo Bay, Cuba, have been charg
to nine the number charged at Guantanan

Two of the five "enemy combatants" facing charges are from Saudi Arabia, the Pentagon said. The other three are from Algeria, Ethiopia and Canada. Nearly 500 detainees are being held at the Navy prison in Cuba.

The charges were announced just hours after the Supreme Court said it would decide whether
President George W. Bush has the

▲ 두형제가 수감되었던 관타나모 감옥. 로니터 통신 11월 7일자. ⓒ 김명곤

"상식적인 미국인들을 만나보고 싶다"

바드르는 석방 뒤 "미국인은 그들의 정부를 비판할 자유가 있고 이러한 자유는 매우 바람직한 것이다"라면서 "우리는 용의자가 유죄임이 입증되기 전까지는 무죄로 간주되어야 한다는 미국 법에 대해 알고 있지만 우리에게는 이 법이 거꾸로 적용되었다"라고 말했다.

그러나 이들 형제는 미군들의 학대행위에 대해서는 분노를 표출하면서도 모든 미국인들을 증오하지는 않는다고 말하고 있다. 형제는 9·11 테러 이후 아랍인들에 대해 집단적 적대감을 보이고 있는 미국인들이 아니라, 한 인간을 개체로서 바라보고 인격권을 존중해 주는 상식적인 미국인들을 만나고 싶어 한다. 자신들이 관타나모에서 경험한 인간부재의 <25시>가 평범한 미국인들에게는 존재하지 않을 것이라는 믿음을 확인하고 싶은 것이다.

(2005. 11. 15)

전쟁의 뒤안길,
상흔에 시달리는 병사들

신음하고 있는 '외상성 스트레스 장애' 환자들… 그러나 대책은 없다

이라크전이 진창에 빠진 채 사망자는 물론 부상자 수도 갈수록 늘고 있다. 6월 26일 현재 이라크전에서 3,557명의 미군이 사망했고, 2만 6,129명이 부상을 당한 것으로 공식 집계되고 있다. 그런데 이들 부상자 수에는 전쟁 후유증으로 고통을 당하고 있는 '신체 멀쩡한' 정신 질환자들은 포함돼 있지 않다. 눈에 띄는 부상을 당한 전상자들과는 달리 이들 정신질환자들은 음지에서 고통을 감내하며 살아가는 경우가 대부분이다.

가장 최근 <워싱턴 포스트>는 전쟁의 뒤안길에서 고통당하는 한 병사의 이야기를 실었다. 미 육군 기술병으로 사담 후세인을 생포하는 데 일익을 담당했던 진스 크루즈(25) 이야기다. 진스 크루즈의 참전 후유증은 1960년대 월남전 참전 군인들이 겪었던 전쟁 후유증과 매우 유사하다.

'이라크 전쟁 영웅' 크루즈가 이라크로부터 뉴욕의 브롱크스에 있

는 집에 돌아왔을 때 주요 인사들은 그를 전쟁 영웅으로 불렀고, 그가 새 삶을 살 수 있도록 도와줄 것을 약속했다. 뉴욕 시장은 물론 양친의 고향인 푸에르토리코의 관리들, 자치구 수장들, 지방 관리들도 각종 공로패와 은색 장식띠를 제작해 보내기도 했다.

그러나 그는 곧바로 전장터에서 경험한 잔상들에 시달려야 했다. 그를 괴롭힌 전쟁의 잔상은 후세인을 체포한 장면이 아니라, 죽어 넘어진 이라크 어린이들의 모습이었다.

그는 공공장소에서 사진 세례를 받거나 퍼레이드에 초청되는 등 '스타'로 대접을 받았으나, 뒤돌아서 혼자 지낼 때는 전흔에 시달리며 고통스러워 해야 했다. 종종 어떤 환청이 들리기도 했고 피 냄새에 시달리곤 했다. 얼마 지나지 않아 돕겠다고 나서던 손길들도 뜸해지기 시작했고, 재정난과 우울증세 등과 싸우면서 그 스스로 고립

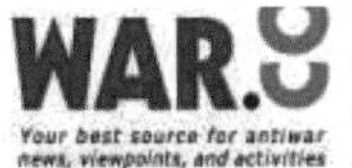
WAR.
Your best source for antiwar news, viewpoints, and activities

• Presidential Hawks, Left and Right: Doug Bandow
• The Retreat of the Old Bulls: Patrick Buchanan
• Saving England Wasn't Worth It: Scott Horton
• What Tenet Knew: Thomas Powers/Tom Engelhardt

– Jos

Original | Letters | Blog | US Casualties | Contact | Donat

Home
Antiwar Radio
Who We Are
LAST 7 DAYS
MON THU
TUE FRI
WED SAT
SUN
Search
Regional News
Free Newsletter
Shop Antiwar.com
Reprint Policy
Submission Guidelines
RSS
Antiwar.com
A Division of the

Casualties in Iraq

The Human Cost of Occupation

Edited by Margaret Griffis :: Contact

American Military Casualties in Iraq

Date	Total	In Com
American Deaths		
Since war began (3/19/03):	3577	2958
Since "Mission Accomplished" (5/1/03) (the list)	3438	2850
Since Capture of Saddam (12/13/03):	3116	2652
Since Handover (6/29/04):	2718	2325
Since Election (1/31/05):	2140	2062
American Wounded	**Official**	**Estimat**
Total Wounded:	26129	23000 - 1C

Latest Fatality June 28, 2007

Page last updated 06/29/07 11:42 am EDT

▲ 이라크전이 길어지며 사망자는 물론 부상자들도 급속하게 증가하고 있다. 그런데 공식 집계되지 않은 부상자들이 있다. 이른바 전쟁의 충격에 의한 '외상성 스트레스 장애' 질환자들이다. 사진은 이라크 전황을 소개하고 있는 반전 사이트 '앤티워 닷컴. © 김명곤

감에 젖어들기 시작했다.

그는 결국 도움을 받기 위해 지역의 퇴역군인병원에 가게 되었다. 병원의 정신과 의사는 크루즈가 '전쟁에 의한 외상성 스트레스 장애(PTSD)'를 앓고 있으며, 그의 증세가 중증 만성 질환이라는 진단을 내렸다. 의사는 크루즈의 증세가 심각하여 긴급 치료를 받아야 할 필요가 있다는 소견서를 써 주었다.

"당신이 실제 전투에 임했다는 증거를 대라"

그러나 크루즈가 무상치료를 신청하기 위해 퇴역군인병원에 갔을 때 의사가 써준 소견서는 무용지물이었다. 병원 관계자들은 그 소견서를 우습게 여기며 크루즈의 무상치료 요구를 거절했다. 병원측의 거절 이유는 크루즈가 육군에 입대하기 전부터 정신적으로 문제가 있었으며, 실제 전투에 임했었다는 증거를 제공하지 못했다는 것이다.

크루즈의 집 거실에는 제4보병부대에서 활약한 사진들은 물론, 2003년 12월 13일 제10기갑부대가 벌인 특수작전에 참여하여 사담 후세인을 생포하는데 혁혁한 공로를 세운 사실을 구체적으로 적은 공로메달도 걸려 있다. 이같은 그의 공로가 인정받지 못하고 무상치료혜택을 거부당한 이유는 무엇일까.

그가 이라크에서 귀국하여 군대 병원에서 상담치료를 받은 후 자대에 복귀한 7개월 후 육군은 군대 임무에 적응할 수 없는 '성격적 결함'이 있다며 전역 명령을 내렸다. 전역 명령시 받은 이 기록은 크루즈가 입대하기 전부터 어떤 정신적인 문제가 있다는 것을 말해주는 것이었다. 크루즈는 전쟁으로 인한 스트레스 질환자가 아니라 '성격 결함자'로 낙인이 찍히게 된 것이다. 게다가 그의 병적 기록에는 이라크전 관련 메달을 받은 사실도 누락되어 있었다. 크루즈로서는 분통이 터질 일이었다.

크루즈가 군대 근무를 하는 동안 만난 여러 명의 카운셀러들은 그가 과거에 우울증으로 치료받은 사실을 포함한 병력을 낱낱이 기록했으나, 막상 전투중 경험한 끔찍한 일들에 대해서는 주목하지 않았다고 한다. 그는 상담중 "나는 아들 또래의 어린애들에게 총질을 했다. 때때로 그 같은 짓을 하면서 내 아들을 떠올리곤 했으나 그들을 죽여야만 했다"고 말했고, "우리는 (작전중) 수류탄을 어떤 집에 던져넣기도 했다. 그 집을 청소하기 위해 들어가서는 여기저기 널려있는 아이들의 시체를 발견하곤 시체를 옮겨야만 했다"고 실토하기도 했다.

<워싱턴 포스트>는 자체 조사를 통해 크루즈의 병적부가 명백하게 오류 투성이로 점철되어 있다고 밝혔다. 신문은 육군 당국이 크루즈를 정신적인 문제를 갖고 있다며 전역 시키고는 치료를 받으려 하자 정신상태를 '정상'으로 판정하는 모순을 범했다고 주장한다. 크루즈의 병적 기록에 전과를 올린 공로로 받은 메달 기록도 생략되어 있음도 확인됐다. 이같은 오류들 때문에 그는 퇴역군인병원의 개인치료 대상에서도 제외된 것이다.

올해 미국 국가보훈처가 퇴역군인들의 정신 건강을 위해 책정한 액수는 28억 달러에 달하고 있음에도 크루즈가 받을 수 있는 혜택은 브롱크스 퇴역군인병원의 그룹 치료가 전부다. 그에게는 단 한차례도 주말이나 밤에 개인적으로 치료받을 수 있는 시간이 배정되어 있지 않다.

이제 25세에 불과한 크루즈는 스스로의 건강을 겨우 챙기며 보일러 수리공으로 일해 번 돈으로 거동이 불편한 부모와 4세된 아들을 부양하고 있다. 그가 뜨겁고 시끄러운 소리를 참아가며 하루 손에 넣는 돈은 96달러에 불과하다.

한때 정부에 의해 찬양의 대상이었던 크루즈는 좌절감에 빠져 있다. 그는 퇴역군인병원에 호소한다거나 육군당국에 자신의 건강기록을 수정하거나 전투 기록으로 상을 받은 사실을 첨가해 달라고 탄원하는 일에 지쳐버렸다. 그는 "요청하고 또 요청했지만 돌아오는 대답들은 한결같이 '불가'라는 것이었다, 결국 포기할 수밖에 없었다"고 한탄했다.

"복귀 미군 4분의 1은 '정신적 부상자'"… 풀리지 않은 30년 전의 과제

인기없고 말썽많은 전쟁에 참여한 진스 크루즈 같은 참전 군인들이 이처럼 그늘진 곳에서 고통을 받으리리고는 상상도 하지 않았을 것이다. 그러나 참전군인들에 대한 냉대는 어제 오늘의 일이 아니다.

이라크전 이상으로 인기 없는 전쟁이었던 베트남 전쟁의 쓰디쓴 유산중 하나는 참전 군인들이 귀국했을 때 받았던 냉대였다. 베트남전이 끝난 후 수만명의 참전 군인들은 침묵 속에서 정신질환에 시달려야 했으며, 상당수의 퇴역 군인들은 홈리스가 되어 알콜과 마약중독에 시달리고, 범법자가 되어 감옥을 들락거려야 했다.

베트남전 참전 군인 짐 로버트의 경우는 30년 경력의 정신과 전문의에 의해 진단을 받았음에도 불구하고 정신질환 증세를 발견해내지 못한 경우다. 알콜중독에다 신경과민 증세를 갖고 있는 그는 2005년 5월에서야 외상성 스트레스 장애 환자라는 진단을 받고 치료를 시작했다.

베트남전 퇴역군인 그룹은 베트남전 참전 병사 10명 가운데 3명이 외상성 스트레스 장애자로 판명되고 있으며, 이들 중 절반은 체포된 경험이 있고, 수천명이 자살했다고 주장하고 있다.

미국 정부는 1980년에 이르러서야 이같은 실상을 깨닫게 되었고, 비로소 전쟁에 의한 외상성 스트레스 장애(PTSD)를 '치료가 필요한 정신질환'의 일종으로 공식 인정했다.

그러나 이후로 30여년이 다 돼가는 데도 미국 정부는 이같은 정신질환을 앓고 있는 젊은이들을 찾아내서 정상적인 삶으로 복귀시키려는 노력이 턱없이 부족하다는 것이다.

크루즈의 실례는 지난 수십 년 동안 고통당하는 퇴역군인들의 수가 급속하게 증가하고 있는 현 시점에서 이미 큰 문제가 되고 있음을 단적으로 보여주고 있다.

가령 1999년과 2004년 사이에 퇴역군인병원의 기록에 따르면, 외상성 스트레스 장애자들이 150%나 증가했으며, 이들을 위해 42억달러에 해당하는 치료비를 지출했을 정도로 심각한 문제가 되고 있다. 올해 3월까지 아프간과 이라크전 참전군인들 가운데 전쟁으로 인한 외상성 스트레스 장애를 겪는 군인들이 4만 5천명에 이르고 있는 것으로 집계되고 있다.

정신질환을 앓고 있는 환자들은 계급, 주특기, 소속 병과를 넘어 폭넓게 포진되어 있다. 몇몇 사례를 들어보기로 하자.

실비아 블랙우드 중위는 1년 반 동안 정신질환을 숨긴채 근무해오다 발각되어 결국 워싱턴에 있는 한 정신병동에 수감되고 말았다. 조슈아 캘로웨이 육군 일병은 이라크에서 정신질환 판정을 받아 수갑에 채워진 채로 본국으로 이송되어 8개월 동안 월터리드 육군병원에서 치료를 받았다. 퇴역 해병 하사 짐 로버츠는 일주일 한 차례씩 통원 치료를 받으며 처방약을 몸에 달고 지내야 될 정도로 중증 정신질환에 시달리고 있다.

CBSNEWS.com
INTERACTIVE: POSTWAR PHOTOS
1 2 3 4 5 6 7 8 9 10 11 12 13 14 15 16 17 18 19 20
PREVIOUS | NEXT
Iraq Photos: June 11–June 17
Soldiers of 1st Squad, 4th Cavalry Regiment of the 1st Infantry Division, burn wires tha can be used for roadside bomb Sunday, June 17, 2007, in the tense Dora neighborhood of Baghdad, Iraq. (Photo: Getty Images/Chris Hondros)

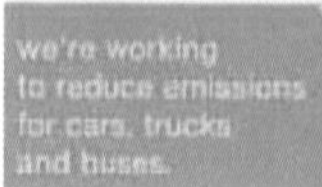

we're working
to reduce emissions
for cars, trucks
and buses.

actually,
we're working
to reduce emissions
for 6.5 billion people.
Better fuel economy and lower emission
See what lies ahead. >GO
ExxonMobi
Taking on the world's toughest energy challeng

▲ 이라크전 소식을 전하는 < CBS 뉴스 > 인터넷 사이트. © 김명곤

<워싱턴 포스트>는 미국 심리학협회(APA)의 최근 발표를 인용하여 이라크로부터 복귀한 군인들의 4분의 1 가량이 '정신적 부상'을 입은 상태라고 보도했다. 또한 이라크 주둔 미군의 20%는 불안, 우울증, 혹은 신경과민에 시달리고 있는 것으로 판정되었다고 지적했다.

무능하고 무원칙한 '정신질환' 심사과정

그렇다면 전쟁 후유증으로 인한 환자들이 급증하고 있는 상황에서 군 당국은 어떤 조치를 취하고 있는 것일까.

미 의료협회가 지난달 보고한 바에 따르면, 외상성 스트레스 장애(PTSD) 및 정서불안증 환자에 대해 국가 보훈처가 보상을 결정하는 방법은 과학적인 방법에서 벗어나 있으며, 이같은 환자들에 대한 평

가 과정은 매우 무원칙하고 무능하다.

현재 규정으로 퇴역군인들이 보상을 받기 위해서는 대상자가 '전투에서 동료 군인의 죽음을 목격했다거나 노변 공격을 받은 경험이 있다는 사실을 입증'해야 한다. 현재 약 40만 명의 퇴역 군인들이 이처럼 엉성한 기준에 따라 심사를 받기 위해 대기하고 있는 것으로 알려져 있다.

그러나 많은 전문가들은 군 당국의 이같은 기준에 대해 이의를 제기한다. 이들은 참전군인들이 생사를 건 치열한 전투상황으로부터 뿐 아니라 일반 전투상황에서 보여지는 작은 쇼크들이 누적되어 질환 증상이 나타나기도 한다고 말한다.

워싱턴 퇴역군인병원 정신과 디렉터 아이라 카츠는 "만약 어떤 군인이 폭발물에 직접 공격을 당하지 않고 1개월 동안 그같은 공격의 위협 속에서만 지냈을 경우, 그는 공식적으로 외상성 스트레스장애 대상에서 제외된다"면서 현재의 기준이 우스꽝스런 것이라고 말했다.

문제는 이같은 '기준'에 대한 논란에만 있는 게 아니다. 허가증이 있는 심리 치료사들은 속속 군대를 떠나고 있는데, 이들이 군 병원을 떠나는 이유는 전상 스트레스로 고통스러워 하며 밀려드는 병사들을 더이상 감당해 낼 수 없기 때문이다. 이 때문에 알콜 중독자들과 미혼자 상담 등에나 적합한 무경험 초짜 카운셀러들이 군 병원에 들어오기도 한다.

미 국방부의 정신건강 특별대책 팀의 최근 보고서는 치료받기를 원하는 사람들에게 치료혜택이 주어질 가능성이 매우 적은데다, 그나마 심리 치료사들조차 훈련이 제대로 되어 있지 않다고 적고 있다. 또한 보고서는 질환자로 판별이 난 사람들에 대한 치료조차도

Shia uprising
August 20: Flashpoir
Iraq as Shias oppose
offensive in Najaf.

Torture scandal
May 7: The images th
America

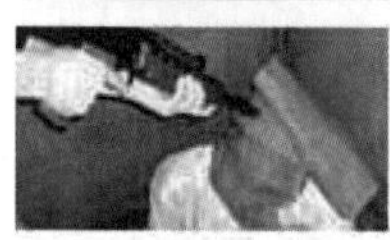
Fake torture photos
May 3: Photographs c
the Mirror showing Bri
allegedly torturing an Ir
prisoner.

Uprising in Iraq
April 8: The US-led cc
entered a new phase c
occupation of Iraq.

Going underground
December 16: Image
the farm and bolthole v
Saddam Hussein was

Capture of Saddam
December 14: Image
deposed Iraqi dictator

▲ 이라크 전쟁의 추이를 소개한 야후 사이트. ⓒ 김명곤

일손이 달려 잘 이루어지지 않고 있다며 군대의 정신병 치료 시스템에 대한 전반적인 개혁이 시급하다고 지적했다.

로버트 게이츠 국방차관을 위원장으로 하는 조사위원회 보고서 또한 유사한 문제점들을 발견했다. 이 보고서는 "군대 내에서 심리치료사들을 훈련시키려는 노력도 부족하고, 다른 한편으로 질환자를 찾아내서 치료하려는 순차적인 치료 계획을 세우려는 공동의 노력도 부족하다"는 소견을 적었다.

그러나 군 당국은 가까운 시일 내에 이같은 제안을 귀담아 듣고 정신질환 치료 시스템을 개혁할 가능성이 별로 없어 보인다.

육군 최고위 정신과 치료의사인 엘스페스 리치 대령은 <워싱턴 포스트>와의 인터뷰에서 "우리는 지금 전쟁중에 있고, 정신치료에 대한 연구는 재정을 따오는 일뿐 아니라 연구용 환자그룹을 만들어야 하는 등 복잡한 일들이 널려 있다"며 "이같은 일은 우리가 우선적으로 해야 할 일은 아닌 것 같다"고 말했다.

현재 군 당국은 정신치료를 요하는 군인들을 위한 웹사이트를 운영하여 병사들 스스로 자가치료를 하는 방법을 권장하고 있다.

"더 큰 장애물은 정신질환 숨기는 것"

그러나 군대 내의 정신질환자를 치료하기 위한 장애물은 이것만이 아니다. 육군 부 의무감 게일 폴락 소장은 "정신치료 전문가를 배로 늘이고 정신치료사의 급여를 인상할 경우 사정이 나아질 것으로 보고 있다"면서 "그러나 가장 큰 문제 중 하나는 정신병이라는 '오명' 때문에 발생한다, 군대생활에서 정신병력은 치명적이며 치료에 매우 큰 장애물이 되고 있다"고 말했다.

최근의 여론조사 결과는 폴락 장군의 이같은 견해를 뒷받침해 주고 있다. 가령, 정신 감정에서 양성반응을 보인 군인들 가운데 약 40%만이 치료를 받기를 원한 것으로 드러났으며, 60%에 가까운 군인들은 정신에 문제가 있다는 판정을 받았다 하더라도 부대 상관들이 자신들을 다르게 취급할 것으로 생각되어 정신치료를 거부할 것이라고 응답했다. 또 다른 문항의 조사에서 응답자의 55%는 자신들이 허약한 사람들로 취급을 받거나 동료들의 신뢰감이 줄어들 것을 염려한다고 답했다.

이라크와 아프간에서 제18공수단을 이끌었던 존 바인스 중장은 "전투상황에서 사망하거나 부상당하는 동료들을 본 모든 병사들은 그로부터 정신적인 상흔을 갖게 된다, 그러나 내가 아는 사람 중에 정신치료 전문가를 찾아간 사람을 만나지 못했다"면서 "병사들로 하여금 전시에 정신적인 상흔을 입게 되는 것은 보통 있을 수 있는 일로 인식하도록 하는 시스탬이 형성되어야 하는데, 그렇지 못한 것이 현실이다, 이는 시스탬 문제다"고 역설했다.

그는 "장교들과 고참 군인들은 정신에 문제가 있다는 판정이 날 경우 보안관계 업무를 하지 못하게 될 것이라는 우려를 갖고 있다"면서 "비밀요원들이 조사를 벌인다거나 정신적 질환을 이유로 어떤 불이익을 주는 일이 없도록 하겠다는 약속도 믿지 않는다"고 말했다.

"전후 외상성 스트레스 질환? 그런게 어딨어!"

그러나 이처럼 정신질환을 환자 스스로가 숨기는 것도 문제이지만, 정작 치료를 담당해야 할 군 병원 측 고위관계자들의 잘못된 인식 또한 문제라는 지적도 나온다.

가령 캘리포니아 미 해병 공중전 본부 외래환자병원 정신과 소장 루이스 벨브래트 해군 중령은 '알콜을 심하게 자주 마시고 약을 상습 복용하는 해병들 가운데 외상성 스트레스 질환자들이 있다'는 카운셀러들의 견해를 받아들이지 않는다. 6개월간 그 부대에서 근무했던 카운셀러 데이빗 로만은 "그는 외상성 스트레스 장애(PTSD) 같은 것은 존재하지도 않는다며 자신들의 말을 아예 믿지도 않았다"면서 "우리 카운셀러들은 그의 말을 듣고 경악했다"고 말했다. 다른 카운셀러는 지난 5년 동안 상담했던 3천 명의 해병들 가운데 반절은 이같은 외상성 스트레스 증세를 보였다고 말했다.

그러나 밸브래트 중령은 외상성 증후군이 존재하지도 않는 질환이라는 말을 했다는 사실에 대해 부인하고 "동해안에 근무하는 모든 사람들이 현재 양극성 정신질환을 갖고 있다고 주장하는 만큼이나 외상성 스트레스 질환에 대한 진단이 지나치게 남용되고 있다"면서 "대체로 외상성 스트레스를 갖고 있는 사람들의 심각성을 그대로 수용하기 곤란하다"고 말했다.

항공의학 전문가인 그는 "외상성 스트레스 환자로 판명된 경우를 재검토한 결과, 카운셀러들이 찾아온 환자들에게 규정요건인 30일 동안 계속 같은 징후가 나타나는지를 살펴보지도 않고 외상성 스트레스 질환자로 판정했다"고 불평하고 카운셀러들에게 신중을 기할 것을 당부하곤 하지만 이를 잘 따르지 않는다고 주장했다.

밸브래트 중령의 이같은 항변이 어느 정도 설득력이 있느냐에 대해서는 판단을 유보한다 하더라도 그가 말한 한 가지는 사실과 상당부분 일치했다. 즉 미군 병원 내에 심리치료사가 절대 부족하다는 것이다.

최근 은퇴한 밸브래트 중령은 자신이 은퇴한 이유는 일주일 내내 일하면서 완전히 지쳐버렸기 때문이라고 말했다. 그는 한 명의 심리치료사가 약 1만 명의 해병들을 상대해야 했다고 실토하면서 "두 명 내지 세 명의 치료사만 더 있어도 일거리가 줄어들 것이고, 찾아온 군인들을 좀더 자세히 관찰할 수 있을 것"이라고 말했다.

(2012.3.16)

미안하지만 미국은 예수가 아니다

시카고 보수교회 목사의 외침

미국의 한 대형 보수교회 목사가 수차례의 설교와 저작을 통해 9·11 테러사건과 이라크전 이후로 미국 보수 복음주의권 교회들이 지나치게 정치적이고 우경화되고 있다고 거센 비판을 가해 교계는 물론 11월 중간선거를 앞둔 정치권의 주목을 받고 있다.

사건의 주인공은 미네소타 세인트 폴의 우드랜드 힐스 교회에서 목회활동을 하고 있는 그레고리 보이드(49) 목사. 보수교회 목사인 그는 왜 교회와 정치권을 향해 쓴소리를 날리게 된 걸까.

한 보수교회 목사의 변신

보이드 목사가 교회와 정치권을 비판하기 시작한 것은 지난 2004년 미 대선 직전부터. 보이드 목사는 당시 '십자가와 검(The Cross and the Sword)'이라는 제목으로 여섯 차례에 걸쳐 "미국을 '기독교 국가'로 불러서는 안 된다"는 내용을 주제로 설교를 하면서 교회를 정치로부터 분리시켜야 한다고 주장했다.

그는 또 미국교회는 도덕적 차원의 성적 이슈에 대한 논쟁을 중단해야 하며, 미국이 벌이는 전쟁에 축복을 해서도 안 된다고 강조했다. "교회가 세속적 논쟁에서 승리하고 세상을 지배하게 될 때 더욱 세속화되며, 검에 대해 신뢰하게 될 때 십자가를 잃게 된다"는 것이다.

보이드 목사는 <NPR 뉴스>의 '복음주의 기독교인과 정치'라는 대담 프로에서도 비판적 발언을 계속했다. 그는 미국의 대형교회 지도자들이 세속적 우파 이데올로기와 공화당의 리더십에 이끌려가는 우를 범하고 있다면서 "교회의 종교적 권리 추구는 결국 교회로 하여금 정치권력을 우상화하는 위험에 빠트린다"고 경고했다.

그는 몇 년 전 한 대형교회가 예배를 끝낼 때 '신이여 미국을 축복하소서'라는 노래를 합창하고 전투기가 십자가 위를 날아다니는 비디오를 상영하는 것을 보고 매우 큰 충격을 받았다고 한다.

보이드 목사는 신학자들로부터 보수적이기는 하지만 '열린 신학', '열린 유신론'을 추구해온 인물로 알려져 있다. 그런 그에게 9·11 테러사건과 이라크전 이후로 미국 복음주의 교회들이 보인 모습은 받아들이기 힘든 것이었다. 보이드 목사는 그때부터 미국교회의 '타락'에 신앙고백적 메스를 가하며 보수교회의 세속화에 대한 경고를 본격화했다.

"교회가 검을 신뢰하면 십자가를 잃는다"

보이드 목사는 "기독교인들은 정부통제, 입법, 전쟁 등을 통해 다른 이들을 지배할 것이 아니라, 예수가 했듯이 도움이 필요한 사람들 밑에서 자신을 희생하고 봉사함으로써 그들의 마음을 사로잡아

▲ 우드랜드 교회 홈페이지. ⓒ 김명곤

야 한다"고 강조한다.

그는 다른 대형교회의 유명한 목사들과 마찬가지로 선거를 앞두고 보수적인 정치인들로부터 축복을 내려달라는 부탁을 여러 차례 받은 적이 있지만 번번이 거절해왔는데, 그럼에도 계속되는 부탁에 이제는 질릴 지경에 이르렀다고 전했다.

보이드 목사는 "미국은 신정정치를 위해 세워진 것이 아니라 그로부터 탈피하기 위해 세워졌으며, 정치와 종교를 분리시키기 위해 헌법을 제정했다"면서 "교회 지도자들이 '미국은 기독교 국가이고, 교회의 역할은 이 같은 신념을 보강시켜 주는 것'이라는 잘못된 신념을 갖고 있다"고 비판한다. 그는 "미안하지만 미국은 세계의 등불이나 희망이 아니며, 세계의 등불이자 희망은 예수 그리스도"라고 강조한다.

그는 또 미국의 보수교회들이 종교의 자유를 규정한 '수정헌법 제1조'를 잘못 읽고 있다고 비판한다. 교회가 제대로 된 교회가 되기 위해서는, 그리고 사회에 바른말을 하기 위해서는 정치권력으로부터 철저하게 분리되어야 한다는 것.

보이드 목사는 동성애, 낙태, 슈퍼볼에서 자넷 잭슨이 가슴을 보여준 사건 등에 초점을 맞추는 기독교인들의 '위선과 속 좁음'을 비난하기도 했다. 그에 따르면 현재의 기독교인들은 정작 본질적인 문제는 비켜 지나가고 공공장소에서의 신앙표현을 막는 행위나 성적인 이슈 등에는 지나친 분노를 표출하고 있는데, 예수는 이런 모습을 보인 적이 없다는 것이다.

신도 5,000명 중 1,000명이 떨어져나갔지만…

보이드 목사의 이런 주장들은 결국 정치적으로나 신앙적으로 보수적인 중산층 교인들로부터 격렬한 반발을 불러일으켰다. 보이드 목사는 교회기금 모금 기간에 이 같은 내용의 설교를 해 목표액인 700만 달러에 훨씬 못 미치는 400만 달러만을 모금하는데 그쳤다.

우드랜드 힐스 교회에 출석했다가 얼마 전 교회를 떠난 변호사 윌리암 버겐은 <뉴욕 타임스>에 "아내와 함께 6년 전 처음 그 교회에 출석했을 당시만 해도 보이드는 보수교회 목사 그대로였다"면서 "나는 그가 현재 주장하고 있는 것에 전혀 동의할 수 없다"고 불만을 토로했다.

▲ 그레고리 보이드 목사 ⓒ 보이드 목사 홈페이지

무엇보다도 이로 인해 5,000여 명의 신도들 가운데 약

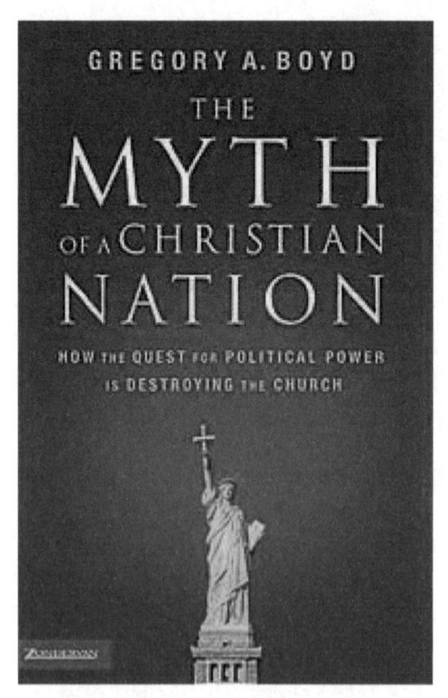

▲ 보이드 목사 저작 <한 기독교 국가의 신화: 정치권력에 대한 추구가 어떻게 교회를 파멸시키는가> 표지.

1,000여 명과 50명의 교회간부 중 7명이 교회를 떠나는 아픔도 겪어야 했다. 그러나 다른 신도들은 두려워하며 꺼내기를 꺼리는 주제들을 과감하게 전하는 그의 설교에 감동을 하여 눈물을 흘리며 고마움을 전하기도 했다.

오늘날 보이드 목사와 같은 사람을 보수 복음주의 교회에서 찾기는 매우 힘든 것이 사실이지만, 그가 일으키고 있는 새 바람은 미국의 복음주의 신학교나 교회에서 어떤 논쟁이 진행되고 있는지 그 일단을 엿볼 수 있게 한다. 분명한 것은 미국의 보수 복음주의 교회가 이라크 전을 통해 공화당이나 미국 민족주의와 연계하는 경향에 대한 우려의 목소리가 교계 일각에서나마 높아지고 있다는 것이다. 최근 이에 대한 책들도 출판되었다.

우선 보이드 목사의 설교에 바탕을 둔 <한 기독교 국가의 신화 : 정치권력에 대한 추구가 어떻게 교회를 파멸시키는가>(The Myth of a Christian Nation: How the Quest for Political Power Is Destroying the Church)라는 책이 그 가운데 하나다. 바나드 대학의 종교학 교수이자 복음주의자인 랜달 바머의 <너의 왕국이 도래한다 : 어떻게 종교적 권리가 신앙을 왜곡하고 미국을 위협하는가? 한 복음주의자의 탄식>(Thy Kingdom

Come: How the Religious Right Distorts the Faith and Threatens America - an Evangelical's Lament)이라는 책도 호평을 받고 있다.

이 책들은 미국에서 보수 복음주의를 내세우는 교회들 중 상당수가 정치권력과의 결탁에서 얻어낸 세속적 파워를 향유하며 순수복음과 교회를 타락시키고 있다고 비판하면서, 교회가 2000년 전 예수가 보여주었던 십자가의 자리로 되돌아가야 한다고 충고한다.

보수교회 제자리 찾기 운동의 향방은?

현재 우드랜드 힐스 교회의 중산층 백인들이 떠난 자리는 흑인들, 히스패닉들, 아시아계 이민자들로 채워졌다. 평소 교회성장론이나 리더십에 대한 주제를 입에 올리지 않는 보이드 목사는 이를 오히려 자신의 목회 목적에 들어맞는 것으로 받아들이고 있다. 그는 교회가 인종적, 경제적으로 다양해져야만 하며 이것이 예수의 가르침이라고 말한다.

그와 그의 아내를 비롯한 다른 세 가족은 3년 전 교회의 주택에서 세인트 폴의 흑인주거지역으로 이사했다. 그가 목회하는 교회의 4,000여 신도들은 여전히 그의 설교를 좋아하고 있다.

과연 보이드 목사를 비롯한 소수의 목회자들이 시도하고 있는 '보수교회 제자리 찾기 운동'이 종교적 기득권 획득에서 정체성을 찾으려는 미국 복음주의 교회의 대세를 거스르고 어떤 결말을 도출해낼지 귀추가 주목된다.

(2006. 8. 22)

부시,
당신의 두 딸도 전쟁터에 보내라

캠프 케이시에 흐르는 신디의 눈물

우리가 사는 세상에서는 우연처럼 일어난 조그만 사건이 역사진행에 획을 긋게 하는 대사건으로 발전되는 경우가 종종 있다.

요즘 미국에서는 지난해 이라크에서 전사한 아들로 인해 삶이 뒤바뀐 한 여인의 눈물과 조용한 외침이 미국민들의 가슴을 뒤흔들고 있다. 캘리포니아 배케빌 출신 신디 쉬언(48)은 8월 6일부터 부시 대통령이 휴가를 즐기고 있는 텍사스 크로포드 목장 입구에서 11일째 시위를 계속하고 있다.

그녀가 처음 시위를 시작할 때만 해도 미국의 이라크 침공 이후 종종 있어왔던 반전 시위려니 했던 미국민들은 그녀의 눈물을 머금은 얼굴표정이 텔레비전 스크린과 지면에 계속 등장하자 동요하고 있다.

"부시 문지방에서 벌어진 어머니 시위가 논쟁을 일으키다"

첫날 시위에서 쉬언은 한손에는 군인 복장을 한 아들 사진을 들고 다른 한 손에는 유아시절의 아들 사진을 들고 울먹이는 목소리로 "대통령에게 직접 묻고 싶다. 내 아들을 왜 죽음으로 내몰았나? 내 아들은 무엇을 위해서 죽었나?"고 소리치면서 "고귀한 목적을 위해 내 아들이 죽었다고 하는데 그 '고귀한 목적'이란 무엇인지 답하라"고 외쳤다. 이어 "정말 고귀한 목적을 위해 이라크에 젊은이들을 보내고 있다면 왜 (부시의 두 딸) 제나와 바브라, 그리고 이 전쟁의 입안자들 자녀는 험악한 전쟁터에 있지 않은가"라고 목소리를 높였다.

그녀의 이 같은 항변이 연일 미디어에 보도되면서 수많은 반전단체들은 환호를 터뜨리고 있다. 부시의 홈타운인 인구 750명의 크로

sptimes.com
tampabay.com
-Dave Hughes La Canada, CA
Place an ad | Subscribe | Calendars | Classified | Forums | Spor

Thursday, August 11, 2005

WAR PROTEST

[AP photo]

Grieving mom draws notice

EDUCATION
When school buses drive everyone crazy
By Thomas C. Tobin
Getting kids to school is getting more complicated. And the phones keep ringin
▸ Go to article
▸ The Classroom: Clayton Wilcox blo

SAVING THE SEMINOLES
Florida State prepares to fight
By Steve Bousquet
Trustees said they may sue the NCAA to fight its ruling against the Seminole masc
▸ Go to article
▸ Gary Shelton: NCAA's 'logic' offens

WORLD AND NATION
▸ Agency has 'concern' on Iran nuke
▸ Fugitive couple from nabbed in Oh

▲ 금방 울음을 터뜨릴 것 같은 모습을 하고 있는 신디 쉬언(48)을 한 시위대원이 위로하고 있다. <엘에이타임스>는 12일이 사진과 함께 '부시의 문지방에서 벌이지고 있는 어머니의 시위가 논쟁을 일으키고 있다'는 제하의 헤드라인 기사를 내보내고 그녀가 반전운동의 상징이 되고 있다고 보도했다.

포드 시는 전국에서 몰려들고 있는 반전 시위대로 북새통을 이루고 있으며, 특히 지난 2002년, 10여 명 반전운동가들의 자비로 세워진 '크로포드 피스하우스'(평화의 집)는 반전운동가들의 집결장소가 되고 있다.

<LA 타임스>는 "부시의 문지방에서 벌어지고 있는 어머니 시위가 논쟁을 일으키다"는 타이틀과 함께 그녀의 사진을 내보내며 새롭게 일고 있는 반전분위기를 전했다. 플로리다의 <세인트 피터스버그 타임스>도 "어머니의 시위가 (반전운동의) 모멘텀을 형성했다"는 타이틀의 기사를 내보냈다.

대부분의 미국 신문과 방송들은 신디 쉬언의 시위가 가져올 여파에 대해 촉각을 곤두세우고 있다. 현재 신디 쉬언은 일부 검색 엔진에서 검색어 순위 1위에 올라있을 정도로 일거수일투족이 미국민들의 주목을 받고 있다.

반전 시위대들은 크로포드 피스하우스 앞에서 "부시, 신디에게 답하라. 어머니들과 참전용사들은 전쟁을 중지시킬 것이다"라고 쓰인 흰색 티셔츠를 산더미처럼 쌓아두고 시위대원들에게 나눠주고 있다.

또 쉬언의 시위를 적극 지원하고 있는 '골드스타 포 패밀리'는 1만 5천달러를 들여 크로포드 지역 케이블 텔레비전에 "얼마나 많은 우리의 사랑하는 사람들이 이 같이 무모한 전쟁에서 죽어야 하는가?"라고 적힌 광고를 게재했다.

독실한 가톨릭 신자로 수줍음이 많고 조용한 성격의 소유자로 알려진 그녀가 일약 반전운동의 상징으로 떠오르게 된 계기는 무엇일까.

부시의 '고귀한 죽음' 지칭에 충격, 반전운동 투신

그녀는 고교시절 17세 때 만난 남자친구 패트릭 쉬언과 열애 끝에 결혼해 4명의 자녀를 두었다. 풍족하지는 않았지만 가톨릭 신자로서 자녀들이 비뚤어지지 않게 하기 위해 애썼으며 교회에서는 청소년들을 위한 상담자 역할을 해 왔다.

그러던 그녀의 평범한 삶은 2004년 4월 이라크에서 두 아이의 아버지인 큰아들 케이시(24)가 전사한 후 완전히 변하고 말았다. 그녀는 특히 첫사랑의 열매이자 남편을 빼닮은 장남 케이시를 무척 아끼고 존중했다고 한다. 어느 날 밖에서 돌아온 케이시가 이라크에 구조요원으로 참전하겠다고 선언했을 때에도 내키지는 않았지만 승낙했다.

지난해 4월 부활절기에 그녀는 아들의 사망통지를 받았다. 그녀는 아들의 사망소식에 비통해했지만 전쟁 중 모두가 당할 수 있는 일로 여겼고, 이 또한 신의 뜻으로 받아들였다고 한다. 지난해 6월 부시 대통령이 전사자 가족들을 위로한다며 언론매체들을 피해 비밀리에 베푼 만찬에 참석할 때만 해도 이 같은 생각에 변함이 없었다. 그녀는 부시를 신앙심 돈독한 대통령으로 여겼고, 이 같은 신앙이 바탕이 되어 '의로운 전쟁'을 일으켰다고 믿었다.

그러나 그 만남 이후로 분노를 품게 되었다. 그녀는 당시의 만남을 회상하면서 "나는 대통령이 내 아들 케이시의 사진을 보기를 원했고, 그에 대한 스토리를 듣기를 원했다. 그러나 그는 그때마다 주제를 다른 곳으로 돌렸고, 케이시의 이름조차 부르지 않은 채 '여러분이 사랑하는 사람'이라고만 지칭했다"며 부시의 회피적인 태도를 비난했다.

그녀는 시간이 지나면서 부시가 인간성과 현실로부터 완전히 동떨어진 인물이라는 것을 느끼게 되었다고 한다. 특히 나중에 부시가 이라크 사망 병사들의 죽음을 '고귀한 죽음'이라고 말하는 소리를 듣고 충격을 받았고, 뭔가 해야 되겠다는 생각을 품게 되었다. 그녀는 기자들에게 "시간이 지나면서 충격은 가라앉았으나, 깊은 분노가 대신 자리 잡게 되었다"고 고백했다.

캠프 케이시에 흐르는 신디의 눈물

이윽고 그녀는 '골드스타 패밀리 포 피스'라는 반전 단체를 공동 창립하기에 이르렀고, 이라크 전에 대해 본격적으로 발언하기 시작했다. 의회 청문회에서도 연설했다. 그러던 그녀가 전국적인 인물로 떠오르게 된 것은 지난 6일 부시의 크로포드 목장에 나타나면서부터. 그녀는 8월 초 댈러스에서 열린 '평화를 위한 참전군인들'이라는

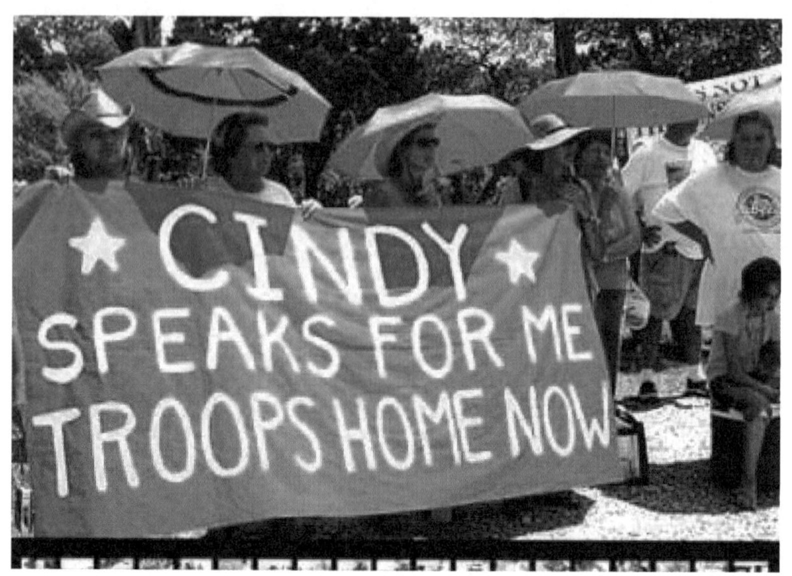

▲ 한 시위자 가족이 크로포드 도로변에서 '신디, 우리를 위해서 목소리를 높여 달라' '당장 철군하라'고 쓰여진 플래카드를 들고 있다. ⓒ MeetwithCindy.org

반전 콘퍼런스에서 연설을 마친 뒤 마치 무엇에 홀린 사람처럼 크로포드로 향했다.

신디와 그녀의 지지자들의 즉각 철군 주장에 대해 부시는 지난 12일 "사랑하는 사람을 잃고 슬퍼하는 가족들을 생각하면 가슴이 아프다"라며 "나는 쉬언 여사에 대해 동정을 금할 길이 없다"고 말했다. 이어 "그녀는 자신이 믿고 있는 바에 대해 말할 모든 권리가 있다, 이것이 미국이다"라며 "그러나 나는 철군 의견에 강력하게 반대한다"고 전했다.

특히 부시는 이날 신디를 비롯한 시위자들이 "대량 살상무기가 존재하지도 않는데도 일으킨 이라크전은 추악한 전쟁이다. 부시가 이라크전을 정당화하기 위해 미국을 오도했다"는 핵심적인 외침에 대해서는 언급을 회피한 채 "철군은 적들에게 잘못된 신호를 줄 가능성이 크다, 조기철군은 이라크인들을 배반하는 것"이라며 반대 입장을 재확인했다.

반전지도자들은 신디 쉬언에 대한 스포트라이트가 전쟁에 반대하는 미국인들에게 자극을 주고 부시 행정부로 하여금 이라크전 코스를 바꾸도록 하는 정치적인 힘으로 작용하기를 바라고 있다. 무브온(MoveOn.Org)을 비롯한 진보단체들은 신디를 측면 지원하는 한편 이라크전에서 자녀나 친척을 잃은 가족들을 모으고 있다.

그녀는 부시의 목장으로부터 2마일 떨어진 곳의 노변에 텐트를 치고 있으며, 다른 시위자들도 그녀를 따라 노변에 텐트를 치고 시위에 동참하고 있다. 미국 미디어는 그곳을 '캠프 케이시'라 부르고 있다.

신디 쉬언 VS. 부시

중립적인 정치 분석가 찰리 쿡은 <LA 타임스>에 매일같이 발생하고 있는 이라크 전 사상자들에 대한 소식과 신디가 눈물을 흘리고 있는 모습이 미디어에 겹쳐져 나타나고 있는 것은 부시 행정부에게 "매우 불길한 조짐이다"라고 지적했다.

그러나 조지 워싱턴 대학 교수인 스테펜 헤스는 "부시는 이라크 문제를 갖고 있지만 쉬언에 의해 악화될 것으로 보이지는 않는다"면서 "그녀는 동정을 살만한 인물이지만 역공을 당할 가능성이 있다"고 주장했다.

일부 보수 단체들은 급진 반전세력이 그녀를 반전운동의 볼모로

▲ 시위자들이 크로포드 길거리의 가로수에 올라가 '전쟁은 해답이 아니다'는 내용이 쓰여진 플래카드를 달고 있다. © MeetwithCindy.org

이용하고 있다고 비난하고 있으며, 그녀의 친척들 중에서도 그녀의 이 같은 행동이 군대의 사기를 떨어뜨리는 일이라며 못마땅해하고 있는 것으로 알려졌다. 또 그녀가 반전을 부추기기 위해 눈물을 팔고 있다고 비아냥거리는 시각도 있다.

그러나 그녀를 오래전부터 알고 지내온 친구들과 교우들은 그녀의 반전 목소리가 순수한 목적으로 이루어지고 있다고 주장한다. 전국 각지에서는 그녀를 격려하는 꽃다발이 쇄도하고 있으며 그녀와 그녀를 지지하는 시위대원들에게 보내는 성금이 답지하고 있다.

한편 무브온 등 반전단체들은 신디 쉬언의 이야기를 이메일을 통해 전국의 네티즌들에게 보내면서도 조심스런 행보를 보이고 있다. 그녀의 순수한 이미지와 주장이 정치적으로 이용되는 것을 막기 위해 그녀를 자신들의 반전활동의 전면에 내세우지 않기로 한 것.

부시와 로라 부시는 고향의 휴양처에서 난데없는 복병을 만나는 바람에 후끈거리는 여름휴가를 보내고 있다. 지난 12일 부시는 공화당 후원자들의 점심 모금 파티에 참석하기 위해 외출하면서 신디와 마주치지 않기 위해 100피트 부근으로 비켜 지나갔다. 부시의 차량 뒤로는 "왜 당신은 그들(후원자들)을 위해 시간을 내면서 나를 위해 시간을 내지 않는가"라는 신디의 외침이 뒤따랐다.

쉬언은 부시가 아들의 죽음에 대한 정당한 대답을 주기 전까지, 이라크로부터 미군을 철수하겠다는 확답을 받기 전까지 자리를 뜨지 않겠다고 공언하고 있다.

(2005. 8. 17)

베트남 울린 '여전사의 일기'

35년 전 쓴 베트남판 <안네의 일기>… 베트남에 이상주의 부활 열기

"나는 어린애가 아니다. 이미 어떤 어려움도 견뎌낼 수 있는 강한 성인이다. 그러나 지금 이 순간, 왜 이렇게도 나를 돌봐 줄 어머니의 손길을 그리워하고 있는가? 이렇게 외로울 때 제발 내게로 와서 손을 잡아주세요. 내 앞에 놓인 힘든 일들을 잘 극복할 수 있도록 사랑과 힘을 주세요."

1970년 베트남 외과의사 당 투이 짬이 27세를 일기로 전선에서 미군에 대항하다 죽기 전 마지막으로 남긴 일기의 서두 부분이다. 마지막 순간 어머니를 몹시 그리워하면서 쓴 이 일기를 쓴 이틀 후 그녀는 사망했다.

그리고 35년이 흐른 지금, 이 육필 일기로 그녀는 새 생명을 얻었다. 322쪽에 달하는 그녀의 일기는 지난해 인기리에 베트남 신문에 연재되다 출판되었는데, 보통 2천 부 이상이 팔리면 성공으로 여겨지는 베트남에서 지난 7월 말까지 무려 40만 부가 팔려 나가며 전후

베트남의 최고 베스트셀러가 되었다. 5월 말 <인터내셔널 헤럴드 트리뷴> 등 미국 언론들이 30만 부가 팔려 나갔다고 보도한 것을 견주면, 2개월 만에 10만 부가 더 팔린 셈이다.

이상주의 부활시키고 있는 여전사의 일기

경제성장과 물질문명에 초점이 맞춰지고 있는 현재의 베트남에서 이 일기는 이상주의를 부활시키고 있다. 이 일기는 베트남전 세대에게는 자신들의 희생을 상기시키고 있으며, 전후세대에게는 선조가 감당했던 고난의 삶을 들려주고 있다. 당 투이 짬이 숨진 꽝찌성에는 그녀를 기념하는 병원이 들어서고 청소년들 간에는 '당 투이 짬을 본받자'는 운동이 일고 있다.

부상으로 죽어가고 있는 베트콩들을 치료하기 위해 23세 때 전선에 뛰어든 짬은 그들과 마지막 순간을 보내며 미군에 의해 숨질 때까지 베트남 남부의 최전선에서 3년을 보냈다.

▲ 35년전 쓴 일기를 엮은 당 투이 짬의 책. 지난 7월말까지 베트남에서 40만부가 팔려 나갔다. © 김명곤

베트남판 <안네의 일기>인 <짬의 일기>에는 전쟁의 처절함에 대한 통찰, 아직은 젊디 젊은 한 여성의 열정과 고뇌의 기록들이 담겨져 있다. 푸른색 잉크 펜으로 쓴 일기에서 짬은 침략자들에 대한 복수를 다짐하는 여전사의 모습을 보여주는가 하면, 또래의 청년들로부터 사랑받기를 원하는 낭만적인 여성의 모습을 보여주기도 한다.

1968년 4월, 중상을 입은 베트콩들을

치료한 후 그녀는 "빗물이 대지에 스며들 듯 슬픔이 내 마음에 스며든다. 왜 하필이면 나는 꿈과 사랑을 품고 인생에서 많은 것들을 바라는 소녀로 태어났단 말인가?"라고 적고 있다.

그녀의 일기는 1970년 짬이 사망한 후 사라졌다가 작년에 전직 미군정보장교인 프레데릭 화이트허스트가 텍사스 공대의 베트남 센터에 이를 기증하면서 빛을 보게 되었다.

현재 노스 캐롤라이나에 살고 있는 화이트허스트는 베트남에서 미국으로 짬의 일기를 가져온 이후 그녀의 가족들에게 일기를 돌려주고자 했다. 그러나 연방수사국에서 일하게 되면서 베트남의 공산정부와 연락을 주고받는 것이 적절하지 않은 행동이라고 생각해 이를 포기했다.

결국 1997년 은퇴한 후에서야 짬의 가족들을 찾아 나섰으나 무위에 그쳤다. 그는 작년 텍사스 공대의 베트남 센터에 일기를 기증했고, 베트남 센터는 짬의 가족들의 행방을 찾아 마침내 일기를 전해줄 수 있었다.

일기에서 종종 드러났던 짬의 복수에 대한 열망에도 불구하고 화이트허스트가 베트남을 방문했을 때 베트남인들은 그에 대해 매우 호의적이었다. 그는 <AP통신>에 "어느 곳에서나 환영했고 미국인들을 더이상 악마로 여기지 않는데 매우 놀랐다"고 말했다. 짬의 여동생은 "우리는 마음속에 증오를 담아 두지 않으려 하며 과거의 나쁜 일들은 잊고자 한다"고 말했다.

베트남인들은 베트남전에서 약 300만 명이 전사하고 100만 명이 실종되었다. 그러나 현재 미국과 베트남의 관계는 발전 일로에 있다. 최근 미국 군함들이 베트남에 정박하기도 했으며 도널드 럼스펠드 국방장관은 베트남을 방문하기도 했다. 부시 대통령도 아시아태 평양 정상들을 만나기 위해 오는 11월 베트남을 방문할 계획이다.

왜 우리처럼 착한 사람들을 죽여야 하는가?

짬의 일기는 땀과 희생, 사랑, 유혈 등의 내용으로 가득차 있으며 무자비하고 비열하게 묘사된 미국을 인간적으로 바라보기도 한다. 그녀는 일기에서 희망과 야망을 드러내기도 했으며, 동료들의 죽음과 미군의 폭격으로 곳곳이 파괴되고 있는데 대한 두려움을 나타내기도 했다.

그녀는 "왜 우리처럼 착한 사람들을 죽여야 하는가? 그들은 어떻게 인생을 사랑하는 젊은이들을, 희망을 품고 살아가는 사람들을 죽인단 말인가?"라고 묻고 있다.

짬은 미군의 포격으로 다섯 명이 죽은 후 이렇게 적었다.

"나도 조국을 위해 죽겠다. 후에 승리의 노래를 부를 이들 중에 나는 없을 것이다. 나는 조국을 구하기 위해 피와 뼈를 바친 사람들 중 하나이다. 수백만 명의 사람들이 이미 죽었으나 아직도 승리의 날은 오지 않았다. 그래도 나는 슬퍼하지 않는다."

<짬의 일기>가 출판된 후 그녀의 가족들은 수천 통에 이르는 위로전화와 편지를 받았다. 하노이에 있는 짬의 무덤을 방문한 사람들은 동정과 위로를 방명록에 가득 남기고 있다.

짬의 여동생인 당 킴 짬은 <AP 통신>과의 인터뷰에서 "방문객들 중 많은 사람들이 젊은이들인데, 이들은 언니의 일기를 읽기 전에는 베트남전에 대한 것을 믿지 않았으나 이제는 당시 우리가 얼마나 고통스러웠는지 이해하게 되었다"고 말했다.

그녀는 언니의 일기를 출판하기 위해 타이핑하면서 계속 울었다고 한다. 언니 짬이 죽은 것은 그녀의 나이 열다섯 살 때였다. 그녀는 언니가 "매우 아름답고 상냥했으며 섬세했다, 그처럼 어려운 상황에서 어떻게 일기를 계속 쓸 수가 있었는지 상상하기조차 힘들다"고 말했다.

동생은 언니가 고교시절 인기가 매우 높았으며 평소 문학에 대한 관심이 높았다고 말한다. 그녀는 "언니는 다른 사람들의 감정을 잘 이해하고 그들의 입장에서 사물을 바라보는 눈이 있었다"고 덧붙였다. 또 다른 동생인 당 히앤 짬은 "일기에는 언니의 영과 혼이 절절이 배어 있다"라고 말했다.

짬은 당시의 다른 북베트남 학생들과 마찬가지로 공산주의의 이상과 베트남 민족주의를 교육받고 베트남전 승리를 위해 헌신하기로 했다.

그녀는 스물네 살에 의대를 졸업하고 북베트남을 떠나 남베트남의 두치 포라는 중부해안 마을에서 일했다. 그녀가 베트콩들과 마을

In a society increasingly consumed with economic growth
has revived a sense of idealism. Written in a simple but po
veterans of their sacrifices and educates a new generation
about the hardships their elders faced.

"This is the first book to talk about the lives of people durin
went to high school with Tram in the North and later servec
journalist. "Old people want to relive memories. Young peo
parents lived during the war."

The diary also has struck a nerve because so many Vietna
happened to their loved ones during what they call the Am
million Vietnamese who died during the conflict, 1 million r

"I will perish for the country, tomorrow's victory song will nc
after surviving an artillery attack that killed five others. "I an
their blood and bones in order to take back the country. Bu
that? Millions and millions of people like me have fallen alr
one happy day, so I am never sorry."

Since the publication of the diary, the family has received t
calls and letters from readers moved by Tram's account. V
have filled three large notebooks for her family with outpour
compassion. A fourth is nearly full.

"Many of them are young people," said Tram's sister Dang
before reading the book, they didn't believe their parents' st
understand how difficult it was."

▲ 당투이 짬의 일기가 가족에게 전해진 사연을 보도한 <LA 타임스> 8월 4일자. © 김명곤

주민들을 치료하는 일을 맡았던 그 마을은 당시 가장 위험한 지역 중 하나였다.

사촌 공산당 정치장교를 사랑한 여의사

그러나 짬이 남베트남에 갔던 것은 애국주의나 이상주의 때문만은 아니었다. 그녀는 당시 사랑에 빠져 있었다. 그녀가 사랑한 사람은 단지 'M'이라고만 알려져 있는데 그는 그녀가 일기를 쓰기 시작하기 전 그녀의 사랑을 거절했다.

네 번째 일기에서 그녀는 M에 대해서 다음과 같이 적고 있다. "나는 9년 동안 지녀온 희망을 땅에 묻을 수 있을 만큼 강하다… 날이 갈수록 M에 대한 사랑이 식어가고 있다." 그럼에도 불구하고 M에 대한 그녀의 애정은 그녀가 의사이자 혁명 전사로 자신의 존재를 확인하려 할 때마다 계속해서 나타나고 있다.

그녀의 동생 느한은 M이 짬의 모계 쪽 사촌이며 정치장교의 임무를 지니고 그 지역으로 파견된 공산당원이며 짬은 그의 곁에 있고자 그 지역에 자원해서 갔다고 말했다. M은 전쟁에서는 살아남았으나 짬의 일기가 가족에게 전해지기 직전에 사망했다.

짬은 일기에서 공산당에 대해서도 솔직하게 적고 있어서 독자들로부터 좋은 반응을 얻고 있다. 수년 동안 공산당원이 되기를 거절했던 그녀는 중산층 출신이라는 것으로 인해 그녀를 차별하고 통제하고자 했던 공산당원들의 모습에 대해 비판하고 있다. 짬의 어머니는 대학강사였고 아버지는 외과의사였다.

짬은 가끔씩 그녀의 삶이 왜 이렇게 고단한지에 대해서 이렇게 적고 있다. "한 여학생이 지도자가 되어 가고 있는 지금, 내가 걷고 있는 이 길은 매우 힘든 길이다. 무엇인가가 나를 다른 사람들과 다르게 만든다. 이것이 내 인생의 길, 내 사랑의 인생이란 말인가, 너무 복잡한 생각들로 가득찬 삶인가?"

"내 가슴은 증오로 가득차 있어 숨조차 제대로 쉴 수 없다"

그녀가 처음 썼던 일기는 미군에 의해 압수되었기 때문에 그녀가 두치 포에서 일했던 초기시절은 잘 알려져 있지 않고 소각되었을 가능성이 높다. 출판으로 빛을 보게 된 일기는 부족한 마취제를 가지고 한 베트콩의 급성맹장염을 수술했던 일을 적고 있는 1968년 4월부터 시작된다.

그녀는 일기에서 때로 복수에 대한 열망을 드러내기도 한다. 한 친구가 전투에서 전사한 후 짬은 "나는 매일 우리 조국을 강탈하는 저 도적떼들과 죽어가는 너를 생각한다. 내 가슴은 온통 증오로 가득차 있어서 숨조차 제대로 쉴 수가 없다. 우리는 그들이 저지른 범죄에 대해 반드시 대가를 지불하도록 할 것이다"라고 적고 있다.

▲ 꿈 많던 문학소녀 짬

그녀는 두치 포에서 3년 동안 미군으로부터 도망가거나 숨으면서 대부분의 시간을 보냈다. 가끔씩 미군이 그녀의 야전병원을 공격해서 파괴했는데 그러면 그녀와 동료들은 병원을 새로 지어야만 했다.

그녀는 자신을 안전한 곳으로 이동시켜준 게릴라가 며칠 후 부상을 입어 그를 살리고자 노력했으나 끝내 살리지 못하자 "죽음이 살아남은 자의 심장에 계속해서 피를 흘리게 한다"고 적었다.

그로부터 2주일 후, 미군기가 그녀가 알고 지낸 많은 사람들이 살고 있는 마을을 폭격한다. 그녀는 "내가 있는 곳에서 그리 멀지 않은 곳이 폭격당하는 장면은 나를 분노로 가득차게 한다. 누가 불타고 있는가? 이 폭격으로 인한 잔해들 속에서 누가 불타고 있는가?"라고 적고 있다.

그녀는 베트콩과 함께 야간구출작전을 수행했던 날 다음과 같이 적고 있다. "나는 이제 내 인생의 무대에서 공연하는 연극배우이다. 나는 매일 밤 적이 있는 곳과 가까운 지역에서 활동하는 게릴라들을 따라다니는 검은 옷을 입은 해방의 소녀를 연기하고 있다. 적을 만나게 될지도 모르고 구급상자를 든 손을 떨구며 죽어갈지도 모른다. 그러면 사람들은 꿈에 충만한 젊은 시절을 혁명을 위해 죽어간 소녀에게 연민의 감정을 느낄 것이다."

여전사, 라이플 한자루로 최후를 맞다

1969년 후반, 두치 포의 상황이 미군에게 유리하게 전개되면서 그녀의 일기 쓰는 횟수가 줄어들고 미래의 희망에 대한 내용보다는 전쟁에 대한 내용이 많아진다.

그녀는 일기에서 "이 전쟁으로 인해 결국 나는 인생에 대한 진지한 고민을 그만둘 것인가? 아니다. 그러고 싶지 않다. 그러나 나에게는 해야 할 일들이 너무나 많고 전사하는 동료들에 대한 슬픔으로 인해 개인적인 문제는 생각할 여력이 없다"고 적고 있다.

1970년 6월 상황이 더욱 나빠진다. 미군이 가까이 접근하자 이동할 수 있는 베트콩들은 철수한다. 그녀의 병원도 파괴되었고 이제 그녀는 이동을 할 수 없는 다섯 명의 환자와 함께 남아 있다. 두 명의 젊은 여자가 그녀를 돕기 위해 남았다.

6월 14일 그녀는 "상황이 너무 열악해서 미군이 이곳에 온다 하더라도 내가 어떻게 저 환자들을 두고 떠날 수 있을 것인가?"라고 적고 있다.

6월 20일의 마지막 일기에서 그녀는 오직 한 끼 식사분의 쌀만 남았다고 적고 있다. 그녀와 환자를 도와줄 사람들이 도착하기를 기대했으나 그들은 오지 않았다. 두 명의 간호사마저 떠났다. 그들이 강을 건너가는 것을 보고 울고 싶었다.

6월 22일 미군이 공격한다. 나중에 한 헌병은 화이트허스트에게 짬이 라이플 한 자루를 지니고 중무장한 100여 명의 미군병사들에게 대항했다고 보고했다.

그녀의 이야기를 전해줄 베트남인은 한 사람도 생존하지 못했다. 다섯 명의 환자들은 그녀와 함께 모두 죽었다. 그녀는 마을 주민들에 의해 그곳에 묻힌 후 1976년 가족들에게 넘겨졌다. 동생 당 킴 짬은 "그녀의 유골을 거두기 위해 그곳에 갔을 때 그녀의 이마에서 총알자국을 발견했다"고 말했다.

당 투이 짬은 죽기 5일 전 자신의 죽음이 가까워지고 있음을 알았던 것 같다. 그녀는 이렇게 적고 있다.

"이처럼 살 때 비로소 당신은 삶의 가치를 깨닫게 된다. 오, 삶은 많은 젊은 이들의 피와 뼈에 의해 변하는 것이구나. 다른 이들의 삶이 신선하고 푸르러지도록 하기 위해 얼마나 많은 이들이 목숨을 버려야만 했는가?"

(2012. 3. 16)

미국이 '전쟁광' 된 건 베트남 때문

월남전 패전 30년, 미국에 무얼 남겼나

"1975년 5월 9일 오전 9시 우리는 플로리다에 도착했다. 지구의 반 바퀴를 돌아 이곳까지 온 것이다. 비행기가 착륙했는데도 모두가 입을 열지 않고 자리에 그대로 앉아 있었다. 아무도 서둘러 내리려 하지 않았다. 창밖으로 보이는 생소한 풍경, 우리가 선 곳은 더 이상 우리나라가 아니었다. 많은 사람들이 손수건으로 눈물을 훔치고 있었다."

플로리다의 '베트남 타운'으로 유명한 올랜도 콜로니얼 드라이브 지역에서 사업을 하다 몇 년 전 숨진 틴 쑤안 구엔이 그의 큰 아들에게 남긴 글 중 일부를 <올랜도 센티널>이 공개한 것이다. 틴 쑤안 구엔은 1975년 4월 베트남이 패망하면서 가족과 함께 탈출해 미국에 정착한 이른바 '보트피플' 가운데 하나다.

베트남전 패전 30주년이었던 지난달 30일, 미국 언론들은 특집 기사를 쏟아냈다. 언론들은 미국이 베트남전에서 패퇴한 원인과 그

교훈이 무엇인지, 틴 쑤안 구엔 같은 보트피플들이 현재 미국 땅에서 어떤 삶을 영위하고 있는지에 대해 집중적으로 다루었다. 또 '베트남전 콤플렉스'를 극복하지 못하고 있는 미국 정치인들과 최근 급속도로 진전되고 있는 미국-베트남 관계, 보트피플 베트남인들의 복잡한 심사가 다뤄졌다.

베트남 정부는 지난 30일 호치민시의 대통령 궁 앞에서 마이클 머린 미국 대사를 포함한 외교사절, 참전용사, 정관계 인사들을 포함해 5만 명의 군중을 모아놓고 대대적인 승전 기념행사를 열었다. 이 자리에서 판 반 카이 수상은 과거 베트남전에 참전했던 나라들과의 적대관계를 청산하고 새로운 유대관계를 증진시키기를 희망한다는 메시지를 발표했다. 같은 날 베트남 정부는 승전 30주년 기념으로 7,751명의 죄수들에 대한 대사면을 실시했는데 이 가운데는 미국정부가 석방을 요구한 6명의 정치범이 포함돼 있었다.

이같이 양국간에 진행되고 있는 환경의 변화는 13만 3천 명의 베트남 보트피플들과 베트남 참전 미국인들의 심사를 불편하게 만들고 있다.

미국사회는 일단 국제관계에서는 영원한 친구도 영원한 적도 없다는 냉혹한 현실을 긍정적으로 받아들이고 있는 분위기다. 그러나 '현재 진행형'인 이라크 전에 빗대 '베트남전의 교훈을 잊지 말자'는 목소리가 여기저기서 들려오고 있는 것도 사실이다.

첫 단추부터 잘못 꿴 베트남 전쟁

퓰리처상을 받은 저널리스트이자 역사가인 스탠리 카노우는 지난 5월 1일 <미국의 소리>(Voice of America)와의 인터뷰에서 되풀이되고 있는 미국의 실수를 비판하며 인도차이나 지역의 공산화를 막는다는 명분으로 시작된 베트남전이 첫 단추부터 잘못 꿰어진 전쟁이었다는 것을 집약적으로 지적했다.

"우리가 베트남전으로부터 받은 교훈은 어떤 나라나 국민에 대해 잘 알지 못하고 전쟁에 돌입해서는 안 된다는 것이다. 우리에게는 베트남 전문가들이 없었다. 미국인들은 베트남이라는 나라가 지도상에서 어디에 있는지도 모르고 있었다. 또한 우리는 전쟁에서 빠져나올 전략을 세우지도 않고 베트남전에 개입했다. 더구나 우리는 베트남 국민들의 지지를 받지 못하던 인기 없는 정부를 지원하는 실수를 저질렀다. 베트남전은 미국의 자기 과신과 오만에서 비롯된 것이다. 미국은 베트남 공산주의자들이 국제 공산주의 음모 속에서 태생된 것으로 생각했고, 호치민은 중국과 러시아의 꼭두각시라고 생각했다. 그러나 이 모든 것은 큰 오해였고, 이 때문에 비극을 불러왔다."

▲ 아들에게 장장 43페이지에 걸친 '유서'를 남기고 죽은 구엔 씨가 운영하던 베트남 식당 © 김명곤

문제는 이같이 잘못 시작된 베트남전에서 빠져나온 지 30년이 지난 후에도 미국사회에서 후유증이 계속되고 있다는 것이다. 베트남전이 가열되었던 1960년대 말과 70년대 초 37만 명에 이르는 젊은이들이 징집을 거부하고 격렬한 반전데모를 벌여 사상자가 발생하는 등 엄청난 정치사회적 갈등을 겪었던 미국사회는 아직도 베트남 전 문제로 인한 감정의 갈등에서 벗어나지 못하고 있다.

갤럽 여론조사의 수석 디렉터인 프랭크 뉴포트는 지난 50년간의 전쟁에 대한 조사 결과를 분석하면서 "많은 미국인들은 베트남전이 실수였다는 데 동의한다"고 전제하고 "그러나 이것이 명예롭게 전쟁에 참여했던 사람들과 그렇지 않았던 사람들에 대한 논쟁들이 끝났다는 것을 의미하지는 않는다"고 지적했다.

아물지 않는 '분열'의 상처

지난해 미국 대선과정에서 민주당의 존 케리 진영과 공화당의 부시 진영이 베트남 전 문제로 크게 논란을 벌인 것은 미국사회에서 베트남전의 갈등이 아직 아물지 않고 있는 상처라는 것을 잘 보여준다.

당시 민주당 측은 부시 대통령의 베트남전 기피 의혹을 제기했고, 공화당 측은 케리 후보의 반전운동 경력과 베트남전 공훈 조작 시비를 일으켰다. 이 과정에서 양당은 물론 베트남전 참전용사회와 케리의 베트남전 동료들도 두 패로 갈라져 수 주 동안 물고 뜯는 대공방을 벌였다.

존 케리의 참전 동지이기도 한 존 매케인 공화당 상원의원은 1일 <시카고 트리뷴>에 "베트남전 이후 우리는 전진하고 있는 것으로 생각했으나 불행히도 30년이 지난 후 우리는 전혀 전진하지 못하고

Nation

30 years later: Are we still warring over Vietnam?

Generation's memories, opinions still remain strong in war's wake

▲ 베트남전 패전 30주년 특집 기사를 실은 <유에스에이 투데이> 4월 29일자. 베트남 어린이들이 베트남전 전몰지에서 승전 기념 퍼레이드를 벌이고 있는 사진이 실려 있다. ⓒ 김명곤

있다는 사실을 (지난 대선에서) 발견했다"며 "베트남전은 미국 역사상 남북전쟁 다음으로 크게 분열을 일으켜온 이슈가 되어 왔다"고 말했다. 그는 또 "불행히도 우리 세대가 다 끝나기 전까지는 상처가 아물지 않을 것"이라며 "분열과 더불어 파생된 '비관주의'는 베트남전이 미국에 가져다준 가장 분명하고 잔인한 유산"이라고 주장했다.

전문가들은 베트남전이 정부기관에 대한 불신 등 시민들의 정치 참여에 대한 무관심과 투표율의 저하를 가져온 출발점이 되었다고 분석한다. 베트남전 진상 폭로로 촉발된 워터게이트 사건은 이 같은 정치 불신을 심어준 요인 중 하나다. 실제 베트남전 개입 전후 미 대선 투표율은 80% 안팎이었으나 베트남전 종전을 기점으로 60% 안팎으로 떨어졌다.

베트남전이 가져온 군사적 유산 '속전속결'

베트남전은 미국의 군사전략에도 중대한 변화를 가져왔다.

<시카고 트리뷴>의 마이클 태킷 기자는 최근 칼럼에서 "미국인들에게 분노와 혼란과 체념을 가져다준 베트남전은 반세기 동안의 말썽 많은 미국 역사를 가장 잘 설명해 주는 하나의 상징이 돼 버렸다"면서 "베트남전은 미국의 정치군사전략과 문화에까지 막대한 영향을 미치고 있다"고 적었다.

군사전문가들은 베트남 철수 이후 미국의 군사전략이 화력을 갖춘 소규모의 군사력으로 짧은 기간에 '치고 빠지는' 전략으로 바뀌었다고 지적한다.

스탠리 카노우는 그의 역작 <베트남전의 역사>에서 "베트남 전 이후 미국의 군사전략은 '다시는 베트남전 같은 실수를 되풀이하지 않는다'는 기본전제 아래 그라나다와 파나마 침공처럼 효율적으로 치고 빠지는 전략을 구사하되, 이마저도 매우 조심스럽게 전개한다는 원칙으로 바뀌었다"고 주장한다.

이 같은 군사전략에 따라 1991년의 걸프전이 소수의 사망자만 남긴 채 100시간 만에 종료되었는데, 당시 조지 H. 부시 대통령은 "이제 미국은 베트남전 신드롬을 뒤흔들어 놓았다"면서 기뻐했다고 한다. 미군은 1999년 코소보에 대한 신속한 공중 공격에서 단 한 명의 사망자도 내지 않았다.

베트남 전에 참여했던 콜린 파월 전 국무장관도 기회 있을 때마다 "미국은 분쟁이 일어났을 경우 초기에 압도적인 힘을 사용해 재빨리 적을 제압하고 승리한 후에는 분명하게 빠져 나오는 전략을 사용해야 한다"고 주장했다.

그러나 비판자들은 이 같은 속전속결 전략이 시공을 초월해 통할 수 있는 전략이 될 수는 없다고 주장하고 있다.

이라크는 제2의 베트남?

베트남전에서 공격용 헬기 조종사였으며 현재 이라크전에 참전하고 있는 론 세라피노위츠(56)는 <USA 투데이>에 "미국은 베트남전 경험으로 더욱 강해졌다. 그것은 신속한 승리를 거둔 걸프전에서 확인됐다. 그러나 이라크에서는 신속한 승리를 거둘 수 없다"면서 "현재의 이라크전은 여러 면에서 베트남 전과 비슷하다. 두 전쟁은 전선이 없고, 누구나 적일 수 있다. 중무장을 하지 않고는 나다닐 수 없다"고 말했다.

전문가들은 이라크전은 베트남전보다 훨씬 복잡한 양상으로 변모될 가능성이 있다고 보고 있다. 베트남은 3백만 명의 희생자를 내면서 초강대국 프랑스와 미국을 연이어 격파한 끝에 민족의 통일을 이루어 내고 '경제 부흥'의 다음 단계로 일사불란하게 움직이고 있으나, 이라크는 종파간의 정치적 입장 차이 등 복잡한 국내 사정으로 미군이 철수한 후에도 엄청

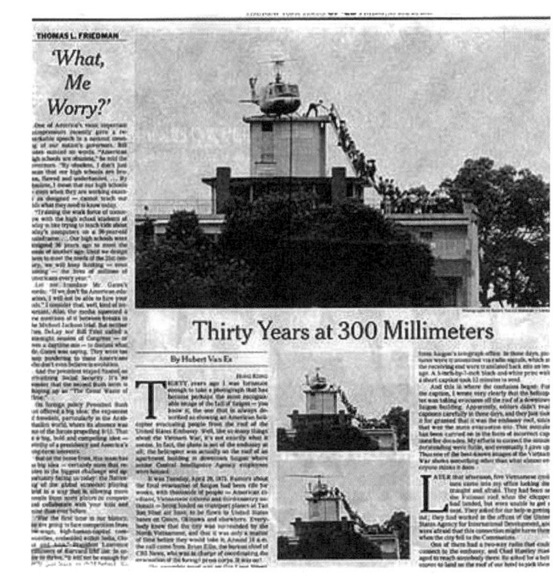
THOMAS L. FRIEDMAN

'What, Me Worry?'

Thirty Years at 300 Millimeters

By Hubert Van Es

▲ 베트남전 패전 30주년 특집 기사를 실은 <뉴욕 타임스> 4월 29일자. ⓒ 김명곤

난 정치사회적 격랑을 겪을 가능성이 농후하다는 것이다.

이라크전이 갖는 국제전 성격도 이라크전이 베트남전과는 다른 형태의 후유증을 남길 가능성을 안겨주고 있다. 베트남전이 '국지전' 성격인 데 비해 이라크전은 '국제전' 성격을 띠고 있어 또 다른 형태로 전쟁이 장기화될 가능성이 있다는 것이다.

일반 미국민들도 이라크전의 베트남전화에 우려를 표하고 있다. <ABC> 방송과 <워싱턴 포스트>가 지난 4월 21일부터 24일까지 실시한 여론조사(표본수 1,007명, 조사의 오차 한계 ±3%)에서 응답자의 39%만이 '미국이 이라크에서 진전을 보이고 있다'고 답한 반면, 58%는 '미군이 이라크 진창에 빠져 있다'고 답했다. 또한 39%가 '이라크가 1년 안에 안정을 되찾고 민주화를 달성할 가능성이 있다'고 답한 반면, 60%는 '그렇지 않다'고 응답했다.

'베트남전 콤플렉스'에 빠진 미국

그렇다면, 이 같은 우려에도 불구하고 미국은 왜 전쟁을 계속할 수밖에 없게 된 것일까. 보스톤 대학의 바세비치 교수는 <미국의 군사주의(American Militarism)>라는 근작 도서에서 미국이 전쟁을 계속하는 이유는 베트남전 콤플렉스 때문이라고 분석한다. 그에 따르면, 미국은 건국 이후 최초로 베트남전에서 맛본 패배와 좌절감을 극복하려는 욕심으로 전쟁을 계속했으며, 결국 전쟁의 깊은 수렁 속에 빠져들게 되었다는 것이다.

바세비치는 특히 이 과정에서 형성된 미국의 군사주의 문화에 대해 경고하고 있다. 그가 말한 '군사주의 문화'란 군부뿐 아니라 지식층, 종교인 그리고 일반 미국인들조차도 '국제문제에 대한 강제적인 군사력 사용'을 쉽게 용납해주는 문화를 뜻한다.

그는 이 같은 군사주의 문화는 미국인들로 하여금 "다른 나라에 미국의 가치를 심어주고 그들의 운명을 결정짓기 위해 군사력을 사용할 수도 있다는 위험한 환상에 빠지도록 만들었다"고 지적한다.

이 같은 바세비치의 지적은 지난 1월 20일 부시 대통령의 2기 취임 연설에서 가장 잘 나타나 있다. 부시는 "지구상의 모든 지역에 자유를 확대하는 것이 현재 미국의 사명"이라면서 "우리 땅의 자유의 존속은 다른 나라에서 자유를 달성하는데 달려 있다"고 강조했다. 결국 부시가 말한 '자유'는 본질적이고 보편적 의미의 자유라기보다는 '미국의, 미국에 의한, 미국을 위한' 자유에 다름 아니었다.

30년 전 월남을 탈출해 '신천지' 미국 땅에 살다 숨을 거둔 틴 쑤안 구엔의 육필 마지막 부분은 군사주의 문화에서 나온 이 같은 거짓 '자유'를 완곡하게 거부하는 것으로 끝을 맺고 있다.

"아들아, 꼭 기억해야 할 것이 있다. 우리 베트남 사람들은 인정 많고 감성이 풍부한 사람들이다. 조상의 무덤을 돌보며 친척들과 함께 살기를 원했고, 묻히는 날까지 태어나 살던 동네에서 이웃과 함께 어울리고 그 땅에서 죽기를 원했다. (중략)

그러나 어느 누구도 우리가 평화롭게 살도록 가만 놔두지 않았다. 너의 조부모, 부모, 그리고 지금 네 식구들까지 우리는 3대에 걸쳐 전쟁의 소용돌이에 휘말려 살아온 피해자들이다.

아들아, 베트남 국민들이 평화롭게 살도록 기도해야 한다. 향긋한 과일 나무를 심고 거기서 나는 열매를 먹고 즐기며 살던 우리의 선조들을 기억해야 한다. 우리가 살던 땅 베트남과 구엔 쑤안 가문의 뿌리를 결코 잊어서는 안 된다."

▌미국의 베트남전 개입 약사

1945년 8월, 2차 세계대전이 끝나자 프랑스가 인도차이나 지역 국가들에 대한 식민통치를 재선언하면서 베트남은 계속해서 프랑스의 점령 하에 있게 되었다.

1954년 베트남의 공산주의 지도자 호치민은 디엔 비엔 푸 전투에서 프랑스군을 격파, 1946년부터 시작된 제1차 베트남전을 종식시켰으나, 제네바협정에 의해 북위 17도를 군사 분계선으로 남북 베트남으로 갈린다. 당시 제네바 협정에서는 1956년에 남북 베트남 총선거를 실시하기로 합의되었다.

그러나 베트남이 공산주의 중국의 영향권 내에 들어가거나 인도차이나 반도가 공산화 될 것을 두려워한 미국은 1955년 10월 미국의 영향권 아래 있던 고 딘 디엠 가톨릭 주교를 남베트남 지도자로 내세운다. 이에 북 베트남은 제네바 협정의 준수를 내세워 통일정부 수립을 요구했고 미국은 이를 거부하며 남베트남에 군사적 대결 태세를 강화시킨다.

미국이 본격적으로 베트남 전에 뛰어 들었던 것은 1964년. 그 해 8월 2일 미국은 하노이의 외항인 통킹만에서 미군의 구축함이 월맹 어뢰정에 공격당했다고 주장(1972년 다니엘 엘스버그 박사가 베트남전 극비문서인 펜터곤 페이퍼를 폭로, 통킹만 사건은 조작된 것으로 밝혀짐), 북베트남에 대한 선전포고를 하고 1965년에 들어서는 무차별 전면 공습을 개시한다.

1968년 초 베트남전이 절정에 달했던 당시 약 52만 5천 명의 미군이 베트남에 주둔하고 있었다. 베트남전으로 궁지에 몰린 존슨 대통령은 그 해 북베트남에 평화협상을 제의하기도 했으나 뜻을 이루지 못했고, 그 해 대선 재출마 포기를 선언했다.

1970년 미국은 북베트남을 지원하던 캄보디아를 침공, 미국 내 반전 시위가 고조된다. 당시 오하이오 켄트 주립대학에서 4명의 학생이 반전시위 도중 경찰의 총격으로 사망했다.

1973년 초 미국은 베트콩 및 북베트남과 철수에 합의하는 평화협정을 체결했다. 1975년 4월 30일 미군 헬기가 마지막으로 사이공을 떠나면서 제2차 베트남전이 종식되고, 이 때 약 1천만 명의 보트피플이 베트남을 탈출한다. 미군 없는 베트남을 파죽지세로 평정한 호치민 군대는 이듬해 7월 2일 공식적으로 통일을 선포했다.

철수 당시 대통령이었던 제럴드 포드는 1999년 〈뉴스위크〉와의 인터뷰에서 당시를 회상하며 "우리는 최악의 상황에서 최선의 영웅적인 노력을 다했다. 그러나 나는 결코 잊을 수 없는 퇴각의 슬픔을 겪어야 했다"고 회고했다.

1957년부터 시작해 1975년 4월 30일에 끝난 것으로 기록되고 있는 베트남 전에서 미군은 5만 8천 명의 사망자와 30만 명의 부상자, 그리고 1,836명의 실종자를 냈다. 이 기간 동안 남베트남인들은 22만 4천 명이 죽고, 북베트남 및 베트콩은 1백만 명이 사망한 것으로 집계되고 있다.

미국은 1994년 2월 베트남에 대한 금수조치를 해제한 데 이어 1997년 4월 대사급 외교 관계를 수립했다. 2000년 11월 16일 종전 후 최초로 클린턴 대통령이 베트남을 공식 방문했다.

(AFP 5월 1일자, Voice of America 4월 30일자,
시카고 트리뷴 4월 30일자 등 참고)

(2005. 5. 18)

노병은 사라질 뿐 죽지 않는다?

[‘잊혀진 전쟁’의 사라져가는 사람들 1]

한국전 참전 미군 베테랑들의 실태를 다룬 이 기사의 첫 편은 한국전이 미국 사회에서 ‘잊혀진 전쟁’으로 불려진 이유들을 중심으로 다루고, 이어진 편들에서는 한국전 참전 미군 베테랑들의 수량적 실태와 더불어, 한국전 베테랑들이 잊혀진 전쟁에 대해 어떤 액션들을 취해 왔는지를 다룬다.

한국전은 한국민들에게 잊으려야 잊을 수 없는 전쟁이다. 1950년 6월 25일 미명에 일어나 1953년 7월 27일까지 3년 1개월 동안 벌어진 전쟁에서 남북한 합하여 222만 명(남북 민간인 160만 명, 남북군인 62만 명, 2017년 6월 10일 CNN 통계)이 전화(戰火)로 죽었다. 그리고 당초 대리전 성격의 내전으로 시작한 한국전은 외세가 직접 개입하여 국제전으로 확대된 가운데 승자와 패자도 없이 ‘정전’이라는 이름으로 막을 내렸다.

지금 이 글을 쓰고 있는 순간에도 한국전 참전 주요 당사자인 미국과 북한의 지도자는 연일 '말 폭탄'을 쏟아내고 있고, 남북한 국민들은 불안에 떨고 있다. 한민족에게 '원죄'와도 같은 분단. 그 분단을 극복하고자 북측이 무리하게 감행한 한국전은 우리 민족에게 씻으려야 씻을 수 없는 상처를 안겨주었다. 한국전은 남북한 국민 모두에게 천형(天刑)과도 같은 증오와 반목과 질시의 고질병을 남겼고, 고통은 계속되고 있다.

'성가신 전쟁'에서 '용사(warrior)'가 된 사람들

한국전은 한국민들에게만 고통을 안겨준 것이 아니다. 자유민주주의를 지킨다는 대의명분으로 연합군으로 참전한 16개국 참전 군인들에게도 깊은 상흔을 안겨주었다. 특히 한국전에서 5만 4,000여 명의 사망자(비전투요원 1만7,700여명 포함)와 수많은 부상자를 낸 미국민

▲ 워싱턴 DC의 한국전 메모리얼(Korean War Veterans Memorial) 파크에 설치된 참전 미군 베테랑 조형물들 ⓒ kwva

들에게 안겨준 상처도 매우 컸다.

한국전이 벌어진 1950년대 당시 미국민들에게 한국은 중국의 부속 국가로 여겨졌고, 방금까지 일본의 식민지에 불과했던 '듣보잡' 나라였다. 더구나 2차 대전을 막 끝낸 미국은 한국민들끼리 벌이는 내전에 참가할 군사 경제적인 자원과 심정적 여유조차 바닥을 보이던 시점이었다. 국내외에서 '이제 전쟁은 그만!'이라는 여론이 비등한 가운데 오랜만의 휴식과 치유를 위한 짬을 즐기던 상황에서 한국전은 귀찮고 성가신 전쟁일 수밖에 없었다.

한국전에 징집되었다가 비행기 사고로 귀환한 유명 영화배우 클린트 이스트우드의 증언은 당시 미군들의 심정을 잘 드러내고 있다.

"나는 한국전쟁 중에 징집되었다. (하지만) 우리 중 누구도 가기를 원하지 않았다... 2차 대전이 끝난 지 몇 년이 채 되지 않는 시기였다. '생각 좀 해보자고. 방금 그것(전쟁)을 치르지 않았나?'라고들 말했다." (I was drafted during the Korean War. None of us wanted to go... It was only a couple of years after World War II had ended. We said, 'Wait a second? Didn't we just get through with that?)

'당신은 전쟁에 관심이 없을 수도 있지만, 전쟁은 당신에게 관심이 있다'는 트로츠키의 명언처럼 관심 없는 전쟁에 국가는 '당신'을 다시 원했다. 이미 용사가 된 그들은 한국전에서 다시 '용사(warrior)'가 된 것이다. 어떤 의미에서 '용사'란 국가권력에 의해 만들어진 용어일 수 있다.

기자는 이 글을 쓰면서 이 '용사'들을 '한국전 베테랑(Korean War Veteran)'이라 칭하고자 한다. '베테랑'이라는 단어는 사전적으로 '어느 한 분야에 오래 일을 하여 익숙하고 노련한 사람. 특히 군대에 오래 복무한 퇴역병, 노병'을 통칭하는 말이다. '베테랑'은 자발적이고 호전적인 뉘앙스가 풍기는 '용사'보다는 훨씬 정직한 표현이기도 하고, 미국민들도 좋아하는 일상 용어로 정착된 지 오래다.

한국전 베테랑들은 매년 6월 25일과 7월 27일이 되면 한 곳에 모여 어설픈 발음으로 '아리랑'을 부르고 '김치'와 '잡채'와 '불고기'를 먹고, '오산'과 '군산' '춘천' '의정부' 등을 거론하며 회상에 젖기도 한다. 한인 동포들은 이들을 '참전 영웅'으로 불러주며 감사를 표하지만, 갈수록 쓸쓸하고 씁쓸한 느낌까지 드는 것은 기자만의 감정일까?

미국은 한국전에서 무려 180억 달러의 전비를 투입하면서 572만 명의 군대를 파견했고, 5만 4천여 명의 전사자 외에 10만 3천여 명의 부상자를 냈다. 행방불명이 되어 시신조차 찾지 못한 군인들도 7,700여 명에 이른다. 단일 전쟁으로 단기간에 가장 많은 희생자를 낸 전쟁으로 알려진 한국전이 잊힌다는 것은 베테랑들에게 매우 억울한 일이다. 미국 사회에서 한국전이 '잊혀진 전쟁(forgotten war)'으로 불려지기 시작하여 이제는 보통명사가 되었고, 잊혀진 것은 전쟁만이 아니었다.

한국전이 '잊혀진 전쟁'이 된 이유

한국전이 '잊혀진 전쟁'으로 낙인이 찍혔지만, 일부에서는 미국의 대외 군사정책과 관련하여 결코 '잊힐 수 없는 전쟁'으로 여긴다. 이 같은 주장을 하는 이는 <한국전쟁의 기원>(The Origins of the Korean War)이라는 저작으로 유명한 브루스 커밍스 시카고 대학 석좌교수다.

그는 미국의 대외정책이 '군사주의'로 전환하는 계기가 된 것은 한국전이었다고 주장한다. '군사주의'란 국제적인 이슈를 군사력으로 해결하겠다는 것으로, 한국전을 계기로 미국은 항구적인 군사주의 국가가 됐다는 것이 그의 분석이다. 브루스 커밍스는 2010년에 출간한 <한국전쟁>(The Korean War: A History)에서 미국의 방대한 해외 군사기지와 이를 뒷받침하기 위한 군산복합체가 미국의 패권주의의 원천이 된 결정적 계기는 2차 대전이 아니라 한국전쟁이라는 점을 지적했다.

한국전쟁이 미국의 군사주의와 이를 뒷받침하는 군산복합체를 정착시킬 정도로 '공헌'을 했다는 커밍스의 주장에도 불구하고, 국제 정치와 군사 경제적 역학관계의 속내를 속속들이 알 리 없었던 미국민들에게 한국전은 여전히 '잊혀진 전쟁'이 되어 왔다.

그렇다면, 한국전이 미국 사회에서 '잊혀진 전쟁'이 될 수밖에 없었던 이유는 무엇이었을까. 흔히 한국전은 베트남전 또는 2차 대전과 비교하여 그 이유가 언급되곤 한다. 한국전 참전 미군 베테랑스 협회(KWVA) 사이트와 현지 베테랑들과의 인터뷰, 그리고 한국전의 성격을 논한 문헌들을 종합해보면 여러 요인들이 연동되어 한국전이 잊혀진 전쟁이 될 수밖에 없도록 했다.

The Korean War was the first Cold War conflict

▲ 한국전에서 한 미군 병사가 두려움에 떨고 있는 소년병을 팔로 감싸안고 있다. ⓒ KWVA

우선, 한국전 당시에는 라디오와 신문이 정보 제공의 주요 통로가 될 정도로 대중 미디어의 발달이 미진하여 베트남전에 비해 언론의 관심이 적을 수밖에 없었다. 특히 베트남전이 장기화하면서 반전 평화운동으로 확산하고 미디어의 지속적인 보도가 연동되면서 오래 기억에 남도록 했다.

3년 1개월로 멈춘 한국전이 19년 6개월 지속한 베트남전에 비해 기간이 훨씬 짧았던 것도 잊혀진 전쟁이 되기 쉬웠다. 한국전쟁은 미국민들에게 두 번의 대전쟁과 긴 전쟁에 끼인 '막간 전쟁'이었다.

더구나 '정전'이라는 상태로 전쟁이 끝난 것도 한국전을 쉽게 잊게 한 요인이 되었다. 승리한 2차 대전이나, 반대로 패배한 베트남전은 미국인들에게 강렬한 인상을 주었고, 이에 대한 정치 사회적 성찰이나 논의도 그만큼 길게 이어졌다. 미국이 종전 후 '같은 시기에 큰 전쟁은 한 건만 치른다'는 군사정책으로 전환한 것만 보아도 베트남전 패배에 대한 충격은 크고 오래 갔다.

베트남전은 긴 전쟁 기간에 비해 6만여 명의 미군이 전사하는 것으로 그쳤으나, 네이팜탄 피해자들과 PTSD(전후 외상성스트레스증후군) 등의 부상자들이 많았던데다 그 후유증이 장기간 사회적 관심을 불러일으켰다. 2차 대전의 미군 전사자 40만 명에 비해서도 한국전 전사자 수는 비할 바가 아니었다. 한국전이 두 전쟁에 비해 상대적으로 '후유증'이 적었던 점에서 미국민들의 기억장치에서 쉽게 사라지게 한 요인이 된 것이다.

미국민들의 한국이라는 나라에 대한 관심도가 애초부터 높지 않았다는 점도 한국전을 쉽게 잊게 한 것으로 보인다. 뭔가 조금은 안다는 미국인들에게 한국은 기껏해야 '조용한 아침의 나라'였고, 오랫동안 중국의 주변국가 또는 일본의 식민지였다가 강대국 덕분에 겨우 독립한 약소국이어서, 한반도에서 벌어진 어떤 역사적 사건을 진하고 강렬하게 오랫동안 기억할 만한 건더기가 없었다.

한국전 당시뿐 아니라 최근 들어서도 미국민들의 한반도에 대한 관심은 생각보다 크지 않다. 핵전쟁을 치를지도 모를 북한이 어디에 붙어있는지 모르는 미국인들이 대다수일 정도다. 최근 ABC 인기 프로그램 사회자가 길거리에서 만난 10여 명의 미국 시민들에게 세계지도를 보여주며 '북한이 어디에 있는지를 짚어보라'는 질문에 단 한 사람도 정확하게 짚어내지 못했다는 사실이 미국 미디어의 화젯거리가 되었다.

"노병은 사라질 뿐 죽지 않는다"?

미국민들에게 한국전은 이래저래 기억할 거리가 별로 많지도 크지도 않은 '스쳐간 전쟁'이었고, 이제는 잊혀진 전쟁이 되고 말았다. 잊혀진 것은 '역사적 사실'로서의 전쟁뿐 아니라, 20세 전후에 머나먼 땅에 지친 몸으로 들어와 몸을 던진 '용사'들이다. 인간에게 자신의 '존재'가 기억되지 않는다는 것은 얼마나 서러운 일인가. 이런 경

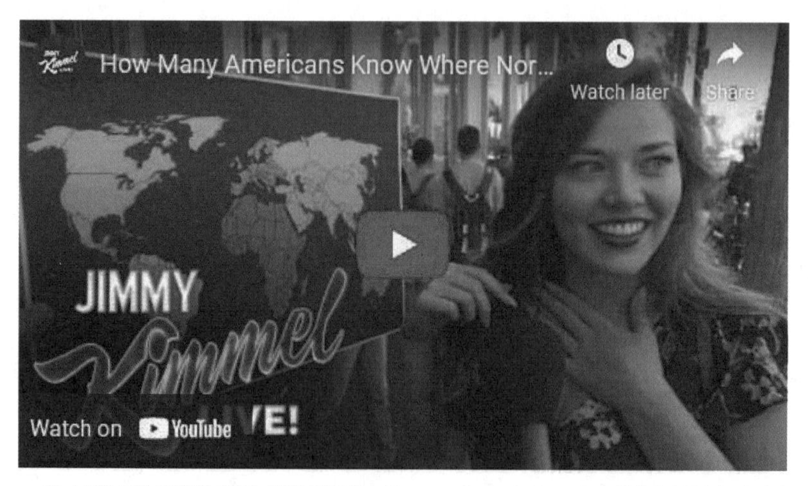

▲ 지난 8월 8일 방영된 '지미 킴멜 라이브쇼(Jimmy Kimmel Live Show)'에서 북한이 어디에 있느냐는 인터뷰어의 질문에 단 한 사람도 북한의 정확한 위치를 짚어내지 못했다. 이들 가운데는 중동, 유럽, 캐나다, 심지어는 북극이나 남미 아랫쪽을 가리키는 사람도 있었다. © ABC.com

우, 존재가 잊혀진다는 것은 '가치'까지도 잊혀진다는 것을 의미하기 때문에 더욱 그렇다.

한국전을 총지휘하다 트루먼 대통령과 마찰을 빚어 해임당한 더글러스 맥아더가 "노병은 결코 죽지 않는다, 다만 사라질 뿐이다"(Old soldiers never die. They just fade away)라는 명구를 남겼다. '외형은 없어지지만 존재 가치는 영원히 남게 된다'는 뜻일 터이지만, 한국전 노병들은 사라질 뿐 아니라 죽어가고 있다.

그래서일까. 한국전 베테랑들은 자신들의 '존재 가치'를 확인하고 싶어한다. 그들은 최소한 가장 지치고 힘든 시기에 '국가에 충성했다'는 것과, '자유 진영을 위해 싸웠다'는 결과론적 대의명분이 기억되기를 바라고 있음에 틀림이 없다. 노구를 이끌고 휠체어를 밀고 매년 한국전 행사에 참가하여 애써 김치와 불고기를 먹는 것조차 존재 가치의 확인을 위한 몸짓이 아니었을까?

(2017. 10. 11)

‘무시당한 전쟁’의 잊혀지기를 거부하는 사람들

[‘잊혀진 전쟁’의 사라져가는 사람들 2]

“한국전 베테랑들이 가장 듣기 싫어하는 말이 있다. ‘잊혀진 전쟁(Forgotten War)’라는 말이다. 엄밀히 말하면 한국전은 ‘잊혀진 전쟁’이 아니라 ‘무시당한 전쟁(Ignored War)’이다.”

자신의 나이를 80대 후반이라고만 밝힌 한국전 베테랑이자 종군 기자였던 빌 러셀의 말이다. 1951년 6월부터 1953년 3월까지 참전한 러셀 씨가 한국전을 굳이 ‘무시당한 전쟁’이라고 부르는 이유는. 미국이 그동안 치른 다른 전쟁들과는 달리 미국 사회가 한국전의 기억을 ‘의도적’으로 제쳐두었다는 뜻이다.

러셀이 소개한 한 한국전 참전 베테랑의 사례는 이를 잘 말해준다. 한국전에 참전했다 2년여 만에 막 돌아온 친구가 어렸을 적부터 드나들던 동네 편의점에 들렀다고 한다. 제법 오랜만에 만나 반가운 얼굴로 가게 주인에게 인사를 했더니 “그동안 어디 갔다 왔냐”고 묻더란다. 이때다 싶어 “한국전에 참전하고 돌아왔다”며 자랑스런 표정으로 말하니 주인은 "어 그렇군!" 하고는 딴청을 피우더란다. 머쓱해진 그는 그때부터 다시는 주변에 자신이 한국전 베테랑이라는 말을 하지 않았다고 한다. 러셀 씨는 이와 비슷한 예가 수도 없이 많다고 했다.

한국전이 '무시당한 전쟁'으로 남을 수밖에 없었던 이유를 러셀 씨는 두 역사물 작가의 글을 통해 설명했다. 프리랜서 역사 작가 토리아 세필드(Toria Sheffield)는 "우리가 베트남전이나 2차 대전처럼 한국전에 대해 말하지 않는 이유를 이해하기"(Understanding why we don't talk about Korea like Vietnam or WWII)라는 글에서 이렇게 적고 있었다,

"미국민들은 네 번째 혈전을 치르리라고는 생각지도 못했다. 그렇기에 2차 대전 때처럼 한국전에 참전하게 되면서 애국심을 불러일으키는 노래를 부르는 분위기도 없었다."

또 다른 작가 멜린다 패쉬의 말은 한국전이 미국 사회에서 무시될 수밖에 없었던 이유를 더욱 상세하게 전해준다.

"한국전 참전 베테랑들은 2차 대전이나 베트남전 참전 베테랑들과는 달리 자신들이 치른 전쟁에 대해 침묵으로 일관했고 무덤덤하게 일상으로 되돌아왔다. 부인이나 자녀 등 가족들에게조차 말하려 들지 않았다. 2차 대전이나 베트남 전쟁처럼 분명한 승리나 패배를 가져오지 않은 전쟁에 대해 그들은 말할 만한 것들이 없었다. … 미국이 짧은 기간에 엄청난 희생과 비용(670억 달러)을 치르고 냉전의 시작을 알리는 중요한 전쟁이었음에도 불구하고…"

한마디로 전쟁에 승리했을 때나 패배했을 때는 그에 대한 대중들의 관심과 토론이 지속적이고 활발했을 터이지만, 한국전은 이도 저도 아닌 '정전'으로 머물러 버렸기 때문에 대중의 집단적인 주목을 받지 못했고, 결국 뇌리에서 잊혀진 전쟁이 되었다는 것이다.

한국전은 당시의 미국 상황에서 '성가신 전쟁'이었고, 시간이 흐르면서는 '무시당한 전쟁'이 되었다. 그러나 한국전 베테랑들은 이 같은 한국전에 대한 인식을 거부하고 있다. 직접 참전하여 목숨을 걸고 싸운 끝에 '남은 자'가 되어 이런저런 상흔을 안고 살아가는 사람들이 기억되지 않는다는 것은 인간적으로나 국가적으로나 도의를 벗어나는 일이다.

딴은, 존재론적으로 기억되지 않는다고 해서 마냥 스러지고 마는 것이 인간은 아닐 터이다. 인간은 어떤 형태로든 기억되기를 바라고, 이에 따라 스스로의 존재감을 드러내려 하는 본질적 속성이 있다. 인간이 남긴 무수한 역사적 흔적들은 바로 실존에 대한 투쟁의 결과물이라 할 수 있다. 무시당한 전쟁의 무시당한 사람들은 유대역사 기록에 나오는 '남은 자'들처럼 뭔가를 세상에 말하고자 했다.

국가와 사회로부터 잊혀지기를 강요받았던 이 베테랑들은 맥아더의 명언에 걸맞게 '사라질 뿐 죽지 않기 위해', 러셀의 용어를 빌려 말하자면 '무시당하지 않기 위해' 여러 흔적을 도처에 남겨왔다.

'기억과의 전쟁'을 벌이는 사람들

한국전 베테랑들은 다른 전쟁의 베테랑들에 비해 비교적 늦게 기억되기 시작했다. 이들이 본격적으로 기억되기 시작한 두 번의 큰 계기가 있었다. 첫 번째 계기는 한국전이 끝난 지 28년이 흐른 1985년 처음으로 미국 전역의 한국전 베테랑들의 모임인 '한국전 베테랑 협회(Korean War Veterans Association, Inc)'를 발족한 것이다. 또 다른 계기는 이보다 10년 뒤인 1995년 수도 워싱턴에 한국전 메모리얼(Korean War Memorial)을 건설한 것이다.

한국전 베테랑 윌리엄 노리스(William T. Norris)는 1985년 6월 25일 뉴욕 주 정부에 한국전 베테랑협회(Korean War Veterans Association, KWVA)를 창립·등록하는데 주도적인 역할을 했고, 한 달 후인 7월 26일 그를 포함한 40명을 창립 발기인으로 첫 모임을 했다. 1986년 1월에는 <그레이비어즈>(Graybeards)라는 공식 잡지를 발행하여 한국전 베테랑들의 소식을 내외에 알리기 시작했다.

1985년 당시 초기 멤버들이 밝힌 창립 취지에는 왜 이들이 뒤늦게서야 한국전 베테랑협회를 창립했는지 잘 드러나 있다. 이를 요약한 '미션 스테이트먼트(Mission Statement)'를 보면 한국전 참전베테랑협회의 지향점이 더욱 명확하게 드러난다. 그대로 소개하면 ▲국가방위(DEFEND our Nation), ▲베테랑 돌보기(CARE for our Veterans), ▲유산의 영구화(PERPETUATE our Legacy), ▲실종 및 사망 전우들을 기억하기(REMEMBER our Missing and Fallen), ▲메모리얼의 유지(MAINTAIN our Memorial), 그리고 ▲자유 한국 지원(SUPPORT a free Korea) 등이다.

특히 이들이 벌인 한국전 참전 베테랑 기념물 설립을 주목할 필요가 있다. 베테랑협회는 전국에 한국전 참전 기념공원이나 조형물을 설립하기 위해 각종 모금행사는 물론 지역의 연방 상하원 의원들에게 활발한 로비 활동을 벌여 연방정부 보훈청으로부터 지원을 받아냈다.

이들의 '흔적 남기기'는 전쟁 당사자인 한국민들조차 놀랄 정도로 줄기차게 전개되어 2015년 5월 현재 미 전역 41개 주에 무려 112개에 이르는 한국전 참전 기념공원 또는 기념 조형물들을 구축했다. 이 같은 수치는 미 재향군인회 사이트와 연방 보훈처 사이트 등을 검색한 결과 드러난 것이고, 2년이 흐른 현재의 집계는 업데이트되지 않아 포함되지 않은 것이다.

주별로 살펴볼 경우, 가장 많은 한국전 메모리얼 파크를 가진 주는 뉴욕주와 매사추세츠주로, 각각 11개를 기록하고 있다. 미네소타 주와 미주리주가 각각 8개, 참전 베테랑들의 은퇴지로 인기가 높은 플로리다는 6개, 펜실베이니아 5개, 캘리포니아 4개 순이었다. 이들

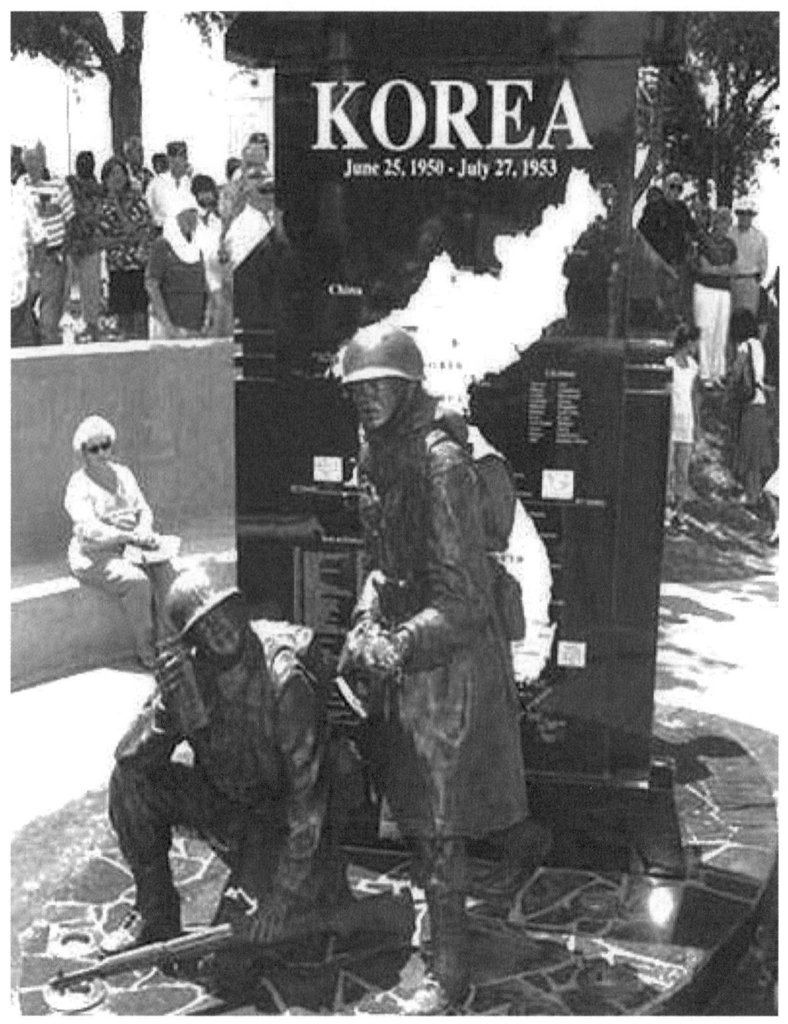

▲ 플로리다 북서부 펜사콜라 지역의 한국전 메모리얼. 미 전역에는 이같은 한국전쟁 메모리얼이 112개나 있다. ⓒ 김명곤

을 포함하여 2개 이상 가지고 있는 주는 24개 주였다.

주별로 이 같은 한국전 참전 기념공원이나 조형물들이 들어서기 시작한 것과는 별도로 1995년 수도 워싱턴에 조성된 한국전 베테랑 메모리얼(Korean War Veterans Memorial) 파크는 시간이 갈수록 방문객이 늘고 있는 것으로 알려졌다. 연방정부의 지원과 홍보 탓도 있지만, 각 주의 한국전 베테랑 지회가 벌이고 있는 방문 프로그램들이 활성화되면서 생긴 성과다.

워싱턴을 갈 때마다 가족들과 함께 메모리얼 파크를 방문한다는 플로리다 올랜도 거주 로버트 웨닝거 씨(86)는 "비옷을 입고 거닐고 있는 모습의 동상들은 바로 나를 본떠서 만든 것 같이 생생하다"면서 "온통 먼지투성이에 메마르고 헐벗은 이름 모를 산야, 혹한에 동료들이 죽어간 것을 생각하면 전쟁의 참혹함이 아프게 기억난다"고 말했다. 그는 "3년 전에는 40여 명의 참전 동료들과 함께 버스를 타고 갔는데, 이제 그 가운데 반절은 죽거나 호스피스 병동으로 옮겨 생의 마지막을 보내고 있다"며 "내년 아니면 그 다음 해에 다시 갈 수 있을지 모르겠다"고 말했다.

한국전 참전 베테랑들이 잊혀지기를 거부하며 벌이는 활동은 기념공원 조성이나 기념물 건축이라는 분명한 흔적으로 드러나게 되었지만, 각 지회가 벌이는 활동이 밑받침이 되고 있음은 말할 필요가 없다. 이들은 매년 한국전이 발발한 6월 25일과 정전일인 7월 27일은 물론, 미국 정부에서 공휴일로 정한 메모리얼 데이(5월 마지막 주 월요일), 베테랑스 데이(매년 11월 11일)에는 지역적으로 또는 전국 규모로 모인다.

그러나 이 같은 공식 모임 외에도 베테랑들은 지역 협회별 모임을 따로 갖는다. 미국은 1, 2차 대전을 비롯, 유난히 대형 전쟁을 많이 치른 나라이다 보니 각각의 참전 베테랑들 모임이 수없이 많고, 당연히 그 가운데 한국전 참전 베테랑 모임들도 존재한다. 각 지역 한국전 베테랑들은 서너 달의 혹서나 혹한 기간을 빼놓고는 매월 정기 모임을 하거나, 한국전 베테랑 옷 입기, 훈장이나 배지 달기, 모자 쓰기 등을 통해 잊혀지지 않기 위해 힘쓰고 있다.

지난 20여 년 간 <모닝 캄>(Morning Calm)이라는 잡지를 손수 발간하며 중앙 플로리다 지역의 한국전 베테랑들의 네트워크를 형성하는 데 큰 역할을 해온 러셀 씨는 어쩌다 코스코(Costco)같은 도매점에 들렀다가 '별난' 경험을 한다. 자신이 쓰고 있는 한국전 베테랑 모자를 보고 일부러 다가와서 "당신의 희생에 감사한다"는 말을 건네는 여성들이 있는데, 아마도 베테랑 가족들일 것으로 짐작한다. 그는 '존재'를 기억해 주는 사람이 있다는 것에 만족하려 애쓴다.

중앙 플로리다 한국전 베테랑 2093지부 찰스 트래버스 회장(85)과 서기인 러셀 씨는 참전 베테랑 행사 때는 물론 외출을 할 때도 한국전 훈장이나 배지, 모자를 쓰고 다닌다. 이들은 다른 회원들에게도 '공공장소에 나갈 때는 어떤 표식이라도 좋으니 한국전 참전 베테랑 표식을 하고 다니라'고 당부한다.

러셀 씨는 "베테랑 협회가 항상 내세우는 모토는 '이미지를 살아 있게 하라(Keep the Image Alive)'이며, 다른 협회들도 어떤 형태로든 이 같은 노력을 하고 있다"면서 "모두가 알다시피 이 일을 할 날이 우리에게 많이 남아 있지 않다는 것이 문제다"고 말했다.

매일 360명씩 사라져 가는 사람들

미연방 보훈처의 2010년 통계에 따르면 미 전체 생존 베테랑 2,168만 명 가운데 한국전 베테랑은 250만 7,000명에 이른다. 1957년 7월

AMERICA'S FORGOTTEN VICTORY!
KOREAN WAR
VETERANS ASSOCIATION
THE GRAYBEARDS VOL. 8 NO. 3 JUNE. 1994

▲ 전미 한국전참전베테랑협회(U.S. KWVA)가 발행하는 잡지 <그레이비어즈>(Graybeards) 6권 표지 사진. 베테랑협회는 이 사진을 로고처럼 사용하고 있다. ⓒKWVA ⓒ 김명곤

정전으로 전쟁이 막을 내린 후 한국전 참전 베테랑이 572만 명이었던 것과 비교하면 60년이 흐르는 동안 반수 이상이 사망한 것이다.

2013년 CNN이 집계한 바에 따르면 한국전 생존 베테랑 수는 200만 명으로, 3년 동안 50만 명 이상이 사망한 것으로 되어 있다. <미주 한국일보>가 연방 센서스국의 아메리칸 지역사회 조사자료를 근거로 분석한 자료는 이와 다소 차이가 있다. 2010년 생존 베테랑 216만 8,600명에서 2013년에는 178만 1,000명으로 집계되었다. 38만 7,600여 명이 자연사 또는 질병으로 사망한 것이다.

미연방 통계청이나 보훈처 또는 한국전 베테랑협회(KWVA)도 정확한 통계치를 갖고 있지 않아, 일단 안전하게 <미주 한국일보>가 조사한 낮은 사망자 수치로만 계산한다 하더라도 한국전 베테랑은 3년 동안 매년 13만 명이 사망했다는 계산이 나온다. 월 1만 800명, 하루 360여 명이 사망한 셈이다.

2013년 당시보다 고령자가 더 많아진 현재는 기하급수적으로 많은 수의 베테랑이 사망하고 있음은 불문가지다. 2017년 9월 현재의 생존 한국전 베테랑 수를 단순 추정해 보면 아무리 높게 잡아도

126만 명 정도가 된다. 미국에서 한국전쟁유업재단(Korean War Legacy Foundation)을 이끌고 있는 시라큐스 대학 한종우 교수는 생존 베테랑 수를 이보다 훨씬 적은 50~60만 명 정도로 잡고 있다. 이 추세대로라면 10년 후쯤에는 전국적으로 불과 수천 명 또는 수백 명 정도의 베테랑이 남게 될 것이다.

기자가 거주하고 있는 플로리다만 하더라도 5, 6년 전과 비교해 매년 벌어지고 있는 한국전 행사가 갈수록 썰렁해 지고 있는 모습이 쉽게 눈에 들어온다. 2010년에 열린 한국전 기념행사에는 참전 베테랑 70명과 가족을 포함하여 150여 명이 몰렸으나 올해 한국전 행사에는 참석자가 30명을 채 넘지 않았다.

중앙 플로리다 지역 참전 베테랑 협회 서기인 빌 러셀은 "올해에만 8월까지 500명이 사망했다. 나 자신은 물론 10년이 지나면 몇 명이나 남을지, 베테랑 협회가 존재하게 될지 아무도 모른다"고 말했다. 그는 "매월 정기 모임에 150명 정도가 모여 북적였던 때도 있었다"며 "현재는 임원 3, 4명과 일반 회원 6, 7명 모두 합하여 참석자가 10명을 넘지 않는다"며 씁쓸한 웃음을 지었다. 건강이 안 좋아서 운전조차 할 수 없는 동료들이 갈수록 늘고 있는 것이 슬프고 안타깝다고 했다.

올랜도 한국전 참전 베테랑들은 1월부터 5월까지 월 모임을 갖고 6~8월은 쉬고 9월에 다시 모임을 재개한다. 하지만 임원들 모임은 한 달도 거르지 않는다. 러셀은 잡지 <모닝 캄>(Morning Calm) 발간을 통해 회원들에게 협회 소식을 알리기에 힘쓰고 있다. 매월 잡지를 내서 우선 이메일로 보내지만 읽는 사람들이 얼마나 있는지도 모른다. 그들 가운데는 컴퓨터에 익숙하지 않은 사람들이 있어서 일반 메일로 보내기도 한다.

'무시당한 전쟁'에서 잊혀진 존재가 되지 않기 위해 애쓰는 사람들이 아직은 100만 명 이상이 남아 있지만, 언젠가는 단 한 사람도 남지 않는 때가 오고야 말 것이다. 하지만 이들은 사라질지언정 잊혀지지 않기 위해 죽는 날까지 '남은 자' 역할을 하려고 들 것이다. 자의든 타의든 지킬만하며 전수할 만하다고 여겨진 '가치'를 위해 하나밖에 없는 목숨을 내어놓은 사람들이기 때문이다. 그 가치는 '국가에 대한 충성'일 수도 있고, 흔히 말하는 '자유의 수호'일 수도 있겠다.

전미 한국전 베테랑협회 토마스 스티븐스 회장(84)의 쓴소리에는 한국전 베테랑들이 잊혀진 전쟁의 잊혀진 존재들로 살면서 받은 섭섭함이 짙게 묻어 있다.

"한국전 베테랑들이 고향으로 돌아왔을 때 큰 선물도 환영 팡파르도 없었다. 우리들이 어디에서 무슨 일을 하고 왔는지 묻는 사람도 없었다. 일반인들은 우리가 한 일에 대해 듣고 싶어하지 않았다. 한편으로 한국도 전후 복구에 바빠서 자신들을 공산주의로부터 구하기 위해 희생한 베테랑들을 인지하지 못하고 있었다."

수십 년 간 무시당한 전쟁에서 잊혀져 살아온 한국전 베테랑들은 몸과 마음의 상흔을 간직한 채 살아가는 사람들이다. 누가 이 사람들을 모른다고 할 것인가.

(2017. 10. 22)

트럼프에게 보내는 한국전 종군기자의 충고

['잊혀진 전쟁'의 사라져가는 사람들 3]

"당신은 전쟁에 관심이 없을 수도 있지만, 전쟁은 당신에게 관심이 있다."

볼셰비키 혁명가이자 마르크스주의 이론가 레프 트로츠키의 전쟁에 대한 명언이다.

앞선 편에서 언급했듯이 2차 대전이 막을 내린 지 5년여가 된 1950년 6월 25일에 발발한 한국전은 당시의 미국 젊은이들에겐 내키지 않은 전쟁이었다. 막 시작된 자본주의 진영과 공산주의 진영 간의 냉전의 개념도 의미도 몰랐다. 그러던 차에 그들은 주둔지 일본을 비롯한 해외 군사기지에서, 그리고 본국에서 급파되어 한국전을 치렀다.

듣지도 보지도 알지도 못했던 한국이란 나라에서 3년여간 치른 전쟁은 참전 베테랑들에게 육체적인 상처뿐 아니라 정신적인 상흔을 남겼다. 미국 사회는 이들의 희생을 알아주려 들지 않았지만, 이들은 아랑곳하지 않고 애써 자신들의 존재감을 확인하려 들었다.

이들은 전쟁 관련 국가기념일에 참석하고 줄기차게 정기 비정기 모임을 가져왔고, 미 전역 100여 곳 이상의 도시에 한국전 메모리얼을 건설했다. 이 같은 결실에는 늘 헌신적으로 몸을 던져 봉사한 개인들이 있기 마련이다.

기자가 알고 있는 한국전 베테랑들 가운데 플로리다 올랜도 거주 빌 러셀(80대 후반)은 한국전이 끝난 이후 이 같은 노력을 개인적으로 또는 조직적으로 주도해온 사람들 가운데 하나다. 1951년 6월부터 1953년 3월까지 한국전에 참전한 그는 가장 치열한 전투 가운데 하나였던 백마고지 전투를 직접 취재하여 미국과 전 세계에 타전한 종군기자 출신이다.

대학에서 저널리즘을 전공한 러셀은 한국전 이후 워싱턴에서 30년 동안 사회문제 영역에서 저술 활동을 하는 한편, 한국전과 인도차이나 전쟁 등과 관련한 여러 권의 소설을 냈다. 그가 열흘간의 백마고지 전투를 소재로 쓴 소설 <스테일메이트와 스탠드오프>(Stalmate & Standoff, 교착과 대치, 1993)와 <페이스 오브 에니미>(Face of the Enemy, 적의 얼굴, 2002)는 한국전 베테랑은 물론 한국전에 관심이 있는 사람들에게 널리 읽힌 책이다.

그는 중앙 플로리다 지역 챕터173 한국전 베테랑협회에서 10여 년간 <모닝 캄>(Morning Calm)이라는 월간지를 펴내면서 '한국전 알리기(keep-it-alive)' 운동과 더불어 한국전 베테랑들 간의 네트워크를 구축하는 일에 헌신해 왔다.

지난 8월과 9월 두 차례에 걸친 인터뷰를 통해 그가 겪은 한국전의 의미와 가치, 그리고 '잊혀진 전쟁'으로서의 한국전에 참전한 미군 베테랑들의 전후 삶의 일단을 엿보기로 했다.

레셀의 말을 빌리면, 한국전은 '잊으려야 잊을 수 없는' 일생일대의 경험이었고, 그는 이 잊을 수 없는 전쟁을 미국 사회가 잊지 않도록 오늘도 기억 투쟁을 계속하고 있다. 그의 한국전쟁에 대한 기억의 편린 속에는 당시 참전 군인으로서의 한국전에 대한 생각, 국제정세, 전쟁의 상흔, 아쉬움 등이 들어있다. 그는 현재의 어려운 한반도 상황에 대한 고언도 아끼지 않았다.

러셀에게 한국전 참전은 누가 뭐래도 의롭고 정당한 것이었고, 그래서 더더욱 '무시당한 전쟁(ignored war)'이 되어서는 안 된다. 짧은 만큼 격렬했던 전쟁, 그래서 상흔도 컸던 전쟁, 좀 더 일찍 끝낼 수 있었던 아쉬움이 남는 전쟁, 하지만 다시 일어나서는 안 되는 전쟁에 대한 그의 목소리를 들어 본다.

아래는 인터뷰를 요약 정리한 것이다.

"한국전은 결코 잊을 수 없는 전쟁"

한국전에 막 참가했을 당시 당신은 한국전에 대해 무슨 생각을 했었나.

"내가 한국땅에 처음 발을 디딘 것은 1950년 8월이었다. 막 개성에서 휴전 회담을 진행중인 때였다. 사실상 대부분의 참전 미군들은 '한국이라는 나라에서 전쟁이 발발했다'는 정도 외에 한국의 상황을 잘 모르고 있었다. 나도 나중에 한국에 배치되고 나서야 사태의 심각성을 알게 되었다."

당신에게, 또는 인간에게 전쟁이란 무엇인가.

"매우 어려운 질문이다. 전쟁이란 나라 간에 존재하는 어떤 이슈가 오로지 전쟁에 의해서만 해결될 수밖에 없다고 판단될 때 발생한다고 생각한다. 당시 한반도는 이승만과 김일성이라는 각각의 통치자들의 신념에 따른 통일을 위해 피차간 투쟁을 벌이고 있었다.

참전 군인에게 전쟁이란 무엇인가. 오로지 살아남기 위해, 다음날 무슨 일이 일어날지 알지 못하는 상황에서 심신을 있는 대로 소진해야만 하는 경험이다. 종종 한국의 기자들이 '당신은 무엇을 위해 싸웠는가?'라고 묻곤 한다. 그 같은 '어리석은 질문'에 '무사히 집으로 돌아가기 위해 충분한 대체병력이 올 때까지 견뎌내는 것'이라는 대답을 할 수 있겠지."

▲ 지난 6월 25일 올랜도베테랑스클럽에서 포즈를 취한 한국전 종군기자 출신 윌리암 빌 러셀(William Bill Russel). 자신의 나이를 80대 후반이라고만 밝힌 그는 지난 10년 이상 동안 <모닝 캄(Morning Calm)>이라는 잡지의 편집인으로 일하면서 한국전 알리기 와 한국전 베테랑들의 네트워크 구축에 힘쓰고 있다. ⓒ 김명곤

한국전에서 귀환한 후 한국전과 관련하여 당신의 일상에 어떤 변화가 있었나.

"전쟁으로부터 귀환한 후 한국전에 대해 많은 생각을 하게 되었다. 그것은 결코 잊을 수 없는, 혹은 잊고 싶지 않은 경험이었다. 나는 한국전에 대해 여러 권의 책을 썼다. 베테랑협회의 멤버로서 한국전의 이미지(기억)를 살려내기 위해 무던히 애를 썼다. 한국전이 '잊혀진 전쟁'이 되었다고 믿었기 때문이다. 한국전은 2차 대전과 베트남전에 끼인 전쟁이다. 보통의 미국민들은 한국전에 대해 거의 알지 못한다. (반전 운동으로) 적대적인 분위기에서 귀환하여 관심을 크게 끌었던 베트남전의 베테랑들과는 달리, 한국전 베테랑들은 무관심하기 짝이 없는 분위기 속에서 돌아왔다."

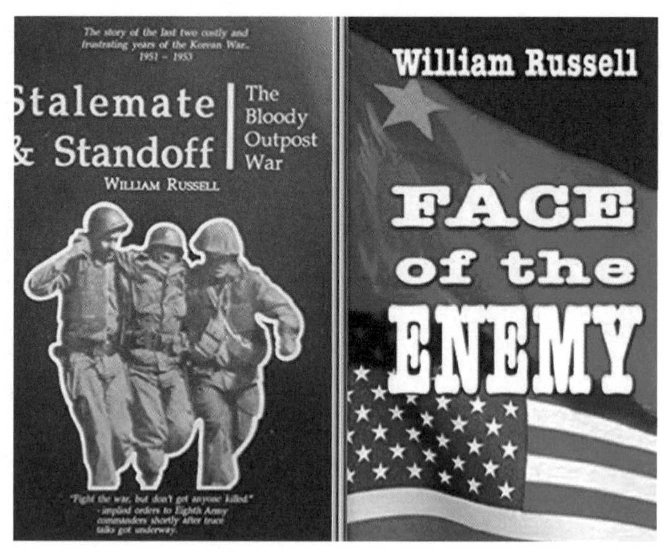

▲ 러셀이 한국전 경험담을 중심으로 쓴 소설들. <스테일메이트와 스탠드오프(Stalmate & Standoff, 교착과 대치, 1993)>와 <페이스 오브 에니미(Face of the Enemy, 적의 얼굴, 2002) ⓒWilliam Russell ⓒ 김명곤

한국전은 본래 국제전이 아닌 '내전' 성격의 전쟁이었다. 그런데 미국, 소련, 중국 등 강대국들이 한국전에 개입했다. 대부분의 참전 군인들은 공산 진영과 자본주의 진영 간의 대결를 특징으로 하는 '냉전(Cold War)'의 의미에 대해 잘 알지 못 한 채 국전에 참전한 게 아닌가.

"미국은 (미국의 이익에 따라) 한국을 방어하려 했고, 소련은 극동 지역을 비롯한 아시아에 공산주의의 확장에 관심을 두고 중국을 지지했다. 하지만 당시 대다수의 미군들은 냉전의 개념도 의미도 알지 못하고 있었던 것이 사실이다. 당시 우리들의 상당수는 공산주의가 무엇인지 알지도 못하고 참전했었다. 고위 군 정보기관에서 일하고 있었던 나는 냉전 이슈에 대해 어느 정도 알고 있었다."

'전쟁'에 대한 다른 관점에 대해 당신의 생각은? 가령 (<한국전쟁의

기원>을 쓴)부르스 커밍스나 (<불복종의 이유> 등을 쓴) 하워드 진(작고) 같은 반전운동가들은 미국이 모든 국제분쟁에 사사건건 개입하는 것에 대해 비판해 왔다.

"나는 그들이 전쟁을 반대해 왔다는 것 외에 구체적으로 그들의 주장을 알지는 못한다. 그러나 2차대전과 한국전을 비롯한 여타 전쟁들에 미국이 개입한 것은 자유를 수호하기 위한 필연적인 것이었다고 생각한다."

"냉전이 뭔지도 몰랐다… 하지만 참전은 바른 결정"

한국전에 대해 아쉬움이 있다면?

"앞서 밝혔듯이 나는 한국전(참전)은 극동에서 공산주의의 확장을 저지하려 했고 한 나라를 구하려던 바른 결정이었다고 생각한다, 그러나 (전쟁의) 지휘, 즉 고위 지휘 레벨에서 문제가 있었다고 본다.

유엔은 당초 전쟁 개시 3개월이 지난 시점인 1950년 10월에 전쟁을 중단시키려 했는데, 잘 되었으면 그때 전쟁이 끝났을지도 모른다. 당시 북한군은 궤멸 수준이었다. 그 시점에서 중국은 38선을 넘으면 참전할 것이란 경고를 했다. 그러나 맥아더 장군은 전쟁의 지속을 원했고 한국의 이승만 대통령도 그를 부추겼다. 압록강변까지 올라간 덕분에 중공군의 참전을 불러왔다. 결국, 새로운 국면의 전쟁이 2년 반 동안이나 지속된 것이다."

정말 많은 미군들(5만 4천여 명)이 한국전에서 죽었고 부상자들도 매우 많았다. 전쟁의 가장 큰 후유증은 무엇이라고 생각하는가. 한국전 베테랑들이 육체적으로 정신적으로 큰 고초를 겪고 있으리라 짐작된다.

"물론이다. 이라크전 아프간전 베트남전에서 사상자들을 많이 냈고, 참전 베테랑들의 자살률이 다른 전쟁들에 비해 높다. 한번 배치되고 나서 다시 배치되는 일이 다반사였고, 게다가 대로변에서 느닷없이 터지는 폭탄 등 '보이지 않는 적들'과 대치해야만 했던 상황에서 많은 전상자를 낼 수밖에 없었다.

하지만 한국전에서 우리는 (다행히) 적들이 어디 있고 언제 공격해올지 어느 정도 알고 있었다. 한국전은 이제까지의 전쟁들 가운데 공수 전환이 가장 빠른 전쟁이었다. 전쟁 발발 후 서울은 무려 네 차례나 점령군이 바뀌었을 정도다. 전쟁의 첫 2년은 누가 고지를 선점하느냐에 승패가 갈렸다. 전쟁 막바지 2년여 동안에 훨씬 전상자가 많았다.

한국전 베테랑들의 자살률은 다른 전쟁에 비해 크지 않다고 본다. 그들은 조용히 고향으로 돌아왔고 전쟁에 대해 거의 침묵으로 일관했지만, 한국전에서 피아간 포격에서 겪은 경험은 무시무시했다. 사실상 한국전은 2차 대전보다 짧은 기간에 더욱 격렬하게, 더 자주 전투를 벌인 전쟁이었다.

이 때문에 후유증이 컸는데, 쉽게 외과적으로 진단되지 않는 전후외상성스트레스증후군(PTSD)이 바로 그것이다. 번개가 치는 날이면 재빨리 테이블 밑으로 피해 들어가는 증상을 보이는 베테랑들이 아직도 많다.

한국전 베테랑들은 육체적인 고통으로 여전히 고생하고 있다. 전투 중 팔다리가 잘린 많은 베테랑들이 야전병원에서 조기 치료를 받은 덕분에 목숨을 건지긴 했지만, 일반인들은 이들이 의족과 의수를 끼고 산다는 것을 잘 알지 못하고 있다."

미국에서 한국전 베테랑들을 치료하는 기관들이 얼마나 있는가?

"내가 알고 있는 한 한국전 베테랑만을 위한 치료기관은 따로 없다. 모든 베테랑들은 연방정부 베테랑국이 제공하는 의료시설을 통해 치료를 받고 있다. 현재는 대부분 이라크전과 아프간전 베테랑들이 주로 시설들을 이용하고 있다.”

한국전 종군 기자로 특히 기억에 남는 것이 있다면?

“당시 전투에서 전투병 못지않게 정말 용감한 사람들이 있었는데, 그들은 의무병들이었다. 그들은 부상자들을 구하기 위해 자신들을 노출하며 목숨을 내걸고 활약한 사람들이다. (종군 기자로서) 내 개인적인 생각이지만, 의무병 배지를 단 군인들은 ‘용감한 사람들 가운데 가장 용감한 사람들(bravest of the brave)’이며, 높이 존경받아야 마땅한 사람들이다.”

당신이 전에 묘사한 것처럼 한국전과 한국전 베테랑들은 ‘무시당해(ignored)’ 왔다. 미국 정부와 한국 정부를 향해 불만은 없나?

“천만에. 미국 정부 또는 한국 정부에 대해 어떤 불만도 갖고 있지 않다. 사실상 한국인들은 자신들의 자유를 위해 싸운 사람들을 위해 무한한 찬사를 해 왔다. 정말

THE MORNING CALM

MAY 2015 Vol. 18 – Chapter 173 Mid-FL Korea War Veterans Association (KWVA)

Armed Forces Day May 16

© Patrick J. Hughes

TWENTY YEARS AGO THIS SUMMER.

The Korean War Veterans Memorial on the Mall in Washington, D.C. was dedicated on July 27, 1995. At the dedication were President Bill Clinton and South Korean President Kim Young Sam. It was the culmination of many years of planning and fund-raising. The Korean War Veterans Memorial was confirmed by

▲ 윌리암 러셀이 편집인으로 일하며 발간하고 있는 월간지 <모닝 캄(Morning Calm)> 2015년 5월호 특집판. 지난 1995년 김영삼 전 대통령이 미국을 방문했을 당시 워싱턴 한국전 메모리얼 기념 축사를 했던 당시를 회상하는 기사가 실렸다. ⓒ 김명곤

고무적인 일이다. 한국전 기념일은 물론이고 휴전 기념일 등 많은 행사가 열리고 있는 것을 보라. 미국 정부는 수도 워싱턴에 (1995년) 멋진 한국전 메모리얼 파크를 설립하는데 법적 물질적 지원을 아끼지 않는 등 한국전 베테랑들을 기리기 위해 애를 써왔다. 나도 그것을 위해 조금이나마 역할을 한 것을 자랑스레 생각하고 있다."

"끓는 냄비 휘저을 필요 있나?" 한반도 상공 군사훈련 중단해야

현재의 한반도 상황을 어떻게 보고 있나.

"정말 위기상황이라 생각한다. 북한 지도자는 무모한 독재자라고 본다. 그는 어떤 일을 벌일 수 있는 인물이라고 보지만, 직접적인 공격까지는 가지 않을 것이다. 그는 우리의 전력이 얼마나 강한지를 알아야 한다. 만약 그가 미국이나 한국이나 일본과 같은 미국의 동맹국들을 공격한다면, 일시에 패망할 것이다. 하지만 나는 한반도에서 전쟁이 일어나는 것을 원치 않는다."

미국과 북한 간의 관계가 꼬일 대로 꼬여 악화일로로 치닫고 있는데, 해결책은 없을까?

"현시점에서 어떤 해결책이 있을지 모르겠다. 미국은 군사분계선(DMZ)이나 해상, 북한 상공에 인접한 군사훈련을 중단해야 한다. 도발적인 행동(provocative act)을 취해서는 안 된다. 우리의 선택은 공격적인 것이 아니라 방어적이어야 한다고 생각한다. 기다렸다가 공격해 온다면 그때 행동을 취하면 된다. 김정은이 우리를 공격할 어떤 빌미도 주지 않아야 한다. 트럼프는 어떤 이유에서든 공격적인 말을 해서는 안 된다. 끓고 있는 냄비를 휘저을 필요는 없다고 본다."

(17.11.05)

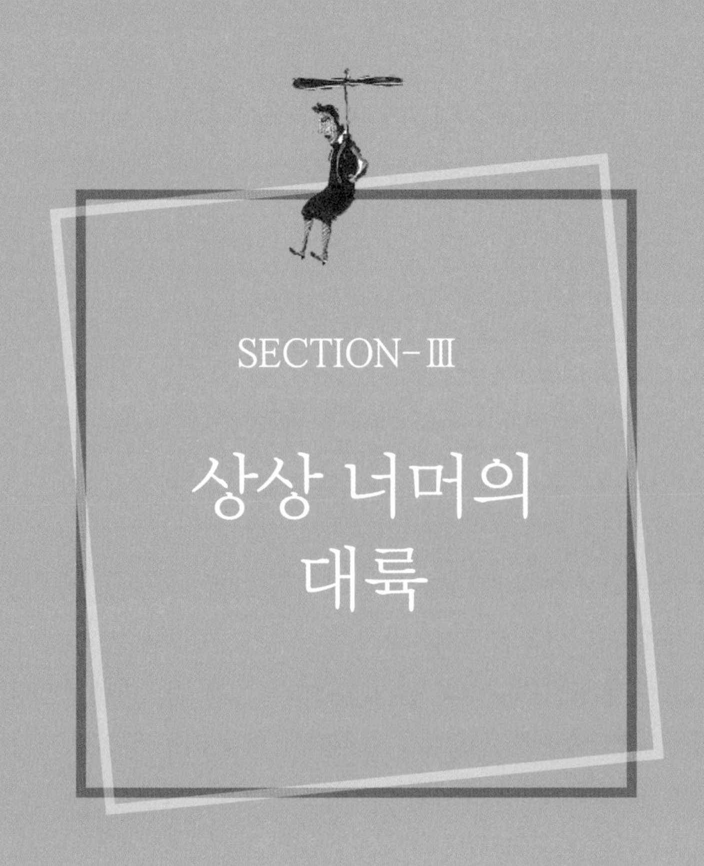

SECTION-Ⅲ

상상 너머의 대륙

"우리에게 다가온 충격은 우리를 창조하신 그분에게는
충격으로 다가오지 않는다""
(리자 벤린)

우리 옆집에 성범죄 전과자 살아요

가혹한 미성년자 대상 성범죄 처벌… 이어지는 논란들

유엔 등 국제기관에서조차 종종 심각한 의제로 떠오를 정도로 미성년자에 대한 성폭행 문제는 어느덧 우주적 문제거리가 되었다.

최근 미국 플로리다주와 캘리포니아주 등에서는 미성년자의 성폭행에 대한 '예방법'을 토대로 실제적 효과를 거두기 위한 보다 적극적인 행정적 조치에 들어갔다.

플로리다주 의회는 지난 1996년 7월 1일 개인과 자녀의 안전을 위해 플로리다주 거주자들이 자신의 집 주변에 성범죄자가 거주하는지를 확인할 수 있는 권리를 부여하는 소위 <메간법>(Megan's Law)을 통과시켰다.

이 <메간법>은 1994년 뉴저지에서 메건 니콜 캔카(Megan Nicole Kanka)라는 7세 소녀가 이웃집 남자에게 강간 살해된 것을 계기로 1996년 무렵 미국의 모든 주에서 제정한 것이다. 이 법은 부모와 아동 양육자들이 유죄판결을 받은 성범죄자로부터 좀더 적극적으로 자신과 아이들을 보호할 수 있도록 하기 위해 마련된 것이다.

그런데 이 법을 근거로 해서 플로리다주 정부는 성범죄 전과자가 이웃에 살고 있는지를 주민들이 직접 알아볼 수 있도록 하는 웹사이트를 마련해 놓았다. 과거에는 직접 관할 경찰서를 찾아가거나 전화 등을 통해 성범죄자의 신상을 파악했던 것에 비해 훨씬 진일보 시킨 방법이다.

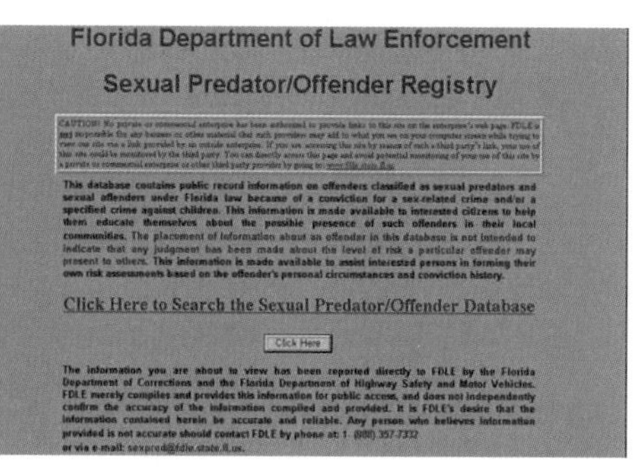

▲ 플로리다주 법무부 웹사이트의 성범죄자 리스트 관련 페이지 ©2004 FDLE

플로리다주 법무부 웹사이트(www.fdle.state.fl.us)의 성범죄자 리스트 관련 페이지(Sexual Predators/Offender)에 클릭해 들어가 자신의 거주지역 우편번호, 주소, 카운티 이름 등을 입력하면 성범죄 전과자가 자신의 거주지에 살고 있는지를 한 눈에 알아볼 수 있게 한 것이다.

이 페이지에는 성범죄자를 단순 성범죄자(Sexual Offender)와 상습 성범죄자(Sexual Predator)로 표기해 두고 있으며, 성범죄자의 사진, 주소 등 개인 신상이 상세히 드러나 있다.

성범죄자 인터넷 공개는 '현대판 주홍글씨'

최근 캘리포니아에서도 일반 주민들이 14세 미만의 아동을 대상으로 한 성범죄자의 신상을 파악할 수 있게 한 메간법에 의거해서 플로리다주와 유사한 인터넷 서비스를 개시했다.

캘리포니아주 검찰에 의해 시작된 이 인터넷 서비스는 메간법으로 리스트에 오른 6만 3천명의 성범죄자를 범죄의 경중에 따라 사진과 함께 거주지 주소 등 신상을 자세히 공개하고 있다.

특히 캘리포니아는 이들 성범죄자가 이사를 하면서 사법당국에 거주 이전 통보를 하지 않았을 경우, 별표로 따로 표시를 해 두어 경계 대상으로 삼아 더욱 적극적으로 자녀를 보호토록 해 두고 있다.

일각에서 '현대판 주홍글씨'라 불려지고 있는 이같은 성범죄자 인터넷 리스트 페이지는 현재 개인의 프라이버시 침해냐, 공공의 이익이냐를 놓고 논란이 일고 있다.

캘리포니아주 검찰 당국은 이같은 논란에 대해 "3,500만 명의 주민들을 안전하게 보호하기 위해서는 8만명에 이르는 경찰력으로는 어림없는 일"이라며 "이 인터넷 서비스 시스템은 공원이나 학교 근처 등 공공장소에서 발생하는 성범죄 등을 예방하기 위한 최적 시스템이다"라고 공공의 이익을 위해 어쩔 수 없다는 반응을 보이고 있다.

캘리포니아가 이같은 인터넷 서비스 시스템을 강력하게 밀어붙이는 이유는, 이미 플로리다 지역에서 유사한 서비스가 성공적으로 실시되고 있는데 힘을 얻었기 때문으로 풀이된다. 그렇다면, 이같은 성범죄자 리스트 인터넷 서비스와 관련해 플로리다에서 무슨 일이 벌어졌던 것일까.

"성범죄 전과자 옆집에 살고 있음" 팻말 논란

지난 3월 어느 날 플로리다에서 보수적인 전통을 지니고 있는 나이 많은 백인 부유층 동네인 윈터파크시에 구켄버거라는 이름을 가진 성범죄 전과자가 이주해 왔다. 그러자 윈터파크시 경찰당국은 플로리다주 법에 의해 이미 인터넷에 오른 그의 범죄 경력과 신상을 그의 집 반경 반 마일 이내에 있는 주택 소유주들에게 통보했다.

이 소식을 들은 주민들은 불안에 휩싸이게 되었고, 자녀들의 등하교 길을 지키는 것은 물론 집밖 놀이터나 공원에 내보내지 않게 되었다. 불안에 떨던 주민들은 급기야 수차례의 회합을 갖고 그를 다시 이사하게 할 아이디어를 짜내기 시작했다.

그러던 어느날 아침, 그 성범죄자의 옆집 잔디밭에는 팻말이 세워지게 되었는데, 그 팻말 위에는 “성범죄 전과자 옆집에 살고 있음”이라고 쓰여 있었다. 동네 주민들은 팻말을 세워 놓은 것 외에도 시 경찰국장, 시장을 만나 특별 ‘감시’와 순찰을 요청했으며, 심지어는 그가 일하고 있는 회사에까지 그의 기록이 담긴 전단을 우송했다.

이 사실을 알고 인터뷰를 요청한 기자들에게 주민들은 “현재 부인과 함께 살고 있는 그의 집이 있는 골목 부근에만 12명의 아이들이 살고 있다”면서 “그는 우리 아이들에게 매우 위험한 존재이므로 하루빨리 이 동네에서 사라지길 원한다”고 한 목소리로 말했다.

주민들은 1996년 자신들이 살고 있는 지역에 이사왔던 한 성범죄 전과자가 결국 2년 후 다시 성범죄를 저지르고 만 케이스를 들어 “이 같은 일이 우리 거주지역에서 발생하기를 기다릴 수 없다”는 주장을 펴면서 “팻말을 세운 것은 표현의 자유에 해당하므로 법에 저촉되지 않는다”고 주장했다.

'We want him gone'

Outraged neighbors mobilized when they found out a sexual predator had moved into their Winter Park cul-de-sac. Now they're trying to figure out how to get him to leave.

▲ 사진은 ‘우리는 그가 사라지기를 원한다’라는 헤드라인으로 보도한 <올랜도 센티널> 4월 2일자 7면. 좌측 아래는 ‘상습 성범죄자 이웃에 살고 있음’이라고 쓰여진 문제의 팻말. ⓒ 김명곤

이에 더하여 주민들

은 성범죄 전과자가 학교나 유치원 및 놀이터에서 1천 피트(약 300m) 안에 기거할 수 없도록 하는 법이 제정되기를 바라고 있다면서 이를 위해 주 정부에 서신을 보내기로 했다고 밝히기도 했다.

한마디로 이들의 주장은 미성년자에 대한 성범죄자에 대해서는 프라이버시가 지켜질 필요가 없으며 주거제한까지 법제화해야 한다는 것이다.

"성범죄자, '카인의 표지' 때문에 죽음당할 수도"

이에 대해 지역 시민단체는 강력하게 항의하고 나섰다. 중앙플로리다시민자유연맹(Central Florida American Civil Liberties Union)의 앨런 루닌 전 의장은 <올랜도 센티널> 인터뷰에서 윈터파크 사건을 1692년의 '살렘 마녀 재판' 사건과 견주며 "주 정부 헌법이 개인 프라이버시를 침해하면서까지 표현의 자유를 허용할 수 있는가?"라며 맹렬한 기세로 항의하고 나선 것.

루닌 의장은 "윈터파크 사건이 꼭 법정에서 해결되기를 바란다. 그렇지 않으면 카인의 표지를 이마에 달고 있는 이들이 죽음을 당할 수도 있을 것이다"라며 이 법의 인권침해 소지에 대해 깊은 우려를 표시했다.

루닌 의장과 더불어 이 법에 반대하는 측들은 성범죄자의 신상을 만인이 쉽게 접촉할 수 있는 인터넷에까지 공개한 것도 잘못이고, 이같은 주민들의 행위 또한 프라이버시 침해라며 연방법원과 윈터파크시 시장에게 항의 서한을 보냈다.

그러나 연방법원은 이들에게 성범죄 전과자의 인터넷 공개에 대한 주정부의 권리가 정당하다는 답신을 보냈다. 윈터파크시 시장도 구켄버거의 이웃집 잔디밭에 세워져 있는 팻말에 대해서도 법에 저촉되지 않는다며 주민들의 손을 들어주었다.

물론 인권 단체들은 이같은 초반 패배에도 불구하고 법적 대응도 불사하겠다는 결의를 다지고 있다.

이들은 예방조치에 따른 주 정부의 인터넷 서비스나 주민들의 행태가 범법자에 대한 '행정력을 바탕으로한 집단적인 린치'라고 주장하고 있다. 아무리 흉악범죄자라 하더라도 이미 처벌받은 사람에 대한 프라이버시 침해, 거주 이전의 자유 침해 등은 지나친 가중처벌이어서 이들이 '멍에'를 벗고 새사람이 될 기회조차 차단하고 있다는 것이다.

언론은 주 정부들의 이같은 '서비스'에 대해 자신들의 책무를 일반 대중의 즉흥적 감성에 호소해 해결하려는 일종의 직무유기적 무능에서 나온 발상이라고 비판하고 있다.

그러나 법 집행기관과 주민들은 아동 성범죄 발생이 꾸준히 증가하고 있고 재범 가능성이 높은 것을 들어 인터넷 사이트를 통한 정보공개보다도 더 적극적인 방법이 필요하다는 목소리를 내놓고 있는 상황이어서 당분간 양측간에 접점을 찾기는 쉽지 않을 전망이다.

분명한 것은 성범죄 전과자의 인권도 보호받을 가치가 있다는 외침이 모기소리 만큼도 힘을 발휘할 수 없을 정도로 미국에서 아동을 대상으로 한 성범죄는 줄어들지 않고 있으며 전과자에 대한 처벌의 강도는 갈수록 높아만 간다는 것이다.

(2004. 12. 28)

교통사고 중상 딸 5주간 간호하고 보니 딸 친구

뒤 늦게 딸 사망 사실 안 부모 '충격'… 슬픔을 신앙으로 극복

인디애나주에서 발생한 한 교통사고에서 가까스로 생존한 이가 사망한 이와 신원이 바뀌어 사망한 이의 가족에게서 5주 동안이나 치료를 받아왔던 어처구니없는 일이 발생했다. 이 사건은 사고 희생자인 두 사람이 너무 닮아서 발생한 결과였다.

결국 이 사실이 밝혀진 후 두 사람의 가족과 친구들 사이에서는 기쁨과 상심이 교차했으나, 양쪽 가족 모두 신앙으로 서로를 격려하고 위로하는 사이로 발전해 가고 있어 감동적인 뉴스를 만들어 내고 있다. 교통사고 신원 확인을 담당했던 검시관은 능력부족을 이유로 검시관직을 그만두기로 했다.

너무 닮은 두 학생… 사고현장에서부터 대 혼선

이 사건은 지난 4월 말에 시작되었다. 이 날 인디애나주 기독교 학교인 테일러 대학 재학생인 휘트니 세락(19)과 로라 반린(22)이 타고

있던 밴이 트레일러차와 충돌해 5 명이 사망했다. 사고 직후 휘트니의 가족들은 휘트니 세락이 사망했다고 전해 들었으며 로라의 가족들은 로라가 혼수상태에 빠져 있기는 하지만 생존했다는 연락을 받았다.

Anguish follows tragic case of mistaken identity

Updated 6/2/2006 3:12 PM ET

E-mail | Save | Print | Reprints & Permissions | Subscribe to stories like this RSS

Whitney E. Cerak

Laura VanRyn

Enlarge Taylor University via AP

The similar looks of Whitney Cerak, left, and Laura VanRyn led to a case of mistaken identity.

By Emily Bazar and Rick Hampson, USA TODAY

Whitney Cerak and Laura VanRyn looked remarkably alike. But so much alike that a coroner investigating a traffic accident could confuse one, who died, with the other, who lived? That Laura's family could tend the injured Whitney for five weeks before realizing that she was not their daughter?

"It's just so unbelievable," Whitney's grandfather Emil Frank said of a case of mistaken identities that left one family and one hometown exultant; another family and another town crushed; and a shaken coroner concluding that he's not cut out for the job.

"We're so elated," said Joe Duff, manager of Whitney's hometown of Gaylord, Mich., upon learning that Whitney, and not her fellow college student Laura, had survived a highway wreck. "But the community's kind of torn because there's another community and another family that's going through exactly the kind of terrible loss that we went through."

Laura's hometown of Caledonia, Mich., was shocked, said high school Principal Ellen Zack: "It's like, 'How can this happen?'... This is a story with so much joy and sorrow." On Sunday, Laura's friends and relatives will gather in Kentwood, a Grand Rapids suburb, for a memorial service.

ON DEADLINE: VanRyn family gives permission to exhume the body

It began April 26, when the two college students were

'WE HAVE SOME HARD NEWS TO SHARE WITH YOU TODAY'

LAURA VANRYN

▲ 이번 사건을 보도한 <유에스에이 투데이> 2일자. 로라 벤린과 휘트니 세락의 사진이 함께 실려 있다. © 김명곤

휘트니의 고향 미시간주 게일로드에서는 1,400명이 운집한 가운데 휘트니의 장례식을 성대하게 치렀고 묘비에 비석까지 세우게 되었다. 이에 반해 로라의 가족들은 부상당한 환자를 5주간이나 간호했다. 한 달이 지난 후 로라의 가족들은 그들이 그동안 간호해 왔던 환자가 딸이 아니라 휘트니 세락이라는 청천벽력 같은 소식을 듣게 되었다.

이같은 어처구니없는 혼란은 사고현장에서부터 시작되었다. 론 모워리 검시관에 따르면 사망자와 부상자들이 한 장소에 뒤섞여 있었고, 사건을 담당했던 기관이 세 군데나 되어 혼선이 빚어진 결과였다는 것.

즉 휘트니 세락이 병원으로 후송될 때 로라의 아이디와 함께 후송됐고, 테일러 대학의 담당자도 신원확인시 둘을 혼동했다. 병원에서 로라의 가족들은 휘트니를 로라로 착각했고 휘트니의 가족들은 사체를 확인하지 않았다. 여기에다 신원확인을 위한 DNA 테스트도 이루어지지 않았다는 것이다.

▲ 지난 4월 26일 대형 트레일러와의 충돌로 종이조각처럼 찌그러진 밴 차량. 이 사고로 5명의 테일러 대학생들이 사망했다. 지역 <채널 13> 캡처 사진. © 김명곤

이러한 실수들 뒤에는 더욱 근본적인 원인이 있었는데, 그것은 다름아닌 휘트니와 로라가 너무나도 닮았었다는 사실이다. 둘은 머리색이나 머리모양도 같고 얼굴도 서로 닮았으며 키나 신체조건 등도 매우 비슷했다. 게다가 당시 휘트니는 사고로 인해 얼굴이 부어 있었고, 얼마간 혼수상태에 빠져 있었으며, 기관절개수술로 인해 말을 제대로 하기가 어려웠던 상황이었다.

문병을 온 로라의 남자친구는 일찍이 그녀의 말이나 행동이 이상하다고 의문을 제기한 적이 있고 로라의 룸메이트도 뒤늦게 환자의 신원에 대해 의문을 제기했다. 로라로 생각되었던 환자가 사실 휘트니였다는 사실은 시간이 흘러 휘트니의 얼굴에서 붓기가 빠지고 휘트니가 로라의 가족들이 알아들을 수 없는 이상한 말들을 하면서 밝혀지기 시작했다. 결국 치아검사로 인해 이 환자가 로라가 아닌 휘트니였다는 사실이 확인되었다.

한편, 이 사건에는 다른 요소도 작용했다. 인디애나 주의 심리학자 로버트 헤이스는 왜 로라의 가족들이 환자가 로라가 아니었다는 사실을 일찍 알아차리지 못했는지 이해할 수 있다고 말한다. 그에 따르면 이러한 상황에서는 심리학적 '자기부정'이 작용한다는 것이다. 즉, 우리가 보고싶지 않은 것이나 믿고 싶지 않은 것을 대할 때

심리학적 '자기부정'이 작용해서 사물에 대한 정확한 인식을 방해한다는 것이다.

이번처럼 환자가 뒤바뀐 것은 최초의 사례는 아니다. 2004년 7월에 패트릭 베멘트(17)와 네이트 스미스(16)가 미시간의 자동차 사고 이후 뒤바뀐 사례가 있었다. 이때는 패트릭의 부모가 패트릭의 장례식에서 사체의 얼굴을 확인한 후 바로 아들이 아니라는 사실을 발견했다.

충격 받은 어머니, 오히려 "우리 모두에게 슬픔인 동시에 기쁨"

로라의 어머니 리자 밴린은 5주 동안 병상에서 간호한 딸이 자신의 딸이 아니라 딸의 친구였다는 사실에 엄청난 충격을 받았다. 독실한 기독교 신자인 그녀는 딸이 교통사고로 중상을 당했다는 소식을 들은 그날부터 매일 자신의 블로그 사이트에 신앙고백적인 글들과 함께 딸의 회복경과를 낱낱이 올리며 주변에 기도를 부탁해 오던 터였다. 그녀는 믿을 수 없는 '대역전'의 상황조차도 하나님의 뜻으로 받아들이려 애쓰고 있다.

그녀는 인터넷 블로그에 신약성경 히브리서 13장 8절 "예수그리스도는 어제나 오늘이나 영원토록 동일하시니라"는 귀절과 함께 "우리에게 다가온 충격은 우리를 창조하신 그분에게는 충격으로 다가오지 않는다"고 첫머리를 시작하고 있다. 이어서 그녀는 그날의 충격적인 소식을 다음과 같이 적고 있다.

"우리는 오늘 여러분들과 함께 나눌 고통스런 뉴스를 들었습니다. 지난 5주 동안 간호해 온 젊은 여성은 우리가 그리도 사랑하던 로라가 아니라 로라의 친구인 휘트니 세락이라는 사실을 알고 우리의 가슴은 찢어지고 있습니다. … 어제 우리는 병원 관계자들과 얘기를

▲ 로라의 장례식 소식을 전한 지역 텔레비전 <채널 13>. ⓒ 김명곤

나누었고 진짜 신원을 밝혀내는 과정을 겪었습니다. 이제 의심할 나위 없이 병상에 누워있는 여성은 휘트니라는 사실을 알게 되었습니다. 휘트니의 가족은 급히 달려오게 되었고, 오늘 아침 딸과 상견례를 하게 되었습니다. … 이것은 우리 모두에게 슬픔인 동시에 기쁨이었습니다. 우리는 로라를 잃은 슬픔에 견딜 수 없지만, 그녀가 자신의 왕과 함께 안전하고 영원히 함께 있다는 사실에 큰 위로를 받습니다. 이제 우리는 이 땅에서 사랑하는 가족과 함께 남은 시간들을 보낼 휘트니 세락과 함께 기뻐하게 될 것입니다. 지난 수주 동안 다른 가족과 우리 가족을 위해 기도에 동참한 모든 사람들께 감사를 드립니다."

그녀가 지난 31일 신원이 뒤바뀐 사실을 처음 알고 인터넷 블로그에 위 글을 올린 직후 769개의 격려의 글이 쏟아 졌다. 그녀는 이제까지 운영해 오던 자신의 블로그 사이트를 휘트니 세락의 빠른 회복을 위한 기도 사이트로 계속 운영하겠다고 밝혔다. 휘트니 세락의 가족들도 딸이 죽지 않고 살아있다는 사실에 한편으로는 기뻐하면서도 다른 한편으로는 로라의 가족들에게 깊은 위로와 동정을 보내고 있다.

로라가 묻혀 있는 묘지에 있었던 휘트니의 묘비는 이제 제거되었지만 최종 신원확인을 위해 로라의 무덤을 다시 파내고 이 곳에서 175마일 떨어진 로라의 집 근처로 옮길지에 대해서도 논의중이다.

(2006. 6. 5)

딸아, 네 곁을 떠나지 않을거야! 약속할게

식물인간 딸 간호에 35년 바친 미국 어머니

'긴 병에 효자 없다'라는 옛말이 있다. 그런데 반대의 경우는 어떤가. 최근 플로리다에서는 강산이 세 번 반 바뀔 동안 식물인간 딸을 극진히 간호한 모정이 화제가 되고 있다.

최근 미국 플로리다의 지역신문 <올랜도 센티널>은 1면과 15면 등 두 면에 걸쳐 식물인간 딸에 대한 어머니의 35년간의 조건 없는 사랑을 소개했다. 주인공은 마이애미에 거주하는 77세의 노인 케이 오바라. 사실 케이 오바라 할머니에 대한 스토리는 지난 수년 동안 미 전역의 신문 방송 매체들을 통해 특별기획 또는 다큐멘터리, 책 등으로 소개돼왔다. 케이 오바라는 자신의 반평생을 어떻게 살아온 걸까.

35년 전의 약속 "엄마, 나를 떠나지 않는다고 약속해"

케이 오바라의 딸에 대한 '모정의 세월'은 35년 전으로 거슬러 올

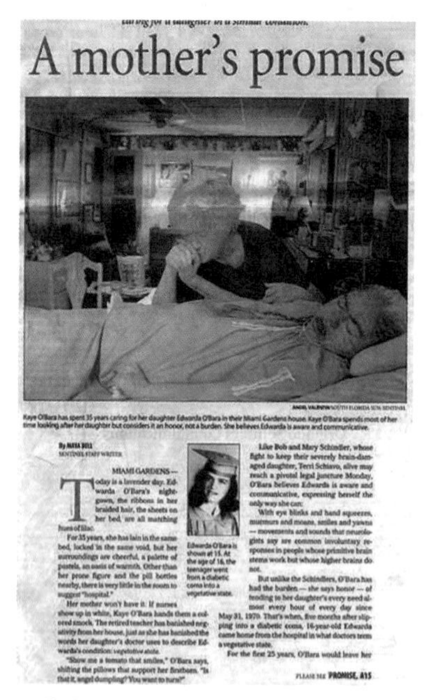

A mother's promise

ANGEL VALENTIN/SOUTH FLORIDA SUN-SENTINEL

Kaye O'Bara has spent 35 years caring for her daughter Edwarda O'Bara in their Miami Gardens house. Kaye O'Bara spends most of her time looking after her daughter but considers it an honor, not a burden. She believes Edwarda is aware and communicative.

By MAYA BELL
SENTINEL STAFF WRITER

MIAMI GARDENS — Today is a lavender day. Edwarda O'Bara's nightgown, the ribbons in her braided hair, the sheets on her bed, are all matching hues of lilac.

For 35 years, she has lain in the same bed, locked in the same void, but her surroundings are cheerful, a palette of pastels, an oasis of warmth. Other than her prone figure and the pill bottles nearby, there is very little in the room to suggest "hospital."

Her mother won't have it. If nurses show up in white, Kaye O'Bara hands them a colored smock. The retired teacher has banished negativity from her house, just as she has banished the words her daughter's doctor uses to describe Edwarda's condition: vegetative state.

"Show me a tomato that smiles," O'Bara says, shifting the pillows that support her firstborn. "Is that it, angel dumpling? You want to turn?"

Edwarda O'Bara is shown at 15. At the age of 16, the teenager went from a diabetic coma into a vegetative state.

Like Bob and Mary Schindler, whose fight to keep their severely brain-damaged daughter, Terri Schiavo, alive may reach a pivotal legal juncture Monday, O'Bara believes Edwarda is aware and communicative, expressing herself the only way she can:

With eye blinks and hand squeezes, murmurs and moans, smiles and yawns — movements and sounds that neurologists say are common involuntary responses in people whose primitive brain stems work but whose higher brains do not.

But unlike the Schindlers, O'Bara has had the burden — she says honor — of tending to her daughter's every need almost every hour of every day since May 31, 1970. That's when, five months after slipping into a diabetic coma, 16-year-old Edwarda came home from the hospital in what doctors term a vegetative state.

For the first 25 years, O'Bara would leave her

PLEASE SEE PROMISE, A15

▲ 올랜도 센티널>에 '한 어머니의 약속' (A mother's promise)'이라는 타이틀로 소개된 케이 오바라 할머니(77) 스토리. 케이 오바라가 딸의 손등에 키스를 하며 기도하고 있다. ⓒ 김명곤

라간다.

1970년 1월, 당뇨병을 앓고 있던 16세의 에드워다 오바라(Edwarda O'Bara)는 어느 날 아침 통증을 느끼며 침대에서 일어났다. 감기를 앓던 중에 먹은 당뇨병 치료약이 혈류에 녹아들지 않아 생긴 사고였다.

에드워다는 즉시 병원 응급실로 실려 갔고 병원 침대에 누워 점점 의식을 잃어갔다. 신장기능이 상실되고 심장박동도 멈췄다. 심장이 다시 뛰기 시작했을 때는 이미 뇌에 손상을 입은 상태였다.

자신의 불행을 의식했는지 에드워다는 의식이 가물가물해지는 속에서 공포가 가득한 얼굴로 어머니에게 말했다.

"나를 떠나지 않는다고 약속해. 엄마, 떠나지 않을 거지?"

"그럼. 난 네 곁을 떠나지 않을 거야. 오, 내 귀염둥이. 약속할게. 약속이란 말 그대로 약속인 거야!"

그것이 모녀가 나눈 마지막 대화였다. 이후 에드워다는 35년 동안 깊은 잠에 빠져 들었다. '식물인간' 상태가 된 것이다.

케이 오바라는 35년간 한결같이 에드워다의 곁을 지켰다. 케이 오바라가 딸의 곁을 떠난 것은 단 두 번. 둘째딸의 결혼식과 남편의 장례식 때였다.

케이 오바라는 에드워다를 '식물인간'으로 표현하거나 취급하는 것을 싫어한다. 딸이 모든 것을 알아듣고 느끼고 있다고 믿는다. 에드워다가 눈을 깜박거리고 손에 힘을 주고, 미소를 짓고 하품을 한다고 믿는 것이다. 신경전문의들은 에드워다의 그런 행동을 '원초적 뇌세포 활동으로 인한 조건반사'로 보고 있다.

당초 의사들은 에드워다가 길어야 10년 정도를 버틸 것이라고 했지만 그녀는 예상치보다 3배 이상을 더 살고 있다.

지난 15년 동안 1,100명의 식물인간 환자들을 연구해 온 신경전문가 론 크렌포드 박사에 따르면, 식물인간 상태에서 15년 이상 살 수 있는 확률은 1만 5,000분의 1에서 7만 5,000분의 1이라고 한다. 기록상으로 가장 길게 산 사람은 71세가 될 때까지 48년 동안 식물인간으로 산 워싱턴의 리타 그린이라는 전직 간호원이다.

대부분의 경우는 5년에서 10년 이내에 다른 병에 감염되어 죽음을 맞았다. 크렌포드 박사의 조사결과에 따르면, 이들이 평균치보다 오래 사는 경우는 어머니의 보살핌을 받았을 때다.

"진정한 기적은 어머니가 지킨 '약속 그 자체'"

미 서점가에서 '동기부여의 아버지'로 잘 알려진 작가 웨인 다이어(Wayne Dyer)는 이들 모녀의 감동적인 삶의 역정을 담은 <약속은 약속이다>(A Promise is A Promise)라는 책을 펴내기도 했다.

웨인 다이어는 이 책에서 케이 오바라를 '순수하고 무조건적인 사랑의 표본'이라고 칭하며 '현대판 마더 테레사'라고 썼다. 책에는 케이 오바라와 에드워다를 통해 '선천적 질병이 치유된 종교적 기적'이 발생했다는 내용도 들어있다.

그러나 웨인 다이어를 비롯한 주변 사람들은 "진정한 기적은 그

▲ 케이 오바라의 '모정의 세월'을 소개한 책 <약속은 약속이다(A Promise Is a Promise>

녀(케이 오바라)가 자신의 딸에게 35년간 한결같이 지켜온 약속 그 자체에 있다"고 말한다.

케이 오바라의 주변 사람들은 처음부터 에드워다를 정부 전액 보조가 가능한 간병원에 보낼 것을 권유했지만 그녀는 한마디로 거절했다. 이 와중에 에드워다를 비참한 상태에서 해방시키라고 주장하는 사람들로부터 총기발사 사건을 세 건이나 겪었다. 그러나 이같은 난관들도 그녀가 딸에게 지키기로 한 약속을 깰 수는 없었다.

케이 오바라는 두 시간마다 딸에게 음식물을 주입하고 대소변을 받아낸다. 또 등창이 생기지 않도록 에드워다의 몸의 방향을 수시로 바꿔준다. 네 시간마다 피를 뽑아내고 혈당치를 검사하고 인슐린 주사도 놓는다. 이 일들은 35년간 하루도 빠짐없이 지켜졌다.

그녀는 지난 35년 동안 한 번에 1시간 반 이상 잠들어 본 적이 없다고 한다. 케이 오바라 외에는 월요일부터 금요일까지 하루 1시간씩 간호원이 도울 뿐이다. 딸에게 한 약속은 35년 동안 지켜졌지만 케이 오바라에게 남은 건 파산과 30만불이 넘는 은행 빚이다.

"내 딸에 대한 사랑은 짐이 아니라 '명예'"

케이 오바라는 가난에 찌든 알코올 중독자들이 모여 사는 동네의 초라한 집에서 살고 있다. 그녀는 이런 생활에 지쳐본 적이 없을까.

"내가 하는 일이 짐처럼 보여요? 내 딸에 대한 사랑은 짐이 아니라 명예랍니다. 난 우리 동네의 다른 사람들처럼 알코올이 필요 없어요. 케케묵은 이 사랑이 나를 지켜주니까요."

지난 2000년, 그녀의 집을 방문한 하와이의 한 작가에게 그녀가 한 말이다. 그녀는 에드워다가 식물인간이 된 이유가 절망에 빠진 사람들에게 위로와 희망을 주기 위한 사명 때문이라고 말한다. 심지어 그녀는 딸이 스스로 그러한 삶을 선택했다고 말하기도 했다.

케이 오바라에 따르면, 에드워다는 동정심이 많은 아이였다. 케이 오바라가 가르치던 가톨릭 학교에 다녔던 에드워다는 또래들로부터 외면당하는 정신지체 장애아들과도 잘 어울렸다. 8세 때 그녀는 뇌성마비를 앓고 있는 아들을 둔 이모에게 "내가 그를 평생 돌봐주겠다"고 약속하기도 했다고. 아이러니컬하게도 에드워다의 그 약속은 케이 오바라를 통해 그녀 자신에게 베풀어지게 됐다.

에드워다의 삶이 얼마나 더 지속될 수 있을지 몰라도 케이 오바라는 딸의 곁을 지킬 것이다. 자신의 반평생을 바쳐 딸의 곁을 지켜온 케이 오바라. 케이 오바라는 자식에 대한 사랑이 얼마만큼 깊고 무한할 수 있는가를 자신의 삶을 통해 세상에 보여주고 있다.

(2005. 1. 27)

후터걸의 가슴, 유죄인가 무죄인가

미국 스포츠바 '몸매 서비스' 논란

요즘 미국에서는 두 개의 유명 스포츠 바 간에 벌어진 소송 건이 호사가들의 큰 관심을 끌고 있다. 플로리다주 연방법원은 지난해 12월 2일 자사의 비즈니스 콘셉트를 도용했다며 스포츠 바 후터스(Hooters)가 타 동종업소를 상대로 낸 소송을 기각했다. 여기에서 타 동종업소란 윙하우스(Winghouse)를 가리킨다.

이들 레스토랑은 8등신 미녀 웨이트리스들에게 가슴과 다리가 거의 드러나는 섹시한 복장을 입혀 닭 날개 요리와 맥주 등을 판매해 왔다. 이 같은 영업방식으로 인해 최근 브레스토랑(brestaurant)이라는 신조어가 탄생했을 정도.

'브레스토랑'이라는 신조어까지 등장한 새로운 영업방식

후터스는 재판과정에서 윙하우스를 '카피캣(copycat, 모방꾼)'이라고 내몰며 자신들의 모든 것을 윙하우스가 모방했다고 주장했다. 특히

▲ 올랜도 지역의 한 후터스 레스토랑의 야외 좌석에서 후터걸이 서빙하고 있는 모습 ⓒ 김명곤

윙하우스의 '윙하우스걸'이 머리부터 발끝까지 '후터걸'을 모방해 고객들을 혼동시키고 있다고 열을 올렸으며 "로날드 맥도널드가 맥도널드 햄버거점의 등록상표인 것처럼, 후터걸은 후터스의 등록 상표"라고 주장했다.

이로 인해 법정은 양 업소의 웨이트리스들을 '증거물'로 내세우기에 이르렀다. 웨이트리스들은 법정에서 선정적인 유니폼과 서비스 모습을 그대로 시범해 보였고, 엄숙해야 할 법정에서 한동안 '미녀들의 쇼'가 벌어지는 진풍경이 연출되기도 했다.

후터스는 윙하우스가 후터걸들의 훌라후프 시범을 모방한 것은 물론, 양피지 메뉴판, 식당 벽에 붙인 스태프 캘린더와 기념사진, 천장에 매단 서핑보드 및 불빛 장식, 심지어는 벽에 붙인 '더블 커브길, 요주의! 블론드 사고' 등의 교통신호 스타일의 선전문구까지 따라하고 있다고 주장했다.

그러나 이같은 항의에도 불구하고 법원은 결국 18개월을 끌어온 후터스와 윙하우스 간의 법정투쟁에서 윙하우스의 손을 들어 주었다. 안네 콘 웨이 재판장은 판결문에서 "합리적인 재판관이라면 온통 검정색 복장을 한 윙하우스의 웨이트리스와 오렌지 색 팬츠와 흰색 상의를 입은 후터스의 웨이트리스를 혼동할 수 없다"고 판결 사유를 밝혔다.

이로 인해 후터스는 신청했던 400만 달러의 보상금은 커녕 오히려 120만 달러의 손해배상금을 윙하우스 측에 지불하라는 판결까지 받았고 막대한 변호사 비용만 날리고 말았다.

윙하우스의 사장 크로포드 커는 소송에서 이긴 뒤 "후터스가 우리의 명성을 더해준 꼴이 됐다"며 "후터스가 스스로 자신을 일컬어 맥도널드라고 한 만큼 후터스는 바야흐로 '버거킹'을 만난 것이나 다름없다"고 기염을 토했다.

윙하우스 "후터스가 맥도널드라면 우린 버거킹"

그렇다면 어떻게 이같은 '몸매경쟁'이 벌어지게 된 것일까.

1983년 플로리다 중서부 클리어 워터시에 처음 문을 연 후터스 스포츠 바는 날로 성장을 거듭, 이제 전 세계 4백여 개의 체인점에서 연 7억 5천만 달러의 수익을 올리는 대 요식업체로 성장했다. 후터스는 동남아시아의 여러 곳에서도 문을 열 채비를 하고 있다.

후터스의 웨이트리스인 '후터걸'들은 가슴 곡선을 상당부분 드러낸 민소매 티셔츠(탱크톱)와 초미니 조깅 팬츠, 러닝화 등을 신고 서빙을 한다. 흰색 티셔츠 가슴 쪽에는 올빼미의 양 눈이 크게 그려져 있는데, 이는 후터스가 본래 올빼미를 뜻하기도 하지만 '여성 가슴'을 의미하는 속뜻을 지니고 있어 선정적인 영업 분위기를 그대로 표현해주고 있다.

후터걸들은 음식을 서빙하다 흥겨운 음악이 나오면 각본대로 훌라후프를 돌리며 흥이 난 손님들과 함께 신나게 춤을 추기도 한다. 또 보통 식당의 웨이트리스들이 허리춤에 걸친 에이프런에서 메뉴와 주문서를 꺼내고 팁을 모으는 반면, 후터걸들은 이러한 일련의 작업을 복부 하반부 양다리 사이에 매달려 있는 주머니를 사용한다.

이처럼 후터스는 '밤업소' 등급을 받을만한 요소들을 영리하게 비켜가면서 떳떳하게 대낮에도 남성 손님들을 끌어모으면서 급성장을 해왔다.

후터스가 엄청난 인기를 끌자 후터스와 비슷한 영업 개념을 딴 스포츠 바들이 우후죽순 격으로 생겨나기 시작한 것은 당연지사. 이번 재판과정에서 후터스가 밝힌 자칭 '모방꾼' 업소 이름만 하더라도 '멜론스', '쇼우-미', '부즈카스' 등 다양하다.

특히 재판정에서 윙하우스 사장 크로포드 커는 자신이 후터스를 모방했다는 사실을 부인하지는 않았지만 "후터스는 세상 돌아가는 것을 모르는 체 하고 있는 것 같다, 세상을 봐라, 샌드위치를 만드는 서브웨이는 블림피와 퀴즈노를 옆에 두고 있으며 맥도널드는 버거킹을 눈앞에 두고 있지 않은가"라고 응수함으로써 브레스토랑들의 몸매 서비스 경쟁이 본격화될 것임을 예고했다.

문제는 여성의 성 상업화 "여성의 몸 이용해 치부 말라"

그러나 이들 업소의 '몸매경쟁'을 저지하려는 움직임도 만만치 않다.

지난 2001년, 후터스는 매사추세츠 주 북쪽 도시인 피바디시에 레스토랑을 열기 위해 시 정부에 허가를 신청했으나 '섹시 이미지' 때문에 두차례나 거부당했으며, 위스콘신, 캘리포니아주 등의 여러 도시에서도 벽에 부딪쳐야 했다.

특히 여성단체들은 "(후터스 등의 스포츠 바들이) 여성의 명예를 더럽힌다"며 법적 대응은 물론, '문 못 열게 하기' 캠페인을 벌여왔다. 이들 스포츠 바가 상업주의의 터널 속을 교묘하게 뚫고 들어와 남성들의 관음증에 합법성을 부여하고 여성의 인격권을 저하시키고 있다는 것.

캘리포니아의 한 여성단체는 캘리포니아 모데스토시에 후터스가 들어오려 한다는 정보를 입수, "당신의 딸들을 생각하라"며 정치인들에게 항의 서신을 띄우는 것은 물론, 지역 부동산업자들과 소유주들을 찾아다니며 후터스에 건물을 임대하거나 땅을 팔지 않도록 압력을 행사하기도 했다.

또 지난해 봄 전 미국 여성위원회(NOW)는 캘리포니아 웨스트 코비아의 한 후터스 레스토랑에서 후터걸 응모자들의 옷 갈아입는 장면이 비밀리에 촬영된 사건을 들어 "후터스가 범죄에 불을 지르고 있으며, 여성의 명예를 추락시켰다"면서 후터스 불매운동을 벌였다.

같은 해 2월, 조지아주 사바나 시 교육청은 한 여고생이 방과 후에

▲ 후터스 홈페이지 첫 화면. ⓒ 후터스

후터스 레스토랑에서 일하려는 것을 불허했다. "후터스가 꽉 조이는 타이즈와 가슴이 드러나는 티셔츠를 입히기 때문에 여학생들이 성희롱을 당할 가능성이 크다"는 게 이유였다.

캘리포니아의 '여성권익위원회' 대변인 이본 알렌은 "후터스의 올빼미 눈 로고는 여성의 가슴을 모방한 것이며, 그들이 슬로건으로 내세우는 '한입 가득 그 이상(More than a mouthful)', '수탉만이 한 조각의 더 좋은 치킨을 얻는다(Only a rooster gets a better piece of chicken)'는 고기를 여성에 비유한 것"이라며 "그들은 여성의 몸을 이용해 버거 류와 맥주를 팔아 치부하고 있다"고 목소리를 높였다.

이와 관련해 노던 일리노이 대학 저널리즘 스쿨의 로라 바케즈 교수는 "스포츠 바는 대중문화에서 성의 과시를 부추기는 역할을 해왔다"면서 "가장 나쁜 것은 이 일이 우리의 딸들이 밖에 나가 있을 때 손쉽게 할 수 있는 일이 되어 버린 것"이라고 우려를 표했다.

그러나 반대의견도 만만치 않다.

"성적 매력 이용해 생계 꾸리는 것도 여성의 권리"

캘리포니아 대학에서 텔레비전 매체를 가르치고 있는 한국계 김 교수(L. S. Kim)는 최근 <시카고 트리뷴>지에 "웨이트리스는 그냥 웨이트리스일 뿐이며, 더 좋은 팁을 얻기 위해 일하고 있다"면서 "여성의 파워는 바로 '성적 매력'에서 나온다는 신념이 존재하고 있다는 것을 인정해야 한다"고 말했다.

김 교수는 "한 여성이 성적 매력을 팔 때 그것이 그녀를 진정으로 힘 있게 만든다는 것은 있는 그대로의 사실"이라고 덧붙이면서 "이는 아직 해답이 없는 '빅토리아즈 시크리트 페미니즘'(Victoria's Secret Feminism)"이라고 지칭했다.

스포츠바 옹호론자들은 스포츠바가 매력적인 여성들의 성을 오용하고 있다는 주장은 NFL이 몸집이 크고 빠른 남성들을 이용하고 있다는 주장만큼이나 우스꽝스러운 것이라고 여기고 있다. 스포츠바 웨이트리스들은 슈퍼모델 신디크로포드나 나오미 켐벨처럼 타고난 매력을 이용해 생계를 꾸려나갈 권리가 있다는 것.

후터스의 설립자인 에드 드로스트 또한 “이같은 항의들이 우리가 무엇을 하고 있는지를 알리는 데 크게 도움을 주었다”면서 “우리는 피켓 라인을 뚫고 영업을 시작하는 것이 다반사가 되었다”라면서 ‘여성의 성 상업화’에 대한 반발 여론을 묵살했다.

여러 논란에도 불구하고 브레스토랑의 수는 팽창일로에 있으며 이곳에서 일하기를 원하는 여성들도 줄을 잇고 있다. 여성단체들의 “당신의 딸들을 생각하라”는 호소는 미녀들의 현란한 서비스, 그리고 입맛 돋우는 닭 날개 요리와 맥주잔에 점차 묻혀가고 있다.

(2005. 3. 12)

'헬리콥터 학부모' 자녀 위해 어디든 날아간다

미국 대학에 부는 학부모들의 치맛바람

미국의 초등학교나 중학교의 운동경기장에서 작전지시를 하는 코칭스태프들 외에 사이드 라인이나 관중석 하단에 앉아 소리를 질러대며 '번외 지시'를 하는 부류가 있다. 이들은 선수들의 학부모들이다. 어쩌다 눈살을 찌푸리는 관중들도 있지만 대부분은 잠깐 눈길을 줄 뿐 그냥 지나친다. 수업뿐 아니라 학교의 크고 작은 일에 학부모들의 참여를 적극 활용하고 있는 미국의 학교에서는 학부모들의 이같은 극성을 좀 더 적극적인 자원봉사의 연장으로 보는 분위기가 형성되어 있기 때문이다.

그런데 이같은 학부모들의 극성이 고등학교와 심지어는 대학교와 대학원에까지 이어지는 경우가 비일비재해 일선 교육 행정가들과 전문가들의 우려를 사고 있다. 대학 당국자들은 표면적으로 이들을 '참여하는 부모' 라고 점잖게 부르지만, 자기들끼리는 이들을 '헬리콥터 학부모'라고 부른다. 이 헬리콥터 학부모들은 언제나 어디선가 시끄럽게 나타나서는 학생과 학교의 일에 간섭하는 학부모들을 일컫는 말이다.

"내 아들 충분히 인정받지 못하고 있다" 학교 다섯 차례 옮긴 학부모

특히 장래가 촉망되는 운동선수 자녀를 둔 학부모들 가운데는 자녀를 따라 거주지와 직장을 옮기는 것은 흔한 일이 되어 버렸다. 이들은 코치에게 자기 자녀가 주전으로 뛰게 해 달라고 생떼를 쓰기도 하고, 이같은 요구가 받아들여지지 않으면 이리저리 학교를 옮기기도 한다.

최근 대학 풋볼 '파워 하우스'로 유명한 플로리다 대학(Univ. of Florida) 풋볼팀의 유망주 쿼터백 조시 포티스는 내년 학기에 학교를 옮기겠다는 발표를 해 코치와 대학 당국자들은 물론 풋볼 팬들을 깜짝 놀라게 했다. 불과 일주일 전 "코치가 정말 훌륭하고 모든 여건이 만족스럽다"고 했던 조시는 열흘도 안 돼 마음을 바꾼 것이다. 그의 갑작스런 태도 변화는 그의 어머니 패트리샤의 압력 때문인 것으로 밝혀졌다.

포티의 어머니 패트리샤는 <게인스빌 선> 지에 "내 아들은 그동안 코치가 요구한 모든 것을 따른 착하고 훌륭한 아이이다"면서 "그런데 코치는 내 아들이 운동장에서 볼을 만질 기회

You know how the 1980s brought us the first stories of intense, achievement-oriented parents who wouldn't shut up at their kids' Little League games and, worst-case, would occasionally assault the umpires? Well, those parents are still at it, except now they're meddling in their kids' college affairs. University officials even have a name for these

Stacy Innerst, Post-Gazette
Click illustration for larger image.

▲ 현재 미국에는 자녀들의 대학생활까지 일일이 간섭하려 들고 있는 '헬리콥터 학부모'들이 점점 늘고 있다. 사진은 '헬리콥터 학부모'들에 대한 기사를 보도한 피츠버그 <포스트 가제트>지. ⓒ 김명곤

를 거의 주지 않았다"고 주장했다. 특히 그녀는 2주일 전 플로리다 주립대학(Florida State Univ.)과의 경기 후반전에 압도적 스코어로 리드하고 있음에도 불구하고 코치가 자신의 아들에게 볼을 던질 기회를 주지 않은 것에 노골적인 불만을 표현했다.

조시가 학교를 옮기게 된 것은 이번이 처음이 아니다. 그는 캘리포니아 롱비치의 고등학교 시절에 두 차례를 옮긴 것을 비롯해 지난 2003년 이후로 이번까지 무려 다섯 차례나 학교를 옮긴 드문 기록의 소유자다.

조시가 다니던 캘리포니아 고등학교 체육 디렉터 레스 콘젤리어는 "조시의 어머니는 아들이 수직 점프에서 주내 최고의 기록 보유자인데도 충분한 인정을 받지 못하고 있다는 생각을 하고 있었다" 면서 "그의 어머니를 생각하면 대책이 서지 않는다"고 고개를 내저었다. 조시는 <올랜도 센티널>과의 인터뷰에서 "어머니는 내 삶에서 가장 중요한 사람"이라고 말한 바 있다.

학장실 전화선은 '세상에서 가장 긴 탯줄'?

미국 대학교에서 이같은 헬리콥터 학부모의 예는 체육 분야에서만 발견되는 특별한 사례가 아니다.

헬리콥터 학부모들은 아침 수업시간이 너무 일러 자기 자녀가 일어날 수 없다고 대학교에 직접 전화를 하기도 하고 자녀를 원하는 방에 배정해 달라고 기숙사 사무실에서 떼를 쓰기도 한다. 이들은 자기 딸의 전공을 바꾸는 문제로 북부 시카고에서 남부 올랜도까지 날아오거나 교수에게 전화를 걸어 자기 아이가 받은 학점에 대해 항의하고 룸메이트와의 트러블을 해결해 달라고 부탁하기도 한다.

플로리다 대학(UF)의 샤론 블랜셋 기숙사 담당 디렉터는 <게인스

eason for move.

ɔsh Portis said Friday her son is going to transfer to

is said she and her son have spoken to UF coach
r and members of the compliance department, and that
mbiguity about the situation despite her son's
o a Florida newspaper late Friday morning.

nitely leaving," Portis said.

is said she and her son are disappointed in his lack of
, which she says has stunted his growth as a
 She also said that they feel Josh was not given an
ance to compete for the quarterback job with starter

Freshman quarterback Josh Portis has only attempted 11 passes this season as the backup to Chris Leak.
RICK WILSON/The Times-Union

emanded of Meyer when to play him, but we were hoping when the opportunity presented
ı to go in he would have that opportunity to get developed," Patricia Portis said. "It's not putting
isk or the game at risk.

ackup quarterback into the game and he hasn't had any experience."

▲ 어머니의 압력으로 학교를 옮기는 것으로 알려진 플로리다 대학(UF) 쿼터백 조시 포스터에 관한 기사를 보도한 <잭슨빌 타임스 유니온>. ⓒ 김명곤

빌 선>지에 "과거에는 룸메이트 간에 문제가 생기면 학생들을 불러 문제해결하면 그만이었으나, 지금은 10건의 트러블 중 9건은 학부모를 먼저 상대해야만 한다"면서 "기숙사 계약 당사자인 학생들을 상대하지 않고 제3자인 부모를 상대해야 하는 우스운 시대가 되었다"고 말했다.

플로리다주립대(FSU)의 입학사정 담당관인 존 반힐은 "심지어는 33세나 된 아들의 성적이 향상되었는지를 학교에 직접 전화를 걸어 문의하기도 한다"면서 "학부모들의 극성의 정도가 끝도 없다"고 말

했다. 어떤 부모들은 자녀문제로 셀폰과 이메일로 학장실이나 기숙사 사무실의 전화와 컴퓨터 메일박스를 붐비게 만들기도 한다. 미국의 대학당국자들은 학장실 전화선을 가리켜 '이 세상에서 가장 긴 탯줄'이라고 부르기도 한다.

그런데 문제는 부모들에게만 있지 않다. 자녀들은 이 같은 부모의 간섭에 길들여져 있고, 그러다 보니 부모의 도움을 당연한 것으로 받아들인다는 것이다.

마이애미 지역 쿠퍼시에 사는 애이미 크래티쉬는 딸의 첫학기 수업이 이른 아침과 늦은 저녁에만 배정되자 다른 시간에 빈자리가 나기를 기다리며 수강신청 웹사이트를 종일 지킨 적이 있었다. 그녀는 딸이 호텔관광학을 전공하기로 결정했을 때 딸이 그 분야의 중요인사들을 만날 수 있게 주선해 주기도 했다

그런 그녀도 딸이 언젠가는 독립해야 한다는 생각 때문에 모든 것을 해주고 싶은 충동을 자제하려고 노력중이지만 딸은 여전히 그녀의 도움을 받으려 하고 있다. 그녀의 딸은 "때로 너무 바빠 엄마가 전화번호부 같은 걸 대신 찾아주면 도움이 된다"면서 "어떤 문제를 다루는 데 엄마의 경험에서 당연히 도움을 받을 수 있지 않겠느냐"고 반문한다.

"엄마 아빠는 나의 제일 친한 친구인데, 그게 뭐가 나쁜가?"

콜게이트 대학 베버리 로우 신입생 담당 학장은 "많은 학생들이 '우리 엄마와 아빠는 나의 제일 친한 친구인데, 그게 뭐 나쁜 건가?' 라고 반문한다"면서 "많은 부모들은 장래 자녀들의 직업과 직장 등을 염려하고 있다"고 전했다.

한 교육 전문가는 "현재의 학부모 세대들은 성인대접을 원했고

독립적이었으며 학교 일에 자율적으로 의견을 개진한 '어른스런' 세대였다"며 "이 추세대로라면 이삼십 년 후에 지금 학생들이 학부모가 되면 대학교에 한밤중에 전화를 걸어 자기 딸이 지금 어디 있는지 행방을 물을 지도 모를 일이다"고 개탄했다.

1982에서 2000년 사이에 태어난 세대에 대한 연구서인 <새천년 세대의 발흥>이라는 책에서는 이 세대를 '부모들과 친밀하고 그 권위를 존중하는 세대'라고 진단한다. 책의 공저자인 윌리엄 스트라우스는 그래서 이들에게 가족을 떠나 자신을 발견할 수 있는 곳으로서의 대학이라는 개념은 다소 흐려졌다고 말했다. 사회학자들은 자녀와 부모의 관계가 친밀해지게 된 것은 이혼의 증가로 자녀와 함께 지내게 된 독신부모가 증가했기 때문인 것으로 보고 있다.

Excuse me, but you're hovering. You realize that, right?

The media, pediatricians, psychologists and even the college dean, they've
Because you hover?

You're a baby boomer, right? OK, then. Listen up, because this is what they

Guillermo Munro/P-I

You're too obsessed with your children. You treat them like little princes anc
lives from their first play date to their first day of college.

They're your little Renaissance kids. You shuttle them from soccer practice,
SAT prep class. Whoops! Speaking of which: You're late.

▲ 헬리콥터 학무보의 '극성'을 보도한 <알바니 타임스>. © 김명곤

린다 콘티(51)는 플로리다 인터내셔날 대학(FIU) 법대에 다니는 딸인 니나(22)의 문제해결사다. 그녀는 딸의 비밀이야기를 들어주고 때로는 어느 곳엔가 항의편지도 대신 써주며 자동차 타이어가 펑크나면 때워주기도 한다. 그녀는 "나는 우리 딸의 부모고 훈육자인 동시에 친구이기도 하다"고 말한다.

니나도 자신의 고등학교시절에서 대학시절에 이르기까지 온갖 궂은 일을 도맡아 한 엄마에게 고마움을 느끼고 있다. 하지만 그녀는 지금 자기가 얼마간 그 대가를 치르고 있다고도 생각한다. 그녀는 "스스로 문제를 해결하는 법을 배워야할 때가 온 것 같은데 때늦은 감이 있다"고 말했다.

이렇듯 부모들이 자녀들의 대학생활에 관심이 많다 보니 학교 당국은 학부모들에 호응을 하지 않을 수 없게 되었다. 플로리다 인터내셔날 대학(FIU)이 최근 '학부모 주간'을 가졌고, 팜비치 애틀란틱 대학의 행정처장은 매달 한번 전화로 학부모 협의회와 컨퍼런스를 갖고 학내 문제에 대한 학부모들의 의견을 듣는다. 센트럴 플로리다 대학(UCF)은 '학부모101'이라는 기구를 발족시키고 신입생들이 당면한 여러 문제에 대해 의견을 나눈다.

대학들은 이렇게 하는 것이 수만 달러씩 수업료를 갖다 바친 학부모들에 대한 전략적 배려이기 때문만은 아니라고 여기고 있다. 일면 부모가 자녀교육에 관심을 갖는 것은 당연한 일이며 학생들도 그런 자기 부모를 백안시하지 않는다는 것.

"제발 자녀를 놓아 주십시오"

그러나 대학들은 학부모들을 교육의 동반자로 여기기는 하지만 학부모들의 참여와 활동이 경계선을 넘어서지 않아야 한다고 조심스럽게 말한다. 마이애미대학(UM)은 학부모들의 간섭이 지나쳐 학교 행정에 혼란이 초래되자 몇 년 전부터는 신입생 학부모들에게 <제발 자녀를 놓아주십시오: 자녀들의 대학생활에 대한 안내> 라는 제목의 편지를 보내기도 했다.

대학들은 학생과 부모가 가까이 있는 것이 여러 장점이 있다는 입장을 견지하고 있다. 이제 대학들은 부모들이 자녀에 대한 과잉기대를 자제하고 자녀들의 발전에 실제적으로 방해가 아닌 도움이 될 수 있는 만큼만 적절히 관여할 수 있도록 학부모들에게 충고해야 할 필요가 있다.

그러나 플로리다 애틀랜택 대학(FAU)에 다니는 딸을 둔 미셸 가넷(45)이라는 여성은 '적절한' 관여의 정도를 정하는 것이 얼마나 어려운 일인지를 경험한 사람이다. 그녀는 딸이 대학에 처음 입학했을 때 기숙사의 좋은 방을 확보하려고 대학에 수없이 편지를 써 보냈고, 또 자신이 사는 보스턴에서 딸의 수업교재들을 찾아서 딸에게 일일이 부쳐주었다.

또 어쩌다 알게 된 딸의 패스워드로 딸보다 먼저 컴퓨터의 학적난에 들어가서는 딸의 1학기 성적을 뒤져보았다. 그 결과 딸이 불같이 화를 냈고 그제야 자기가 좀 지나쳤다는 걸 깨달았다.

그 다음 학기에 그녀의 딸은 자발적으로 성적을 인쇄하여 자기에게 직접 건네주었다. 그녀는 "자녀를 대학에 들여보내고 대학생활을 준비시켜준 다음은 자녀만의 자율적 공간을 허락해주는 것이 최선인 것 같다"며 "그러면 자녀는 결국 다시 부모 곁으로 돌아올 것"이라고 결론지었다.

(2005. 12. 6)

비단뱀-악어의 물고 물리는 '대혈투'

20년 전 내다버린 뱀의 복수인가

최근 미국 플로리다에서는 야생동물들 간에 대혈투가 연이어 벌어져 과학자들과 일반인들은 물론 미디어의 큰 관심을 끌고 있다.

지난 10월 5일 미국 최대의 자연생태공원인 플로리다 에버글레이즈 국립공원 늪지대에서는 본토 악어와 미얀마 산 비단뱀 간에 물고 물리는 싸움이 벌어졌다. 결국 13피트 길이의 비단뱀이 6피트 길이의 악어를 삼키는 승리를 거두었으나, 비단뱀도 죽고 말았다.

이들 간의 혈투가 끝난 후 미디어에 올려진 사진 한 장은 충격 그 자체였다. 죽어있는 미얀마 산 비단뱀의 터진 배 사이로 악어의 꼬리가 그대로 드러나 있었던 것.

미얀마 산 비단뱀, 악어 삼키다

이들의 시체를 조사한 과학자들은 "두 동물이 서로 엉켜 싸우다 뱀이 악어를 통째로 삼켰고 결국 사진과 같은 결과를 불러왔다"며 혀를 내둘렀다. 과학자들은 악어와 비단뱀의 싸움이 그동안 몇 차례 발견되었으나 이번과 같은 처참한 광경은 처음이었다고 말했다.

사고 현장을 조사한 플로리다 대학 프랭크 마조티 야생학 교수는 "비단뱀과 싸우기 전 악어는 이미 몸에 상처를 지니고 있었는데 싸움에 져 비단뱀에게 삼켜진 뒤 발톱으로 뱀의 배를 헤집은 것"이라고 상황을 정리했다.

마조티 교수는 <마이애미 헤럴드>에 "뱀과 악어의 싸움은 희귀한 것임에도 불구하고 벌써 네 차례나 발생했다"며 "지난 세 번의 싸움은 악어가 이겼거나 혹은 무승부였다"고 말했다. 그는 또 "몸집으로 보면 서로 비슷하기 때문에 먼저 문 측에 승산이 있다"고 덧붙였다.

Battle of the giants: python bursts eating gator
October 6, 2005 - 10:34AM

A A

The alligator protrudes from the carcass of the python.
Picture: AP

A four-metre python exploded when it tried to swallow a two-metre alligator whole in Florida.

Scientists stumbled upon the gory remains in the Everglades last week.

Scientists have documented four encounters between the giant snakes and alligators in the last three years. The encroachment of Burmese

▲ 6피트 악어를 삼키다 배가 터진 미얀마 산 비단뱀 소식을 전한 <세인트피터스버그 타임스>. 비단뱀이 배가 터져 꺾여져 있는 사이로 악어의 꼬리 부분이 길게 드러나 있다. ⓒ 김명곤

비단뱀의 시체는 에버글레이즈를 돌던 헬리콥터 조종사와 야생 연구가 마이클 바론에 의해 발견됐다. 발견 당시 악어의 몸통 뒷부분과 꼬리는 비단뱀의 복부에서 완전히 삐져나와 있었으며 악어의 머리와 상체는 여전히 뱀의 위속에 들어있던 상태였다.

중앙플로리다 지역의

유명 악어 쇼 공연장인 '게이터 랜드'에서 악어 조련사로 일하고 있는 마이크 토마스는 "악어가 먼저 죽었기 때문에 패한 것으로 보이지만, 뱀도 죽었기 때문에 완승으로 보긴 힘들다"며 악어를 두둔했다.

2라운드, 플로리다 악어의 복수

비단뱀과 악어의 혈투는 이것으로 끝나지 않았다. 2주 후인 10월 19일 에버글레이즈의 다른 장소에서 2라운드가 벌어진 것. 이번에는 악어의 완승으로 끝났다. 관광객의 신고를 받은 과학자가 막 현장에 도착했을 때 싸움은 이미 막판으로 치닫고 있었다. 악어가 물 위로 머리를 내밀고 뱀을 물어뜯고 있었던 것이다.

다른 관광객들과 함께 이 장면을 지켜본 오하이오의 한 남성은 <CBS> 방송에 "아이들과 함께 보기에는 너무 끔찍한 장면이다. 다시는 이 같은 장면을 보고 싶지 않다"고 몸서리를 쳤다.

에버글레이즈의 생태계 보호에 관심을 갖고 있는 전문가들은 일단 이번 싸움에서 악어가 비단뱀을 이긴 데 대해 안도하고 있다. 미얀마 산 비단뱀이 오래 전부터 이곳에서 서식중인 악어의 영역을 침범해 왔을 뿐 아니라 크기에 상관없이 닥치는 대로 먹어 치우는 포악성을 보여 왔기 때문이다.

마조티 교수는 "미얀마 산 비단뱀은 에버글레이즈에 침입한 후부터 80억 달러의 자연복구비를 갉아먹고 있으며, 멸종 위기의 동물들을 위협하고 있다"며 "대책을 세우지 않는 한 생태계 파괴의 위험성이 크다"고 경고했다.

그는 비단뱀의 수요를 조절하지 못한다면 에버글레이즈 내 어떤 동물도 비단뱀으로부터 안전하지 않다고 지적했다. 악어가 그나마 비단뱀의 호적수이기는 하지만 비단뱀은 몸집이 만만한 파충류뿐 아니라 멸종위기에 있는 목황새 그리고 참새들까지도 위협하고 있다.

배고픈 비단뱀들, 민가까지 습격

실제 비단뱀과 악어 간의 1라운드가 벌어지고 난 닷새 후인 10월 10일, 에버글레이즈에서 가까운 지역에 살고 있던 마이애미의 한 주부는 집 뒤뜰에서 배가 불룩하게 튀어나온 미얀마 산 비단뱀을 발견하고 경찰에 신고했다.

전문가들이 12피트 길이의 비단뱀의 배를 엑스레이로 촬영해 본 결과, 뱃속에서 이틀 전 주부가 잃어버린 15파운드짜리 고양이의 발톱과 뼈가 발견됐다. 전문가들은 뱀들이 허리케인 같은 대 폭풍 후에는 다소 건조한 땅을 찾아 나서는데 이 뱀도 밖으로 나왔다가 고양이를 발견했을 것이라고 추정했다.

사고는 이것으로 끝나지 않았다. 이틀 뒤인 지난 12일, 펠릭스라는 노인은 자신이 운영하고 있는 식물원에서 키우던 수십 마리의 닭과 칠면조에게 먹이를 주기 위해 다가갔다가 기겁했다. 16피트가량의 배가 불룩한 비단뱀이 펜스를 빠져 나가려다 걸려 버둥대고 있었던

Alligator Vs. Python: Round 2 Goes To Gator

Save It
Email It
Print It

THE EVERGLADES, Florida It's yet another battle highlighting the growing python threat in south Florida. This time the snake ended up as gator food.

A scientist in everglades national park took photos of the altercation between the two predators. One photo shows an alligator ?its head above water ?about to take a chomp out of a Burmese python. Another picture shows the end result. The alligator ?with what was left of the snake next to it ?showing everyone whose king of the swamp.

▲ 일주일 뒤 벌어진 혈투에서 악어가 비단뱀을 이긴 소식을 전한 방송. 악어가 입을 벌려 싸우다 지친 비단뱀을 막 삼키려 하고 있다. © 김명곤

것. 조사결과 비단뱀의 뱃속에서 이틀 전에 없어진 칠면조가 발견됐다. 할아버지는 인터뷰에서 “비단뱀이 추수감사절 디너를 너무 일찍 먹었다”며 씁쓸하게 웃었다.

야생동물학자들에 따르면, 에버글레이즈에는 수만 마리의 악어가 살고 있는 것으로 알려지고 있으나, 비단뱀의 경우는 지난 5년 간 236마리에 대한 신고가 접수됐을 뿐, 전체 숫자는 아직 집계되지 않고 있다.

20년 전 내다버린 비단뱀의 복수?

도대체 어떻게 해서 미얀마 산 비단뱀이 미국 플로리다의 에버글레이즈 국립공원까지 올 수 있었을까.

공원 당국과 전문가들에 따르면 20여년 전, 한 플로리다 주민이 미얀마 산 비단뱀을 애완동물로 키우다 에버글레이즈에 풀어놓고 간 후 급속도로 번식했다는 것이 정설이다. 이 지역에서는 그동안 이름 모를 야생동물들을 버리다 경찰에 적발되는 사건이 종종 발생해 왔다.

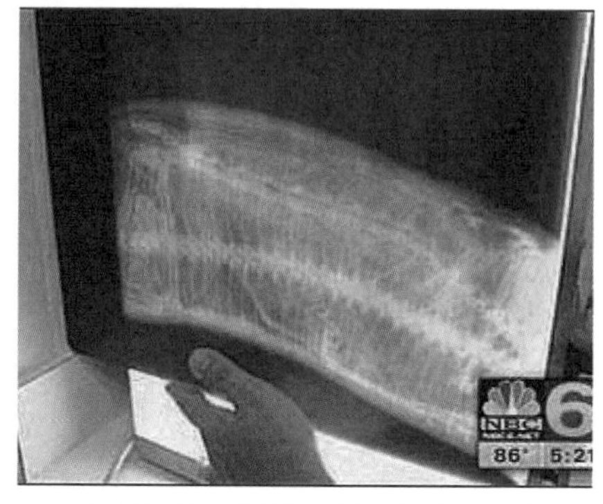

▲ 고양이를 삼킨 비단뱀 사진을 보여주고 있는 지역 텔레비전 방송. 고양이의 뼈가 X레이에 잡힌 모습. ⓒ 김명곤

야생생물학자인 와실레우스키는 “사람들은 새끼 파충류를 아무 생각 없이 산 뒤에 1년 정도 지나 이들의 몸집이 불어나면 그때서야 겁을 내며 동물원에 가져가는데 동물원에서는 집에서 키우던 동물을 받아주지 않기 때문에 결국 에버글레이

즈와 같은 자연에 놓아주게 된다"고 말했다.

그는 문제가 되고 있는 미얀마 산 비단뱀은 외래종 생물이 빚어내는 문제의 일부분에 지나지 않는다고 지적했다. 이 지역에 버려지고 있는 이구아나들은 열대화초들을 마구 먹어 치워 열대식물학자들에게 골칫거리가 되고 있으며, 10~20피트 정도의 비단뱀은 어린이들을 해칠 수도 있다고 경고한다.

이와 관련 <마이애미 헤럴드>는 사설에서 "버려진 외래종 동물로 인해 되갚음을 당하고 있는 것"이라며 "외래종 수입과 매매 규정을 강화시켜야 한다"고 경고했다.

▮ 야생동물의 왕국 '에버글레이즈 국립공원'은 어떤 곳?

에버글레이즈 국립공원은 플로리다 마이애미 서쪽의 평원과 정글 및 늪지대로 구성된 아열대 자연 생태공원이다. 공원의 크기는 150만 에이커로 제주도 크기의 약 3.3배에 해당된다. 하지만 전체 에버글레이즈 자연보호구역은 공원의 7배 크기다.

이곳에는 150여 종의 식물과, 40종 이상의 포유동물, 350종 이상의 조류, 그리고 50종 이상의 파충류와 20여 종의 양서류가 서식하고 있다. 연 관광객은 평균 120만 명 정도이며, 자연보호를 위해 개발이 극히 제한되고 있다.

미국 역사가들은 1만 1,000년 전 이 지역에 원시종족인 글레이즈족이 살았다고 기록하고 있다. 미국령이 되기 전에는 파하요키, 미코스쿠이, 새미놀 인디언 종족들이 살던 지역으로 알려져 있다. 지금도 이 지역은 인디언 보호구역으로 지정되어 있어, 인디언들이 거주하며 관광객들을 맞고 있다.

이 공원은 1934년 5월 30일 공원으로 지정된 이래, 1947년 12월 6일 해리 트루먼 대통령 시절 미국 최초의 자연 국립공원으로 지정됐다.

1992년 허리케인 앤드류가 마이애미 지역을 휩쓸면서 에버글레이즈 공원도 크게 훼손되어 수많은 동식물들이 죽으면서 생태계에 변화가 일기도 했다. 이 때문에 미 의회는 생태계 복구를 위해 8백만 달러를 긴급 지원했으며, 유네스코는 에버글레이즈를 위험에 빠진 세계문화유산으로 지정해 특별 보조금 지원과 아울러 전문가들을 파견하기도 했다.

(2005. 11. 18)

투계 경기 안되면 닭복싱이라도…

미국 48개 주 금지… 찬반 논란 속 합법화 시도

미국에서는 암암리에 싸움닭 경기, 즉 투계 경기를 즐기는 사람들이 많다. 여기서 '암암리에 즐긴다'는 뜻은 투계 경기가 불법임에도 불구하고 이리 저리 법망을 피해가며 마약을 하듯 이를 즐긴다는 의미다. 최근에만 투계 경기 사건 두 건이 신문과 방송에 오르내렸다.

공포영화의 한 장면을 방불케 하는 투계 경기

최근 플로리다주 오렌지 카운티 경찰은 중앙 플로리다 지역의 한 투계 경기장을 현장 급습해 투계 경기 주동자와 투계 훈련자, 20여 명의 관람객을 검거했다. 또 경찰은 투계에 사용된 쇠낫과 투계 경기의 승패를 기록한 노트도 함께 압수했다.

이튿날 지역 언론은 이번 투계 경기가 개인집 수영장을 개조한 원형 경기장에서 이루어졌으며 경기장의 모래 바닥에는 투계의 살점들이 뒤섞여 있을 정도로 끔찍했다고 보도했다.

15피트 정도의 투계 경기장 주위에는 구경꾼들을 위한 간이 의자들이 놓여 있었으며, 곳곳에는 핏자국이 얼룩져 있었고 바닥에는 싸움닭의 깃털이 어지럽게 널려 있었다고 한다. 경찰 급습 당시 투계장 입구에 있던 쓰레기통에는 이미 싸움닭 두 마리가 버려져 있었으며, 상처를 입은 채 살아 있던 닭 한마리는 경찰에 의해 가축병원으로 옮기던 도중 죽은 것으로 알려졌다.

오렌지 카운티 경찰 가이 켐프는 "그곳에 들어 갔을 땐 꼭 공포영화의 한 장면처럼 보였다"며 현장 급습 당시의 상황을 설명하며 혀를 내둘렀다. 투계 경기를 구경하다 현장에서 체포된 한 멕시코계 남성은 "투계 경기 관람이 불법이라는 사실을 몰랐다"며 "멕시코에서는 전통 경기이기 때문에 어느 누구도 투계 때문에 감옥에 가지 않는다"고 변명했다.

이에 앞서 지난 1월 초에도 중앙 플로리다 지역의 작은 도시인 크리스마스시의 한 주택에서 35명의 관람객들을 동원해 투계 경기를 벌인 집주인이 체포됐다. <채널6> 방송은 투계 경기를 공모한 남성 2명도 현장에서 체포됐으며, 나머지 관람객들은 신고를 받은 경찰 헬기가 긴급 착륙하자 낌새를 알아채고 도주했다고 보도했다.

Cockfighting

Roosters thrown away after a cockfight

04: Cockfighters Lose Lawsuit in Hawaii

▲ 투계 경기의 잔인성을 소개한 www.upc-online.org 사이트. 투계 경기에서 패한 닭이 처참하게 널브러져 있다. ⓒ upc-online.org

한편 사우스 캐롤라이나주의 전 주 하원의원 출신이자 현 농업청장 찰스 샤프(66)가 투계 경기 조직을 보호해 주겠다는 명목으로 1만 달러의 뇌물을 받은 혐의와 위증죄로 구속됐다.

찰스 샤프는 지난 2003년 FBI 조사관들에게 "투계 경기는 닭의 혈족을 알아보기 위해, 또는 얼마나 강한가를 시험하기 위해 치러졌기 때문에 합법적이라는 의견을 주 검찰총장이 내놓은 적이 있다"고 말했다. 하지만 이는 곧 거짓으로 밝혀졌다.

그는 선처를 호소하기 위해 청장직을 공식 사임했으나, 연방검찰은 그에게 2년 6개월을 구형했다. 이에 앞서 이 사건으로 투계 경기 관람꾼 100명도 벌금형을 선고받은 것으로 알려졌다.

옹호론자들 "싸우는 것은 투계의 본능"

미국인들이 이처럼 처벌을 감수하면서까지 투계 경기를 즐기는 이유는 무엇일까.

투계를 옹호하는 사람들은 투계 경기가 아주 오래 전부터 민간 전통경기로 이어져 왔다며 이른바 '민속적 전통 지키기'를 내세우고 있다. 그들은 투계 경기가 3000년 이상의 전통을 지니고 있으며 뛰어난 종을 만들어 내는 데 기여했다고 주장한다.

이들은 전통적인 스포츠인 투계 경기의 즐거움을 소개하는 소식지와 인터넷 사이트를 운영하고 있다. 뿐만 아니라 동호인들에게 투계 경기를 위협하고 방해하는 사람들에 대해 알리고 신문과 관공서에 항의 서신을 보내도록 권유하는 등 투계 경기를 부활시키기 위해 노력하고 있다

싸움닭 사육자들은 실제로 닭의 종류나 훈련 방식에 대해 상당한 지식을 가지고 있으며 자신이 가지고 있는 싸움닭에 대한 자부심이

대단하다. 투계 사육자들은 닭에게 싸우라고 시키지 않아도 그들은 본능적으로 싸운다고 주장하며 동물보호 단체들이 싸움닭의 생리학적 본성을 이해하지 못한다고 주장한다.

투계경기 옹호 사이트인 '게임폴뉴스 닷컴(Gamefowlnews.com)'은 투계 사육자의 말을 빌어 "투계 경기 반대는 투계가 싸움을 통해 종이 보존된다는 사실을 이해하지 못하는 데서 나온 것"이라면서 "환경 악화로 동물들이 떼죽음을 당하는 것은 가볍게 넘어가면서 투계 경기에서 닭 몇 마리가 죽는 것을 중범죄 취급하는 것은 이해할 수 없는 일"이라며 투계 경기를 옹호했다.

투계 경기 옹호자들은 "닭의 발톱에 끼우는 낫 때문에 사람들이 투계 경기가 잔인하다고 생각하지만, 낫은 닭이 제 몸을 긁는 것을 방지함으로써 결국 세균 감염의 위험성을 덜어 준다"고 주장한다.

반대자들 "싸움닭 공격적으로 만드는 것은 사람들"

이같은 갖가지 주장에도 불구하고 동물보호론자들은 투계 경기의 잔인성을 이유로 투계 경기를 강력히 반대하고 있다.

투계 경기 반대 사이트의 실제 경기 묘사에 따르면, 발톱에 날카로운 낫을 착용한 투계는 시작 신호가 울리자마자 달려나가 상대편의 눈이나 부리를 쪼아대고 낫을 휘두른다. 투계 주인은 자신의 닭이 쓰러지면 일으켜 세우려 안간힘을 쓰기도 한다. 많은 투계들이 싸움 중에 뼈가 부러지거나 폐에 구멍이 뚫릴 정도로 부상을 당해 쓰러지고 대부분은 처참하게 죽어 넘어진다.

전문가들은 최근 오렌지 카운티 투계 경기장의 쓰레기통에서 발견된 것과 같은 싸움닭의 최후는 동물 보호협회의 '투계 경기는 끔찍한 것'이라는 주장을 뒷받침하고 있다고 설명한다.

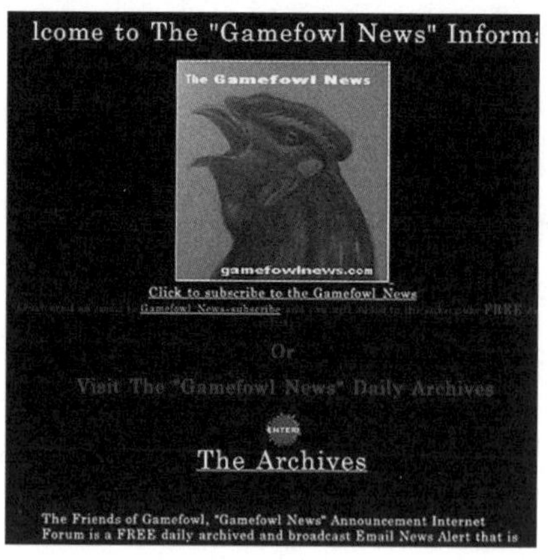

▲ 대표적인 투계 경기 옹호 사이트 가운데 하나인 Gamefowlnews.com. 투계 경기 찬성론자들은 수십개의 인터넷 사이트를 만들어 놓고 투계 산업을 활성화시키기 위한 운동을 펼치고 있다.
ⓒ Gamefowlnews.com

텔라하시에 근거지를 둔 동물보호기관인 휴먼소사이어티의 남부지부장인 로라 비반은 "투계 경기는 사람들이 모여 두 마리의 동물이 서로 죽이는 것을 즐기는 것"이라며 "이런 경기가 명예스럽다는 것은 말도 안된다"고 주장했다.

비반은 '싸우는 것은 투계의 본능'이라는 투계 경기 애호가들의 주장에 대해 "싸움닭을 공격적으로 만드는 것은 사람들"이라며 "동물들이 상대를 죽일 때까지 싸우는 것은 드문 일"이라고 덧붙였다.

버지니아 공대의 유전학 전문가인 폴 시에겔도 "싸움닭들은 보통 동물의 세계에서 흔히 있는 것처럼 기세가 약한 쪽이 도망간다"며 "투계장의 싸움닭들은 싸우도록 훈련받은 데다 도망갈 곳이 없어 결국 한쪽이 쓰러질 때까지 싸우는 것"이라고 비반의 주장에 동조했다.

미국법, 투계 경기 반대편에

현재 미국의 법률은 투계 반대자의 편에 서 있다. 50개 주들 가운데 48개 주가 투계 경기를 법으로 금지하고 있으며, 연방법은 투계 경기를 허락하고 있는 나머지 두 개의 주 밖으로 사육된 투계가 유출되는 것을 금지하고 있다. 또 모든 동물을 이용한 싸움을 금지하고 있으며 이러한 행사에 참가한 것만으로도 불법으로 규정하는 등 규제를 한층 더 강화하고 있다.

그러나 투계 경기는 사라지지 않고 여전히 암암리에 진행되고 있다. 최근에만 하더라도 플로리다의 볼루시아 카운티와 포크 카운티에서 투계 경기 주도자들과 관람객들이 체포됐다. 작년에는 대규모의 현장 급습이 힐스보로 카운티와 마이애미-데이드 카운티, 그리고 인디안 리버 카운티에서 실행됐다.

그러나 대부분의 투계꾼들은 입이 무겁기로 유명하고 투계 경기 장소와 시간은 비밀리에 전해지며, 경찰의 습격에 대비해 망을 보는 보초까지 두고 있어 단속에 어려움이 많다. 이런 탓에 경찰 급습에서는 고급 망원경을 장착한 헬리콥터가 동원되기도 한다.

인터넷의 발달은 히스패닉계가 많이 사는 지역에 투계 경기를 유행시키는 데 한몫하고 있다. 인터넷을 이용한 채팅이나 투계 경기를 다룬 DVD, 그리고 쇠낫 등 투계용품들은 몇 번의 클릭만으로 쉽게 구할 수 있기 때문이다.

오렌지 카운티 투계 경기장 급습 사건 이후 한 투계 옹호 사이트에는 다음과 같은 메시지가 올랐다. "해파리(동물 애호가를 지칭)들에게는 슬픈 소식이겠지만… (투계 경기는) 날이 갈수록 확산되고 있다. 이것은 므두셀라(노아의 홍수 이전의 족장으로 969세까지 산 장수자)처럼 오래된 것이다. 당근 주스의 아침 식사와 아채 샐러드의 점심 식사는 (식사 습관을) 전혀 바꿀 수 없다. 나는 완두콩을 내버리고 대신 고기 조각을 먹을 것이다."

오클라호마 상원의원 "투계 경기 대신 닭복싱하자"

최근 몰래 투계 경기를 즐겨온 사람들에게 한 줄기 '서광'을 비춰

주는 방안이 나타났다. 오클라호마 프랭크 서댄 주 상원의원이 닭발에 글러브를 끼워 닭복싱을 하도록 하자는 제안을 내놓은 것. 오클라호마는 2002년에 주민 투표에 의해 투계 경기를 금지시키는 법안을 통과시켰다.

그 자신이 투계 경기의 열성팬이자 오클라호마 투계 산업의 옹호자인 서댄 의원은 <USA 투데이>에 "이 방법이야말로 모든 문제를 한꺼번에 해결할 수 있을 것"이라며 "내가 내놓은 방안은 피 튀기는 상황을 피할 수 있으며, 투계 경기 사업을 건전하게 합법화해 주 수입을 늘릴 수 있는 방안"이라고 주장했다.

투계 경기 금지 운동을 해온 자넷 핼리버튼 변호사는 이를 "금지된 투계 경기를 되살리기 위한 책략의 첫 단계"라며 서댄 의원의 주장을 일고의 가치도 없는 주장이라고 반발했다. 이에 대해 서댄 의

▲ 월드슬래셔컵(World Slasher Cup)을 소개하는 사이트 http://www.sabong.net.ph. 역대 챔피언 등 경기에 나서는 투계들의 사진이 올라와 있다. ⓒ sabong.net.ph

원은 캘리포니아의 한 회사가 개발한 전자 감응기를 투계의 몸에 부착해 점수가 기록되게 하면 안전하다고 응수했다.

서댄 의원이 이처럼 투계 경기를 옹호하고 나서는 이유는 투계 사육 자체가 수지가 맞는 큰 산업으로 사육자들의 정치적인 압력을 견디지 못한 때문인 것으로도 풀이된다. 투계는 보통 수천 달러에서 수만 달러씩 거래되고 있는데, 대회에서 챔피언에 오른 경력이 있는 투계는 10만여 달러를 호가하는 것으로 알려져 있다.

더구나 전통적인 투계 경기는 남녀노소 구분 없이 쉽게 도박에 빠지게 하는 매력이 있는데, 구경꾼들은 수천에서 수만 달러에 이르는 거액을 걸고 도박을 하기도 한다. 지난 1일과 17일 플로리다에서 두 번에 걸친 투계 경기장 급습 때 체포된 사람들 중에 2명은 각각 8천 달러와 1만 6천 달러 이상의 현금을 소지하고 있었던 것으로 밝혀졌다.

과연 오클라호마주 상원의원이 기대하는 것처럼 '닭복싱' 같은 변형된 투계 경기가 허용되고 투계 경기 산업이 미국에서 다시 활기를 띠게 될지는 미지수다.

어떠한 형식이든 동물을 이용한 싸움을 반대하고 있는 동물보호단체들은 변형된 투계 경기 법안조차 결사적으로 반대할 태세다. 이들은 변형 투계 경기의 활성화가 음으로 양으로 피 튀기는 전통 투계 경기의 활성화에 영향을 미칠 것으로 보고 있으며, 더구나 투계 경기 옹호론자들의 합법화 목소리가 커질 것을 두려워하고 있기 때문이다.

▮ 장닭 체력 강화 위해 스테로이드 주입... 환경단체 반발에 금지조치 (투계 경기의 역사와 현황)

투계 경기(Cockfighting)는 수천 년 동안 남미를 비롯, 세계 각지에서 이어져 내려온 민속 문화적 경기로 알려져 왔다. 투계 경기는 특히 남미 지역과 동남아시아 그리고 아프리카 등지에서 성행했으며, 미국에는 대략 250년 전부터 시작됐다. 불과 50년 전만 하더라도 투계 경기는 미국에서 인기 경기 중 하나였다.

투계가 합법적으로 열리는 필리핀에서는 월드슬래셔컵(World Slasher Cup) 토너먼트를 보기 위해 수천 명의 관중들이 모일 정도로 인기가 높다. 또한 페루에 근거지를 둔 싸움닭사육협회(World Association of Combat-Cock Breeders)는 30여개 국에 걸쳐 1만여 명의 회원을 가지고 있다.

플로리다에서도 세인트 어거스틴시는 한때 '남부 투계 경기의 중심'이라 불릴 정도로 성행했으며, 세인트 어거스틴 상공 회의소는 투계 경기를 '자랑스럽고 명예로운 경기'라고 규정짓기도 했다. 한때 주도 텔라하시와 올랜도에서도 투계 토너먼트가 열릴 정도로 투계 경기는 인기를 끌었다. 그러나 동물보호론자들의 입김이 거세지며 투계 경기는 질타의 대상이 되기 시작했다. 이는 투계 경기가 단순한 민속 놀이 차원을 넘어 잔인성을 띠고 있기 때문이다.

투계 경기에 동원된 장닭의 발톱에는 한국의 낫 모양의 작고 날카로운 도구를 장착시킨다. 이 도구들은 장닭이 서로 싸울 때 상대의 눈과 머리 그리고 몸에 상처를 내고, 결국 피투성이가 된 장닭 중 한

쪽이 떨어져 나갈 때까지 계속된다. 뿐만 아니라 투계 주인은 장닭의 체력을 강화시키기 위해 스테로이드를 주입시켜가며 훈련시키는 것으로 알려져 왔다.

이렇듯 투계 경기의 잔인성이 부각되면서 미국의 여러 주들이 서서히 투계 경기를 법으로 금지시키기 시작했으며 플로리다도 1985년 이에 합류했다. 현재 미국 내에서 투계 경기를 허용하고 있는 주는 흑인 인구가 많은 루이지애나주와 히스패닉계가 다수를 차지하고 있는 뉴멕시코주뿐이며 나머지 48개 주가 이를 불법화 했다.

이들 주 가운데 플로리다, 알래스카, 뉴욕주 등을 포함, 22개 주가 투계 경기를 여는 사람들을 중범죄로 다스리고 있다. 34개주는 투계 경기를 구경하는 것조차도 불법으로 규정해 벌금형 등을 물리고 있다. 그러나 이같은 엄격한 법 규정에도 불구하고 투계 경기에 대해 미련을 가지고 있는 사람들은 비밀리에 연락망을 갖고 각 지역에서 투계 경기를 벌여 왔다.

(2005. 1. 28)

허리케인 9개월 후, '아기'가 쏟아진다

"공포심은 육체관계 촉매제"

순간풍속 150마일에 육박하는 엄청난 비바람에 마을 전체에 전기가 나가버렸다. 금방이라도 창문을 깨고 바람이 휘몰아쳐 들어올 것만 같고 지붕 위엔 무엇이 떨어졌는지 '우지끈 퉁탕!' 소리가 들려온다. 가빠진 숨을 진정시키며 공포 어린 눈으로 바깥 동정을 이리저리 살핀다. 서너 시간이 지났을까. 대지를 뒤엎을 듯하던 바람이 점점 잦아든다. 안도의 한숨을 내쉰다. 그러나 텔레비전도 죽어버린데다 통금 때문에 나다닐 수도 없다. 촛불을 밝혀 둔 집안으로 청승맞게 귀뚜라미 소리가 들려온다. 날이 새기를 기다리며 불안한 잠을 청하는 일 외에 할 수 있는 일이라곤 아무것도 없다.

플로리다 주민들이 지난해 8월 허리케인으로 겪은 일이다. 플로리다 주민들은 한 달 반 동안 네 번이나 이 같은 일을 겪어야 했다. 첫 번째 허리케인 때는 이틀, 반경이 크고 꼬리가 길었던 두 번째 허리케인 때는 일주일 이상, 세 번째와 네 번째 허리케인 때에도 나흘

혹은 닷새씩 촛농 타는 냄새를 맡으며 긴 밤을 지새웠다.

이처럼 '원시적인' 밤을 보낸 지 9개월여가 지난 요즘 플로리다에서는 '허리케인 베이비'가 화제가 되고 있다.

플로리다 동부 해안도시, 출산율 20~34% 증가

미국의 아버지날을 사흘 앞둔 지난 16일, 플로리다 동부 해안도시인 스튜어트의 마틴 메모리얼 병원에서는 몇 시간 간격으로 7파운드 7온스의 몸무게를 가진 네 명의 아이들이 태어났다. 이들 가운데 '러벨'이라는 유아의 아버지는 "아버지날 선물을 일찍 받게 돼 기쁘다"면서 "지난해 두 번째 허리케인이 오던 날 밤 생긴 일 때문"이라고 웃으면서 말했다.

러벨의 출산을 도운 조산원 케이티 더글라스는 "요즘 산통으로 입원한 사람들은 허리케인 이야기를 즐겨한다"면서 "내가 들은 이야기 중 제일 멋진 것은 와인을 준비해 놓고 '허리케인 파티'를 벌이다 불이 나가면서 '일'을 벌인 것"이라고 전했다.

▲ 지난해 허리케인 '프랜시스'가 올랜도 지역의 한 주유소 지붕을 날려버린 모습. ⓒ 김명곤

지난해 네 차례의 허리케인을 모두 겪은 이 지역의 병원들은 이전해 같은 기간보다 20% 이상의 출산율 증가를 기록했다고 발표했다. 이 같은 신종 베이비붐으로 동부해안 도시인 젠슨 비치의 산부인과 병원은 부족한 의사 및 조산원을 충원하기 위해 의학 잡지와 신문 등에 구인광고를 내고 있다.

지난 5월 플로리다 남서부 포트 샬롯 시의 피스 리버 메디컬 센터도 임산부의 수가 급격히 증가해 소아과에 배정된 방까지 산부인과에서 사용해야만 했다. 이 병원에서는 지난해 5월 76명의 신생아가 태어났으나 올해 5월에는 102명의 신생아가 태어났다. 무려 34%나 증가한 것이다.

이 병원의 산부인과 고참 간호원은 "이 같은 일은 지난해 8월 13일 허리케인 찰리가 상륙했을 때 전기가 나가면서 나타난 현상"이라고 말했다. 같은 병원 산부인과 의사인 대니얼 드래허도 "1개월에 세 자리 숫자의 출산을 본 적이 없다"면서 "이번 출산은 병원 기록을 갈아 치운 것 같다"고 놀라움을 표시했다.

"공포심이 육체관계 촉매작용"

학자들은 이러한 현상이 인간의 본능에 의한 것이라고 해석한다.

플로리다 대학 카운셀링 센터의 그리핀 부원장은 "불확실성에 직면했을 때 갖게 되는 육체관계는 인간이 다른 사람과 엮어지는 한 방편"이라며 "자연재해로 인한 공포 상황 등 비정상적인 상황은 육체관계의 촉매로 작용할 수 있다"고 말했다. 인간은 재난이 닥쳤을 때 불확실한 미래에 대한 불안감, 종족을 보존하려는 강한 본능 등으로 더욱 밀착된 관계를 갖기를 원한다는 것. 이 같은 해석은 전시에 유복자들이나 사생아들이 많이 생겨나는 이유를 뒷받침해준다.

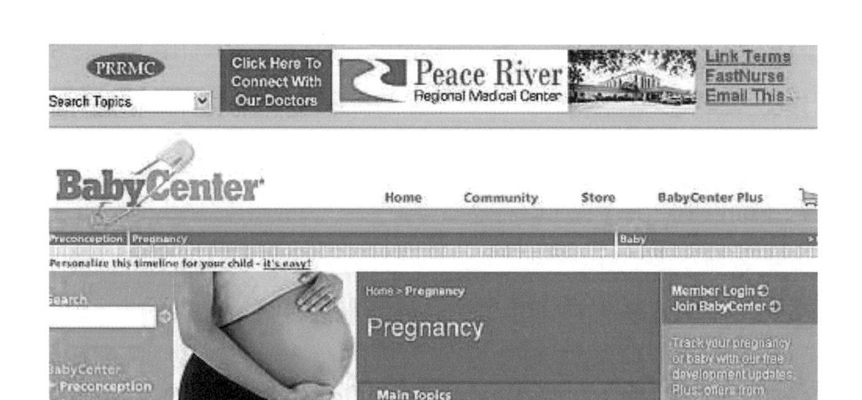

▲ 플로리다 남서부 해안 포트 샬롯 피스리버리저널 메디컬센터 산부인과 홈페이지. 이 병원에서는 지난해 5월에 비해 올 5월 34%의 출산율이 증가했다. ⓒ 김명곤

한편으로 러벨처럼 갑자기 늘어난 밤 시간에 분위기가 형성되면서 자연스럽게 아기가 만들어진다는 해석도 설득력을 얻고 있다. 실제 아주 짧은 시간에 강력하게 치고 나간 허리케인 '이반'과, 거의 3일간 질질 끌며 토네이도를 일으켰던 허리케인 '프랜시스'의 경우는 분명 출산율의 차이를 보여주고 있다.

허리케인 '이반' 이후 플로리다 북서부 펜서콜라(Pensacola) 지역 뱁티스트 병원은 '이반'의 영향으로 지난달과 이번달에 임산부가 몰릴 것으로 예상했으나 실제 출산아는 그다지 않지 않았다. 병원 관계자는 "이반의 위력이 너무 커서 사람들이 다른 생각을 할 여유가 없었다"며 "집이 무너져 셸터(shelter, 피신처)에서 지냈다면 아기를 만들 시간은 없었을 것"이라고 말했다.

그러나 위력이 약하면서도 이동속도가 느렸던 허리케인 '프랜시스'는 다른 결과를 나타내고 있다. 플로리다 중동부 해변도시인 멜번(Melbourne)의 홈스메디컬센터에서는 허리케인 '프랜시스'와 '진'이 상륙한지 9개월 만에 신생아 수가 급증한 것. 이 병원의 켈리 브리드러브 산부인과 원장은 "지난해 5월에는 166명의 신생아가 태어났으나 올해 5월에는 199명으로 20% 정도 증가했다"고 말했다. 그에 따르면, 최근에는 하루에만 18명의 신생아가 태어나기도 했다.

그는 "어떤 사람들은 12일 동안 전기 없이 지냈는데 캄캄한 곳에 남녀가 함께 있을 때 무슨 일이 벌어질 지는 뻔한 일이다"면서 "같은 병원 내과 의사들이 6월이 되면 더 바빠질 것이라고 내게 충고했는데 간호사들을 급히 구해 둔 것이 천만다행이다"라고 덧붙였다.

흥미로운 것은 이처럼 허리케인이 닥쳤을 때 임신해서 생기는 '임신 베이비'가 있는가 하면 허리케인 때문에 예정일보다 일찍 출산하게 된 '산통베이비'도 있다는 점이다.

허리케인은 출산을 앞당긴다?

<마이애미 선 센티널> 지에 따르면 지난해 9월 4일 두 번째 허리케인 '프랜시스'가 플로리다 남동부 포트 로더데일에 상륙했을 때 그곳의 브라워드 종합병원에서는 하루 동안 17명의 아기가 태어났다. 이 병원의 하루 평균 출산 수는 8명이었다.

뒤이어 9월 15일 허리케인 이반이 플로리다 북서부 팬핸들 지역으로 올라오고 있을 때에도 이 지역의 산타로사 병원에 5명의 산모들이 한꺼번에 입원했다. 이들 중 4명은 허리케인이 거슬러 올라오자 진통이 심해져 입원했고, 한 명은 제왕절개를 8일 앞두고 있다가 허리케인 소식을 듣고 앞당겨 수술을 한 것으로 알려졌다.

1992년 초강력 허리케인 '앤드류'가 마이애미에 상륙했을 당시에도 3명의 아기가 동시에 태어난 기록을 갖고 있다. 텍사스 휴스턴의 한 연구팀의 연구보고서는 같은 해 12회의 기압변화 때 162건의 출산 사례를 조사한 결과 기압이 떨어진 24시간 내에 산통이 시작된 예가 훨씬 많았다고 발표했다.

'허리케인 베이비' 이론을 지지하고 있는 측들은 허리케인이 닥칠 때 산모의 자궁 밖 기압이 낮아지면서 양수막이 쉽게 터져 갑작스런 출산이 이루어진다고 주장한다. 기압이 낮은 산에 올라가면 귀고막이 팽창하는 것과 같은 이치다.

그러나 이에 대한 반론도 만만치 않다. 마이애미 의대 산부인과 빅터 곤잘레스 교수는 <월스트리트 저널>에 "확실한 증거도 없는 이론으로, 사람들이 만들어 낸 얘기에 불과하다"면서 "증거를 찾아내기 위해서는 매우 광범위하고 복잡한 과정을 거쳐야 한다"고 반박했다.

1996년 산부인과 학회지에서 케네스 룰러는 2400건의 출산사례를 검토한 결과 기압이 낮을 때 오히려 진통확률이 줄었다고 보고했다. 그러나 그의 사례는 대부분 허리케인이 도달하기 힘든 매사추세츠에서 이루어진 것이었다. 그래서인지 그는 "병원에서 널리 믿고 있는 허리케인 베이비 이론을 허무맹랑한 것이라고 믿고 싶지는 않다"고 전했다.

학자들은 아직 과학적이고 충분한 데이터가 없다며 허리케인 베이비 이론을 공식적으로 인정하지 않고 있다. 그러나 이들이 허리케인 소식에 "조만간 바빠지겠군"이라고 생각하는 플로리다 지역 산부인과 의사들과 간호사들의 산 경험을 쉽게 묵살할 수 있을 것 같지는 않다.

분명한 것은 지난해 플로리다에서 23명의 사망자를 낸 허리케인

▲ 동부해안 스튜어트 시의 메모리얼 메디컬센터 웹페이지. 이 병원에서는 1~2시간 간격으로 네 명의 아이들이 태어났다. ⓒ 김명곤

은 9개월이 지난 후 새로운 플로리다 주민들을 한꺼번에 탄생시키고 있다는 것이다. 결국 인간에게 재난을 가져다준 자연은 동시에 선물을 가져다주기도 한다는 사실에 대해서는 모두가 동의할 수밖에 없을 것 같다.

(2005. 6. 27)

세계 최대 은퇴촌 '더 빌리지스'가 '성병의 수도'라고?

선정적 매체들, 실제와 다른 가짜 뉴스 퍼뜨려

플로리다 중부의 '더 빌리지스(The Villages)'는 세계 최대의 은퇴촌으로 알려져 있다. 맨해튼보다 더 큰 지역을 아우르는 더 빌리지스는 섬터, 마리온, 레이크 세 개의 플로리다 카운티에 걸쳐 있다. 동네 모든 곳들이 은퇴자들이 노후를 즐기는 데 불편함이 없도록 설계되어 있어 수년간 은퇴자들이 살고 싶어하는 최고의 도시로 꼽혀 왔다.

그런데 언제부터인지 이 도시에 유쾌하지 않은 이름이 따라 붙었다. '성병의 수도'라는 악명이다. 암암리에 '공공 섹스의 요람'이라는 별칭으로 불리기도 한다.

최근 이곳에 은퇴 주택을 사서 이사한 탬파 주민 브라이언 라퍼티(69)는 "그곳이 미국의 성병 수도로 알려졌던데 알고 있나요?"라는 딸의 질문을 받고 크게 당황했다고 한다.

독신인 라퍼티는 "나는 여성의 뒤꽁무니를 따라다니기 위해서가 아니라 골프를 치고 싶어 이곳에 집을 샀다"라며 "사람들에게 일일이 '변명'을 해야 하는 건 매우 피곤한 일이다"라고 전했다.

일단 코로나 팬데믹의 여파로 전국적으로 성감염자가 증가하고 있기는 하다. 하지만 거대 은퇴 커뮤니티 빌리지스가 정말 이런 질병의 온상일까? 널리 퍼진 풍문은 대체 어디에서 시작된 것일까.

빌리지스에 사는 주민들은 농담을 자주 듣는다고 한다. 최근 <탬파베이 타임스>가 페이스북 회원 3만 8,000명을 대상으로 '풍문'을 조사했다. 조사원은 수일 내에 300개 이상의 응답을 받았다.

로이 롤렛이란 남성은 "여기 사는 사람들은 게(crabs)를 좋아하고 악어를 무서워 한다. (둘 다 물어뜯는 동물이지만) 하나는 이롭고 다른 하나는 해롭고 위험하다"라면서 "사람들에게 진실이 무엇인지는 중요하지 않은 듯하다. 그저 '노인과 성'에 대한 가십을 좋아한다"라고 썼다.

주간지들 "빌리지스는 '성병 그라운드 제로' 지역"

성병 루머가 어떻게 시작됐는지에 대한 말들도 무성하다.

불만을 품은 어떤 간호사가 (노인) 성병에 대해 모욕적 언사를 하고 다녔다는 풍문도 있고, 한 라디오 방송국에서 농담으로 시작됐다는 설도 있다. 그러나 대부분은 지난 2006년 "은퇴촌 의사들, 성병 증가를 목격하고 있다(Doctors in Retirement Community Seeing Increase in STDs)"란 WFTV 뉴스 기사가 풍문의 시발지였다고 주장한다.

당시 WFTV는 "통계적으로 입증되지는 않았지만, 수년 동안 마이애미 근무 기간에도 이렇게 많은 (성병) 환자를 본 적이 없다"라고 말한 빌리지스 여성센터 근무 여의사의 인터뷰 내용을 보도했다. 이후 여성센터는 문을 닫았고 그 여의사의 이름도 공개되지 않았다.

소문은 눈덩이처럼 불어났다. <뉴욕 포스트>부터 <데일리 메일>

▲ 올랜도에서 북쪽으로 한 시간 거리에 있는 더 빌리지스(The Villages)를 공중에서 본 모습. 언젠가부터 이곳이 노인들의 '공공 섹스의 요람'이라는 오명이 붙었다. 실상은 어떨까. © 위키피디아

에 이르기까지 여러 해에 걸쳐 기사가 다루어졌다. 이 매체들은 빌리지스 은퇴자들이 일상적인 성관계나 데이트를 하고 있다는 이런 저런 징후들을 근거로 빌리지에서 성병이 만연하고 있다는 추측 기사들을 쏟아냈다.

매체들은 빌리지스 노인들의 성병 감염 증가를 보도하면서 플로리다주의 성병 증가율 자료를 증거로 제시하기도 했다. <뉴욕 포스트>는 지난 2009년 보도에서 "진지하게 성공적인 삶을 살아온 노인들에게 빌리지스는 (성병)그라운드 제로"라고 묘사했다.

2013년 <슬레이트>는 2006년 WFTV의 첫 뉴스와 이미 문을 닫은 인터넷 사이트 글 내용을 인용하여 "결과적으로 '미국에서 가장 친절한 홈타운'이라고 자랑하는 곳의 성병이 크게 증가했다"라고 썼다.

타블로이다 주간지들의 이같은 보도 행태와 관련하여 지난 2009

▲ 올랜도에서 북쪽으로 한 시간 거리에 있는 더 빌리지스(The Villages) 풍경. 언젠가부터 이곳이 노인들의 공공 섹스의 요람 이라는 오명이 붙었다. 실상은 어떨까. © 위키피디아

년 <레저빌: 아이 없는 세상에서의 모험>(Leisureville: Adventures in a World Without Children)이라는 책을 출간한 앤드류 블랙맨은 "풍문은 다리를 가지고 있었다. 사람들은 부모의 성관계에 대해 상상하고 싶어하지는 않지만 노인들의 성관계에 대한 뉴스 기사를 좋아한다"라면서 "이를테면 '성병', '노인', '최고의 증가율'과 같은 내용이 담긴 기사는 신문이 좋아하는 것들이다. 절대 사라지지 않을 것이다"라고 말했다.

풍문과 실제는 달랐다

전반적으로 미 전역의 성병 발병률은 증가해 왔다.

2000년대 이후 국회의원들은 성 건강을 위한 예산을 늘려 왔는데, 전문가들은 이 조치가 전국적으로 성병 환자들의 수를 늘리는데 기여했다고 믿고 있다. 그동안 예산부족으로 현황파악을 제대로 하지 못해서 발생률이 낮게 나올 수밖에 없었다는 것이다. 건강관리에 대한

장벽이 높고 부실하면 성병 발생률도 높아진다는 연구결과도 있다.

빌리지스의 성병 현황에 대한 '풍문'과 '실제'는 달랐다. 플로리다 전체와 비교하여, 오히려 빌리지스를 포함하는 세 개의 카운티는 상당히 낮은 성병 비율을 보였다.

가령 섬터 카운티는 2019년 노인 중 성병 발생률이 가장 낮은 지역 중 하나로, 약 1만 명 중 1명 꼴이다. 이는 주 전체 노인 1만 명 중 6명과 크게 차이가 나는 수치다. 마리온과 레이크 카운티 역시 비슷한 경향을 보였다. 플로리다의 노인들의 HIV(인간 면역 결핍 바이러스) 진단에 대해서도 같은 패턴이 나타났다.

카운티별 성병 수준에서도 빌리지스는 대부분의 다른 지역보다 낮았다.

주 보건국 자료에 따르면 플로리다 노인들 사이의 성병 확산은 빌리지스와 같은 은퇴촌보다는 주요 도시와 흑인 및 라틴계 인구가 많은 카운티에서 높은 경향을 보였다. 유색인종, LGBTQ, 여성은 건강의 사회적 결정요인 때문에 불균형적으로 높은 성병 발병률을 경험한다.

미국 인구 조사 자료에 따르면, 빌리지스의 노인들 중 86%가 백인이다. 그리고 가난하게 사는 노인들의 비율은 전국 비율보다 약간 낮다. 이는 빌리지스 은퇴자들이 국가 전체보다 건강 관리에 더 잘 접근할 수 있다는 것을 암시한다.

은퇴자 커뮤니티에서 건강클리닉을 운영하는 내과 의사 마리빅 빌라 박사는 "더 빌리지스 주민들은 물론 성적으로 활발하다"면서 환자들 중 많은 수가 성생활을 개선하기 위해 테스토스테론(남성호르몬) 치료를 받으러 오고 모두 성병 검사를 받는다고 밝혔다.

그러면서 "실제로 성병은 별로 볼 수 없다. 그들이 섹스를 생각하지 않는다고 말하는 것이 아니다. 그들은 - 많이 - 하지만 - 성병이 좌, 우, 사방에 널려 있을 정도는 아니다”라고 덧붙였다.

플로리다주는 거주 지역별로 성병을 추적한다. 주 보건부 관계자는 사생활 보호를 이유로 더 빌리지스와 같은 지정 인구센서스 장소에 대해 세분화된 데이터를 분석.제공하는 것을 거부한다.

55세 이상의 사람들 중 임질, 매독, 클라미디아와 같은 박테리아 성병의 비율은 빌리지스에 대한 소문이 나돌기 시작한 2006년 이후로 약간 증가 추세를 보이고 있지만 빌리지스가 성병 온상이 아니라는 것이 전문가들의 증언이다.

노인들의 성, 우스개거리 아닌 존중으로 다뤄져야

연방질병통제예방센터(CDC) 자료에 따르면 임질이나 매독과 같은 성병이 전국적으로 급증하고 있지만, 초기 확산의 대부분은 10대와 20대 성인들 사이에서 일어나고 있다. 전체 감염자의 절반은 15~24세 연령층이다.

그러나 성병과 관련된 루머는 가치관과 역사가 공유된 공동체에서 빠르게 퍼져나간다. 성병관리자연합의 대변인인 엘리자베스 핀리는 “미국에서 성병은 눈에 띄게 흔하고 치료 가능한 질병임에도 불구하고 수치심 때문에 은폐되고 멸시적 시선을 받고 있다”면서 “이 때문에 성병, 그리고 감염 자체가 선정성을 띤다”라고 말했다.

레저빌의 저자인 블렉맨은 “성병 감염률과 나이를 연결지으려는 생각은 잘못된 것이다. 나이가 많은 사람들은 그저 나이가 많은 사람들일 뿐이다”라고 지적하고 “노인들의 성은 우스갯거리가 아니라 존중으로 다루어져야 한다”라고 말했다.

많은 빌리지스의 주민들은 동네에 살고있는 누군가가 빌리지스

▲ 더 빌리지스 호숫가 식당 모습 © 위키피디아

의 오명을 공개적으로 드러내며 문제를 삼은 적이 없다고 말했다. 내부에서는 관심도 없고 조용한데 오히려 외부에서 가십과 화제를 삼고 있다는 것이다.

크리스틴 윈(50)은 "외부로부터 질투가 조금 있는 것 같다. 빌리지스로 이사하고 싶지 않은 사람들이 성병 소문을 내고 있는 것 같다"라며 "이곳은 유토피아이며 안전하고 모두가 행복하다"라고 강조했다.

일부 주민들은 빌리지스 소유자인 마크 모스(Mark Morse)가 왜 빌리지스에 대한 '오명'을 수정하기 위해 목소리를 내지 않았는지 궁금해 한다. 언론 인터뷰를 매우 싫어하는 것으로 알려진 모스는 빌리지스 주민들의 해명 요청에도 응하지 않고 있다.

하지만 라퍼티는 "그것은 옛날의 광고세계로 거슬러 올라간다. 어떤 홍보도 좋은 홍보다"라고 말했다. 오명이라 할지라도 많은 사람들의 호기심과 관심을 끄는 것은 여전히 유효한 광고 전략이라는 해석이다.

▌11만명 은퇴인의 보금자리 '더 빌리지스'

올랜도 북서부 섬터카운티에 자리잡은 '더 빌리지스(The Villages·이하 빌리지)'는 이름만 들으면 마치 미국의 한 동네 같지만 인구가 11만 4350명(2014년 기준)인 거대 은퇴촌이다.

55세 이상 연령층만 입주가 허락되는 빌리지는 5 스퀘어 마일 부지에 42개 골프코스를 끼고 있으며 해마다 그 규모를 늘리고 있다.

빌리지는 국제적인 관광도시 올랜도가 지척에 있고 탬파베이에서도 북동쪽으로 90마일밖에 떨어져 있지 않은 등 입지 조건이 뛰어나다. 또 플로리다 중심에 자리잡고 있어 동쪽 대서양과 서쪽 멕시코만을 왕래하며 인생의 황금기를 여유롭게 보낼 수 있는 천혜의 장소이다. 한때 소가 풀을 뜯고 밭에는 수박이 익어가던 이곳은 40년 이상 일한 후 안락한 여생을 보내려는 이들의 보금자리이며 관광지이자 유흥지이다.

따라서 주민들은 스스로 이곳을 '성인 디즈니랜드'라고 부르고, 자녀나 손자들은 독신 할머니 할아버지가 라인댄스를 하며 데이트하는 이곳을 '시니어즈 곤 와일드(Seniors Gone Wild)'라고 부르기도 한다. 이는 여성의 신체노출에 집중하는 텔레비전 오락프로그램 '걸스 곤 와일드'를 빗댄 별칭으로, 시니어들이 활기차게 생의 마지막을 보내는 장소라는 뜻이다.

빌리지스는 1983년에 미시간주에서 이곳으로 이주한 H 게리 모스(H. Gary Moss)가 개발했다. 최근 세상을 떠난 게리 모스는 살아 생전에 아버지와 함께 이곳에서 북부 은퇴인들을 대상으로 집을 팔며 1987년까지 4천만 달러에 달하는 판매고를 올렸고, 1992년에는 3,500 에이커 땅을 소유하게 됐다.

이후 아버지의 유산을 이어받은 아들 모스는 부지에 부과되던 세금의 공제 혜택을 받아내 날로 사업을 확장했으며, 1993년부터 2000년까지 이같은 특세 구역을 총 12개로 늘렸다.

2011년 빌리지 예산은 최소 5억 5천만 달러로 늘어났고, 빌리지스의 영역도 현재 3개 카운티에 걸쳐 2만 에이커로 늘어났다. 앞으로 계속 영역을 넓히고 2018년까지 총 5만6508채의 주택을 보유할 예정이다.

한편 미 북동부와 중서부 지역 은퇴인들을 끌어들이고 있는 이 동네는 유권자가 많을 뿐만 아니라 투표율이 80%로 미국에서 유권자의 결집력이 매우 강한 곳 중 하나이다.

특히 백인 안정층의 주거지인 탓에 공화당세가 지역을 압도하고 있다. 이에 따라 선거철만 되면 공화당 후보들이 이곳에 와서 사기를 충전시킨 뒤 캠페인에 나서고 있다.

(2022. 9. 1)

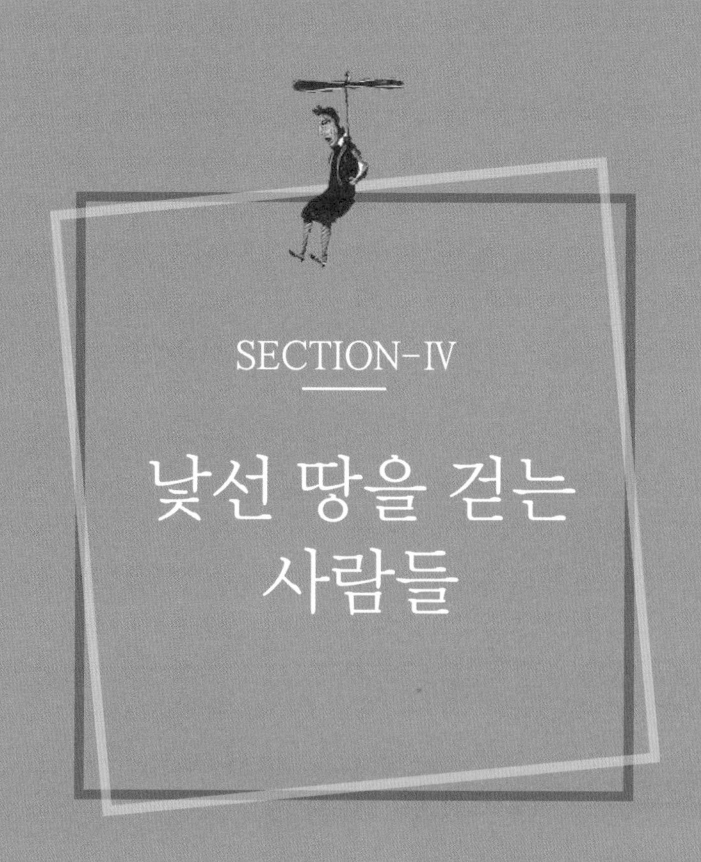

SECTION-Ⅳ

낯선 땅을 걷는 사람들

"궁궁을을(弓弓乙乙),
약한 것에 이로움이 있고 생명이 있나니"

영창 간 어린 아들,
우주선 기술자로 만든 아버지

[이사람] '사고뭉치' 큰 아들 삶 반전시킨 한 정비공 이민자의 삶

"세상에 이렇게 학교 기물을 때려 부순 사건은 처음입니다. 카운티 내의 어떤 학교에도 전학이 불가합니다. 안녕히 가십시오."

기가 막혔다. 겨우 중학교 2학년에 불과한 아들놈이 영창에 가다니. 그렇잖아도 툭하면 "왜 잘 나가던 자리 팽개치고 와서 이 '쌩고생'을 시키느냐"며 대들던 아내의 얼굴이 떠올랐고, "어떤 학교에도 전학이 불가하다"는 교장의 말이 겹치며 다리가 후들거렸다. "자식 새끼 잘 키우

We're glad you're here!

Sentinel Star

Orlando, Florida, Saturday, February 4, 1978

'My son says he's guilty, so I am guilty. I want to do something — anything — to repay the school for what my son has done. I am so ashamed.'

For honor, and son, parents can't do

By MICHAEL SILVER and SUE HONG

▲ 송석춘씨 큰아들 밴덜리즘(기물파손) 사건을 크게 다룬 1978년 2월 4일자 <센티널 스타>(현 <올랜도 센티널>)1면. "이 신문은 송씨가 내 아들이 죄를 지었으면, 내가 죄를 지은 것이다. 내 아들이 저지른 행위에 대해 변상은 물론 어떤 일이든 하겠다"고 말한 내용을 실었다. ⓒ <올랜도 센티널>

겠다고 왔다가 이게 웬 청천벽력인가"하는 탄식이 절로 나왔다. 송씨의 기름때 묻은 얼굴 위로 뜨거운 액체가 쏟아져 내렸다. 가슴은 타들어가는 듯했고, 힘든 정비노동에 찌들대로 찌든 몸은 말라 비틀어지는 듯했다.

그뿐이 아니었다. 다음날 아들의 대형 밴덜리즘(기물파손) 소식이 1면 톱으로 내걸리고부터 온 가족은 좁은 응접실 구석 모퉁이에 모여 앉아 통곡을 했다. "한국인의 얼굴에 먹칠을 했다"는 비난은 기본이었고, 등하교때 "그 집을 피해 가라"는 한인들도 있었고, "같은 교육구 학교에 내 아이를 보낼 수 없다"며 전학을 시키는 부모도 있었다. 나이 젊은 어떤 한인은 면전에서 "당신 자식 빵에 갔다며?" 하고 야기죽 거렸다. 그동안 겨우겨우 나가던 교회조차도 교인들의 눈길이 예사롭지 않아 발길을 끊었다.

"아들 죄가 바로 내죄"... 온 가족 이끌고 학교청소에 나서다

나중에 알게 된 것은 영어도 짧고 왜소해 보이는 아들이 학교에서 '분리(왕따)'를 당하게 된 것이었다. 동양 아이가 단 한 명뿐인 학교에서 아들은 미국아이들에게 좋은 놀림감이 되었고, 그때마다 피하지 않고 반격을 가했다는 것이다.

이 때문에 교장에게 여러 차례 불려가 체벌을 받았다고 했다. 불만이 쌓인 아들은 어느 휴무일 이틀 동안 다른 미국인 친구와 함께 학교 건물에 들어가 이곳저곳을 쑥대밭으로 만들었다. 당시 돈으로 1,500달러의 변상금이 나올 만큼 파손이 심했다. 지역 신문에는 카운티 교육구 역사상 가장 큰 밴덜리즘이라는 뉴스가 나올 정도였다.

더욱 원통한 일은 함께 일을 저지른 미국 아이는 가족들이 독실한 크리스천이라는 유명 변호사를 써서 풀려 나왔고, 아들만 '주범'으로 찍혀 옥살이를 하게 된 것이었다. 송씨는 그때 처음으로 '돈없는 사람의 미국'을 뼈저리게 체험했다고 한다.

하지만 한숨만 쉬고 있을 수 없었다. 아들에게는 "니 애비 닮아 성깔부리다 학교에서 잘렸으니 이제 복교하기는 글렀다. 독학으로 검정고시 준비나 해라"라고 말했다. 그러고는 다시는 발걸음도 하기 싫은 학교를 찾아 갔다. 아들의 석방이나 복교를 위해서가 아니었다. '아들을 잘못 가르친 애비'로서 속죄를 한다는 생각이었다.

그런데 송씨의 '속죄'가 유별났다. 매주 주말에 온 가족을 동원하여 학교청소를 하겠다고 했고, 교장은 '별난 아버지'라는 표정으로 허락했다. 송씨의 이 별난 행동은 나중에 다시한번 플로리다 주류사회를, 아니 전 미국을 흔들었다. 감방에 간 중2 아들의 속죄를 위해 부부가 유치원과 초등학교에 다니는 네 아이들과 함께 매 주말마다 학교 운동장을 청소하는 광경을 상상해 보라!

그러던 어느날 아침, 이웃 미국인이 신문을 가져다 주며 "이 신문 기사 내용이 너희 가족이야기 같다"며 읽어 보라고 했다. 무심하게 받아둔 신문을 그날 뒤늦게서야 읽어본 송씨는 어안이 벙벙했다. 마이크 실버와 한국계로 보이는 수 홍이라는 <AP 통신> 기자가 쓴

Florida • Classified

Orlando, Florida
SECTION C

Vandal's 'family honor restored'

By MICHAEL SILVER
Sentinel Star Staff

A Westridge Junior High School assistant principal Monday brought a message to an immigrant mechanic whose son vandalized the school: "The family honor has been restored."

The father had been so humiliated by his son's vandalism that he began doing chores around the school and went deeply into debt to clear the family name.

Once the Sentinel Star story of the father's actions was released nationwide by the Associated Press, the school received a handful of letters from around the nation congratulating the father for accepting responsibility.

A woman in Texas was so moved by the story that she sent a $10 check.

Alva Poole, Westridge assistant principal, went to the father's place of employment Monday morning to bring him copies of the letters and to tell him that by setting an example for other parents, he restored the family's honor.

"He was very pleased," Poole said Monday afternoon. "He smiled and said 'Thank you very much.'"

School officials have asked that the family's name be withheld to spare the boy problems at the school he was enrolled in after a two-month suspension.

The 14-year-old boy and a 16-year-old companion did about $4,000 damage to Westridge during two break-ins in September.

When told of his son's actions, the father told school officials, "I take total responsibility. My son says he's guilty, so I am guilty."

He said his son had brought disgrace to the family.

He went into debt so he could immediately pay a $1,300 court fine and brought his family to the school grounds to pick up trash.

"Please accept my compliments on your integrity and moral courage," wrote Thomas P. Graham of Asheville, N.C., in a letter he asked school officials to give the man. "Your son is indeed lucky to have such a father."

"It is nice to know that there are still people in the world that feel they should do the right thing and take responsibility for their children's actions," wrote Anna Boctar of New Haven, Conn.

Mrs. Robert Cordell of Richardson, Texas, enclosed a $28 check along with her compliments. "I too was brought up with a 'code of honor,'" she wrote. "I believe the family should be commended for its great effort."

▲ 송석춘씨 큰아들이 방면되어 가족의 명예가 회복되었다는 내용이 실린 1978년 2월 28일자 <센티널 스타>. ⓒ 올랜도 센티널

"가족의 명예와 아들을 위해 부모는 모른 체 하지 않았다"는 제하의 기사였다.

기사에는 "내 아들이 죄를 지었으면, 내가 죄를 지은 것이다. 아들이 저지른 행위에 대해 변상은 물론 어떤 일이든 하겠다"는 내용이 들어 있었다. 아들이 다니던 학교 측이 송씨의 '연대책임' 정신에 감동을 한 나머지 기자들에게 전한 것이 기사화된 것이었다.

미 전국 뉴스에 오른 송씨 가족의 '학교 청소 사건'

급반전이 이뤄졌다. 미 전역의 신문들이 <AP 통신> 기사를 받아 쓰면서 송씨 아들이 다니는 학교에는 며칠 만에 수백통의 편지가 날아들었다. 변호사비로 쓰라며 5달러, 10달러 짜리 수표와 현찰을 보내오기도 했다. 미국의 신문들에서는 송씨의 "아들 죄가 바로 내 죄"라는 고백을 들어 "미국인 부모들도 본받아야 한다"거나 "미국 교육계도 유교적 가족관계에서 이뤄지는 독특한 교육 철학을 배워야 한다"는 논지의 기사와 논평을 내보냈다.

며칠 후에 반가운 소식이 송씨 가족에게 날아들었다. 법정에서 송씨의 아들을 방면한다는 소식이었다. 교육청에서는 다니던 학교로는 되돌아 갈 수 없고 멀리 떨어진 다른 학교에 갈 수 있다는 서한도 보내왔다. 일종의 정상참작인 셈이다.

송씨는 "당시 그 신문 기자가 아니었으면 아들놈과 우리 가족이 어찌되었을 지 아찔하다"면서 고마움을 표하는 한편, "당시 내가 어떻게 학교 청소를 자청하고 나섰는지, 아내와 아이들이 군말없이 따라 주었는지 신기하기만 하다"고 회상했다.

현재 송씨의 그 말썽꾼 아들 송시영(50)씨는 센트럴 플로리다 대학(UCF) 학사와 플로리다인터네셔널 텍(FIT)석사를 받은 후 미우주항공

▲ 책 표지. © 김명곤

국(NAS산하 방산업체에서 근무하며 고위 우주선 탑제 전문가로 일하고 있다.

기자는 지난 20일 올랜도 닥터 필립스 자택에서 송석춘(76)씨를 만나, 그의 아들 애기를 포함한 이민생활 40년의 애환을 들어봤다.

1937년 일본 요코하마에서 태어난 송씨는 1970년 공군 대위로 전역과 동시에 현대자동차에 입사하여 1971년 차장으로 고속 승진한 후에 1973년에 퇴사했다. 1974년에 자동차 정비공으로 취업이민하여 30여년간 자동차 정비업에 종사하다 2005년 은퇴, 올랜도 닥터 필립스 지역에서 안락한 노후를 즐기고 있다.

송씨는 자동차 정비업을 하면서도 짬짬이 <코리아 위클리> '이민생활이야기'에 기고한 글들을 묶어 <기름때 묻은 원숭이의 미국이민 이야기>(코리아 위클리 출판, 299쪽)를 최근 세상에 내 놓았다. '기름때 묻은 원숭이'란 송씨 스스로가 자신의 정비공직을 낮추어 지칭한 것이지만, '정비공 직업에 대한 자부심'을 반어법적으로 표현한 것이다.

그의 책 <기름때 묻은…>에는 '현대 회장 구속 피켓든 여인'을 첫 글로 시작하여 '학교에서 왕따 당하고 사고친 큰 아들', 맨처음 신문에 기고한 '김치 지아이(GI)' 등을 거쳐 '기름때 묻은 원숭이의 역사를 쓰다'로 끝을 맺는다.

그가 쓴 글들은 머리로 쓴 것이 아니다. 몸으로 쓴 글들로 엮어진 그의 책에는 어렵던 시절 물건너온 이민자의 애환이 생생하게 묻어나 있다.

"내 생애에서 가장 잘한 결정은 자동차 정비 택한 일"

- 최근 책을 낸 소감이 어떤가.

"나는 글쟁이가 아니다. 책을 읽으며 이민인생 40년을 되돌아 보니 내가 나 같지 않다는 생각이 들었다. 고초당초보다 더 매운 생활이었다. 내 얘기가 이민자들에게 크게 위로가 되고 힘이 되었으면 좋겠다."

▲ 송석춘씨가 자신의 집 뒷마당에서 거둔 스타 푸룻 열매를 들어 보이고 있다. ⓒ 김명곤

- 자녀들이 아들 둘에 딸 셋 모두 5명이다. 그 가운데 특히 애착이 가는 자녀는?

"귀하지 않은 자식이 어디 있겠느냐마는 큰 아들놈이 대견하게 보인다. 사고를 쳤을 때만 해도 '아이고 저놈이 자라서 뭐가 될꼬'하고 걱정이 태산이었는데, 지금은 가장 가까운 곳에 살면서 챙겨준다. 내가 좋아하는 낚시를 시도 때도 없이 함께 가 주니 얼마나 좋은가. 선트러스트 은행의 부사장으로 일하고 있는 큰 딸도 명절때마다 제법 큰 용돈을 보내준다. 다른 애들도 미국사회에서 제몫을 다해 뿌듯하다."

- 사고뭉치 큰아들의 근황은?

"미 항공우주국(NAS산하 방산업체 고위 탑제사로 일하고 있다. 우주선을 쏘아 올릴때 수십 명이 달라붙어 점검을 하는데 그 가운데 최고참으로 일하고 있다. 미국은 물론 전세계에서 오는 'VVIP(Very Very Important Person)'들에게 직접 브리핑을 하는 유일한 한국계 직원이다."

– 자녀 교육 방식이 독특했던 것으로 보인다. 교육 방식에 후회되는 것이 없나.

"(웃으며) 이민초기에 좀 거친 얘기로 '미국놈들에게 절대로 지지 말아라, 불리(왕따) 당하면 싸우라!'고 가르쳤다. 결국 큰아들놈이 내가 가르친 것을 오버해서 사고를 쳤지만, 영어도 짧고 가진 것 없던 그 당시를 견뎌낼 힘은 강한 정신력 밖에 없었다. 학교도 자주 찾아가고 아이들에게 좀더 가까이 가지 않은 것이 좀 걸린다. 하지만 힘들게 먹고 사느라 어쩔 수 없는 면도 있었다."

– 이제 이민 인생 후반을 살고 있다. 전체적으로 자신의 이민생활을 평가한다면?

"올해 대학 3학년인 손녀가 내가 쓴 칼럼을 오려낸 신문쪽지를 학급 친구들에 흔들며 '우리 할아버지를 존경한다. 자랑스럽다'고 했다고 한다. 자신은 한글을 읽지도 못하면서 말이다. (웃으며) 그 정도면 이민생활 성공한 거 아닌가?"

– 이민 온 것을 후회한 적이 있나?

"이민 초기 너무 어려워 후회감이 들 때도 있었다. 현대자동차 정비 차장 시절에 욱하는 성질에 사표를 낸 것이 후회스럽곤 했다. 현대 정세영 사장이 극구 말렸지만 끝내 그만뒀다. 뇌물을 찔러주고 상사에게 아첨을 해야만 진급을 하는 풍토가 진절머리가 났다."

– 이민와서 가장 힘들었던 때는?

"비행기표도 외상으로 왔고, 정착금도 없이 왔던 초기였다. 너무 무모하게 이민을 온 것이다. 대졸 초임이 2만 원일 때 나는 현대에서 15만 원을 받았었다. 이걸 포기하고 왔으니 심적으로나 물질적으로 너무 힘들었다. 그래서 우리 애들에게는 '사표 쓰려거든 직장 미리 잡아두고 하라'고 신신당부 한다."

– 현대 자동차 입사 동기들은 출세했을 듯한데.

“현대자동차 회사 생활을 하던 당시에 몇백대 일의 경쟁을 뚫고 입사한 4명의 동기가 있는데, 나를 포함해 3명은 밀려나거나 적응하지 못해 일찍 퇴사하고 ‘약아빠진’ 1명은 끝까지 남아 기아 자동차 부회장까지 지냈다.

당시 현대에는 ‘쓰리아웃’ 제도가 있었는데, ‘영어, 운전, 컴퓨터 실력을 갖추지 못하면 퇴사 시킨다’는 방침이었고, 나는 당시 수준으로 영어에도 손색이 없었고, ‘운전’에 관한한 자타가 공인하는 ‘최고’로 특급 대우를 받았다. 컴퓨터는 회사에서 대주는 돈으로 배울 수 있었다.”

– 과거를 되돌아 보았을 때, 자신의 삶에서 제일 잘한 결정은 무엇이라 생각하는가.

“자동차 정비를 직업으로 택한 것이다. 3만 개의 자동차 부속을 술술 암기해 내고 지적해 낼 정도로 빠른 습득력을 갖고 있었다. 지금도 자동차 책을 보지 않고 부속 이름을 정확히 댈 수 있다. 아들놈에게 어릴 적 자동차 일을 시킨 적이 있는데, ‘부전자전’이라더니 놀라울 정도로 빠르게 부속을 외우는 걸 보고 깜짝 놀랬다.”

– 직업으로서 자동차 정비가 좀 ‘험한 일’에 속한다. 왜 ‘정비공 노동자’일을 택했나.

“자동차 정비일이란 것이 본인이 좋아하고 건강만 하다면 망할 일은 없다. 나 같은 경우 종합 정비 보다는 딱 한가지 휠 얼라인먼트에만 매달린 것은 잘한 일이었다고 생각한다. 나에게는 자동차 정비가 ‘땅짚고 헤엄치기’였다. 항상 110% 성실하게 일하려고 했다.”

– 그래도 다른 직업을 가져본 적이 있을 듯한데.

“자동차 정비가 험하고 힘들다는 생각이 들어 모아둔 돈으로 5에

이커 지렁이 농장을 한 적이 있다. 1년 만에 폐업하고 다시 정비일로 돌아왔다. 아무래도 내 직업은 정비일이란 생각이 들었다. 어느 분야에서 '베스트' 소리 들으며 사는 것이 가장 좋은 삶이란 깨달음이 왔다."

– 종종 한국 사회에 대한 불만을 글로 표현하곤 했다. 한국사회에 대해 한마디 한다면?

"한국사회에선 '줄'을 잘 서고 '보험' 들지 않으면 살아남기 힘든 삶이었다. 많이 좋아졌다고는 하지만 아직도 그 잔재가 많이 남아 있는 듯하다. 미국은 합리적이고 상식적인 사회다. 아직 차별이 있다고는 하지만 능력있고 성실하면 얼마든지 출세할 수 있는 나라가 미국이다. 나도 그걸 경험했고, 내 자녀들이 이만큼 주류사회에서 성공적인 삶을 살 수 있는 것도 그 때문이다."

이민자들, '4분의 1 생활철학' 본받았으면

– 이민생활 40년된 대선배로, 이민 후세대에 할 말이 있을 듯한데.

"사소한 듯 보이는 법을 잘지키고 주류사회에 신뢰받는 한인들이 되었으면 좋겠다. 아직 쓰레기 분리수거를 하지 않는 한인 가정들도 있더라. 미국 사람들 가운데는 한국인을 잘 쓰지않으려 한다는 얘기도 들었다. 직장을 잡자마자 그만 두는 한국인들이 있다는 얘기였다. 이러면 후손들이 미국사회에서 살아가기 힘들다."

– 지난 5~6년간 경기가 너무 안좋아 힘들어 하는 한인들이 많다.

"한인들이 미국인들의 표면적인 삶을 따르고 사는 것 같아 안타깝다. 진짜 미국인들인 중산층의 삶은 애국심과 내핍생활에 철저하다. 대부분의 중산층 미국인들은 아침은 빵, 스프, 밀크로 때우고, 점심도 간단하게 해결한다. 상위 몇 %만 외식을 즐긴다. 그런데 중산층에도 이르지 못한 한인들이 너무 상류층 행세를 하는 같다.”

송씨는 미국 중산층이면 상식적으로 알고 실천하여 살고 있다는 ‘4분의 1 생활철학’을 소개했다. 4분의 1 생활철학이란, 총 가계수입을 거주비, 교통비(차 구입 및 수리비 포함), 생활비, 보험.세금 등 4등분으로 나누어 생활하는 방식을 말한다. 송씨는 이민 초기에 어느 미국인으부터 이 4분의 1 생활철학을 소개받고 이를 실천하려고 애써왔으며, 다른 한인들에게도 이를 권유해 왔다고 했다. 큰 꿈을 안고 이민 왔다가 분수를 모르고 살다 쩔쩔매며 사는 한인들을 자주 목격한 탓이다. 이민생활 40년이 된 송씨 자신은 4분의 1 생활철학을 실천한 탓에 그 ‘열매’를 톡톡히 누리며 살고 있노라고 했다.

잊을 수 없는 부속품상 주인 ‘미스터 필립스’

인터뷰 말미에 송씨에게 “이민생활 중 가장 고마운 사람이 누구였냐”는 질문을 하자 의외의 답변이 나왔다. 송씨는 잠시 뜸을 들이더니, 평생 고락을 같이한 아내는 늘 고마운 사람이고, 자동차 부속상 주인 ‘미스터 필립스’라는 미국인은 떠올릴 때마다 ‘가슴을 찡하게 하는 은인’이라고 했다.

미스터 필립스를 평생 은인으로 꼽는 사연은 이랬다. 송씨가 미국인이 운영하는 자동차 정비소에서 일하던 어느날이었다. 미스터 필립스가 어느날 일하고 있던 송씨를 부르더니 “자동차 정비일을 얼마나 했느냐”고 캐 묻더니 “정비공장을 차려볼 생각이 없느냐”고 했다. 처음에는 무심코 보인 관심이려니 지나쳤다가, 6개월쯤 지난 어느날 송씨에게 다시 “정비공장을 차려볼 생각이 없느냐”고 했다.

하지만 모아둔 돈도 없고 7식구 생활도 하기에 빠듯한 마당에 감히 정비공장 주인이 된다는 것은 생각조차 할 수 없던 때였다. 필립스의 제안에 반신반의하면서 일단 '계획서'를 들고 갔더니 당장 10만 달러어치의 정비기기가 필요하다는 계산이 나왔다. 그때 필립스는 '9만 달러에 정비기기를 줄 테니 1만 달러를 다운하고 5년 안에 나머지를 갚으라'고 했다. 꿈 같은 얘기였다. 순전히 "일이 없어도 일을 하는 동양 친구"를 눈여겨 본 필립스의 배려였다.

미스터 필립스에 대한 일화는 또 있다. 송씨가 가게 문을 연지 얼마 되지 않아 손님을 끌 요량으로 '30% 세일' '50% 세일' 광고판을 만들어 달고 길거리에도 꽂아 두었을 때였다. 어느날 송씨의 정비공장을 지나치다 이 광고판을 본 필립스가 차에서 내리더니 다짜고짜 광고판을 떼어 박살을 냈다. 그리고는 "네 기술을 싼 값에 팔지 말라"고 충고하고는 유유히 사라지더라는 것이다.

송씨는 "일생을 살다보면 많은 사람을 만나는데, 나는 다행히 사람을 잘 만났다"며 미스터 필립스에 대한 고마움을 평생 못잊을 것 같다고 말했다. 인터뷰를 끝내고 일어서려는 기자에게 송씨는 이민자들에게 반드시 전해줄 말이 있다고 했다.

"충실히 살면 돕는 사람이 있게 마련입니다."

25년 전 망한 태권도 영화,
대박났습니다

[이사람] 미국 플로리다 김영군 사범, 태권도 인생 60년

한 아이가 있었다. 10세 되던 어느날, 그는 담임 선생님으로부터 호되게 매를 맞았다. 교실에서 떠들었다는 것이 이유였다. "내가 한 게 아니다"며 극구 변명했지만, 거짓말을 한다고 더 맞았다. 억울했다. 그는 바로 그 길로 태권도장으로 향했다. 태권도를 배워 억울함에 대한 앙갚음을 하고야 말겠다며 이를 악물었다.

그리고 그는 20대 후반 팔팔한 나이에 미국땅으로 건너왔다. 이번에는 '태권도로 세상을 바꾸어 놓겠다'는 꿈을 품었다. 하루 2~3시간 잠을 자고 굶기를 밥먹듯 하며 초기 이민생활을 견뎌냈다. 불과 3~4개월이 지나며 수련생들이 몰려들었고, 10여 년이 지나면서 달러가 쌓이기 시작했다. 비난을 무릅쓰고 '태권도 비즈니스'를 한 결과이기도 했다.

그는 '그랜드 마스터'라는 명칭에 걸맞게 주류사회에 거액의 도네이션도 마다 하지 않았다. '체계적인 태권도 교육'을 한다며 모은 돈

으로 책을 쓰는 일에 몰두하기 시작했다. 'Y. K. Kim'이라는 고유 브랜드로 알려지게 된 그는 어느덧 한인사회는 물론 주류사회에서도 꼽아주는 유명인사가 되었다.

그러던 그가 어느날 느닷없이 '영화사업'에 뛰어든다. 한국에 들어갔다 '성공한 재미 태권도인'으로 텔레비전에 소개된 것이 계기가 되었다. 한국에서 유명한 무술영화 감독이 인터뷰 방송을 보고 태권도 영화를 만들자는 제안을 해 왔고, 꿈을 달성할 절호의 기회라는 단순한 생각으로 이를 승락했다.

이렇게 해서 100만 달러의 거금을 들인 영화 <마이애미 커넥션>(Miami Connection)이 제작에 들어갔다. 마침 미국 안방에서 <마이애미 바이스>가 큰 인기를 끌던 시절이었다. 주연은 자신이 맡았고, 제자들이 몽땅 영화에 출연했다. 영화는 고아로 자란 대학생 태권도 수련생들로 구성된 음악 밴드 '드래곤 사운드', 마약밀매단 닌자 그룹, 그리고 닌자와 연결된 오토바이 갱단 간에 얽힌 이야기가 전체의 뼈대를 이루고 있다.

그러나 영화는 배급사들로부터 '쓰레기 같은 영화'라는 혹평을 받았다. 영화관 상영을 포기하지 못한 김 사범은 홀로 기존의 필름에 새로 찍은 장면들을 삽입하고 다시 돈을 들여 플로리다 내 8개 극장에서 마침내 영화를 상영하기에 이르렀다.

▲ 미국 플로리다 김영군 사범 ⓒ 김명곤

하지만 김 사범은 더욱 수치와 절망을 경험해야만 했다. 지역 유명 영화 평론가의 영화평은 혹독했고, 영화는 3주 만에 거둬졌다. 십수년 악착같이 키워온 '태권도 사업'이 파산에 이르게 되었고 6차례나 입원을 하며 실의의 나날을 보내기도 했다. 이후로 <마이애미 커넥션>은 김 사범에게 두 번 다시 떠올리기 싫은 끔찍한 경험으로 남게 됐다.

"내가 당신이 버린 영화를 살리겠다"... 한 여름에 걸려온 '괴 전화'

25년이 지난 어느날, 생판 들어보지도 못한 텍사스 영화배급자로부터 전화가 걸려왔다. "당신이 버린 영화를 내가 살려 내기로 했다"는 전언이었다. 장난 전화로 생각하고 두말없이 전화를 끊었다. 애써 묻어뒀던 25년 전 악몽을 되살린 것에 은근히 화가 났다.

다시 전화가 걸려왔다. 자신을 영화배급사 드래프트하우스의 오너라고 정중히 소개한 미국인은 경매사이트인 이베이(ebay)에서 우연히 <마이애미 커넥션>(Miami Connection) 필름을 구입하고 자체 시연을 거친 자초지종을 얘기하며 김 사범을 설득했다.

반신반의하던 김 사범은 필름 제작 25주년인 지난해 7월부터 영화 재상영을 후원하고 나서게 됐다. 그는 재상영 초기부터 믿기지 않을 만큼 관객들의 반응이 좋은 것을 보고서야 '부활'을 확신하게 되었다. 신바람이 난 그는 시카고, 뉴욕, 로스앤젤레스 등 미 전역의 34개 영화관을 순회하며 태권도를 소개하고 팬 사인회를 갖는 꿈같은 시간을 보냈다.

지난해 12월 11일 DVD와 블루레이로 이미 출시된 <마이애미 커넥션>은 올랜도 독립 영화관인 엔지안(Enzian)에서 15일 상영을 마지막으로 철수하게 되어 있었다. 그러나 일찌감치 표가 매진되는 상황이 되자, 엔지안 측은 28일과 29일 앙코르 상영을 했다.

기자는 지난 12월 28일 직접 인터뷰에 이어 인터넷으로 보충 인터뷰를 했다. 그의 도장에서 만난 김 사범은 3개월 동안 팬 사인회를 위해 전국의 극장을 돈 탓인지 다소 피곤한 듯 보였으나, 흥분이 채 가시지 않은 듯 목소리는 밝고 힘이 넘쳤다.

– 지난달 말로 35개 영화관에서 상영이 모두 끝났다. 소감을 말해 달라.

"아직도 믿을 수가 없다. 완전히 잊고 지낸 지 25년 만에 재상영 무대가 열리다니. 뉴욕, 시카고, LA, 오스틴 등 대도시 영화관에서는 '폭동'이 일어났다고 느낄 만큼 상영 전후로 관람객들이 밀려들었고 호응이 컸다. 현지에 가서 보고 너무 놀랐다."

– 미국 주류 미디어들도 <마이애미 커넥션>의 재상영을 경이롭다는 듯 보도했고, <올랜도 센티널> 등이 1면 주요기사로 비중있게 다룬 것을 보았다.

"플로리다 지역 신문뿐 아니라 <시카고 트리뷴> <뉴욕 타임스> <워싱턴 포스트> <LA 타임스>, <CNN>, <MS NBC> 등 주요 미디어들이 큰 관심을 갖고 전했다. <마이애미 커넥션> 구글 조회는 1억이 넘었고, 한 인터뷰 기사는 조회수 250만을 기록했다."

▲ 미국 전역의 35개 독립영화관에서 제작 25년 만에 재상영 무대에 오른 <마이애미 커넥션> 포스터 ⓒ Drafthouse Films

– <마이애미 커넥션>이 재상영 무대에 화려하게 복귀한 이유가 무엇이라 생각하는가.

"이미 영화평에서도 나왔지만, 인터넷 시대에 인위적인 기술로 만들어진 영화에 싫증을 낸 젊은이들이 1980년대의 '리얼 액션' 영화를 알아보게 된 것이다. 영화전문가의 눈보다는 관객의 눈을 사로잡은 결과라고 생각한다."

– 1986년 영화를 완성하고 나서 영화의 끝부분을 다시 촬영한 것으로 알려져 있는데.

"영화를 해피 엔딩으로 마무리 짓는 것이 좋겠다는 어떤 영화평론가의 충고를 받아들여 뒷 부분을 다시 촬영했다. 실패한 영화라며 손들고 모두 떠난 상태에서 영화제작 관련 책들을 사다 밤새 공부하면서 감독하고 주연도 하며 다시 만들었다. 모두가 '제발 그만 하라'고 말렸다."

– 다시 만들면 성공할 것이라는 확신이 있었나?

"물러서기에는 너무 멀리 와 있었다. 고국을 떠난 이후 모은 재력과 정력을 다 쏟아부은 마당에 포기하기가 힘들었다. 영화 전문가들의 평은 혹독했다. 하나같이 '빨리 갖다 버리는 것이 사는 길이다'고 했다. 실낱같은 희망으로 올랜도 영화관 등에서 상영했는데 언론도 관객의 평도 싸늘했다."

"어머님 가르침 아니었으면 평생 머슴이나 살았을 것"

– 그동안 김 사범이 내놓은 태권도 서적들과 행적을 보면 '긍정적 마인드'와 '무한 도전'의 정신이 강하게 느껴진다.

"모두가 어머님 한테서 배운 것이다. 남편을 전쟁통에 잃고 자식들을 키우면서 늘 어머님은 '죽으면 썩어 없어질 몸, 살아 있는 동안에는 최선을 다해 살아라'고 하셨다. 어머님의 보살핌과 강한 가르침이 아니었으면 시골동네에서 평생 머슴이나 살았을 것이다."

김 사범의 어머니는 현재 88세로 서울에 거주하고 있다. 김 사범

▲ 김영군 사범 제작 주연의 <마이애미 커넥션>을 엔터테인먼트 섹션 주요 기사로 다룬 CNN 인터넷판. '마이애미 커넥션, 인기 바닥에서 명성으로 뒤바뀌다'는 타이틀이 영화의 화려한 부활을 말해주고 있다. © CNN 인터넷 화면 캡쳐

의 아버지는 용인 중고등학교 설립자로 지역 유지였으나 한국전 때 사망했다고 한다. 가세가 기울어 먹고 살길이 막연해진 김 사범은 경기도 파주와 양주의 외갓집에서 어린 시절을 보냈다. 그곳에서 10세 때 태권도를 처음 배웠다. 김 사범이 태권도를 시작하게 된 계기는 담임 선생님으로부터 억울하게 매를 맞은 뒤 분풀이를 하기 위해서였다. 성년이 된 후 그 담임 선생님은 평생의 '은사'가 되었다. 태권도를 하면서 자연스레 가르침을 준 스승에 대한 '존경심'과 '우애'를 배운 덕택이었다.

청년 시절 김 사범은 처음으로 일산과 고양에서 도장을 열었고, 그 곳에서 평생의 은인 이중협 사범을 만나 태권도 정신을 몸에 익혔다. 그는 이중협 사범으로부터 '굴절하지 않는 정신'을 배웠고, 한국에 있는 동안에는 그를 '아버지'로 모셨다. 우여곡절 끝에 그는 서울로 올라와 1969년도에 연희동에 천막 도장을 시작했고, 3~4년 후 전두환씨 집이 내려다 보이는 번듯한 2층 건물에 입주해 태권도를 가르쳤다.

당시 대학에 갓 입학한 기자가 그 도장에 몇번인가 드나들었던 기억이 있다. 태권도를 시작한 5살짜리 어린 조카를 데려다 주기 위해서였는데, 젊은 사범이 비지땀을 흘리는 것을 문 밖 먼 발치에서 지켜 보았었다. 20여 년이 흐른 후 미국땅 올랜도에서 우연한 자리에 통성명을 하고보니 바로 그 청년이 김영군 사범이었다. 희한한 재회였다. 오다가다 김 사범을 마주친 적은 대여섯 차례에 지나지 않았고, <마이애미 커넥션>이 뜨고서야 오랫동안 마주하고 앉아 그의 태권도 인생을 듣게 된 것이다.

– 김 사범이 쓴 책을 보니 고국을 떠난 이후 파라과이와 아르헨티나, 뉴욕을 거쳐 플로리다 올랜도에서 대부분의 태권도 인생을 살았다. 초기에 어려움이 많았을 듯한데 어떻게 돌파했나.

"처음 도장을 열었을 때 일주일씩 물로 배를 채우며 전단지를 들고 올랜도 시 구석구석을 돌아 다녔다. 오후 9시에 운동이 끝나면 전단지를 돌리기 시작했는데, 다음날 동틀녘까지 뿌린 적도 많았다. 돈도 없고 책도 없고 가르쳐줄 이도 없는 상황에서 몸으로 부딪치는 방법밖에 없었다. 3개월 정도 하고 나니 어느정도 기틀이 잡히기 시작했다. 그 당시 하루 2~3시간 이상을 자본 적이 없었고, 15년 동안 토막잠을 자는 것이 습관이 되었다. 나는 태권도에 미쳐 있었다."

– 미국에 정착한 이후 김 사범의 태권도 인생에 가장 큰 영향을 준 이를 꼽으라면?

"우선 현재 뉴저지에 생존해 계신 박동근 사범님을 꼽을 수 있다. 박 사범님은 초기 미국 정착 과정에서 잊을 수 없는 많은 도움을 준 분니다. 다음으로는, 나의 '미국 아버지'인 찰리 리스(Charley Reese)이다. <올랜도 센티널> 칼럼니스트인 그로부터 '강자에 당당하고 약자 앞에 설 줄 아는 정의'를 배웠고, 지금도 삶의 지표로 삼고 있다. 하지만 내 태권도 인생에 가장 존경하는 인물은 이종우 지도관 관장님이다."

– 미국에서 태권도 비즈니스로 가장 성공한 인물이라는 소문과는

걸맞지 않게 태권도장이 작은 것 같다. 현재의 도장이 1981년도에 지어진 것으로 알고 있는데.

"사실 재정적 여유가 생겼을 때 도장을 크게 지을 것인지 말 것인지 고민했다. 그러나 책을 쓰는 일에 매달리기로 결심했다. '돈만 많으면 뭐할 건가, 책은 세상을 바꿀 수 있지 않나' 그런 생각이 강하게 들었다. 건물만 멋지고 크게 짓고 머릿속에 든 것이 없는 무식한 태권도인이 되는 것이 싫었다."

"영어 사전을 질근질근 씹고 다녔다"

– 어렸을 적 태권도에 전념하느라 진지하게 공부할 기회는 별로 없었던 것으로 알고 있는데, 미국에서 어떻게 공부했나.

"영어 사전을 통째로 외우기 시작했다. 그야말로 사전을 베개 삼아 잠들었고 입으로는 질근질근 씹고 다녔다. 어느정도 영어가 자유로워지면서부터는 스포츠 관련 서적은 물론, 문학, 철학, 종교학, 심리학 등 좋다는 책들을 줄줄이 모아 독파하기 시작했다."

– 최근 2년여 동안 미국의 여러 대기업에서 '모티베이션 키노트 스피커(동기 부여 전문 강사)'로 초빙받을 정도로 유명 연설가가 되었다. 김 사범을 가리켜 '인간개발의 전도사'로 부르는 이도 있다. 책도 많이 쓴 것으로 알려져 있는데.

"현재까지 30권 정도의 영문으로 된 책을 썼고, 14권은 출판했다. 앞으로도 계속 책을 쓸 것이다. 사실 미국 회사들이 나를 '키노트 스피커'로 초빙한다고 했을 때, 놀라기도 했고 두렵기도 했다. 영어 발음에 자신이 없었기 때문이다. 나중에 안 일이지만, 그들은 나의 패션(열정)을 높이 샀고, 청중들의 욕구와 필요성에 맞춘 강의 내용과 방식에 높은 점수를 주었다."

– 김 사범의 삶을 이끌어온 흔들리지 않는 어떤 철학이 있는 것 같다. 그게 뭔가.

"한마디로 '불굴의 정신(Never Stop)'과 '자기개발(Improve Myself)'이다. 한 번 뜻하고 세운 목표에 대해 불굴의 정신으로 도전하는 것이고, 끊임없이 자기개발에 몰두하는 것이다. 내 대표적인 책 가운데 하나인 <승부는 선택이다>(Winning is a Choice)에 나의 정신세계가 잘 나타나 있다. 나는 기독교인들이 좋아하는 조엘 오스틴의 <긍정의 힘> 같은 책을 즐겨 읽는다."

– 듣다 보니 김 사범이 미국생활에서 성공을 거두어온 태생적 또는 체득적 내부 요인이 강하게 느껴진다. 그게 뭔가.

"잘 지적했다. 나는 어렸을 적부터 혼자였다. 어머니는 늘 장사다니느라 밖에 나가 계셨고, 내 스스로 먹고 자고 학교가는 일을 혼자서 해결한 적이 대부분이었다. 모든 게 내멋대로 여서 뒤죽박죽이 될 때도 있었지만, 독립적으로 생각하는 힘을 키웠다, 자유분방한 가운데 한도 끝도 없이 내 생각을 펼칠 기회가 많았던 것이다. 아마도 부유하게 살고 형제들이 많았다면 오늘날의 나는 없었을 것이다."

– 미국 정착은 김 사범의 자유분방하고 독립적인 생활과 사고방식에 날개를 달아 주었을 것 같다.

"(박장대소하며) 정말이다. 미국이 나에게는 딱 맞았다. 물고기가 물을 만난 것이다. 나름 자유롭게 살아왔지만, 한국사회가 얼마나 걸림돌과 제약이 많나. 그렇지만 미국사회라고 해서 모두가 좋은 게 아니었다."

– 어떤 점이 미국사회의 나쁜 점이라고 생각하나. '그랜드 마스터'로서 미국사회에 줄 수 있는 충고가 있을 듯한데.

"한국을 비롯한 동양문화권은 제약이 많은 대신, 미국 사회는 상대적으로 개인생활에서 자유분방하고 무절제한 것을 알게 되었다. 그래서 조화와 균형이 필요하다고 생각했다. 절제 없는 자유, 단련(Discipline)없는 자유는 아무짝에도 쓸모가 없다고 생각한다. 미국 사회에서 태권도가 인기를 끌어온 이유 가운데 하나는 바로 '단련'을 가르치기 때문이라고 생각한다."

집세 못내고 전기 끊기는 판에 '태권도의 가치'를 지키겠다?

– 그동안 한인사회에 나돌던 조금 껄끄러운 질문을 하겠다. 김 사범을 가리켜 일부에서 '태권도를 상업화시킨 인물'이라는 비판이 제기되어 왔다. '도'는 '도'로서의 가치를 지키는 것인 금과옥조인데, '도'를 '장삿속'으로 이용했다는 것이다.

"여러번 들었던 비판이다. 어떤 태권도인으로부터는 '장사꾼 자식, 네놈이 고귀한 무도를망치고 있다'며 따귀도 맞았고, 어떤 이는 면전에서 침을 뱉기도 했다. 그러나 3년여쯤 지나서 평정되었다. 그분들 가운데는 무릎을 꿇고 용서를 비는 이들도 있었고, 나중에는 도장운영의 노하우를 배우겠다는 이들이 넘쳐났다."

▲ 2012년 12월 28일 올랜도 엔지안에서 영화가 끝난 후 관객들이 김 사범의 사인을 받기 위해 줄을 서서 기다리고 있다. ⓒ 김명곤

– 책을 쓴 이유도 그때문인가?

"책은 좀 더 원대한 이유 때문에 쓰여진 것이지만, '자본주의 사회에서 자본을 무시하고 살아남을 수 있는 것은 아무것도 없다'는 것을

설득하려는 목적도 있었다. 집세도 전화비도 못내고 전기도 끊기는 마당에 무슨 태권도의 가치를 지키겠다는 것인가. 너무 현실성 없는 이야기다. 자본 없이 의학이 발전했겠나? 자본 없이 과학기술이 발전했겠나? 내가 도장 외에 마케팅 컨설팅 회사(AMS), 잡지사(Martial-art World), 서플라이 회사(샌프란시스코)를 운영하는 것도 그 때문이다."

– 그 많은 돈을 벌어서 어디에 다 쓸건가.

"(웃으며) 무도대학을 만드는 것이 꿈이다. 유치원부터 초중고와 대학까지 아우르는 명실상부한 무도대학을 만들겠다. 당대에 먹고사는 것으로 만족하고 제자 몇몇 만들어내는 것으로 끝내는 태권도장을 운영하는 것으로 삶을 마감하기에는 너무 억울하다는 생각이다. 교육없는 무도는 깡패나 건달을 양산할 수도 있다. 무도대학을 만들어 세상을 바꾸고 싶다."

– 이제 60대 후반에 들어섰는데, '태권도 인생'에 후회는 없는가. 성공한 태권도인으로 소문이 나 있지만, 그래도 아쉽고 후회스런 부분이 있을 듯 한데.

"태권도를 내 인생으로 삼은 것에는 추호도 후회가 없다. 태권도는 내 어머니요 스승이었다. (긴 침묵 후에 잠긴 목소리로) 다만, 가족을 등한시한 것은 되돌이킬 수 없이 아쉽다. 무에서 유를 창조하려다 보니 모든 것을 다 챙길 수는 없었다."(이 부분에서 김 사범은 어머니와 가족을 얘기하다 왈칵 눈물을 쏟으며 한동안 말을 잇지 못해 기자를 몹시 당황케 했다).

– 마지막으로 묻겠다. 또 영화를 만들 생각인가?

"새 영화를 구상중이다. 이번에도 무도 영화다. 세상을 들었다 놓을 영화를 만들고 싶다. 영화만큼 태권도를 프로모션할 좋은 매개체가 어디 있겠나."

65년 동안 '우리의 소원은 통일'… 이제 그만 불렀으면

[이 사람] 겨레 동요 작곡가 안병원

"65년 동안이나 '우리의 소원이 통일'이라니…. 부끄러운 일이에요. 이제 그만 좀 불렀으면 좋겠어요."

3·1절 기념일을 며칠 앞둔 지난 2월 말, 굴곡의 한국현대사의 증인 가운데 한 사람이자 작곡가인 안병원씨가 털어놓은 말이다. 올해 87세인 안병원씨는 '민족의 노래'라고 일컬어지는 '우리의 소원은 통일'을 작곡했지만, 노래의 유명세 만큼 이름이 널리 알려져 있지는 않다.

음악인들이 아닌 보통 사람들에게 "'우리의 소원은 통일'을 작곡한 사람이 누군지 아느냐"고 물으면 열 중 아홉은 고개를 흔든다. "'안병원'이라는 분인데요, 동요 '송알송알 싸리잎에 은구슬…'도 작곡한 분입니다"라고 하면 "아, 그렇군요!"라고 고개를 끄덕인다. 이어서 "외국 동요 '흰눈사이로 썰매를 타고…' 우리말 번역자이기도 한데요"라고 말하면, "어, 그래요?"라는 반응이 나온다.

안병원씨는 혼런스러웠던 해방공간에서 대학 2학년이었던 약관 22세에 겨레 동요인 '우리의 소원은 통일'을 작곡했다. 작사자는 바로 그의 아버지 안석주(1950년 2월 작고)였다. 노래는 남고 그 노래를 만든 사람들의 이름이 기억되지 못한 데는 이유가 있다. 작사자 안석주씨는 한국전쟁이 일어나기 4개월 전인 1950년 2월에 작고했고, 작곡자 안병원씨는 1974년 어머니와 손아래 동생이 살고 있던 캐나다로 홀연히 이민을 떠났기 때문이다.

청량한 초원의 빛이 대지를 어루만지는 2월 말, 미국 플로리다 목초지에서 열린 기독교 건강 세미나에 참석하기 위해 부인 노선영(77)씨와 함께 올랜도에 온 안병원씨를 만나 '우리의 소원은 통일'에 얽힌 삶의 역정을 들었다. 안씨는 긴 거리 보행에서나 사용하는 지팡이를 한 손에 들었지만, 90세를 앞둔 노인 답지 않게 목소리는 카랑카랑 했고 눈매와 혈색은 젊은이 못지 않게 밝고 맑았다.

다만 살아온 날 수 만큼이나 많은 일들을 겪고 많은 사람들을 만난 탓인지 종종 중요한 사건의 앞뒤 정황을 혼동하는 바람에 평생의 동반자인 부인 노선영(77)씨가 인터뷰를 도왔다. 또 일부 연대기 등은 안씨가 보내온 회고록 <음악으로 겨레를 울리다>에서 확인하는 작업을 거쳤다.

– 1947년 당시 노래의 제목은 '독립의 노래'였죠? '우리의 소원은 독립' 작곡 당시의 정황은 어땠나요? 역사에 기록될 곡의 탄생 과정을 듣고 싶습니다.

▲ 겨레의 동요 '우리의 소원은 통일' 작곡가 안병원(87)씨가 1947년 처음 작곡할 당시를 설명하고 있다. © 김명곤

"처음 이 노래를 작곡하게 된 것은 순전히 친구 때문이었어. 중앙방송국 어린

이 프로그램 담당 배준호가 어느날 나를 찾아온 거야. 그는 '해방 후 두 번째 맞이하는 3·1절에 색다른 프로그램을 만들려고 하는데 좋은 아이디어가 없냐'고 물어왔어. 이리저리 의논하던 끝에 우리는 '독립의 날' 노래극을 만들어보자는데 합의를 보았지."

– 처음부터 작곡은 '내가 해야 겠다'는 욕심이 생겼나요?

"아마도 친구는 처음부터 내게 어떤 것을 기대하고 왔던 듯해. 음대생이니 작곡은 내가 할 터이고, 작사는 언론인인 아버지에게 부탁할 심산이었던 것 같았어. 당시 방송국 사정으로는 대본 원고료, 작사료, 작곡료 등을 지불할 형편이 못 되었고, 반주 악기도 피아노 밖에는 없었다고. 더구나 나는 그 당시 어린이 합창단인 '봉선화 동요회'를 만들어 활동하고 있었지."

– 아버지를 찾아갔을 때 반응은 어땠습니까.

"아버님은 엄격한 분이셨어. 특히 9남매의 장남인 내가 공부하는 기색은 보이지 않고 늘상 쏘다니는 걸 별로 탐탁치 않게 여기셨거든. 찾아간 그날도 신문일로 바쁘신 아버님이 '이놈이 또 무슨 일을 벌이려나' 하는 귀찮은 눈빛을 보이셨어. 우리의 뜻을 상세히 말씀드렸더니 한참 생각하시더니 '써주겠다'고 하시는 거야. 기특하다고 여기셨던 게지."

결국 안병원과 배준호는 아버지 안석주로부터 25분짜리 노래극 원고를 받아냈다. 5곡이나 되던 노래 모두 안병원이 작곡을 맡았고, 출연진은 안병원이 만들어 지휘하던 '봉선화 동요회'가 담당하기로 했다. 이렇게 해서 배준호가 막연하게 내놓은 '노래극'은 안병원 부자가 처음부터 끝까지 북치고 장구치고 한 잔치가 된 것이다.

– 가사를 받은 후 작곡 구상은 주로 어디에서 했습니까.

“당시 친구 권길상의 아버님이 목사님으로 있던 명륜중앙교회에서 밤낮으로 살다시피 했어. 풍금을 두들기다 말고 한숨을 짓고 교회 의자에 드러누워 그대로 쓰러져 밤을 새우기도 했지. 그렇게 수주 동안을 뒹굴며 고민하던 끝에 5곡의 노래를 작곡하게 되었어. 그 가운데 하나인 ‘독립의 노래’는 일주일 동안의 고통 속에서 탄생했다네. 당초 ‘독립의 노래’용으로 3곡을 작곡했었고, 그 중 하나를 골라야 하는데 쉽게 결정을 하지 못하겠더라고.”

▲ 안씨의 회고록 <음악으로 겨레를 울리다> ⓒ 삶과꿈

- 고민해서 세 곡을 만들었는데, 그중 한곡을 어떻게 낙점하게 되었나요.

“다시 아버지에게 찾아가서 그 가운데 유난히 마음이 간 하나를 짚으며 ‘이게 어떨지 모르겠다’ 넌지시 내밀었더니 ‘야, 그거 참 좋다, 그거면 되겠다’고 하시더라고. 부전자전 이심전심이었던 거야.”

안병원의 아버지 안석주는 일제말에 <동아일보>와 <조선일보>에서 학예부장 등으로 일한 언론인이자 화가다. 당시 그의 신문소설 삽화와 한컷 짜리 만평은 장안의 화제였으며, 웬만한 논설 집필자보다도 인기가 있었다고 한다.

이렇게 해서 ‘우리의 소원은 독립, 꿈에도 소원은 독립…’으로 시작하는 ‘독립의 노래’가 안병원-안석주 부자에 의해 탄생했다. 이 노래는 삼일절 방송을 타기 전인 2월 28일 오후 2시 종로 YMCA 대강당에서 연 삼일절 기념 아동음악회에서 '봉선화 동요회'가 먼저 합창으로 불렀다. 관객들의 반응은 매우 좋았다. 그러나 바로 다음날 오후 5시 30분 방송을 타고 전국 곳곳에 퍼진 후에 나타난 반응에 비할 바가 아니었다.

– 당시의 반응을 회고하실 수 있으신지. 겨레의 신데렐라가 된 그날의 광경을.

"(천장을 쳐다보며) 허헛참, 요샛말로 장난이 아니었지. 9남매 중 장남으로 늘 꾸중만 듣고 자란 터에 아버님으로부터 오랫만에 칭찬이란 것을 들었다고. '야 너 참 잘했다' 그러는데 하늘을 나는 기분이었어. 그런데 말야, 전국의 지방 방송국들은 물론이고 시간이 지나면서 생판 알지도 못하는 학교들로부터도 악보를 보내달라는 성화가 빗발치는 거야. 내가 무슨 일을 저질렀는지 실감이 나지 않았어."

– 1947년 2월이면 이미 해방이 된 지 1년 6개월여가 지난 때였는데요. 왜 "우리의 소원은 독립"이라는 노랫말을 짓게 되었나요.

"당시 웬만큼 뜻있는 사람들은 우리가 일제로부터 해방은 되었지만 진정한 독립은 이루지 못했다고 생각하고 있었어. 아버지 역시 우리 민족이 진정한 독립을 이뤄야 한다는 생각을 하고 있었음에 틀림이 없다고 봐. 당시 미군정이 계속되고 있었고, 정부 수립 문제로 좌우가 대립하는 등 혼란이 계속되고 있던 때였잖아."

▲ '우리의 소원은 통일' 작곡 당시의 안병원씨. 약관 22세 서울대 음대생이었다. ⓒ 안병원

잠시 덧붙이면, 안병원 부자가 '우리의 소원은 독립'을 만들고 있던 당시 한반도

는 단독정부냐 통일정부냐를 놓고 정치세력들 간에 밀고 당기는 쟁투가 계속되고 있었다. '독립의 노래가' 전국 방송망을 타던 그날 제주도에서 열린 삼일절 기념식에서 좌익계 인사들을 포함한 제주 주민들이 이승만의 단독정부 수립에 항의하는 시위를 하다 경찰의 발포로 6명이 죽고 6명이 부상을 당하는 사건이 발생했다. 이 사건이 시발이 되어 한국 현대사의 가장 비극적인 사건 가운데 하나인 제주 4·3사태가 발생하여 2만5천여명 이상의 민간인이 죽었다. 우연치고는 가슴이 아픈 일이다.

'우리의 소원은 독립'이 '우리의 소원은 통일'로 바뀐 사연

- 그런데 '우리의 소원은 독립'이 '우리의 소원은 통일'로 바뀌게 된 계기가 궁금하군요.

"독립의 노래가 만들어졌던 다음해인 1948년 8월 15일 정부가 수립되고부터 삼팔선이 막혀버렸지. 어느날 문교부로부터 '이제부터 우리의 소원은 통일로 고쳐 부르는 게 좋겠다'는 제안이 왔어. 1950년 초등학교 5학년 교과서에 '우리의 소원은 통일'로 처음 실리기 시작했고, 이후로는 아예 단골로 교과서에 실리게 된 거야."

하루아침에 '스타'가 된 안병원은 서울중앙방송국(KBS 전신)에서 어린이 음악프로그램을 담당하기도 했고, YMCA어린이합창단 지휘, 경기여중고, 경복중, 용산중고 교사, 숙명여대 강사, 각종 음악인 단체장 등을 지내며 캐나다 이민 전까지 엄청나게 바쁜 세월을 보냈다.

전쟁이 막 끝난 1954년에는 어린이합창단을 이끌고 3개월 동안 미국 48개주를 순회했는데, 가는 곳마다 미국 언론과 미국인들로부터 열띤 환영과 갈채를 받았다. 당시 순회공연은 많은 신문에 보도됐고 미 전역 97개 TV에서 방송되는 등 큰 인기를 끌었다. 또 공연 도중 뉴욕 유라니아 레코드사가 어린이 합창단 음반을 제작하기도 했다. 귀국 후에는 경무대와 국회의사당을 방문하고 국무위원 초청 파티 등에 참석했다. 또 이들을 위한 귀국환영대회가 시청 앞에서 열렸다.

– '우리의 소원은 통일'을 동요가 아닌 '가곡'으로 분류하자는 주장도 있었던 것으로 아는데.

"내가 반대했어. 나는 처음부터 어린아이부터 어른까지 누구나 즐겨 부를 수 있는 동요를 작곡한 것이었어. 어렸을 적부터 동요인생을 살고 싶었다고."

– '동요인생'을 살기로 결심한 계기는?

"동요 작가가 되기로 결심한 것은 중학생 시절이었지. 어느날 신문사 학예부에 근무하던 아버지가 극장 티켓을 얻어 오셨는데, 빈 소년 합창단 순회공연 영화 티켓이었어. 당시 부민관(전 국회의사당)에서 상영된 그 영화가 준 감격을 아직도 잊지 못해. 그날 어린 합창단원들이 내는 소리에 너무도 감격한 나머지 '나도 후에 어린이 합창단을 조직하여 세계 일주 음악 공연을 하고야 말겠다'는 뜻을 세웠다네. 1954년 우리나라 최초로 어린이음악사절단을 이끌고 미국 48개주를 순회해 내 꿈을 어느정도는 달성했다고 봐."

안병원은 일찌감치 음악가로서의 자질을 보여줬고, 오로지 동요인생을 살았다고 해도 과언이 아니다. 그가 작곡한 동요는 '우리의 소원', '구슬비', '가을 바람', '학교 앞 문구점', '나 혼자서', '푸른 바람' 등을 포함해 300곡이 넘는다. 번안 동요까지 합치면 족히 500곡이 되고도 남는다. '흰눈 사이로', '소나무여, 소나무여' '노래는 즐겁고' 등으로 현재까지 즐겨불리는 외국 동요를 비롯한 수많은 번역동요은 안병원의 청년시절 작품이다. '흰눈 사이로 썰매를 타고' 중간중간에 '헤이!'를 넣어 부르게 한 것도 그였다.

고등학교 시절 이미 현제명으로부터 사사할 정도로 음악에 푹 빠진 그는 1945년 해방이 된 두달 후인 10월 친구 권길상과 함께 '봉선화 동요회'를 만들었다. 이 동요회는 나중에 YMCA어린이합창단, 육군 및 해군 정훈어린이음악대, 중앙방송국 어린이 음악프로그램, 미국 순회 어린이음악사절단의 기틀이 된다.

그가 젊은 시절 음악인생을 살며 키워 냈거나 영향을 받으며 후에 음악인으로 또는 사회인으로 대성한 인물들을 대략만 꼽아보면, 한동일(피아니스트), 이규도(성악인), 이화영(이화여대 교수), 신갑순(잡지 <삶과 꿈> 발행인), 장영신(애경유지 회장), 김경순(이수성 전 국무총리 부인) 등 헤아릴 수 없이 많다. 또 김자경, 이흥렬, 오현명, 이인범, 황병기 등 이름만 대면 금방 알 만한 음악가들과 한두 번씩 인연을 맺으며 한창 시절을 보냈다.

눈에 밟히는 윤이상 선생의 뒷모습

- 선생님이 만나신 분들 가운데 윤이상 선생도 눈에 띕니다. 윤이상 선생님에 대한 기억 한토막을 듣고 싶습니다.

"윤이상 선생을 생각하면 늘 어둡게만 보이던 얼굴과 쓸쓸하게 느껴지던 뒷모습이 떠올라. 1953년쯤인가 한국작곡가협회 일로 종로의 다방에서 자주 뵈었지만, 이미 이름있는 음악가 선배여서 가까이 하지 못했어. 그러다 무려 40년만인 1993년 4월 동경에서 열린 <한겨레 음악회>에 참가했다가 같은 호텔에서 1주일쯤 지내게 되었

The San Francisco News

Korean Kids 'Smilin' Through'

Names in News Today

▲ 1954년 어린이음악사절단을 이끌고 미국을 방문해 48개주를 순회하던 당시, 이들의 활동을 톱기사로 다룬 미국의 일간지. ⓒ 샌프란시스코 뉴스

어. 윤 선생은 남한의 음악계에 대해 매우 궁금해 했고, 고향을 무척 가고 싶어 했어. '다리가 너무 쑤시고 아픈데, 한국에 가 침을 맞으면 금방 나을 것 같은데…'라며 말끝을 흐리던 모습이 눈에 밟혀. 참 이게 무슨 일인지 모르겠어."

– 과거 언젠가 '안병원은 반정부 좌빨이다'는 비난도 있었던 것 같은데요. 좌빨입니까?

"하하 참, 말도 안 되지. 캐나다로 이민을 가서 철공장도 다니고, 편의점도 하고, 빵집도 열어 자식들 키우면서 사느라 정신 없이 지냈고, 종종 한국 초청으로 음악회에서 지휘 몇 번 한 것이 내 삶의 전부였어. 1988년과 1989년 두 차례나 북에서 초청장이 왔을 때도 '이산가족들도 가지 못하는 데 내가 무슨 낯으로 북한을 가나' 하고 사양했다고. 2001년에 북한에 갔을 때 북측에서 자기들 체제 찬양 발언을 슬며시 요청해 왔을 때도 '나는 잘 모르는 일이라서 못하겠다'고 했지."

– 지난 수년 간 종종 유화전을 열어 '북한어린이 돕기' 등을 하는 것 같은데, 무슨 동기가 있나요?

"난 원래 아이들을 좋아하는 사람이야. 그저 순수한 마음으로 우리의 아이들을 돕겠다는 것이었지. 2003년인가 서울 프레스센터 서울 갤러리에서 '안병원 북한아동돕기자선유화전'을 열었는데 모두 팔려 나가더라고. 바로 옆에서 국내 유명화가들이 현대미술전을 열었는데 거의 팔리지 않았어. 이걸 본 한 화가가 내 유화전을 보고 '뭔가 생각할 점이 많다'는 얘길 했다고 해. 그날도 내 유화전이 '빨갱이를 이롭게 하는 것'이라며 피켓을 들고 시위를 하는 사람들이 있었어. 기가 막히더라고."

"'우리의 소원은 통일'을 65년 동안이나 부르다니"

- 원로 음악인으로 일생에서 가장 기억에 남는 일을 꼽으라면?

"1990년 12월 서울에서 250여명의 남북음악인들이 함께 모여 남북송년음악회를 열었는데, 그때의 감격을 잊을 수 없어. 난 그때 청중석에 앉아 있었는데, 사회자가 갑자기 '이 자리에 우리 민족에게 귀중한 분이 왔다'며 나를 부르는 거야. 그래서 갑자기 단 위에 올라가 남북 음악인들을 세워 놓고 지휘를 했지. 청중석에서 재청이 거듭되고, 그래서 아예 뒤를 돌아서 청중들을 지휘했는데, 또 부르자고 난리를 치는 거야. 모두 일곱 차례나 불렀는데, 눈물바다를 이루었어. 행사가 끝나고 여기 저기서 몰려오더니 악수를 하고 부둥켜안고. 아이고 그때 분위기로는 통일이 멀지 않은 것만 같았어. 누가 연출하라고 해도 그런 거 다시 못할 거야."

"(노선영씨가 다시 나서며) 북한 사람들이 이 양반 손을 잡고 막 우는 거야. 그런데 이상도 하지. 나중에 들으니 데모를 하는데 '우리의 소원'을 부른다고 금지곡이 될 뻔 했다고 했다네요."

- 현재의 답답한 남북관계에 대해서도 할 말이 있을 듯한데.

"이제 그만 좀 했으면 좋겠어요. 남이나 북이나 너무 미워하고 너무 많이들 죽고 죽이고 그랬어요. 북한은 남쪽 적대시만 하지 말고 자존심 버리고 사정 털어놓고 도와달라는 얘기 왜 못하나. 남쪽도 그래 자신감이 생겼으니 좀 양보했으면 좋겠어. 서로 요구만 하지 말고 조금씩 양보하면 되지 않겠어? 양쪽 모두 잘 못하고 있는 거 같아."

– '우리의 소원' 말고 '안병원' 개인의 소원은 뭡니까.

"(이때 부인 노선영씨가 기다렸다는 듯 먼저 말을 꺼냈다) 참, 말도 안되고 부끄러운 일이에요. '우리의 소원'이 65년이나 불려지다니. 세상에 '우리의 소원이 통일'인 나라가 우리나라 밖에 또 어디 있나요?"

"(안병원씨가 끼어들며) 기막힌 일입니다. 제발 '우리의 소원은 통일'이 흘러간 옛노래가 되었으면 좋겠어. 나의 마지막 소원은 통일이 되는 날 판문점에서 마지막으로 '우리의 소원' 합창을 지휘하는 것이야."

궁궁을을(弓弓乙乙), 약한 것에 생명이 있나니

[이사람] '시카고 금붕어 유치원' 임인식 원장

그동안 한국의 근현대사에서는 위기의 때마다 굵직한 삶의 지표를 그려 온 원로들이 있었다. 이들은 때로 선지자적 호통으로, 때로는 나직한 듯 무게있는 '시대의 소리'로 표류하는 시대에 민중들에게 삶의 좌표를 그려 주었다.

이들은 모두가 구럭 메고 장바구니 들고 잘못된 길로 내달릴 때면 가로막고 나서서 '그러면 못써!'라고 손 사래질을 치며 '사람됨'의 도리를 가르쳤고, 멈칫 가던 길을 돌려세우곤 했다. 그러나 언제부터인가 한국사회는 이들의 고언을 발전을 가로막는 구시대의 유물로 치부하며 마음 한가운데로부터 퇴출하기 시작했고, 그 뭔가에 천착하며 정신없이 내달려 왔다.

미주 이민사회는 애당초 원로가 귀찮은 사회이다. 이민사회에 '늙은이는 존재해도 원로는 존재하지 않는다'는 말이 들린지 오래다. 눈앞의 푸른 빛깔 달러 외에는 그 어떤 것도 인정하려 들지 않고, 그 어느 누구도 존경하려 들지 않는 이민사회에 원로란 마음 불편한 생뚱맞은 존재일 터이다.

그런데 이 이민자들에게 "약한 것에 생명이 있다"며 '가짐의 삶'보다 '됨의 삶'에 대한 엉뚱한 고집을 내세우는 원로가 있다. 그는 다름 아닌 '시카고 금붕어 유치원' 원장인 올해 90세의 임인식씨.

기자가 임씨를 처음 만난 것은 수년전 플로리다 올랜도의 어느 한국식당에서였다.

임씨는 당시 김 대통령의 당선을 뛸 듯이 기뻐하며 '우리 조국에도 명운이 열렸다'며 기자에게 '얘기좀 하자'고 했다. 80대 중반의 고색창연한 할배가 전화를 걸어와 정치얘기를 하자는 말에 기자는 적게는 당황스러웠으나, '당신의 칼럼을 열심히 읽었다'는 말로 띄워주는 바람에 답례차 만난 것이었다.

당초 1시간의 '들어주기'를 예상하고 만나러 간 기자는 그날 오후의 다른 약속을 모두 취소하고 자리를 옮겨가며 임씨와 시간을 보냈다. 당시 3시간이 넘게 임씨와 시간을 보내며 기자는 '이게 왠일인가' 싶었다.

'망명시절 김대중' 얘기를 필두로 단재 신채호, 도산 안창호, 월남 이상재, 남강 이승훈, 고당 조만식을 비롯 함석헌, 김교신 등에 대한 임씨의 '고담'은 끝이 없었다. 그 날 조용조용하게 펼쳐진 임씨의 입담에 기자는 녹초가 되어버렸다. 버릴 것이 하나도 없었다.

기자가 이번에 다시 만난 임씨는 세월 탓인지 걸음걸이도 예전같지 않았고, 전에 없던 보청기가 귀에 끼워져 있었다. 그러나 정신은 여전히 맑아 보였다. 기자는 5년전에 기라성 같은 민족의 선현들의 '말씀'을 듣는데 집중하다 흘려 지나친 임씨의 '신사참배 거부사건'이 생각나 이에 대해 먼저 묻기로 했다. 마침 3.1절 기념일이 다가오고 있기도 해 돌아가시기 전에 증언을 대량 채록해 놓고 싶기도 했다. '신사참배 거부 사건' 얘기가 나오자 임씨의 눈에 돌연 생기가 돌았다.

"숭실학교 5학년 때였지요. 졸업을 한 달 앞두고 조지 맥퀸(운산온) 교장이 신사참배를 거부했다는 이유로 일제로부터 파면을 당해 추방명령을 받았습니다. 그 소식을 들었던 날이 토요일이었는데, 학생회장이었던 내가 일요일 아침 각 학년 및 학급대표들을 소집했습니다. 긴급대책회를 열기 위해서였는데, 모두 11명이 달려 왔습니다."

과거를 거슬러 올라가는 임씨의 눈은 더욱 깊어져 보였다. 갑자기 임씨는 잊었다는 듯 "아, 그때 문익환이도 3학년 대표로 달려 왔었지!"라며 첨언했다. '문익환'이라는 귀익은 이름이 튀쳐나오는 바람에 기자는 깜짝 놀라 문 목사에 대해 몇 마디 물어보았다.

임씨는 문 목사에 대해 '학생시절부터 순수하고 신중하며 과묵한 사람'이라고 했다. 임씨는 문 목사의 이른 타계에 대해 몹시 가슴아파해 했다.

임씨는 "서거 몇개월 전에 수유리가는 버스 칸에서 문 목사와 우연히 마주쳐 반가이 몇 마디 나누고 헤어졌는데, 그렇게 일찍 갈 줄 알았으면 그날 억지로라도 붙잡아 회포를 풀었어야 했는데..."라며 아쉬워했다. 증언의 맥을 끊지 않기 위해 기자는 '문 목사 이야기'를 훗날에 더 듣기로 하고 먼저 하던 이야기를 재촉했다.

"월요일 아침 전교생이 모이는 기도회 시간이었습니다. 마포삼렬 선교사가 나와서 '내가 오늘부터 이 학교 교장이오' 하는 것이었습니다. 전날 미리 계획한데로 내가 손을 번쩍 들고 '신사참배 거부하다 파면된 운산온 교장이 우리의 교장이오! 당신을 교장으로 인정할 수 없으니, 교장 자리 내놓으시오!'라고 소리를 쳤습니다. 학생

▲ 평생 궁궁을을의 삶을 산 임인식 장로. ⓒ 김명곤

들이 일제히 '옳소!'라고 함성을 질러 댔습니다. 그리고 강당을 뛰쳐 나오며 '신사참배 반대하다 파면된 운산온 교장 만세! 운산온 교장 만세!' '숭실학교 만세!' '전 조선 신사참배 반대학생 만세!'를 목이 터져라 외쳤습니다."

당시를 회상하자 가슴이 벅차 오르는 지 임씨는 눈물을 글썽이며 잠시 가슴에 손을 얹고 가쁜 숨을 몰아 쉬었다. 다시 증언이 이어졌다.

"그때는 정말 죽음도 두렵지 않았습니다. 모두가 눈물이 범벅인 채로 교가를 부르며 교문 밖을 향했습니다. 이때 우리학교 축구선수 11명이 우리를 에워싼 채 시위를 계속하며 주변을 둘러싸고 있던 순사들의 정강이를 마구 차기 시작했습니다. 이어 일단의 순사들이 칼을 빼 든 채 '검거하라!'며 교문 안으로 밀고 들어 왔습니다. 양측이 대치하는 가운데 일촉즉발의 위기감이 감돌았습니다. 벌써 교문 밖과 학교 담장 둘레에는 소문을 들은 평양 시민들이 진을 치고 지켜보고 있었습니다. 이 때 교무주임이 눈물을 흘리며 가로막고 나서더니 '제발 강당으로 들어가 달라'고 호소했습니다.

학생들은 시위를 계속하자며 소리를 질러 댔습니다. 결국 우리는 설왕설래 끝에 일단 물러나 시위 계속 여부를 토의하기로 하고 '삼천리 반도 금수강산'을 목 높혀 부른 후 강당으로 들어갔습니다."

이후로 학교측과 경찰 그리고 학생측의 타협에 의해 '이대로 해산하면 아무도 검거하지 않겠다', '주모자를 퇴학시키지 않겠다', '교장

문제와 신사참배 문제는 학교측의 결정에 맡기겠다'는 선에서 마무리 짓고 시위대는 해산되었다. 임인식 학생이 교문을 나서자 연도에는 소문을 듣고 몰려온 시민들이 웅성거리고 있었고, 순사들을 태운 트럭과 오토바이가 교문 주변에 깔려 있었다.

교계의 인물중 하나인 송창근 목사가 '인식이 수고했다!'며 덥썩 손을 잡고는 하숙집으로 데려다 주었다. 하숙집에 도착하자 마자 하숙집 주인 홍 장로는 인식이 학생에게 돈을 쥐어주며 '빨리 피하라!'고 했다. 임인식은 친구들과 고민을 거듭한 끝에 피하지 않고 '하늘의 뜻'에 맡기기로 했다.

다음날 새벽같이 평양 경찰서 고등계 박천 형사가 찾아와 임인식을 연행했다. 임인식은 이 날 고등계 취조실에 불려가 은근한 회유와 함께 "다시 나가서 선동하면 그때는 정말 없다"는 협박을 받고 무사히 풀려났다. 이후로 임인식은 '운동권' 학생으로 평양시민들과 경찰서로부터 주목을 받게 되었다.

얼마 지나지 않아 임인식은 쫓기듯 일본으로 유학을 떠난다. 그곳에서도 그는 유난한 일을 벌이는데, 당시 노무자로 끌려와 비참한 삶을 살고 있던 조선인 노무자들이 거주하는 빈민굴에 드나들며 이들을 돌본다. 그렇찮아도 주목을 받던 임인식은 이 일로 일제의 '블랙 리스트'에 올라 계속 감시를 받았고, 해방 후 결국은 이 일이 계기가 되어 문제 청소년 선도 단체인 '희망 소년원'을 운영하게 된다.

임인식은 어려서부터 기라성 같은 민족주의자들의 영향을 깊게 받았다. 그러나 그에게 누구보다도 가장 크게 영향을 끼친 사람은 부친이었다. 숭실고보를 마친 후 일본의 청산학원과 일본대학에서 법학을 공부하고 고향으로 돌아와 있던 임인식에게 조국의 해방은 입신 출세를 위한 절호의 공간이었다. 해방 후 북쪽에서 존경받던 민족주의 진영 리더 고당 조만식 선생의 추천으로 임인식 청년은 대동강 상류인 강동군의 군수 자리에 오를 뻔했다. 이 때 임인식은 아버지의 만류로 출세의 디딤돌에 오르기를 포기했다.

혼란한 해방공간에서 남하를 결심하고 마지막 작별인사차 고향으로 찾아간 아버지는 임인식에게 평생의 좌우명으로 삼으라며 '오금'을 박는 말을 남겼다.

"한학자이기도 한 아버님은 귀국하고 돌아와 찾아온 저에게 대뜸 이렇게 말씀하셨어요. '돈벌이에 열중하지 말아라. 정당에 가입하지 말아라. 벼슬하지 말아라!' 기가 막히다는 생각이 들었습니다. 도대체 돈도 벌지 말고, 벼슬도 하지 말라면 무엇을 하라는 말인가! 하는 생각이 들었습니다. 그날 아버님은 속마음으로 불만을 품고 있는 저에게 평생을 붙들고 살 좌우명 하나를 남기셨습니다. 궁궁을을(弓弓

▲ 임인식 학생시절. © 임인식 제공

乙乙) '약한 것에 생명이 있고, 약한 것을 돕는데 생명이 있다'는 뜻이었습니다."

임인식은 남쪽으로 넘어왔고 군정과 이승만 정권하에서 여러번 벼슬 제의가 들어 왔으나 모두 사양했다. 막 6.25가 터진 직후 서울 거리에는 거지 소매치기 불량배들이 들끓었고 이승만 대통령의 특명으로 이들에 대한 소탕령이 내려졌다. 어느날, 서울 시경과 시청에서 이들을 맡아 교육할 소년원을 맡아 달라는 요청이 들어왔다. 일본인들이 철수할 때 요시찰 인물들의 신상이 수록된 서류철을 남기고 갔는데, 이 서류철 속에서 임인식의 과거 빈민굴 봉사 행적을 발견하고 적격자라며 요청이 들어 온 것이었다. 임씨는 당시를 이렇게 회상했다.

"어느 정도 마음은 굳히고 있었지만 그래도 고민이 되었습니다. 그런데 고민에 들어간지 사흘째 되던 날 아침 일찍 잠에서 깨어났는데, 아버지의 마지막 당부인 '궁궁을을'이라는 귀절이 귓전을 울렸습니다. 피할 수 없다는 생각이 들었습니다"

임인식 청년은 이후로 불철주야 이 일에 매달렸다. 500여명의 말썽꾼들을 먹이고 입히며 교육시킨다는 일이 말처럼 쉬운 일이 아니었으나, 혼신을 다해 이들을 양육하고 훈계하며 돌보았다. 그러나 문제는 재정이었다.

정부로부터 지원금이 나오지 않아 독지가를 찾아다니며 15년여를 겨우 겨우 운영하다 결국 900여만의 빚을 지고 고민하다 고혈압으로 쓰러지고 말았다. 그때가 50을 갓 넘긴 때 였다. 집을 팔아 빚을 정리하고 병석에 들어앉았다. 그러나 반신불수가 된 임인식은 우연찮게 단전호흡과 요가 강좌를 접하고, 이를 통해 4년 7개월만에 기적같이 자리를 털고 일어났다. 이후 1978년 시카고에 살고 있는 딸의 초청으로 이민와 금붕어 유치원을 설립했다.

임씨가 금붕어 유치원을 설립한 것은 다시 회복한 건강에 대한 감사 때문뿐 아니라, 주변의 동포 노인들이 미국사회에 살면서 금붕어처럼 귀여움을 받으며 살게 하자는 취지에서였다. 그는 한인 노인들에게 길거리에서 가래침을 뱉지 말자, 휴지를 버리지 말자, 줄 설때 새치기를 하지 말자며 잔소리를 쉬지 않는다. 그는 25년째 원장 노릇을 하며 한인 노인들 뿐 아니라 주변의 타민족 노인들까지 미시간 호변에 불러 모아 체조와 단전 호흡을 가르치며 그들의 약한 육신을 추스리는데 마지막 힘을 쏟고 있다.

이제는 시카고지역 뿐 아니라 동부 지역 한인 노인들의 많이 거주하는 지역에서 '임 장로님'은 유명인사가 돼 있다. 일생동안 보육사업과 사회 교육운동에 헌신해 온 임씨는 이에 대한 공로로 1990년 한국 평생교육 진흥회로부터 '월남장'을 받았다.

임씨는 자리에서 일어서려는 기자를 붙들어 앉히고 '좋은 일 많이 하려면 건강해야 한다'며 간단한 단전호흡법을 가르쳐 주었다. 그리고는 "마지막으로 이민자들과 이민교회에 꼭 당부할 것이 있다"며 가슴 철렁한 말을 했다.

"인간의 고통의 대부분은 바로 이기심과 탐욕때문이지요. 지금 인류는 이로 인해 말세를 살고 있습니아. 주변을 조금만 돌아보면 아직도 삶 자체가 고통인 사람들이 널려 있지요. 이민자들이 움켜 쥐고 높아지는 데만 혈안이 돼 있는 것 같아 안타까워요. 이민교회는 이를 부추기는 경향이 있고요. 조금 덜 갖는 연습을 했으면 좋겠어요."

두 다리 없는 은수가 '날아' 다녀요

[이사람] 미국에 입양된 장애아들의 '기적같은' 삶

"두 다리 없이 미국에 온 은수가 저렇게 걸어 다닐 줄 누가 알았겠어요. 그렇게도 운동화를 신고 싶어 하더니만..."

최근 플로리다 올랜도 윈터파크 지역 한 미국 교회 강당에서 열린 입양아 재회 모임 행사에서 만난 서울 강동구 암사동 소재 암사재활원 원장 정민희씨가 눈물을 글썽이며 털어 놓은 말이다.

이날 행사는 암사재활원 출신 입양 아동들과 양부모들에게 한국 문화를 소개하기 위해 지역 한인교회에서 마련한 것이었다. 암사재활원은 사단법인 대한사회복지회(회장 이승환) 산하 6개 기관 중 하나로 미혼모들에 의해 버려진 미숙아 장애아들만을 맡아 키우는 재활기관이다.

정씨는 미국 측 양부모들의 초청을 받고 비행기를 탈 때만해도 선천성 사지기형인 은수(6)가 휠체어에 앉아 있는 모습을 보게 될 것으로 생각했다고 한다. 그러나 은수를 양부모 손에 맡겨 비행기에 태워 보낸 지 18개월 만에 정씨는 기적 같은 일을 목격하게 됐다. 지체 장애아인 은수가 두 다리로 걷게 된 것.

정씨는 도움 없이 은수가 두 다리로 걷는 것을 보고 "우리 은수가 날아 다닌다"고 표현했다. 한국에 있을 때만 해도 방구석에서 기어 다니며 보모의 도움을 받아 대소변을 해결해야 했던 상황에 비하면 "날아다닌다"는 정씨의 표현이 과장은 아니다.

18개월만에 날아다니게 된 은수

이날 캘리포니아, 뉴욕, 미네소타 등 미 전역에서 입양아들을 이끌고 모임에 참석한 양부모들의 얼굴에서는 장애아를 가진 부모의 '어두운 그림자'를 발견할 수 없었다. 13명의 입양아들의 얼굴도 활기차기만 했다. 무엇이 이들을 그리 밝게 만들었을까.

"신체 건강한 아이들을 입양하는 게 보통인데 이들이 굳이 장애 어린이들을 입양한 이유가 무엇이겠어요?"

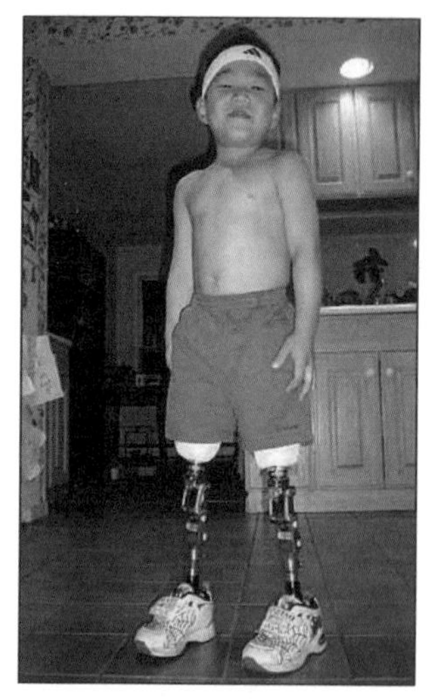
▲ 은수는 지난 해 11월 철제다리를 했다. (은수 양아버지 제공)

정민희 원장은 장애 입양아들의 모습이 한결같이 밝은 것은 양부모들의 순수한 '사랑' 때문이라고 담백한 해석을 내린다. 은수 같은 아이가 18개월 만에 걷고 뛰어 다닐 수 있었던 것은 양부모의 지극한 사랑과 보살핌 때문이라는 것이다.

무릎 아래가 없이 태어난 은수는 미국에 온 지 1년이 조금 넘은 시기에 대수술을 받았다. 수술로 몸 바로 아래쪽에 남아 있던 윗다리 부분을 잘라내고 새 철제 다리를 끼워 넣는 것이었다. 다행히 성공적으로 끝난 수술 덕분에 은수는 '높은 곳'에서 세상을 볼 수 있는 자유를 한껏 누리게 됐다.

수술 후 은수는 다른 아이들과 마찬가지로 뛰고 구르고 달리는 일을 할 수 있게 되었고, 친구들과 수영과 야구도 즐길 수 있게 됐다. 유치원에 다니는 은수는 반에서도 '리더'로 인정받을 만큼 말도 잘하고 영리하다. 은수의 엄마는 은수가 눈밭에서 스노보드를 타고 '날아다니는' 것을 보면 가슴이 조마조마하다고 말할 정도다.

은수의 양어머니 에이미 프렌치는 "은수는 서서 하는 것은 무엇이든지 다 하려 하는데 제지하지 않는다. 오히려 은수를 격려하고 칭찬하며 깊게 포옹해 준다"면서 "우리 부부가 이 같은 '기적'에 참여하게 된 것은 큰 축복"이라고 고백한다.

이들 부부는 은수가 '선택적'으로 자신들에게 주어진 것으로 여겼고 이를 감사해 했다. 이들은 은수 밑에 또 다른 한국 아이를 포함한 두 명의 입양아와 자신들의 두 아들과 딸을 두고 있다.

'오물' 속에서 살아난 근호

근호는 '사랑의 내력'에 의해 기적이 일어난 또 다른 사례다.

근호는 3년 전 재활원에서 미국에 오기 전까지 뱃속의 오물이 역류해 올라올 정도로 신장이 안 좋은 상태였다. 그러나 항생제 부작용 때문에 이조차도 마음 놓고 투여할 수 없어 재활원 측은 근호가 과연 생명을 제대로 유지할 수 있을지 우려했다.

그러나 기적은 아주 자연스럽게 일어났다. 암사재활원 출신 '입양아 재회모임'을 만든 주역인 트레이시 매더슨(여. 39) 부부가 근호를 입양해 미국으로 데려온 이후로 건강이 눈에 띄게 달라진 것. 세살

▲ 철제다리를 하고 옷을 입은 은수. 밝은 모습이다. (은수 양아버지 제공)

반짜리 근호는 처음 입양될 당시만 해도 언어발달 장애는 물론 힘이 없어 손으로 물건을 쥐고 들거나 뛰지도 못할 정도였다.

트레이시 부부는 장애아를 가진 보통 미국 부모들이 하는 것처럼 사회프로그램에 근호를 등록시켜 신체 및 언어장애 극복 훈련을 시켰다. 집안에서는 다른 친자식들과 마찬가지로 '스킨십'으로 따뜻하게 감싸주고 돌보았다.

트레이시에 따르면, 근호는 자신들도 놀랄 정도로 다달이 달라져 갔고, 최근 병원에서 다른 아이들과 다름 없다는 통보를 받았다.

비법을 묻자 트레이시는 "보통의 사랑을 베풀었을 뿐"이라면서 "이번에 모인 다른 부모들도 나와 별반 다르지 않다"고 덧붙였다. 그녀는 "근호는 건강이 좋아지면서 매우 영리하게 자라고 있다"면서 "우리가 낳은 두 아이들도 나중에 근호 같은 애들을 입양해 기르겠다고 말한다"며 웃었다.

"장애아들에게 필요한 것은 '평상적 사랑'"

정 원장은 "비행기에 태워 입양을 보낼 수 있을 정도의 아이들을 보내기는 하지만 부모의 보살핌이 없으면 이 같은 빠른 회복은 불가능한 일"이라면서 "아이들이 특별하게 대우를 받아서가 아니라 평범한 가정생활 속에서 자연스레 치유되고 있다는 사실을 알고 놀라웠다"고 말했다.

다른 입양 부모들의 '사랑의 내력'도 마찬가지였다. 비록 장애인들에 대한 미국 사회 시스템의 혜택을 입었다고 하더라도 적지 않은 고충이 따랐을 텐데 이들의 대답은 한결같이 '잘 먹이고 칭찬해주고 포옹해 주었다'는 정도였다. 은수의 엄마 프렌치는 "특별한 사랑의 표현 보다는 평상적 사랑의 행위가 정상적인 아이를 만든다는 것을 깨닫고 있다"고 말했다.

장애 입양아들을 가족 구성원으로 맞아 들여 정상적인 관계로 맺어지면서 이들의 육체적인 상처뿐 아니라 정신적인 상처까지 치유되고 있다는 것이다. 한국에서는 보기 드문 일이다.

미국 내 어린이 보호 단체이자 장애아들의 입양을 도와주고 있는 비영리 단체인 '홈 소사이어티 패밀리 서비스'(CHSFS)의 웹 사이트는 입양아에 대한 한국사회의 분위기를 다음과 같이 표현해 주고 있다.

"한국의 전통적인 가족구조는 아직 매우 강하며 사회 전반에 막강한 영향을 끼치고 있다. 한국 사회에서 미혼모는 대부분 가족과 사회로부터 중대한 거부에 직면하게 된다. 재정적이고 도덕적인 지지 없이 혼자서 아이들을 양육해야 하는 엄청난 부담에 직면한 많은 미혼모들은 아이들의 더 나은 장래를 위해 입양기관을 찾게 된다."

대한사회복지회 이승환 회장도 "한국사회에서 미혼모와 어린 생명들을 바라보는 눈이 좀더 부드러워졌으면 좋겠다"고 지적하면서 "미국 양부모들을 만나면 고개가 절로 숙여질 정도로 고마운 생각이 들지만 한편으

▲ 테이블에 앉아 아들을 흐뭇하게 바라보는 근호의 양아버지. ⓒ 김명곤

▲ 입양아들과 양부모들. 앞줄 왼쪽이정민희 암사재활원장. 손가락으로 승리의 V자를 그려보이고 있는 아이가 '날아다니는' 은수다. ⓒ 김명곤

로 미안하고 부끄러운 생각에 몸 둘 바를 모를 때가 많다"고 털어 놓았다.

미국 및 유럽 선진국이 막대한 재정지원과 함께 중소도시까지 각종 상담기관 및 미혼모 보호소 등을 운영하는 등 후속대책을 세워 부작용을 최소화 하는 반면, 아직 한국사회는 냉소적인 분위기가 팽배해 있고 이 때문에 버려지고 있는 아이들이 양산되고 있다는 것.

'버려지는' 아이들이 한국 안에서 은수와 근호처럼 날고 웃을 수 있게 해줄 수는 없을까.

'독을 차고' 김영랑 시인의 항일과 아들이 밝힌 비화

[독립운동가 해외 후손] 김영랑과 그의 셋째 아들 김현철

내 마음의 어딘 듯 한편에 끝없는
강물이 흐르네
도처오르는 아침 날빛이 빤질한 은결을 도도네
가슴엔 듯 눈엔 듯 또 핏줄엔 듯
마음이 도른도른 숨어 있는 곳
내 마음의 어딘 듯 한편에 끝없는
강물이 흐르네

(김영랑 <끝없는 강물이 흐르네> 중)

이처럼 아름다운 시어(詩語)가 있을까. '솟아오르는 아침 햇빛을 받아 물결이 은빛처럼 반짝이는 강'같은 청량한 내면을 가진 이는 영랑 말고 대체 누가 있을까. 가장 애송되는 <모란이 피기까지는> <돌담에 속삭이는 햇발같이>는 말할 것도 없고, <내 마음을 아실 이>,

▲ 전남 강진의 영랑 생가 안채 . 본래는 기와집이었으나 강진군의 실수로 초가로 바뀌었다.
ⓒ 김현철

<강물>, <가늘한 내음>, <노래>, <달>, <청명> 등 영랑의 시는 한결같이 아름답고 영롱한 세상과 평화롭고 유유자적한 인간의 삶을 관조한다.

도란도란 속삭이는 모습을 그는 '도른도른'이란 정겹고 토속적인 남도 어휘의 조탁(彫琢, 갈고 닦음)으로 그려낸다. 흔히들 영랑을 섬세하고 투명한 감성의 세계를 고운 심성으로 노래하는 탐미주의 시인의 전형이라 평한다. 그가 좋아해 마지 않았던 영국 낭만주의 시인 존 키츠의 명시 구절처럼 그에게 "아름다움은 영원한 기쁨"이었다.

영랑 시의 아름다움은 소리를 내어 읽어야만 제맛이 난다. 처음 읽으면 뭉클한 감동에 가슴이 철렁하고, 한 참 읽다보면 "부드럽고 섬세한 서정이 어느새 운율을 타고" 흐르며 노래가 되고 춤이 된다. '북에는 소월, 남에는 영랑'이라고 했던 문학평론가 이헌구는 "언어의 격조가 높은 점에서는 영랑은 옥이요, 소월은 화강석이다. 소월의 그 많은 한과 노래는 영랑의 옥저(옥피리)의 여운에 미치지 못하는 바 없지 않다"라고 했다.

'추한' 세상에 반기를 들고

영랑은 1903년 산수가 수려하기로 이름난 전남 강진에서 탯줄을 끊고 나왔으나, 그가 당장 경험한 세상은 일제에 의해 비틀어지고 어그러진 '추한' 세상이었다. 청소년기에 무용가 지망생 최승희와 목숨을 건 열애에 빠지고, 프랑스 미인 여배우의 그림엽서 한 장에 눈물을 흘렸을 정도로 순수미를 시어(詩語)로 담아내고자 했던 그였다.

나긋하고 달착지근한 서정시를 쓰며 세상을 호호낙낙 살기를 꿈꾸었을 영랑이 사실은 '독(毒)을 품고' 산 시인이란 사실을 아는 사람은 그리 많지 않다. 그의 삶과 시를 제대로 조망하는 사람들은 그를 '시대의 반항아'로 부르기를 주저하지 않는다.

잡티 하나 없는 박속 같던 영랑이 '자연'을 거스르는 '부자연', 그리고 '아름다움'에 반하는 '추함'에 처음으로 저항한 것은 불과 14세 때였다. 그는 3·1운동 2년 전인 1917년 휘문의숙에 다니던 시절, 친구들과 종로 네거리에서 독립만세를 외치다 주모자로 체포되어 모진 고문과 구타를 당하고 훈방조치 되었다. 아직 솜털이 송송한 소년이었기 때문이다.

▲ 김영랑의 생전 모습 ⓒ 김현철

요주의 인물로 일제의 감시를 받아야 했던 영랑의 항일정신은 1919년 3월 1일 만세운동을 맞아 본격 발동한다. 만세운동이 들불처럼 전국으로 번지자 서울에서 몰래 입수한 독립선언문과 태극기 등을 구두 안창에 숨기고 강진으로 내려온 영랑은 4월 4일을 거사일로 잡아 봉기하기로 친구들과 모의한다. 그러나 거사일 사흘을 앞두고 경찰에 급습 당하여 모두 체포되었다. 이번에도 어린 학생(16세)신분이라는 점이 고려되어 6개월 만에 대구형무소에서 석방된다.

영랑은 본격적인 독립운동을 위해 상해로 가기를 꿈꾸었으나, 부모의 완강한 반대에 부딪쳐 뜻을 이루지 못한다. 이후 일본 경찰의 감시를 견디지 못한 영랑은 동경유학길에 올라 아오야마학원(청산학원)에 입학했고, 그곳에서도 비밀리에 독립운동가들을 만난다. 무정부주의자 독립운동가 박열(1902~1974)과 같은 하숙집에서 교유한 것도 이때다. 영랑의 삼남 김현철의 증언에 따르면, 청년 영랑의 자유의식과 항일정신은 이때 더욱 고취되었다.

일본에서 '독을 차고' 귀향하다

일본에서 시문학을 공부하며 암중모색하던 영랑은 얼마 지나지 않아 귀국한다. 관동대지진시 엉뚱하게 증오의 대상이 된 조선인들에 대한 무차별 학살이 자행되었기 때문이다.

강진으로 돌아온 그는 1930년대 중반까지 <동백잎에 빛나는 마음>, <언덕에 바로누워>, <사행소곡7수(四行小曲七首)>, <모란이 피기까지는> 등 토속적 서정이 듬뿍 담긴 작품을 쏟아낸다. 그러던 어느 날부터 일제의 폭압이 극도로 심해지기 시작하자 저항의 속내를 노골적으로 드러내기 시작한다. 특히 1930년 말에서 1940년 중반까지 집중적으로 저항시를 쏟아내는데, 말랑한 서정시를 쓰던 때와는 딴판이었다. 윤동주와 한용운의 저항시에 버금갈 만한 다수의 시편이 그때 발표되었는데, <독을 차고>는 그때 토해낸 시다.

내 가슴에 독을 찬 지 오래로다.
아직 아무도 해한 일 없는 새로 뽑은 독
벗은 그 무서운 독 그만 흩어 버리라 한다.
나는 그 독이 선뜻 벗도 해할지 모른다 위협하고(중략)

허나 앞뒤로 덤비는 이리 승냥이 바야흐로 내 마음을 노리매.
내 산 채 짐승의 밥이 되어 찢기우고 할퀴우라 내맡긴 신세임을.

나는 독을 차고 선선히 가리라.
막음 날 내 외로운 혼 건지기 위하여.

(<독을 차고> 중)

군국주의가 기승을 부리던 1930년대 말, 일제는 황국신민화라는 명분을 내세워 조선 성씨를 일본식 성씨로 바꾸는 창씨개명을 강요하여 조선인의 혼까지 말살하려 들었다. 일제는 국책문학을 내세우며 천황을 찬양하거나 침략전쟁을 미화하는 내용의 시를 쓰도록 강요했다.

함석헌의 <뜻으로 본 한국역사>에는 그 당시의 상황을 '나라의 지사, 사상가, 종교가, 교육자, 지식인, 문인은 신사 참배하라면 허리가 부러지게 하고, 성을 고치라면 서로 다투어가며 했다'고 기록했을 정도로 내로라 하는 대부분의 지도급 인사들은 일제에 굴복했다.

영랑은 추한 세상에 빌붙어서 목숨을 구걸하는 세태를 비관·비판하는 한편, '독을 차고' 자신의 정체성을 지키려 힘썼다. 데뷔 초기

작부터 유독 '내마음'이라는 단어를 자주 사용해온 영랑은 아름다운 우리말 어휘를 갈고 닦아 자연과 세상을 노래하며 부글부글 끓는 마음을 억제해 오던 터였다. 이제는 더 이상 참을 수 없는 지경에 이르렀다.

영랑은 이리(일제)와 승냥이떼(친일 부역자)가 득실대는 세상에서 '독립이고 뭐고 모두가 쓸데없는 짓'이라며 그를 회유하는 친구조차도 위협하며 '독을 차고' 일제가 지배하던 세상을 노려보기 시작했다. <독을 차고>에 이어 <거문고>, <두견>, <춘향> 등에는 그의 결연하고 비장감이 감도는 '내마음'이 잘 드러나 있다.

> 바깥은 거친 들 이리떼만 몰려다니고
> 사람인양 꾸민 잔나비떼들 쏘다니어
> 내 기린은 맘 둘 곳 몸 둘 곳 없어지다.
> 문 아주 굳이 닫고 벽에 기대선 채
> 해가 또한번 바뀌거늘
> 이 밤도 내 기린은 맘 놓고 울들 못한다.
>
> (<거문고> 중)

쓴 대로 살고, 사는 대로 쓴 시인

영랑은 시를 쓴 그대로 살았고, 살아간 만큼 시를 썼다. 그가 일찍이 <시문학>에서 고백했듯 "시를 살로 새기고 피로 쓰듯" 하며 자신의 정체성은 물론 민족의 정체성을 지키려 했다. 중국의 대문호 루쉰이 "머리로 쓴 거짓말은 피로 쓴 진실을 은폐시키지 못한다"고 절규하며 부조리한 사회를 고발했던 것처럼, 대부분의 문인들이 머리를 굴려 추한 짓을 할 때, 영랑은 교활한 폭압체제의 실체를 폭로하고 항거했다.

그는 갖은 탄압에도 창씨개명을 거부했다. 영랑의 삼남 김현철이 쓴 <아버지 그립고야>라는 책에 기록된 일화에 그의 '뚝심'이 잘 나와 있다.

일본 경찰이 조선인 가구주들에게 성을 일본식으로 바꾸라고 강요할 때면 영랑은 "내 성명은 김윤식이다. 일본 말로 발음하면 '깅인쇼큐'다. 즉 나는 '깅씨'로 창씨했다"라며 당당히 대응했다. 그는 자신뿐 아니라 가족 모두에게 창씨개명을 거부하도록 했는데, 자녀들은 학교에서 교사들에게 협박을 당하고 친구들의 놀림감이 되기 일쑤였다.

매주 토요일 형사들이 대문을 두드리며 신사 참배를 강요했을 때도 습관성 설사병 등을 핑계로 이리 저리 이를 피했다. 양복을 갖춰 입고 단발을 하라는 명령도 끝내 불복했고, 해방이 될 때까지 한복을 벗지 않았다.

'외로운 혼'으로 '독을 차고' 살던 영랑은 회유와 협박이 견딜 수 없을 만큼 심해지자 홀연 절필을 선언했고, 1940년 <춘향>을 마지막으로 해방이 될 때까지 단 한 편의 시도 발표하지 않았다. 우리말을 쓰는 것 자체가 죄가 되던 시기에 영랑은 일본어로 된 단 한 줄의 글도 남기지 않은 시인으로도 잘 알려져 있다.

일제시대에 총을 가지고 싸운 독립군이 있는가 하면 펜과 종이로 싸운 사람들이 있는데, 영랑은 총칼 대신 펜과 종이로 싸운 독립군이라 할 수 있다. 친일문학연구가 임종국 선생이 마지막 순간까지 단 한 번도 친일을 하지 않은 영랑을 '일제 저항시인 7인'(윤동주, 변영로, 김영랑, 이희승, 황석우, 이승기, 오상순)에 포함시킨 이유다.

일제에 펜과 종이로 싸운 시인, 해방을 맞다

'울들(울지) 못하는 기린(조선)'이 마음껏 목놓아 울 해방이 찾아왔다. 절필을 선언한지 5년 만에 그는 <북>(일명 '치제'), <바다로 가자>, <천리를 올라온다> 등을 통해 해방 조국에 대한 벅찬 기쁨과 희망을 실토하고 현실 참여 의욕을 보인다.

자네 소리 하게 내 북을 치제

진양조 중머리 중중머리
엇머리 자저지다 휘모라보아

이러케 숨결이 꼭 마저사만 이룬 일이란
인생에 흔치 않어 어려운 일 시원한 일(중략)

떠밧는 명기인듸 잔가락을 온통 이즈오
떡떡궁! 정중동이오 소란 속에 고요 잇어
인생이 가을가치 익어가오
자네 소리하게 내 북을 치제

(<북> 중)

바다로 가자 큰 바다로 가자
우리 인젠 큰 하늘과 넓은 바다를 마음대로 가졌노라
하늘이 바다요 바다가 하늘이라
바다 하늘 모두 다 가졌노라
옳다 그리하여 가슴이 뻐근치야

우리 모두 다 가자꾸나 큰 바다로 가자꾸나

(<바다로 가자> 중)

영랑은 해방 정국에서 한때 순진하게도 대한청년단에 입단하여 활동하다가 폭력적 상황에 질려 금방 그만 두었고, 이승만 정권에서 공보수석비서관이었던 <성북동비둘기>의 시인 김광섭의 권유로 출판국장을 맡았으나 친일파들이 중앙청에 득실대던 분위기에 적응하지 못해 힘들어 했다. 일제시대에 입었던 흰색 바지저고리와 검은색 두루마기를 그대로 다려입고 관청에 출근하는 그를 주변에선 못마땅해 했으나 마이동풍(馬耳東風)이었다.

영랑이 경무대를 발칵 뒤집은 사건은 그의 유별난 결벽증을 보여주는 사례 가운데 하나다. 어느날 영랑이 이승만 대통령의 경무대 집무실을 방문했다. 그런데 집무실 뒷벽 전면을 장식하고 있던 대형 병풍 그림을 보고 금세 얼굴이 굳어졌다. 영랑이 "각하, 어찌 대한민국 대통령 집무실에 일본 금각사를 그려 넣은 병풍을 놓아둘 수 있습니까? 외국인들이 볼까 두렵습니다"라며 직설을 퍼부었다. 그러자 이승만은 충격을 받은 듯 눈을 크게 뜨며 "아니, 저게 일본 사찰 그림이란 말인가? 누가 그런 말을 해줘야 내가 알지. 당장 치우도록 사람을 부르게!"라고 했다.

무질서한 정국과 이승만의 독재에 환멸을 느낀 영랑은 7개월만에 출판국장직을 그만 두었다. 평생 처음이자 마지막 직장이었다.

영랑은 1950년 한국전에서 유엔군에 맞서며 후퇴하던 인민군이 쏜 유탄에 맞아 48세를 일기로 생을 마감했다. 해방을 맞은 기쁨에 떡떡궁! 북을 쳤던 영랑은 "찬란한 슬픔"을 안고 일찍 그렇게 갔다.

대한민국 정부는 영랑 사후 68년이 흐른 지난 2018년에서야 그의 애국정신을 기려 독립유공 훈장 건국포장을 추서했다. 영랑은 대한민국 최고의 문화·예술인이 받는 금관문화훈장도 지난 2008년에서야 받았다. 전남 강진에 있는 영랑의 생가는 문학인의 생가로는 유일하게 국가지정문화재(중요민속자료)로 지정되어 있다.

순수한 시적 감성으로 추악한 일제의 모습을 누구보다 잘 파악하여 '독하게' 그려낸 영랑. 교활하게 거짓을 감추며 더 추해져가는 현재의 일본과 잔류 친일파들의 모습을 본다면 어떤 시어(詩語)로 이들을 꾸짖을까.

아들 김현철이 본 아버지 영랑, 그리고 대한민국

슬하에 5남 3녀를 둔 영랑은 '배 곯게 하는 문학은 절대 안 된다'고 자녀들에게 신신당부했으나, 두 딸을 제외한 5남 1녀가 글쓰는 일(영문학, 불문학, 언론인, 독문학, 영어학)을 전공하여 교수, 통역사, 언론인 등을 평생 업으로 삼아 아버지의 명을 어기며 살았다.

현재 영랑의 직계 자손 중 셋째 현철, 다섯째 현도, 여덟째 애란(여)이 생존해 있는데, 특히 셋째인 김현철(84) 선생은 전남 강진의 '영랑 현구 문학관' 관장을 거치며 영랑 시인의 삶의 족적을 관리.보존하는데 초석을 다졌다.

▲ 미국 플로리다 마이애미에 거주하는 영랑 시인의 삼남 김현철 선생 © 김현철

김현철 선생은 MBC 본사 기자를 거치고 1974년 미국으로 이주, 미주 동포언론 <한겨레저널>을 창간한 언론인 출신이다. 도미 후 박정희의 유신독재에 독하게 맞서 싸우다 한때 입국금지인물 명단에 오른 적도

있다. 그가 7년 전 폭로한 박정희 관련 유튜브('비운의 여배우 김삼화')는 5백만 회가 넘는 클릭을 기록하며 크게 주목을 받고 있다. 현재는 자유기고가로 <코리아 위클리>와 <서울의 소리> 등에 남북관계와 한국정치 관련 칼럼을 기고하고 있다.

– 영랑이 뒤늦게나마 진면목을 인정받아 항일 저항시인으로 인정받게 되었다. 소감은?

"만시지탄의 감은 있으나 지난 2008년의 금관문화훈장에 이어 작년에 독립유공훈장 건국포장을 받은 것은 천만다행으로 여긴다. 장기간 친일파 정권이 지속된 탓도 있겠지만, 지나치게 늦게 진실을 인정받을 수 밖에 없는 현실이 좀 안타깝다. 정부가 독립운동가들에 대한 예우에 좀더 관심을 가져주었으면 한다."

– 선친에 대한 평론가들의 평에서 아쉬운 부분이 있다면?

"모두는 아니지만 아버님의 시에서 전체를 흐르고 있는 정서는 진취적이고 긍정적인 면도 강하다고 본다. 가령 <바다로 가자> 같은 시는 해방정국의 기쁨을 노래하고 있으나, 다가올 한반도의 미래에 대한 희망과 용기와 자신감을 예언적으로 표현하고 있다. <모란이 피기까지는> 역시 슬픔을 노래하는 듯하지만 희망의 세계가 암시되어 있다."

– '영랑 시인의 시는 운율적 흐름이 강해 한참 읽다보면 절로 노래가 나온다'는 평들이 많다.

"사실 아버지는 성악가(테너)를 꿈꾸셨다. 어머님과 지역 노인들의 전언에 따르면, 아버지의 남도 판소리는 당시 명창들도 놀랄 정도로 수준급이었고, 거문고, 가야금, 북, 양금의 연주 실력도 전문가 뺨치는 수준이었다고 한다. 특히 임방울, 박초월, 이화중선, 임춘앵, 김소희 등 당대의 명창들을 생가에 초청하면 고수를 데려올 필요가 없을 정도로 아버지의 북 연주실력이 뛰어났다고 한다."

– 선친과 음악에 얽힌 이야기 중 특별한 기억이 있을 듯하다.

"아버지가 서양 클래식뿐 아니라 판소리까지 고전음악을 무척 좋아하셨다. 4살쯤부터였을 것이다. 아버지는 나를 무릎에 앉혀놓고는 그 긴 판소리가 끝날 때까지 놓아주지 않으셨다. 미칠 지경이었다. 소변이 마려워도 아버지가 무서워서 꼼짝 못하고 갇혀 있어야 했다. 나만 아니라 다른 형제들도 그렇게 컸다."

– 영랑시인은 일제에 대해 '독을 차고' 사셨으면서도 서정주 등 친일파 시인들과 친하게 지낸 것으로 알려져 있다.

"사실 선친이 친일파 시인 서정주와 어울리는 것을 보고 대학생이던 큰 형님이 '왜 저런 분과 가까이 지내십니까'라고 종종 불평을 한 적이 있었다고 한다. 그때마다 아버지는 (11년 연하의 서정주를 지칭하며) '불쌍한 사람이다. 생계를 유지하기 위해 어쩔 수 없는 면도 있으니 이해해야 한다'고 타일렀다. 아버지는 매우 인간적인 분이셨다."

– 선생님이 본 아버님의 성격은?

"이광수, 김광섭, 정지용, 서정주, 박목월 등 선후배 문인들의 증언에 따르면 선친은 수줍음을 매우 많이 타는 사람으로 알려져 있다. 하지만 불의를 보면 불같이 화를 내는 과격한 면도 있었다. 이승만 정권 출판국장 시절 한글맞춤법통일안 수용 여부로 논쟁이 벌어졌는데, 통일안을 반대하는 이승만이 옳다고 주장하는 절친 김광섭에 뒤틀린 나머지 교자상을 뒤엎고 나온 일도 있었다. 옹졸한 직계 상사가 사사건건 월권을 하자 자리를 박차고 나왔을 정도다."

– 선친이 한국전 당시 북한군의 무차별 폭격으로 유탄에 맞아 사망했다고들 하는데, 이에 대해 어떤 생각을 갖고 있나.

"설령 인민군의 포격에 돌아가셨다고 해도 민족상잔의 비극 앞에서 억울하게 당한 사람이 얼마나 많은가. 아버지도 북한군을 원망하지 않으셨을 것이다. 아버님이 한때 잘 모르고 대한청년단에서 활동하신 일이 있으나, 자주통일과 평화통일을 선호하신 분이다. 진보적 민족주의자 몽양 여운형 선생을 모셔서 결혼식 주례를 서게 하신 것을 보면 알 수 있다."

– 여운형 선생이 주례를 설 정도였으면 해방정국에서 좌파 사회주의로 기울었을 법한데.

"큰 형님의 생전 전언에 따르면 언젠가 일본 유학생 시절 친구들이 '자네 같은 엘리트가 택할 길은 우리처럼 사회주의인데 왜 그 길을 따르지 않나?'라고 추궁하며 크게 다툰 일이 있었다고 한다. 선친은 "사회주의 좋지… 그런데 말야, 자유가 없는 게 싫네!"라고 대꾸했다고 한다. 선친은 같은 시문학파 동료이자 영랑이라는 호를 지어준 정지용과 단 둘이서 금강산 여행을 할 만큼 막역한 사이였다. 그러나 사상에 차이가 있어 서로 멀어지며 결국 결별했다."

"네놈이 헛짓을 했구나!" 아들이 벌어온 거금, 불쏘시개로 쓴 독립운동가

[독립운동가 해외 후손] 박희락 지사와 미국 거주 장손 박정환씨

때는 1919년 춘삼월, 일제의 폭압정치에 찌든 조선 민중의 분노가 삼일독립항쟁의 불씨가 되어 전국 각지로 번지고 있었다. 비쩍 마른 야산에 붙은 불을 투닥 투닥 끄려다 튀긴 불꽃이 산지사방에 번지듯 거센 독립항쟁의 불길은 일제의 총칼에도 불구하고 더욱 그 외연을 넓히고 있었다.

경상도 명망가 박희락은 동료 정규화, 서삼진, 이상화, 남세혁 등과 함께 3월 18일 오후 1시 경상북도 영덕군 영해읍 장터 한복판에서서 미리 준비한 '삼일선언문'을 읽어 내렸다. 그리고는 굵은 팔뚝을 하늘 높이 치켜 세우며 "대한독립만세!"를 외치기 시작했다. 하루 전 비밀리에 배포된 격문과 태극기를 품고 있던 수 천 명의 주민들이 일제히 그를 따라 구호를 외쳤다. 한 손에 태극기, 다른 손에 삽, 곡괭이, 낫 등을 치켜든 시위 군중들은 영해 소학교를 지나 경찰 주재소, 면사무소, 우편국 등을 공격하여 내부의 공문서 기물 등을 부

▲ 독립지사 박회락의 가족사진. 앞줄 검은 두루마기를 입은 분이 박희락 지사. 그 옆 두 남자 아동 가운데 큰 아이가 장손 박정환(현재 미국 탬파 거주)이다. ⓒ 박정환 제공

수었다.

'폭동'은 다음날까지 이어졌다. 혼비백산하여 도망친 주재소 순경들의 연락을 받은 영덕경찰서는 대구의 보병 18연대의 지원을 받아 무차별 발포로 가까스로 사태를 진압할 수 있었다. 이로인해 수많은 시위군중들이 사상 처리됐고, 박희락과 그의 동료들은 현장에서 체포되었다.

'장로' 박희락, 기물 파괴-보안법 위반으로 체포되다

박희락은 소요, 건조물 손괴, 기물 파괴, 공문서 훼기, 보안법 위반 혐의 등의 죄목으로 12년형을 받았으나, 문중과 지인 및 선교사들의 도움으로 7년형으로 감형되었고, 나중에 유화정책 덕분에 4년형으로 최종 확정되어 대구형무소에 수감되었다. 박희락은 고분으로 만

신창이가 되었고, 재산몰수를 겨냥한 1,377원의 벌금형까지 받았다. 소 한 마리 값이 5원 하던 시절이었으니 그야말로 알거지 신세가 된 것이다. 한참 후에서야 안동의 외가와 문중, 그리고 지인들의 도움으로 벌금을 갚았다.

박희락은 1882년 11월 14일 경북 영덕군 축산면 도곡동에서 무안 박씨 종규의 장남으로 태어났다. 그의 선조 가운데는 임진왜란 당시에 비격진천뢰(일종의 시한폭탄)를 사용하여 경주성 탈환의 수훈을 세운 박진 장군이 있다. 박희락은 대를 이어 일본과 싸워 온 것이다.

1919년 삼일운동 당시 일제에 항거한 박희락은 결코 폭력적인 인물이 아니었다. 힘이 장사였고 술을 좋아하기는 했지만, 8세 때부터 한학을 공부했고 어느날 안동에서 선교사를 만나 기독교에 입문하게 된 후로는 신앙에 정진하였다. 후에 박희락은 변곡면 원황동으로 이주, 최초로 교회를 세워(원황교회) 초대 장로가 되었다.

장로 박희락은 성품이 강직하면서도 도량이 넓고 학문이 깊어 주변에서 존경을 받으며 따르는 사람이 많았다. 교회는 그가 나라와 민족을 생각하며 독립운동에 뜻을 갖게 한 요람이었다. 삼일독립선언서에 서명한 민족대표 33인의 반수 가까이(16인)가 기독교 지도자들이었고, 당시 전체 인구의 1.3~1.5%에 불과한 기독교인 가운데 20% 이상이 만세운동에 적극 참여한 사실(이만열 강연록, <삼일운동과 기독교>)을 고려하면 교회 장로인 그가 독립운동에 참여한 것은 그리 놀랄 일이 아니었다.

기독교인으로 민족의식에 눈을 뜨게 된 박희락은 나라의 위난 앞에 소소한 개인의 안위 따위는 그다지 중요한 것이 아니었다. 그는 신앙이 깊어지면서 교회 안팎에서 박애정신을 실천함과 동시에 주변 청년들에게 민족정기를 심어주어 독립을 쟁취하는 것이 하나님

▲ 애국지사 박희락의 묘. 대전 현충원 독립지사 제3묘역에 안장되어 있다. ⓒ 박정환 제공

이 주신 시대적 사명이라고 믿었다. 성경은 물론 동서 고금의 신서적을 탐독하여 정세를 파악하고 인물들을 끌어모으고 길러내려 노력했다.

박희락은 출옥 후에도 교회를 통해 민족의식을 고취하던 중 광복을 맞이했고 건국 사업에도 힘을 쏟았다. 1991년 8월 18일 정부는 박희락에 건국훈장 애국장을 추서했다. 박희락은 87세이던 1967년 1월 16일 소천하여 고향인 축산면 도곡동에 묻혔다가 현재는 대전 현충원 애국지사 제3묘역에 자리를 잡았다.

여기까지가 박희락의 장손 박정환(78, 미국 탬파 거주)의 증언과 <대한독립운동약사>(1980판) 221~222면의 기록을 토대로 '독립운동가 박희락'의 삶을 요약한 내용이다.

장남이 벌어온 거금을 불쏘시개로 던진 박희락

박정환은 그의 할아버지의 인격적인 면모와 민족사랑 정신을 평생 그리워하며 닮고자 했다. 자신 또한 기독교인인 박정환은 "할아버지는 누구보다도 자기 자신에게 엄격한 분으로, 예수님의 행적(삶)을 그대로 따라 살기로 작정한 분"이었고, "자녀들이 대의(이웃과 나라)를 위해 살기를 바라는 분"이었다.

할아버지와 아버지에 얽힌 일화는 박정환의 가슴에 평생 지워지지 않는 이미지를 선명하게 새겨 놓았다.

박희락은 독립운동을 하라고 장남 박동일(박정환의 아버지)을 만주로 떠나 보냈다고 한다. 문중 어른들은 '독립운동은 한 명이면 족하다'며 장남까지 독립운동에 투신토록 하는 것을 탐탁지 않게 여겼다. 정작 박동일도 아버지의 삶을 그대로 따라 살고 싶지 않았다. 너무 힘든 건 물론이고 이미 가세가 기울어 핍절한 상태였기 때문이었다. 그는 일본과 만주에서 보일러 기술을 배우고 익혀 돈 버는 일에 몰두했고, 얼마 지나지 않아 거금을 모았다.

어느날 고향을 방문한 박동일이 아버지 박희락에게 돈다발을 내밀었다. 칭찬할 줄 알았던 아버지에게서 불벼락이 떨어졌다.

"네놈이 하라는 독립운동은 안 하고 헛짓을 하고 돌아왔구나!"

아버지는 박동일이 가져온 돈다발을 냅다 들고 나가더니 "불쏘시개나 해야겠다!"며 대뜸 아궁이에 쳐넣어 버렸다.

온 식구들이 대경실색하여 말렸으나 돈다발은 이미 새까맣게 타버린 뒤였고, 그날 저녁 아들은 친척 집에서 잠을 청해야 했다. 박동일은 해방 후 조선에서 두 손가락에 꼽을 정도로 유명한 보일러 기술자가 되었으나, 아버지인 박희락 앞에선 돌아가실 때까지 기를 펴지 못했다.

하지만 할아버지 박희락의 장손 박정환에 대한 편애는 유별났다고 한다. 어렸을 때에도 늘 박정환을 따로 불러 무릎에 앉히고는 “너는 하나님이 주신 선물이니 나라를 위해 큰 일을 하라”고 머리를 쓰다듬으며 격려했다고 한다. 박희락이 박정환을 각별히 챙긴 이유는 대를 이을 장손이기 때문만은 아니었다.

독립지사 장손 박정환, 월남전의 영웅이 되다

박정환은 1942년 만주에서 태어났다. 어느날 해방은 도둑처럼 왔고, 둘째를 임신한 어머니 김구호는 박정환의 손을 잡고 걸어서 귀국길에 올랐다. 아버지는 남은 재산과 사업을 정리한다며 현지에 남았다. 대한민국과 만주 국경을 향해 몇날을 걸어 귀향하던 중 박정환에게 뜻하지 않은 사고가 생겼다. 당시 사망률이 높았던 이질에 걸린 것이다.

시간이 지나며 병세는 더욱 악화되었고, 3살배기 박정환은 벌판에서 고열로 신음하며 죽어가고 있었다. 어머니는 천지사방 도울 이 하나 없는 허허벌판에서 꿇어 앉아 하늘을 보며 눈물로 기도하기 시작했다. 그런데 저 멀리서 까만 물체가 어른어른 희미하게 나타났다 사라지고 하는 것이 보였다. ‘마적인가, 짐승인가…’ 두려웠다. 그러나 다행히도 가까이 다가온 것은 허름한 옷차림의 행인이었다. 그는 쓰러져 있는 모자를 보고는 아스피린을 내밀었고, 박정환은 기적처럼 살아났다.

무사히 국경을 넘어 귀향한 며느리의 이야기를 전해들은 할아버지 박희락은 무릎을 치며 “하나님이 보내신 천사가 우리 장손을 살렸다”며 춤을 추었다.

박정환은 할아버지의 따뜻한 손길과 소망을 오래도록 잊지 못한다. 할아버지는 입버릇처럼 "진정한 해방은 통일이야, 우리가 통일 해야 하는데…"라며 분단 조국에 대해 늘 가슴아파 했고 "다른 사람은 다 용서해도 (분단의 단초를 제공한) 일본은 용서가 안 된다"고 목소리를 높였다. "전쟁이 나면 싸워야겠지만 한 번이면 족하다, 동족끼리는 싸우지 마라, 일본놈 쳐들어오면 목숨 걸고 싸워라"고도 했다.

막내 삼촌의 불평대로 "아버지가 괜히 독립운동이란 걸 해 가지고 집안이 이 모양!"일 정도여서 중고교 시절 수학여행도 못 갔던 박정환은 휴학과 복학을 거듭하며 고학한 끝에 1966년 경북대 수의학과를 졸업, 학군(ROTC) 육군 소위로 임관했다. 그리고는 1년도 채 되지 않은 1967년 10월 '태권도 교관'으로 월남에 파병된다. 기골이 장대한 할아버지 덕분에 건장한 체격을 가진 박정환은 만 13세이던 1955년 대한태권도협회 공인 유단자가 된 후로 최연소 5단이 되어 있었다. (1995년에는 11년 만에 귀국하여 정식 테스트를 통해 9단을 받았다.)

그런데 단순하게 '나라를 위한다'는 소박한 생각으로 월남전에 지원한 박정환 소위는 한국군 월남전사에서 '전설'이 되어 돌아온다.

박 소위는 1968년 1월 31일 베트콩 대공세 때 포로로 잡히고 만다. 이후로 3개월간 정글에서 끌려다니며 생사를 넘나들며 북한으로 강송되던 중 두 번의 시도 끝에 탈주에 성공했다. 그러나 이번에는 호치민 루트를 헤매다가 캄보디아 민병대에 잡혀 캄보디아 군사법정에 서게 되었고, 길고 험난한 재판과정을 거치게 된다.

결국 6년형을 선고받아 캄보디아 형무소에 수감된다. 그곳에서도 박정환은 북송을 거부하고 사투를 벌이며 1년 4개월이 지나던 즈음 한 월남인 장교의 도움으로 극적으로 풀려난다. 드디어 1968년 6월 18일 귀국하게 되었고 국내 언론은 당시 국방부가 공식 인정한 월남전 참전 한국군 유일의 포로이자 1호 포로의 귀환을 대대적으로 보

▲ 베트콩 포로가 된 지 502일 만에 풀려난 박정환 소위의 생환기 <느시>1,2. 박정환씨는 당시 국방부 인정 유일의 월남전 한국군 포로였다. ⓒ 문예당

도했다.

박정환은 포로가 되어 감옥생활을 할 때나 정글을 헤매며 극한 상황에 맞닥드릴 때면 "할아버지의 독립운동에 비하면 이 정도 고난은 아무것도 아닌 것이야!"라 자위하며 힘을 얻었다고 회고한다. 베트콩 포로가 된 지 502일 만에 풀려난 박정환 소위의 '귀향 스토리'는 지난 2000년 <느시>라는 책으로 출간되어 국내 언론의 주목을 받았고, 특히 월남전 참전 군인들에게 센세이셔널한 호응을 얻었다.

하지만 1960년대 말 대한민국은 '영웅'이 살 곳은 아니었다. 당시의 한국은 뇌물과 사기 협잡 등 온갖 부조리가 판을 치고 있었다. 아무리 일을 해도 줄줄이 다섯 동생을 비롯한 대가족을 먹여 살릴 길이 없었다. 특히 대를 이어 국가를 위해 헌신한 가문에 대한 정당한 예우는 고사하고 홀대를 당하는 땅에서 박정환은 한시바삐 벗어나고 싶었다.

결국 박정환은 1971년 수의사 자격으로 도미했다. 처음 뉴욕에서 태권도장을 연 박정환은 크게 돈을 모았으나 재산을 다 날린 후 플로리다로 이주해 다시 태권도장을 열었다. 그는 재기에 성공, 현재까지 태권도장에서 후예들을 가르치고 있다. 큰 아들 준박(Joon Park, 35세)은 목사 겸 심리학자로 메트로폴리탄에서 자선단체에 참여하고 있고, 차남 박훈석(6단)은 탬파에 두 개의 도장을 열어 가업을 잇고 있다.

"일본의 경제침략, 남북공조 했으면"

▲ 애국지사 박희락 할아버지의 묘앞에서 선 박정환씨 ⓒ 박정환 제공

플로리다 한인사회에서도 박정환의 족적은 꽤나 뚜렷하다. 플로리다 8개 지역 한인회의 연합체인 플로리다한인회연합회장, 탬파 한인회장, 평통위원 등을 지내며 동포사회의 화합과 발전을 위해 현재까지 꾸준하게 봉사하고 있다.

그는 "문재인 대통령이 추진해온 남북화해와 평화통일 정책을 적극 환영하고 지지한다"면서 할아버지가 유언처럼 되뇌었다는 '일본에 대한 경계'를 다시 떠올렸다. 민족

정기를 강조하는 문재인 정부가 독립운동가 후손들의 학비를 면제해 주고 직장까지 알선해 주고 있는 것과, 해외독운동가 후손찾기에 나서고 있는 사실에 대해서도 크게 고마워 했다.

독립지사 후예답게 최근 일본의 경제제재에 대한 그의 태도는 단호하고 비장하다.

“한일관계가 언제까지 맨날 일본에 끌려가서는 안 되겠죠. 그들은 36년간 압제하고도 아직 우리를 ‘조센징’으로 생각하고 있습니다. 일본의 경제침략에 분연히 맞서서 우리 민족의 저력 보여줘야 합니다. 다시는 우리를 함부로 대하지 못하게 해야 합니다.”

특히 그는 “일본의 ‘침략’에 대해 남북이 힘을 합했으면 좋겠다”는 바람을 밝혔다.

“북한과의 공조에 힘썼으면 좋겠습니다. 북한이 독도문제를 어떻게 대처하는지 보세요. 언젠가 ‘일제놈들이 한치의 땅이라도 건드리면 무자비한 징벌을 내릴 것’이라는 경고를 하지 않았습니까. 얼마나 짜릿합니까. 우리는 왜 그렇게 단호하고 독하게 못합니까?”

평생 말 못한 진실…
"할아버지는 독립운동가입니다"

[독립운동가 해외 후손] <백범일지> 등장 할아버지 명예회복 나선 후손

"친일한 사람들은 당대에 떵떵거리며 자식을 유학 보내면서 해방 후에도 후손이 잘살 수 있었고, 독립운동 하신 분은 가족을 제대로 못 돌봐 뿔뿔이 흩어지거나 제대로 교육시키지 못해 자식까지 오랜 세월 고생해야 했습니다. 아주 먼 여러 나라에서 이렇게 흩어져서 살고 있다는 사실 자체가 우리 독립운동가들의 후손이 겪어야 했던 여러 가지 고생들을 말해주고 있지 않은가 싶습니다."

2019년 3월 4일 문재인 대통령이 8개국 64명의 독립유공자 후손들을 초청한 자리에서 언급한 내용이다. 정확한 통계는 없지만, 현재 해외에는 많은 독립운동가 후손들이 살고 있다. 미국 플로리다 지역만 하더라도 삼일절 또는 광복절 기념식 등에서 독립운동가 후손들을 쉽게 만날 수 있다.

이들 중에는 정부로부터 독립유공자로 일찍 인정을 받은 분들이 있는가 하면, 이런 저런 규정 때문에 방치돼 있는 분들도 있다. 먼 나

라에 뿔뿔이 흩어져 사는 후손들은 독립운동가 선조에 대한 것은 물론 자신이 그 후손이라는 사실마저도 가물가물 잊고 살아간다.

"할아버지는 백범 선생도 인정하는 독립운동가"

최근 기자가 '해외 독립운동가 후손 찾기' 시리즈를 시작하자, 여기저기서 직·간접적으로 여러 건의 제보가 들어왔다. 그 가운데는 까맣게 잊고 있던, 어쩌면 짐짓 모르는 척 숨겨뒀던 선조들의 이야기를 '이제는 말할 때가 됐다'는 듯 조심스럽게 운을 뗀 동포들도 있다.

단도직입적으로 말해보자. 이승만 정권의 '반민특위' 해체로 한국 현대사는 시작서부터 절망적이었다. 혈서로 천황폐하에게 충성을 맹세한 친일파 대통령과 그 아류들의 몸보신용 반공주의는 독립운동을 폄하했다. 그러더니 이젠 아예 '독립운동가=좌빨'이라는 등식으로 '학대'하는 지경까지 이르렀다. 이 같은 상황에서 독립운동가 후손들은 '나는 독립운동가 후손입네'라고 말하기 마뜩잖을 터다.

미국 플로리다 잭슨빌에 거주하는 은퇴 의사 정상호(82)씨가 "우리 할아버지가 <백범일지>에 나오는데, 이거 말해도 될까 모르겠습니다"라고 말한 이유가 여기에 있다. 그가 말한 대로 살만큼 살았고 별다른 평지풍파 없이 말년을 보내고 있는데, 100년 된 할아버지 이야기로 이래저래 오해를 살 것 같은 두려움이 묻어 있었다.

1973년 미국으로 유학 온 이후 47년 동안 플로리다 잭슨빌에서 의사로 살아온 정상호씨의 집안 내력을 아는 사람은 거의 없다. 정씨는 한인회장을 여러 차례 역임하고, 흑인 빈민가에서 의료활동을 하며 자연스레 지역 주류 매체는 물론 한인 신문들과 몇 차례 인터뷰를 했다. 그러나 그의 할아버지가 독립운동가로, <백범일지>에 등장한다는 사실을 밝힌 적은 없었다.

그를 만나기 전 전화로 먼저 확인하면서 그의 할아버지가 독립운동사에 등장하는 유명한 '105인 사건(일명 안악 사건)'에 연루된 인물 중 하나라는 이야기를 듣고 귀가 번쩍 뜨였다. '105인 사건'이 뭔가. 1911년 조선총독부가 조선의 식민통치를 강화하고, 반일 민족 저항세력들의 민족해방운동을 탄압하기 위한 목적으로 다수의 신민회[1907년 초에 무실역행(務實力行)을 방향으로 삼고 안창호, 이동녕, 이승훈 등이 비밀리에 조직한 항일단체] 회원들을 비롯한 독립운동가들을 체포·고문해 투옥한 사건이다.

일제는 1910년 12월 데라우치 총독이 압록강 철교 개통식에 참석하기 위해 서북지방을 순방할 때 신민회원들과 황해도 안악군 일대의 지식층과 재산가 600여 명이 공모하여 그를 암살하려 했다고 억지 주장을 하며 대대적인 검거 작전에 돌입했다. 안악 사건으로 체포된 인사들 중에는 김구(金九), 김홍량(金鴻亮), 최명식(崔明植), 이

▲ 정달하의 독립운동 사실이 기록된 백범일지, 왼편은 1989년판(서문당), 오른편은 1979년판(3판, 교문사). © 김명곤

승길(李承吉), 도인권(都寅權), 김용제(金庸濟), 이유필(李裕弼) 등이 있었다. 이들은 안악의 양산학교(楊山學校)와 면학회(勉學會)를 중심으로 애국계몽·구국운동에 헌신한 독립지사들이었다.

일본 경찰은 600명을 체포·고문을 자행한 끝에 거짓 자백을 받아냈고, 이 가운데 123명을 혐의자로 기소했다. 무려 20회의 재판을 진행한 끝에 105인에게 유죄 판결을 내리면서 '105인 사건'이란 이름으로 널리 알려지게 됐다.

정상호씨는 자신의 할아버지가 안악 사건에 연루돼 있고, 이 같은 사실이 <백범일지>에도 나온다고 했다. <백범일지>는 한국의 청소년들부터 어른들에 이르기까지 널리 읽힌 책이다.

기자의 서고에 꽂혀 누렇게 변한 1983년 발행된 7판 <백범일지>(1979년 초판 발행)를 뒤져보니 162쪽에 '정달하(鄭達河)'라는 이름이 들어 있었다.

"이번 통에 잡혀온 사람들은 황해도에서 안명근을 비롯하여... 재령에서 정달하, 민영룡, 신효범, 안악에서 김홍량, 김용제, 양성진, 김구... 경성에서 양기탁, 김도희, 강원도에서 주진수, 함경도에서 이동휘가 잡혀와서 다들 유치되어 있었다."

이름도 쟁쟁한 60여 명의 독립운동가들 가운데 열한 번째로 거명된 '정달하'는 같은 책 177쪽에서 보안법 위반 혐의로 징역 6개월에서 1년을 선고받은 6명 가운데 하나로 기록돼 있었다. 김구 선생은 양기탁(주동), 김홍량 등과 함께 같은 보안법으로 2년을 선고받았고, 앞서 강도범으로 15년을 선고 받았다.

정달하에 대한 기록은 1989년에 발행된 <원본 백범일지> 190쪽과 208쪽에도 같은 내용으로 각각 나와 있었다. 정상호씨는 출판 연도를 알 수 없는 다른 <백범일지> 200쪽에도 할아버지 '정달하'에 대한 기록이 나와 있다며 기자에게 자신이 소장하고 있는 복사본으로 이를 확인해줬다.

그런데 독립운동가 정달하에 대한 기록은 우연하게도 역사학자이자 전 <오마이뉴스> 편집국장 정운현(이낙연 전 국무총리 비서실장)의 글에서도 기적처럼 발견됐다. 기자가 오래 전 오려뒀던 그의 '역사에세이'에서였다. 이 사실을 기자로부터 전해들은 정씨는 "<백범일지>를 제외하고는 처음 발견된 할아버지 이름"이라며 뛸 듯이 기뻐했다.

국권회복 운동에 거금 3,000원 기탁한 정달하

정운현은 2011년 백범의 친구이자 변절 친일파 김홍량에 대한 글을 쓰기 위해 독립기념관에서 구축한 '한국독립운동사 정보시스템'의 기록을 인용했는데, 그 가운데 정달하와 관련한 기록이 나온다.

"정달하(鄭達河)와 함께 안동현(安東縣)에 이주하여 이곳에서 농업과 무역회사를 공동 경영하면서 이곳에 독립군 기지와 무관 학교를 설립하여 한국 청년들을 훈련시켜서 독립 전쟁을 일으켜 국권 회복을 이룩할 준비로 1910년 12월 김홍량이 8,500원, 정달하가 3,000원을 내고 본격적 준비를 진행하였다."

위의 기록을 역사적 사실에 토

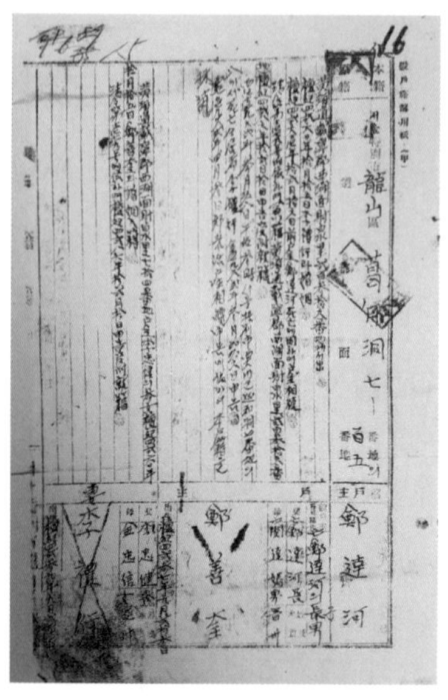

▲ 용산구청이 발급한 정달하(鄭達河) 선생 호적 등본. © 정상호

대해 좀 더 풀어쓰면, 양기탁·안창호 등에 의해 결성된 신민회가 만주에 무관학교를 설립하는데 안악읍에 양산학교를 설립해 교육구국운동을 전개하던 김홍량과 만석꾼 정달하가 투척한 거금이 결정적 밑천이 되었다는 것이다.

민속문화대백과사전 등에 따르면, 당시 경인선 여객 운임이 1등석 1원 50전, 보통학교 수업료 1원(1919년), 보통 사람 하루 생활비 5~20전(1925년)이었다. 현재 화폐 단위로 환산하면 정달하가 기부한 금액은 최소 수억 원에서 수십억 원에 해당한다.

독립운동가 정달하에 대한 인적 기록은 정상호씨가 보관하고 있는 호적 등본에 잘 나와 있다. 호적 등본에는 출생연도가 나와 있지 않으나, 1800년대 중 후반(1850~1870년) 출생으로 짐작되는(정상호씨 추정) '재령 사람 정달하'는 슬하에 4남 2녀를 뒀다. 그의 둘째 아들 정선규의 2남 5녀 가운데 차남이 정상호씨다.

할아버지와 1년을 함께 산 정씨의 기억 속에 남아 있는 정달하는 검은 두루마기를 입고 늘 성경을 끼고 사는 분이었다. 정달하는 초시에 합격해 보통 양반 가문 자제들이 꿈 꾸는 출세의 가도가 눈앞에 펼쳐지는 듯했으나, 막 외세가 밀고 들어오던 조선 말엽은 청년들의 꿈을 뒤틀어놨다.

특히 정달하의 삶의 본거지인 황해도 재령과 안악 지역은 구한말과 일제 초기에 양산학교를 중심으로한 교육구국운동의 중심지로 떠올랐고, 정달하로 하여금 자연스레 독립운동 그룹에 합세하게 만들었다. 일찍이 받아들인 기독교와 신학문의 영향이기도 했다.

정상호씨는 양조장을 운영하며 지역 토호였던 할아버지가 <백범일지>와 독립운동사에 족적을 남길 만큼 삶을 바쳤으나, 국가보훈처가 '재판 기록이 없다'며 독립운동 유공자로 인정하지 않고 있는 현실을 크게 아쉬워 하고 있다. 정씨는 수차례 고국을 방문하여 전국의 형무소를 뒤졌으나 할아버지의 재판기록을 찾을 수 없었다고 한다.

그 할아버지에 그 손자... 이기붕 단죄한 독립운동가 후손

정씨는 플로리다 북동부 잭슨빌에서만 무려 47년간 의사로 지냈다. 그 가운데 36년 동안 누구도 오가길 꺼려하는 '잭슨빌 할렘가'(45th St.)에서 의술을 펼친 정씨는 지역에서 '살아있는 슈바이처'로 불린다.

지금도 길거리에서 마주치는 흑인들은 먼 발치에서도 금방 그를 알아보고 "하이, 닥터 정!" 하며 인사를 한다. 지역 주민들 가운데는 4대째 그의 치료의 손길을 거쳐간 흑인 가정이 한 둘이 아니다. 이 경력으로 LA폭동 당시 들썩이던 북부플로리다지역 흑인 민심을 달래는 데 일등공신 역할을 한 사실이 한국에까지 알려져 국무총리 표창까지 받았다.

▲ 정씨가 1960년 4.19 당시 이기붕의 저택 담을 넘은 이야기를 하고 있다. ⓒ 김명곤

독립운동가 할아버지를 둔 정씨의 이력 속에는 의사로서 사람의 생명을 구하는 것 외에도 젊은 시절 한때 '사회를 구하는 일'에 나선 것도 눈에 띈다. 그는 부패한 사회가 신음하고 있던 시절, 역사의 부름에 팔을 걷고 나선 열혈 청년이었다.

때는 1960년 이승만 정권의 3.15 부정선거로 온 대한민국이 들끓고 있던 시기였다. 3월 26일 담화 발표가 난 후 4월 21일 발포로 시위가 주춤했고, 27일쯤 학생들이 부정선거 원흉 이기붕 체포 작전에 들어갔다. 학생들이 이기붕의 거처를 밤새 돌다가 담을 넘어 들어갔는데, 당시 전위에 선 학생들 가운데 하나가 고대생 정상호였다.

그날밤 정씨는 뜻밖에 역사적 문건 하나를 건져낸다. 이기붕의 부인 박마리아의 쫄쫄이 신발이 나딩굴던 집안 한켠에 비단 등 축재한 물품들이 쌓여 있었는데, 그 주변에서 이승만에게 양야들로 보내진 이강석의 파카를 발견했다. 주머니에서 뭔가 떨어져 주어보니 글귀가 적힌 두루마리였는데, 놀랍게도 경자년 새해에 이기붕에게 세배차 방문한 412명의 정·재계 인사 명단과 물품 목록이 빼곡하게 적혀 있었다.

정씨가 수확한 이 문건은 다음날 눈치빠른 기자에 낚여 1면 기사로 대문짝만하게 올려져 세상을 놀라게 했다. 정씨는 당시에 주운

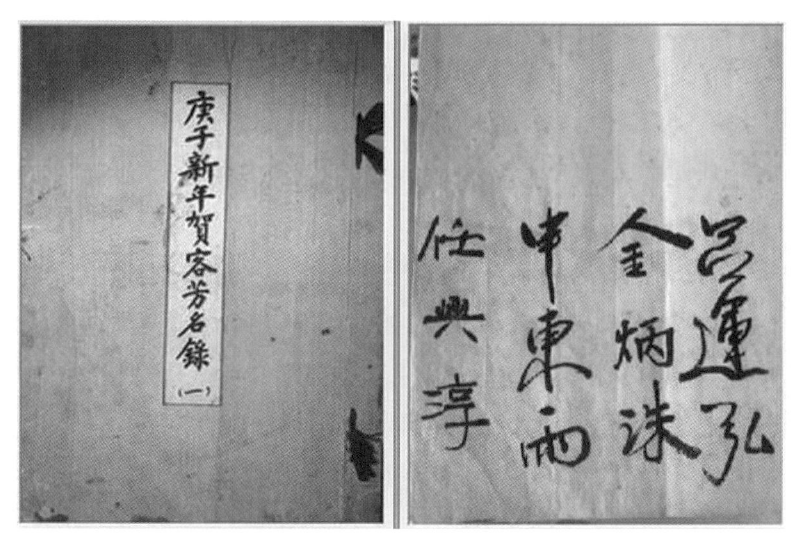

▲ 열혈 고대 운동권 학생 정상호가 4.19 혁명 당시 이기붕의 저택 담을 넘어 들어갔다 획득한 "경자신년하객방명록"(좌). 방명록에는 몽양 여운형의 동생 여운홍의 이름이 들어 있다. ⓒ 김명곤

자료를 지금도 소중하게 보관하고 있다.

정씨는 데모가 끝나고 자유당 정권이 몰락한 지 얼마 되지 않아 세배자 명단에 들어있던 여운홍(몽양 여운형의 동생으로 당시 자유당 선전부장)이 참의원에 출마하려고 한 사실을 알게된다. 격분한 정씨는 "당신은 독재세력의 주구 가운데 하나로 학생들의 무죄한 피를 흘리게 한 장본인인데, 어찌하여 그 피를 이용해 출세하려 드는가"라며 질타했고, 놀란 여운홍의 측근들이 그를 만나 회유를 시도했다고 한다.

평소 웬만한 일에 별 말씀이 없고 칭찬도 없으시던 아버지는 정씨의 당찬 행동과 의기에 팔을 붙들고 흔들며 "잘했다! 잘했다!" 칭찬을 아끼지 않으셨다고 한다.

열띤 어조로 '운동' 경력을 쏟아놓는 팔순 정씨의 눈빛에서 '독립운동가 정달하'의 모습이 그려졌다. '민족적 정기'라는 것이 기본적으로는 불의와 불합리에 대한 항거에 근거한다는 점에서 그와 그의 할아버지는 100년을 건너뛰어 '통'하는 게 아닐까.

정씨는 최근까지 논란이 수그러들지 않고 있는 친일파의 국립묘지 안장에 대해 날카로운 비판을 쏟아내며 인터뷰 말미를 무겁게 장식했다.

"친일파들이 국립 현충원에 묻힌 것은 도둑놈 심보입니다. 그 후손들은 얼마나 양심에 찔리며 불안하겠습니까. 양심이 살아있다면 거기서 옮겨가야 합니다. 한국 가서 보니 자격 없는 사람들이 여기저기 찾아다니며 서명 받아 독립유공자 후손으로 인정받는다는 얘기 듣고 정말 충격 받았어요. 이래저래 구차해서 단념하고 돌아왔습니다. 할아버님께는 후손된 도리를 다 하지 못해 참 죄송하지만요."

이완용 집에 불지른 아버지, 만세운동 앞장선 두 아들

[독립운동가 해외 후손] 홍재설과 두 아들 홍종욱, 홍종엽 그리고 후손들

일제의 야욕이 노골화되던 대한제국 시대에 한 초급 장군이 있었다. 현재 군제의 준장에 해당하는 대한제국군 참장 홍재설이다.

1894년 7월 27일 시작된 갑오개혁으로 조선군이 '대한제국군'으로 명칭과 편제가 바뀌어 있었고, 열강의 틈바구니에서 풍전등화와 같은 처지였던 대한제국은 자국 군대조차 제 마음대로 움직일 수 없는 신세였다. 여기저기서 민란이 일어나고 의병이 속속 출현하던 시기였다.

그나마 근근이 명맥을 유지하던 대한제국군은 1905년 을사늑약이 체결되면서 존재 가치가 바닥으로 떨어져 버렸고, 1907년에는 그나마 명맥을 유지하던 군대가 해산당하는 수모를 겪었다. 이 와중에 홍재설은 장군 직을 스스로 내던졌고 두 건의 '사고'를 친다.

제 5741 호

훈 장 증

고. 홍 재 설

위는 대한민국의 자주독립과 국가 건립에 이바지한 공로가 크므로 대한민국 헌법에 따라 다음 훈장을 주서합니다.

건국훈장 애족장

2019년 8월 15일

대 통 령 문 재 인

국무총리 이 낙 연

이 증을 건국훈장부에 기입합니다.

행정안전부장관 진 영

▲ 대한제국시절 초급장군(참장) 홍재설이 올해 8월 13일 정부로부터 받은 애족장 훈장증. ⓒ 홍민표 제공

112년 만에 인정 받은 '거사'

후손들의 전언에 따르면, 의분을 이기지 못한 채 '동우회'를 조직하여 민족의식을 고취하는 일에 나선 홍재설은 영친왕이 이토 통감에 의해 유학이라는 명분으로 일본으로 끌려가게 되자 열차가 지나는 철로에 드러누워 시위 농성을 벌였다. 이 일로 그는 일제와 친일파에 의해 불순분자로 찍혀버렸다.

특히 그는 1907년 을사오적 이완용의 저택에 불을 지르는 대형 사고를 쳤다. 지금으로 말하면 국무총리 관저에 방화한 '테러범'인 셈이다. 그는 일경에 체포되어 사형 선고를 받았으나, 이후 10년으로 감형된 후 3년간 전라남도 지도에서 귀양살이를 하고 풀려났다.

대한민국 정부는 광복 74주년을 맞은 올해 8월 13일 홍재설에게 건국훈장 애족장을 추서했다. '독립운동 사고'를 친 지 112년 만에 유공자로 인정을 받은 것이다. 후손들의 증언과 경기 지역 향토 사학자들의 끈질긴 노력의 산물이었다.

퇴역 장군 독립운동가 홍재설에 얽힌 '전설'은 당대에서 끝나지 않았다. 미국의 작고한 재야 사학자이자 민권운동가 하워드 진이 말했듯 '끓어오르는 조용한 분노나 최초로 들려오는 희미한 항의의 소리는 어느날 불씨가 되어 되살아나는 것이 역사의 법칙'이다. 그리고 민중은 이 역사의 추동세력이자 주체이며 '숨겨진 영웅들'이다.

조선의 마지막 왕 고종이 일제의 사주로 독살 당했다는 소문이 나

돈 지 얼마 되지 않은 1919년 3월, 조선 민중의 분노는 임계점에 이르러 폭발하고 말았다. 3·1운동 당시 만세시위에 참여한 사람은 일제 경찰의 통계에 따르더라도 연인원 200만 명이 넘고, 1,000만 명에 이른다는 주장도 있다. 당시 1,700만 명 안팎으로 추산되던 전체 인구를 감안하면 가히 '민중거사'라고 할 만하다.

아버지 거사 뒤이은 용인 포곡면의 두 형제

아버지 홍재설의 영향을 받은 두 아들 홍종욱과 홍종엽도 이 민중거사에 가담했고, 이들의 활약상은 경기도 용인 지역에 또 하나의 전설이 되었다. 국가기록원의 용인군 독립운동 기록을 살펴보면 만세운동이 여러 갈래로 벌어졌는데, 포곡면의 홍종욱과 홍종엽 형제의 활동도 주요하게 다루어지고 있다.

우선 용인군 지역에서는 3월 20일 처음으로 기흥 읍삼의 김구식이 하갈리 강가에서 수십명과 조선독립만세를 외쳤고, 21일 원삼에서 황경준 등이 이끈 주민 수 백 명이 좌전고개에서 만세운동을 외치기 시작하여 면사무소 앞에서 새벽 3시부터 오후 6시까지 조선독립만세를 연호했다. 이후로 '좌전 만세운동'은 용인군 전 지역으로 확대되었고, 포곡면에도 크게 영향을 미쳤다.

포곡면의 홍종욱(27)과 6살 터울의 차남 홍종엽(21)은 3·1운동이 일어나자 가슴 깊이 숨겨져 있던 아버지의 민족혼을 간직한 채 잠잠히 때를 기다리며 암중모색을 하고 있었다. 3월 말 어느날 알고 지내던 초지리 사람 권종목으로부터 3월 28일을 '거사일'로 정했다는 연통을 받았다.

거사 당일 홍종욱-홍종엽 형제는 주민 200여 명에게 태극기를 나누어 주고 포곡면 금어리에서 양지면 대대리까지 돌며 조선독립만세를 연호했다. 오전 7시 삼계리 주민들을 이끈 권종목이 홍씨 형제가 사는 금어리를 거쳐 둔전리로 진출해 조선독립만세를 외쳤다. 그러자 둔전리 유지 정규복 등이 이끈 시위대가 일어나 조선독립만세를 연호하며 포곡면을 벗어나서 군청 소재지가 있는 수여면 김장량리로 향했다.

포곡면을 들썩였던 만세운동은 다음날 옆 동네로 이어졌다. 29일 오전 8시 수지면 이덕균이 고기리 주민 100여 명을 이끌어 동천리로 향하였고, 동천리에서 300명이 합류하여 면내를 돌다 면사무소까지 진출하여 만세합창을 하고 읍삼 마북리에서 운동을 마쳤다. 내사면에서도 같은날 한영규와 김운식이 남곡리 주민 100여 명과 양지리까지 진출하여 조선독립만세를 외쳤다. 이처럼 용인 지역 주민들은 3월 중순 이후 좌우 위아래 면동네를 오가며 만세운동을 벌였다.

<발로 찾아가는 독립운동 유적지>(용인독립운동기념사업회)에 따르면 용인 지역에서 5월까지 총 13회에 걸쳐 1만 3,200명이 만세운동에 참여했다. 이 과정에서 35명이 사망하고 139명이 부상을 당했다. 체포된 500여 명은 모진 고문에 이은 옥살이를 했다.

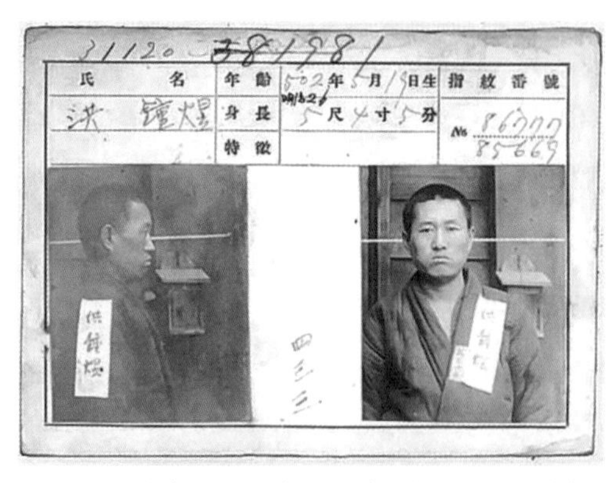

▲ 독립운동가 홍종욱의 수형 사진. 홍종욱은 그의 동생 홍종엽과 더불어 1910년 3월 28일 용인 포곡면에서 만세운동을 주도했다. © 홍민표

홍재설의 두 아들 홍종욱과 홍종엽은 권종목과 더불어 포곡면 만세운동을 주동한 혐의로 체포되었다.

홍종욱은 용인 헌병

대에 체포되어 '옷이 피걸레가 될 정도'로 모진 고문을 당했고, 10개월 형 만기 출소 후 '만세주동자'라는 낙인이 찍혀 일경과 친일파의 괴롭힘에 시달려 사실상 경제활동에 나설 수 없을 정도였다.

형과 함께 체포된 홍종엽도 일제의 고문을 당하면서도 당당하게 그들의 심문에 응하였다. 홍종엽은 일본 헌병대의 심문에 "삼계리 방면에서 권종목이 선두에 서서 구한국기를 휘날리며 독립만세를 부르짖었고, 자신에게도 만세를 부를 것을 요청해 이에 동조했노라"고 당당하게 증언했다.

두 형제는 서울 서대문 형무소에 수감되어 각각 징역 10개월을 언도받았다. 이들은 권종목과 더불어 항소했으나 일제는 7월 8일 기각했고, 1920년 4월 28일 출소한 것으로 기록되어 있다.

베갯잇 뜯어 끼니 때운 독립운동가 후손

대부분의 독립운동가들과 그 후손들이 그렇듯 출옥 후 홍종욱-홍종엽 형제와 그 후손들의 삶은 순탄치 않았다. 한편으로는 가난과 싸워야 했고, 다른 한편으로는 요주의 가문으로 낙인이 찍혀 기를 펴지 못하고 살았다. 일제시대에는 일제시대 대로, 해방 후에는 해방 후 대로.

가족들의 증언, 국가 기록원 기록, 두산백과, 향토사학자들의 증언, 그리고 경기지역 미디어에는 애국지사 두 형제와 그 후손들의 삶이 단편적이나마 영욕의 세월로 엮여져 드러나 있다.

선비였던 홍종욱은 독립운동 후유증으로 더욱 가난을 면치 못했고, 그의 가난은 상당 기간 대물림을 이루었다. 현재 캐나다 토론토에 거주하고 있는 그의 손자 홍원표(69)의 고백은 우리 땅에서 독립운동가 후손의 삶이 얼마나 고단한지를 보여주고 있다.

홍종욱이 워낙 가난했던 데다 생계를 책임져야 할 큰아들 홍순갑까지 일찍 사망한 터여서 그의 가족들은 그야말로 초근목피로 생계를 이어갈 수밖에 없었다. 홍순갑은 한국전에 참전했다가 낙오한 후 고향에 돌아와 1주일 만에 숨졌는데, 그의 부인은 21살에 홀몸이 되었고, 겨우 2살배기 아들을 남겼다.

홍원표는 1970년대초 10대 후반 전후 시절 너무 가난해서 산 속에서 살았는데, 베갯잇을 뜯어 그 안을 채웠던 메밀 껍질을 먹기도 했고, 냉장고가 없으니 땅을 파서 음식을 넣어두고 잘게 자른 감자, 고구마, 배추 등을 조금씩 꺼내 국으로 끓여 가족 모두 나눠 먹었다고 지난 8월 <토론토 한국일보>에 털어놓았다. "부친이 돌아가신 후 할아버지(홍종욱)와 큰아버지 가족을 포함해 고모까지 함께 살았는데, 다리 뻗을 곳조차 없을 정도였다"고 한다.

독립유공자 홍종욱의 가계는 유공자 자녀들에게 주어지는 소액의 재정지원(제사 비용), 취업, 특례 대학입학 등 정부의 혜택을 거의 받지 못했다. 홍종욱이 건국훈장 애족장을 받은 것은 1990년 노태우 정부 때였는데, 이미 홍원표가 어려운 시절을 모두 겪고 40세를 넘긴 뒤였다. 온 가족에게 가난을 물려준 할아버지 홍종욱은 1963년에 세상을 떠났다.

다행히도 홍원표는 한국전쟁 끝무렵 미군부대에서 반출된 하모니카를 얻은 것이 계기가 되어 음악과 인연을 맺게 되었다. 서라벌예대에 입학하여 피아노와 클라리넷 등을 본격적으로 배우기 시작했고, 아르바이트 등으로 음악인생을 전전하다 MBC 관현악단에 입단, 지휘자로 이름을 날렸고, 지난 2001년 3월 캐나다로 이주해 살고 있다.

홍종욱의 또다른 손자 홍민표는 "중학교 1학년 때 할아버지가 돌아가셨는데, 어렷을 적엔 할아버지가 왜 폐인으로 사나, 경제활동은 안 하시나 싶었다. 독립운동을 한지도 몰랐다"면서 "나라에서는 친일파가 득세했고, 독립운동을 하는 사람을 견제하는 마당에 어렵게 살 수밖에 없었다"고 지난 3월 1일 <뉴시스>에 털어놓았다.

홍종욱보다 6살이나 어린 홍종엽은 그나마 출옥 후에 건강을 되찾고 생업에도 열중하며 조용히 살았다.

▲ 포곡면에서 동생 홍종엽과 함께 만세운동을 주동한 홍종욱의 훈장증(1990년 8월 15일 수여). © 홍민표

부지런하고 근면 성실한 홍종엽은 악착같이 일하여 토지를 늘렸고, 얼마 되지 않아 사랑채, 안채 등 제법 규모를 갖춘 집과 수 천 평의 농토를 소유하며 넉넉하게 살았다. 그의 아들 홍순창도 일찍 군청 공무원이 되었고, 나중에는 수의사가 되어 가축병원을 운영했다.

홍종엽은 늘 생활이 어려워 자신의 집에 드나든 형 홍종욱을 따뜻하게 대했다. 홍종엽의 손자이자 현재 미국 플로리다올랜도중앙안식일교회 홍두표 목사는 "자주 우리 집에 들른 큰 할아버지는 집에 오시면 밥을 꾹꾹 많이 담아 달라고 하셨던 기억이 있다"고 말했다.

홍두표 목사는 "기독교인이기도 한 할아버지는 조용하신 분이었는데, 말보다는 행실로 교훈을 주신 분"이라면서 "삼일절이나 광복절이 되면 상기된 표정으로 서두르시면서 내 손을 잡고 행사에 참석하시곤 했다"고 회고했다.

독립운동가 홍종엽은 1983년에 작고했다.

독립운동가 후손의 훈훈한 이야기

홍종엽의 가계는 독립운동가 가족답게 가슴 뭉클하게 하는 미담이 있다.

당초 독립유공자 직계 가족 남자 형제 가족들이 타도록 되어 있는 정부 보상법에 따라 보상금을 수령했으나, 올해부터 법이 바뀌어 남자형제들이 모두 사망할 경우 딸에게 수령 권한이 주어지게 되었다고 한다. 이에 따라 홍 목사 부친의 여동생인 홍순영 고모에게 보상금이 돌아가게 되어 있었는데, 자신도 변변치 못한 처지인 고모는 이 보상금을 홍 목사의 가족들이 모두 받도록 되돌려 놓았다.

더구나 고모는 올해 증조부 홍재설이 독립운동가로 인정 받아 타게 된 보상금조차도 몸이 불편한 손주에게 돌려진 것에 감사해 했다고 한다. 홍순영이 홍두표 목사에게 쓴 서신 한 토막을 소개한다.

"증조부님 보상금을 타 쓰려고 몇 년을 공들이고 신청하여 다 해

▲ 애국지사 홍종엽의 손자 홍두표 목사(미국 플로리다올랜도중앙안식일교회). ⓒ 홍두표

놓았더니 나보다 더 필요한 불쌍한 손주 00이가 우선이라고 한다. 00이가 타게 되었다니 하나님께서 나를 시켜 불쌍한 00이를 돕도록 예비하신 듯하여 감사한다."

홍 목사는 "쉽지 않은 일인데, 고모께서 가족들에게 크나큰 양보와 나눔의 미덕과 교훈을 보여주셨다"면서 "머리가 숙여진다"고 말했다.

'진천부대 비장패 두령' 후손의 기구한 인생역정

[독립운동가 해외 후손] 어느 독립운동가 후손의 '인생화보'

얼마 전 민족문제연구소가 조사자료를 통해 '독립운동을 하면 3대가 망한다'는 속설이 사실임을 객관적으로 입증해 화제가 된 적이 있다.

친일관리들의 전면적인 재등용, 반민특위법 제정의 무산 등 해방 후 이승만 정권이 첫단추를 잘못 꿴 결과로 친일분자들은 호의호식하며 영화를 누린 반면, 독립운동가의 후손들은 해방된 지 반백년이 훨씬 지나도록 못 배우고 못 먹고 살아온 후유증에 시달리고 있다는 것이 조사의 결론이었다.

3·1절 기념일을 맞아 미주지역 곳곳에서도 기념행사가 벌어지고 있는 가운데 플로리다 한 구석진 시골에서 가슴에 응어리를 품은 채 여생을 살아가고 있는 한 독립운동가의 후손이 있다. 일제 강점하에서 일본군과 맞서 싸운 '진천부대 비장패 두령' 백기환 지사의 아들 백도선(71)씨다.

백도선씨의 부친 백기환 지사는 1883년 평남 평양시 신흥리에서 백낙흥의 장남으로 태어났다. 백낙흥은 갑오경장 당시 평양군 총사령으로 청국군 사령관 이진 장군과 연합하여 일본군과 맞서 싸워 패배하기는 했으나 그쪽에서는 모두 알아주던 신화적 인물.

아버지는 '진천부대' 비장패 두령

기독교 신자였던 백기환은 일찌기 평양 숭실학교 2학년을 수료하고 캐나다로 유학하여 대학에서 3년동안 건축학을 공부한 후 귀국해 함경도 일대에서 선교사 및 건축기술자로 일했다. 그는 1919년 3·1운동에 참여한 후 만주로 건너가서 김좌진 장군이 교장으로 있던 신흥무관학교를 졸업했다.

졸업후 백씨는 자신의 호를 따서 무장독립투쟁부대인 '진천부대'

▲ 금문교. ⓒ 위키피디아

를 창설한다. 백기환은 진천부대를 이끌고 압록강 건너 초산 경찰서를 습격하여 서장 등 일경들을 살해하고 바람과 같이 사라지는 등 일제의 간담을 서늘케 하며 일대의 조선인들에게 전설적인 인물로 알려지게 되었다.

당시 그 지역 일본 헌병들과 경찰들은 '진천부대 비장패'라 하면 무척 행동이 빠르고 전술이 뛰어나 오금을 펴지 못할 정도로 무서워 했다고 한다. 백씨는 여러 동지들과 독립운동 자금을 모금하는 한편 상해 임시정부와 연락하여 독립신문을 전국에 배포하는 등 독립사상을 고취하는데 심혈을 기울였다. 결국 백씨는 평양경찰서와 평남도청 폭파 계획을 세우다 일제 밀정에게 발각되어 체포되었다.

백기환 지사의 부인 강해숙씨 또한 비장패 두목의 아내 답게 독립정신이 투철했다. 재판이 벌어지던 날 강씨는 법정 앞마당에 있는 자갈 두 개를 치마폭에 몰래 싸가지고 들어 간다. 그녀는 재판을 지켜보고 있다 재판관이 백 지사에게 징역 10년을 선고하자 "조선 사람이 조선 나라를 되찾으려고 하는 게 뭐가 잘못된 거냐"고 고함을 치며 자갈을 던져 판사에게 상처를 입혀 법정 모독죄로 2년형을 받았다.

당시 11세이던 백도선의 '고난의 행군'은 이때부터 본격적으로 시작된다. 엄동설한에 졸지에 소년 가장이 된 백도선은 동생들을 돌보며 어머니가 담가논 김치로 한달 반을 견디며 살았다. 일경의 감시가 심했던 터라 친척도 동네 사람도 백씨의 집을 얼씬거리지도 못했다. 다행히 굶어죽기 직전에 어머니가 가석방되었다.

백도선은 소학교 4학년 때 4번이나 퇴학을 맞은 일화도 있다. 일본인 선생이 통신표에 부모 도장을 찍어 오라고 했는데, 성씨 개명을 하지 않은 데다 '백기환' 이라는 이름이 새겨진 도장을 찍어서 가져간 덕분이었다. 백도선은 아버지가 도대체 무슨 일을 하는지조차 알지 못한 채 늘 집 주변을 경찰이 감시하는 속에 불안한 나날을 살아야 했다.

감시를 피해 어머니와 함께 평양에서 100리 떨어진 삼릉으로 이사해 살던 백도선이 해방을 맞은 것은 13세 때였다. 해방된 조국은 백도선 가족의 찌들린 삶에도 당장 '해방'을 안겨다 주었다. 북에 들어와 권력을 잡은 김일성은 백도선의 아버지에게 '혁명가' 라는 칭호를 붙여주며 건설상 자리를 줄테니 함께 일하자고 했다.

대우는 황송할 만큼 융숭했다. 아침 저녁으로 승용차를 보내 혁명가 백기환을 출퇴근시켰다. 쌀은 물론 갖가지 먹을 것 입을 것과 집도 제공되었다. 어린 백도선은 어리 둥절하기만 했다. 그것도 잠깐 아버지는 '미국의 스파이' 라며 잡혀 갔다.

어느날 남쪽에서 김구 선생이 밀사를 보냈는데 그 밀사는 명주천에 김구 선생의 '어서 내려 오라'는 밀서를 써 갖고 왔다. 기독교인으로 공산주의 사상이 체질에 맞지 않았던 백기환은 즉시 명주천에 밀서를 써서 '가겠다' 며 내려 보냈다. 그런데 38선을 건너다 그 밀사가 그만 붙잡히고 만 것이다. 백기환은 즉시 체포돼 평양 형무소에 수감됐으나 김일성의 배려로 3개월만에 석방되었다.

별을 보며 남으로 향하다

풀려나서 조심스레 상황을 지켜보던 백기환은 어느날 저녁식사를 마치고 아들을 마당으로 불러 냈다. 그리고는 손가락으로 하늘을 가리키며 "너 저기 별 보이냐"고 물어보시더니 "내일 저 별만 보고 당장 이남으로 내려 가라"고 명령했다. 백도선의 나이 14세 때였다.

사고 무친으로 서울에 온 백도선은 고아나 다름없었다. 백도선은

▲ 백도선. © 백도선

거리를 전전하다 빈민들이 모여 살던 왕십리에 단칸방을 겨우 마련했고, 얼마 있다 아버지가 네 식구를 이끌고 남녘으로 내려 왔다. 가족들은 그나마 6살배기 막내 동생을 어딘가에 놓쳐버리고 왔다.

후에 북에 살다 남하한 어느 분을 만나 6살배기 동생이 홀로 집에 돌아와 있더라는 얘기를 듣고 백도선의 가족은 가슴을 쳤다. 이후로 아버지 백기환 지사는 혼란한 해방 정국에서 김구 선생을 도와 새나라 건설에 앞장섰으나 김구 선생이 암살당하자 정치판과는 담을 쌓고 살았다.

비좁은 단칸방에서 다섯 식구가 비벼 살며 하루 하루를 견디는 중에도 백도선은 공부를 하고 싶어 견딜 수가 없었다. 백도선은 따로 떨어져 나와 신당동에 문칸방을 얻어 배명중학교에 보결로 입학해 향학열을 불태운다. 백도선은 광교 조흥은행 옆에서 구두닦이를 하며 자신의 학비는 물론 가족의 생계까지 담당해야 했다.

굶지 않으려 해군 입대… '고구마 세알'의 모정

그러던 어느날 회현동 해군본부 앞을 지나는데 게시판에 '해군모집' 광고가 눈에 들어 왔다. 당시 16세이던 백도선은 '밥 걱정은 없겠구나' 하는 생각이 들어 나이를 17세로 속여 응모해 무난히 합격했다. 며칠 후 백도선은 어머니가 '가다가 요기하라'며 주머니에 넣어

준 고구마 세 개를 기차에서 풀어 먹으며 진해로 향했다. 백도선은 이 '고구마 3알'의 모정을 평생 잊지 못하고 살았다고 한다.

백도선은 해군에 입대해 신호병으로 두각을 나타낸다. 해군 인사본부에서 '발광 신호나 수기 신호 최고수' 하면 백도선을 모르는 사람이 없을 정도였다고 한다. 군대에서 별난 특기로 인정을 받게 된 백도선은 신이 났다. 밥 걱정 잠 걱정 해결에 모두 인정해 주는 특기사병이 되었으니 하늘을 나는 기분이었다. 그러나 백도선은 이 신호 특기 때문에 자신의 인생이 뒤바뀌리라고는 꿈에도 생각지 못했다.

백도선이 해군에 입대한 지 1년 3개월만에 한국전쟁이 터졌다. 종종 일본에 가서 배를 인수하는 일에 신호병으로 파견되던 어느 날, 백도선은 3개월 훈련일정과 함께 이번에는 미국 샌디에이고로 파견된다. 샌디에이고에서 3개월 훈련이 끝나고 귀로에 오르기 하루 전날 백도선은 풀어진 기분으로 당시 샌프란시스코에서 농장을 운영하며 살고 있던 이모집으로 향했다.

그러나 샌디에이고에서 샌프란시스코까지의 거리가 얼마나 되는지도 모르고 버스에 몸을 실은 것이 잘못이었다. 2,3시간 거리인줄로만 알고 출발한 백도선은 한참을 달리고서야 자신의 무모함을 깨달았다. 다시 되돌아 가기에 버스는 너무도 멀리 와 있었고, 하루 반나절을 걸려 다음날 아침 6시에 샌프란시스코 이모집에 도착했다.

"네가 도선이냐!" 며 반겨 맞아 준 이모에게 백도선은 아침을 먹자마자 사정을 말하고 다시 버스역으로 향했다. 어떻게든 12시까지 귀대해야 했다. 조금 늦으면 배가 기다려 줄 것이라 생각했다. 백도선은 식구들의 선물을 사라며 이모로부터 받은 300달러를 받아 들고 가슴을 졸이며 귀로 버스에 올랐다. 그런데 이게 웬일인가! 한 참을 달린 끝에 버스가 백도선을 내려 놓은 곳은 아리조나였다. 애당초 영어 한마디 못하던 처지에서 중간에 차를 갈아타야 한다는 사실을 알지 못했던 것이다.

백도선은 운전사에게 손짓 발짓을 다 해가며 다음날 아침 일찍 샌디에이고로 가는 첫 차가 있다는 것을 겨우 알아냈다. 뜬눈으로 버스역 부근의 호텔에서 밤을 지샌 백도선은 다음날 아침 버스를 타고 부랴부랴 샌디에이고로 갔다. 도착해 보니 이미 배는 떠나고 없었다.

백도선은 훈련 중 누군가가 '배가 귀로 중 샌프란시스코에 들렀다 간다'고 했던 말이 기억났다. 즉시 버스를 타고 샌프란시스코로 달려 간 백도선은 바닷가 호텔의 꼭대기층을 잡아놓고 창에 목을 드리우고 배가 오기를 기다렸다. 낮에는 호텔 꼭대기 방에서, 밤에는 항구를 빙빙돌며 무려 15일 동안을 기다렸으나 허사였다.

샌디에이고서 탈영병 되다

'탈영병'이 되어 버린 백도선은 당시로서는 거액이던 300달러를 며칠만에 다 써버렸다. 영어를 못해 최고급 호텔에서 룸서비스를 받아가며 생활한 결과였다. 발등에 불이 떨어진 백도선은 무작정 버스를 타고 시내를 돌았다. 그러다 어느 버스칸에서 동양여자를 만났는데 일본 여자였다. 결국 그 여자의 친절한 안내로 직업소개소를 찾았고 직업소개소에서는 이틀을 기다리면 일거리가 있으니 기다리라고 했다.

백도선은 그 유명한 금문교가 바라다 보이는 공원 벤치에서 이틀 동안 새우잠을 자고 지정된 시간에 새벽같이 일어나 직업소개소 앞으로 갔다. 곧 트럭 한대가 오더니 백도선을 비롯한 몇사람의 노동자를 싣고 한 참을 달리더니 짐을 부리듯 내려논 곳은 화훼 농장이었다.

노동 첫날, 시간당 50센트, 하루 4달러를 받았는데, 당장 잘 곳이 없는 것이 문제였다. 일이 끝난 다음 서성거리고 있는 백도선에게 십장이 무슨 볼일이 있냐는 듯 물어 왔다. 노 하우스! 십장이 손짓으로 따라오라고 했다. 그러더니 보일러 창고 뒷켠에 있는 빈방으로 안내했다. 보일러 지기가 살던 방이었다. 제법 깨끗해 보이는 침대에 시트도 있었고 화장실은 물론 샤워시설까지 갖추어진 훌륭한 방이었다.

▲ 백도선의 부친 독립투사 백기환 (민족문화대백과사전).

일주일간 개밥을 먹다

들어온 지 일주일 되던 날 영어가 가장 큰 문제였던 백도선에게 이런 일이 있었다. 함께 일하던 친구가 백도선이 침식을 해결하고 있는 방에 놀러 왔다. 여기 저기 나 뒹구는 빈 깡통을 보곤 친구가 "너 개 키우느냐"고 물었다. 백이 고개를 저으며 노!라고 대답하자 친구가 "오 마이 갓! 저건 개가 먹는 깡통음식이야!"라며 소리를 질렀다. 백도선은 일주일 동안이나 개밥을 먹고 살았던 것이다.

미국에서 개가 깡통밥을 먹으리라고는 상상도 못한 데다 당시 개밥 깡통에는 지금처럼 개그림이 없었으니 백도선이 그런 실수를 할 수 밖에.

예기치 않게 삶의 공간이 바뀌어 어벙벙했지만 백도선은 너무도 고맙고 감사했다. 한국 해군 생활에서 익힌 대로 새벽 6시에 일어나 화훼농장 화장실 청소부터 시작해서 사장이 쓰는 지저분한 사무실을 매일 깨끗이 청소해 놓았다. 놋으로 만들어진 재떨이를 반짝 반짝 빛이 나게 닦아 놓기도 했다. 그러기를 며칠, 백도선을 눈여겨 본 사장이 백도선이 이곳까지 흘러들어온 자초지종을 묻더니 그날 저녁으로 자신이 보증을 서 야간학교에 입학시켰다. 백도선은 9개월간 그 학교에 다니며 영어를 익혔다.

사장은 이후 가끔 백도선을 자기 집으로 초대해 저녁을 대접했다. 어느날 저녁 식사 중에 "너는 매우 스마트한데 지금 너의 형편으로는 군대에 가면 훨씬 나은 생활을 하게 될 것"이라며 미군에 지원 입대할 것을 권유했다. 백도선은 앉은 자리에서 "그렇게 될 수만 있다면 당장이라도 그렇게 하겠다"고 대답했다. 이 때 사장이 백도선에게 신문에 난 광고문을 보여 주었는데, 미 육군에서 한국어 통역관을 모집한다는 내용이었다.

미 육군에 입대

백도선은 다음날 모병소에 가서 신체검사와 함께 응시원서를 내 합격했다. 그리고 한국전쟁이 한창이던 1952년 3월 미군이 되어 한국전에 재배속된다. 1948년 4월 대한민국 해군 유니폼을 입고 군대생활을 시작한 백도선이 한국전쟁 중에 신호 특기자로 뽑혀 배를 인수하러 미국에 갔다가 뜻하지 않게 탈영병이 되었다가 이번에는 미 육군 유니폼을 입고 한국전에 참전하게 된 것이다.

백도선 씨는 "아마도 세계전쟁사상 한 전쟁에서 한 군인이 완전히 바뀐 국적으로 한번은 해군, 다른 한번은 육군으로 참전한 예는 없을 것"이라고 말했다.

백 씨의 기구한 삶의 여정은 여기서 끝나지 않았다. 아직 한국에는 돌보아야 할 부모 형제들이 시퍼렇게 살아 있었고 전혀 예기치도 바라지도 않았던 미국인으로 살기에는 된장 냄새가 너무 깊게 박혀 있었다. 특히 존경받던 독립군의 후손이 떳떳치 않게 탈영병의 불명예를 안고 살아 간다는 것도 늘 꺼림칙 했다.

전쟁이 끝나고 이승만 정권이 썩을 대로 썩어 말기 증상을 보이던 1959년 초. 백씨는 미 육군으로 제대하기 2주 전에 회현동에 있던 해군본부를 찾아 갔다. 참모총장에게 자신이 어쩔 수없이 탈영병이 될 수 밖에 없었던 자초지정을 설명하고 선처를 호소하기 위해서였다.

놀랍게도 참모총장은 자신이 탈영병이 될 당시 대령 계급으로 함장이었던 이용훈 장군이었다. 괘씸하다는 표정으로 한참 설명을 듣던 참모총장이 법무감을 불러 탈영병에 대한 처리를 지시했다. 그러나 법무감은 "우리 해양 경비법에 미 육군 하사를 처벌할 법은 없다"면서 탈영병 오명을 벗고 싶으면, 미군에서 제대하고 오라고 일렀다.

한국 군사재판서 사형선고 받다

백씨는 미 육군에서 제대한 후 즉시 한국 해군에 자신의 탈영사실에 관한 재심을 정식으로 요청했다. 군사재판 사상 초유의 이 재판을 지켜 보기 위해 재판 당일 법정은 방청객들로 꽉 들어 찼다. 백씨는 이 날 한국전 당시 샌디에이고에서 벌어졌던 모든 상황을 다시 설명했고 자신이 미군이 되어 많은 훈장을 받은 것과 다시 한국전에 참여하게 된 것을 들어 선처를 호소했다. 그러나 이 날 군사재판에서 백씨는 법대로 사형선고를 받았고 즉시 마포 형무소에 수감되었다.

당시 육군 법무관이던 백씨의 이종사촌형의 귀뜸으로 자신이 곧 석방될 것이라는 것을 어느 정도 예상하고는 있었지만 불안하지 않을 수 없었다. 당시 정치 상황으로 정권이 뒤바뀌면서 무슨 일이 어떻게 벌어질지 예측할 수 없었기 때문이다. 3개월이 되던 어느날 저녁 이종 사촌형이 형무소 감방에 찾아와 백씨를 불러내 갔다.

백씨는 "당시의 정치 상황에서는 가능한 일이었다"면서 "아마도 재판 전부터 사전에 어느 정도 협의가 있었던 것으로 보인다"고 말했다. 자유의 몸이 된 백씨는 다시 먹고 살 일이 걱정이었다. 그때까지 자기 한 몸은 건사 할 수 있었으나 아직도 서울에 가족이 살고 있었고 보릿고개로 굶어죽는 것이 예삿일이던 시절이었다.

백씨는 미 8군에 군속으로 다시 취직해 가족을 부양해야 했다. 백씨는 1973년 미국으로 다시 이주해서 텍사스와 뉴욕에서 잠시 살다가 플로리다 중부 스타크라는 농촌 도시에 둥지를 틀고 20여 년을 살았다.

"이젠 고국에 돌아가 살고싶다"

한 때는 100에이커의 땅을 빌려 각종 채소를 심어 팔기도 했으나 크게 재미를 보지 못한 채 지난해 은퇴한 백씨는 한국정부에 대해 할 말이 많다.

"최근에 친일파 후손들이 자기땅을 찾겠다며 날뛰는 것을 보면 한숨이 절로 나오고 손이 떨릴 지경"이라며 "한국정부는 도대체 무엇을 하는 집단이냐"고 거칠게 불만을 토로했다. 백씨는 그동안 수차례 고국을 드나들며 국가보훈처등 정부 요로에 해외에 살고 있는 독립 유공자 후손들에 대한 정당한 예우와 경제 도움을 요청했는데 그때마다 '당신 아버지는 독립지사로 이미 건국훈장 독립장을 받았고 당신은 미국에서 잘먹고 잘 살터인데 왜 불만이냐'며 핀잔을 받기 일쑤였다고 한다.

70을 넘긴 백씨는 이제 한국에 영구 귀국해 살고 싶어한다. 가장 큰 이유는 최근 몇년간 거칠고 텃세가 강한 남부 백인 '레드넥' 들에게 당한 수모 때문이다. 초기 정착과정에서 백씨는 미국인들에게 많은 은혜를 입었지만 최근 한국인 하나 없는 동네에서 백인 레드넥 지주들과 살면서 당하는 차별에 뒤늦은 회의를 품기 시작했다.

백 씨가 영구 귀국해 살고 싶어 하는 이유는 또 있다. 못 살아도 좋으니 하루 밥 세끼 먹고 비 피할 집만 있으면 선친이 그렇게도 사랑하던 고국에서 '명예롭게' 살고 싶다고 했다.

"제때에 배우지도 못했지요, 부모로부터 물려 받은 것도 없지요, 더구나 독립운동가의 후손이라고 누가 인정해 주지도 않지요, 무슨 맛으로 말년을 이 미국땅에서 살아갑니까. 그래도 한국에서 독립 유공자 자녀라고 3·1절이나 8·15 때 초청받기도 하면서 우리말 하며 살아 가는 것이 훨씬 낳지 않겠어요? 북에 두고 온 막내동생도 찾아 나서야겠고요."

재미 언론인이 기록한

아메리칸 랩소디

김명곤 지음

초판1쇄 2023년 1월 30일

펴낸이 김구정
편 집 이조안
디자인 이정아
관 리 신은숙
인 쇄 한영문화사

펴낸곳 좋은아침
주 소 서울시 강북구 도봉로 142, 4층 (01161)
전 화 02-988-8358
이메일 joaa999@naver.com
등록일 2020년 12월 16일
등록번호 제2020-000050

ISBN 979-11-980349-9-1 (03810)

값 16,800원